見て読んで書いて、死ぬ

高山宏

青土社

見て読んで書いて、死ぬ

目次

第1部 読む

5

第2部　見る

見て読んで書いて、死ぬ

前口上

かつては一日に一冊読んだ。そして気に入ったものがあれば諸誌紙に週二、三冊は書評を載せてもらっていた。書評に名を借りた論文というスタイルで、よくものを書いた。読みについても魔と呼ばれ巧者と言われ、達人の名をたまわった。十年も前のことである。

長い長い中断が入った。

いわゆる大学改革の悪戦にまともにからめとられた。ぼくの愛した大学は、石原都政のおそらく全国一強圧的な文教行政の中で、ほぼ原型をとどめぬまでに「改革」された。土曜も日曜もない会議、同じことを何度も何度も書かされる書類の山。ひと月抜ければ日本でやっと面白くなり始めかかっている人文科学最後の砦――文化史・文化学――の貴重な一章がそっくり抜けていくといわれた学魔の十年もの日子が、だれがやってもいいような雑務の愚かな時と気力のロスの中にむざむざと消えていったように思うのだ。

洋書はもちろん、日本の本を読む暇さえ、徐々に徐々になくなっていった。ひとつの本をそれが置かれた環境の中において評するのが、書評家の仕事である。相当に周辺のことを知った上でということとで、勉強が必要なのに、この勉強がほとんどできなくなった。少ない眠りの時間をさらに割いてまでは、という諦めもあり、失礼にも力不足な書評では、と、ある時決心し、関係誌紙に事情を説いて、一切書評の世界から足をあらった。十何年来、書評者の義務として欠かしたことのなかった名著好著のアンケートの類も、ある時からまったく返事を送らなくなった。それはそれで徹底していた。「石原」大学を辞める決心がついたのと、紀伊國屋書店から書評ブログのお誘いをいただいたのが同じタイミングというのも、何かの機縁である。ぼくの中に貪婪《どんらん》の書評魔が帰ってきた。

ただの書評を続けていくつもりはない。世に高山学、タカヤマ・ワールドと呼ばれる百学連環の世界を、いかなる本を相手にしようと、その本を評するという枠の中に、いつもめいっぱいに注ぎこんでみたいと念じている。

この「失われた十年」、広く読むことを断念し、ために却って凝縮された「新人文学」感覚のエッセンスを、いかなる本を対象にしても、そこに反映しないではおくまい。壮図「宏」図を良しとされよ。ぼくにはかつて内田魯庵の役がふり当てられたことがある。英独仏伊西五カ国語が読める。諸外国の文化的前衛の俊敏と、対する日本の受皿の鈍重の差に、ずっといらいらしてきた。今回の試みでも「手は抜かない」。ぼくの大好きな「衒学」趣味はできるだけ控えるつもりでいるが、やはりどうしても巷の、好奇心旺盛な読書子に伝えたいことがある。いわゆる洋書だが、必要なテーマに必要な和書が見当たらなければ、敢えて洋書をも推輓する。

六十路の入口にこれを始める。歯は欠け、目はかすむ。生き生きと生彩を装いながら、しかしたしかに迫り来る終りを感じる学魔、最後の読書日乗とはなるか。

第1部　読む

❶

2007 May

1. マニエリスム最強の入門書

Falguières, Patricia, "Le maniérisme; Une avant-garde au XVIe siècle" (Gallimard, 2004)

5/18

今年二〇〇七年は、一九五七年から数えて五〇年目。だから、A・ブルトン『魔術的芸術』刊行五〇周年とか、N・フライ『批評の解剖』五〇周年とか、あって悪くないが、そういうセンスある世の中とも思えない。G・ルネ・ホッケ『迷宮としての世界』五〇周年は是非祝いたい気分。

マニエリスムが美術史で、十六世紀末のある時期の世界危機に対応する芸術を指した概念というにすまず、超越的な倫理が見失われて（「神の死」）、地上が欲望と戦争に溢れた（「地獄の世俗化」）、時にはいつでも繰り返される「常数」として、マニエリスムは今現在の東京にだって存在するという捉え方がされるようになった。そういう新しい倒錯芸術観をホッケが代表した。何かが狂っている、何かがズレていると、たちまちマニエリスムではないかというので、一寸変わった文化現象を何でもマニエリスムと呼ぶことになりかねず、たとえばザビーネ・ロスバッハの『現代マニエリスム』（二〇〇五）等、面白いが、はっきりそういう膨満傾向にある。

ただいわゆる美術ばかりか、絶望を理性で抑えこもうという「冷えた熱狂」というのなら、たとえば機械への強烈な関心だってマニエリスムだ、とホッケは言い、コンピュータやオートメーションの現代をマニエリスムと呼びうる根拠を『迷宮としての世界』で探る。こうした二十一世紀向きの斬新な感覚を、しかもきちんと十六世紀末にのみ見出そうとした、旧美術史も文句を言えず、しかも新しいマニエリスム感覚にも合う本は、澁澤龍彥・種村季弘両氏の究極のネタ本、ジャック・ブースケの『マニエリスム美術』（一九六四。仏語未訳）とエウジェニオ・バッティスティの『アンチ・リナシメント』（一九六二。伊語未訳）のみ。危機を前に異様に繁茂していく機械と蒐集趣味をこれでもかと前面に出して、レオナルドやパルミジャニーノの絵を期待してページを繰る読者をアッといわせた。

『ダ・ヴィンチ・コード』ベストセラーに『受胎告知』来日で一挙盛り上がったレオナルドの、理系・工学系人間としての大きな側面。しかし一人彼のみの問題でなく、十六世紀マニエリスト達全体の問題だった。宗教改革や「永遠のローマ」崩壊の危機を人々は過激に知性を使って生き延びようとする。そこでは理系も文系もない。絵だって完全に理系のものであり、遠近法もアナモルフォーズも技術者の計算の産物だった。そういう危機の生む新観念発明の頭脳の働き方をホッケの発見者エルネスト・グラッシはインゲニウム（ingenium）と称した。今でいうエンジニアの語源でもある。

面白い世界だし、変わった材料を用いての説得だからヴィジュアル的になる。ブースケの本もバッティスティの大著も面白い挿絵に溢れるが、いかんせん高価だし、第一、現在入手不可能。というところに天の恵みが。それが、Patricia Falguières, "Le maniérisme: Une avant-garde au XVIe siècle" (Gallimard, 2004) である。マニエリスム研究はテーマを「驚異の部屋」（最近「澁澤龍彥の驚異の部屋」

展あり、久しぶりにこの懐かしい言葉を耳にした）に絞ってやっていたアダルジーザ・ルーリを希望の星にしていたが、新千年紀直前に急逝。その跡を継ぐかと期待されているのが、そのものズバリの Les chambres des Merveilles（Bayard, 2003）を出したパトリシア・ファルギュイエール女史である。とかげのエナメル細工でマニエリスム洞窟美術を代表した陶工ベルナール・パリッシー等の研究のある人。

そのファルギュイエールがガリマールの「知の再発見」叢書の求めに応じて書き、図版構成したのが、問題の『マニエリスム』。叢書番号457。パルミジャニーノの雅びな絵もあれば、怪物庭園ボマルツォの絵もあり、ヴンダーカンマーもあるし、「機械の劇場」もある。小冊ながら各ページ、スキラ社と覇を競う美しさのカラー印刷のＩＭＥ社の図版が少しの手抜き、僅かな隙間も許さぬという気合で、みっちりと溢れる。

そもそもガリマール社の“Découverte Gallimard”という叢書自体を先ず強力に褒めておく。創元社が「知の再発見」という邦訳叢書として出しているが、ことは白水社クセジュ文庫と同じで、ピラミッドの秘密だの、シェイクスピアだの、俗受けするものから訳されていくわけで、クセジュでいえば『イリュージョン』だとか、「知の再発見」でいえばこの『マニエリスム』とか、なかなか日本語で読めないだろうゲリラ的名著である。

フランス語ではあるが、分量の三分の二が貴重なカラー図版。おまけに、この叢書一般の特徴だが、巻末の付録が、ブリガンティやパノフスキーのマニエリスム論のさわり、パゾリーニ映画マニエリスム論など素晴らしいの一語。そして、一九八〇年以降すっかりなりをひそめている本邦のマニエリスム研究の盲点を補ってくれる二〇〇〇年以降の研究文献の一覧表。まさしく旱天の慈雨。

安い。美しい。いっそ珍奇な図版を見ながら、この際、フランス語の勉強の材料にしたら。

2.「驚異の部屋」の新歴史学

5/22

Evans, R. J. W. & Alexander Marr (eds.), "Curiosity and Wonder from the Renaissance to the Enlightenment" (Ashgate, 2006)

先回、マニエリスム本の紹介にかこつけて「澁澤龍彥の驚異の部屋」展の話をした。建石修志画伯はじめ澁澤狂いでは人後に落ちないと号する異才アーティストが、いかにも澁澤世界というイメージ・オブジェの競演をした。

「驚異の部屋」の存在を、我々はまず澁澤の異端文化・文学研究のマニフェスト、『夢の宇宙誌』(一九六四)で知り、澁澤夫人・故矢川澄子と盟友種村季弘共訳のホッケ『迷宮としての世界』邦訳(一九六六)で知り、実はあまたあった十六世紀末の驚異の部屋中、最強のものであった神聖ローマ帝国皇帝ルドルフ二世のプラハ宮廷の、国庫を傾けての珍獣奇物の蒐集ぶりを初めて知って啞然とした。

ホッケの言うように「世界を遊びの相の下に」見る政治もあり得たのか、と驚いた。我々は政治を主に政治力学としてしかみないが、世界を魔術的に統一しようとする見果てぬ夢があり得た。「日出処の天子」神話がいきなり西欧近代の入口に生きていたことに感動した。薔薇十字神秘主義やフリーメイソンとレアルポリティックスの関係の入口にルドルフ二世はいた。近くはオウム真理教の挙が記憶になお生まなましい。

ルドルフは珍物を蒐め、奇才異能を集め、集められたジュゼッペ・アルチンボルドはアルチンボルデスクと呼ばれる諸物総合による寄せ絵肖像で、この変った文化自体の肖像を残したと言える。ばらばらな世界に直面した人間の「原 - 身振り」としての異様な蒐集癖として、ホッケは歴史のあちこちにマニエリスム現象をさぐりあてるための指標ということで「驚異の部屋」の存在を使った。

ホッケもそうだが、第一次世界大戦直後のドイツと東中欧、第二次世界大戦直後のドイツ、東中欧がマニエリスム研究の高頂期だったことは絶対偶然ではない。「なによりだめ」になったドイツが戦後荒廃から立ち直るために負を正に転換する支えとして、マニエリスム理論は熱く機能した。それを少しクールにやり始めたのが意外と英語圏で、顕著なのは、一九七三年、新進気鋭を絵に描いたような歴史学者R・J・W・エヴァンズの『ルドルフ二世とその世界』、邦訳『魔術の帝国―ルドルフ二世とその世界』(現在ちくま学芸文庫〈上〉〈下〉)と、一九八一年、Oliver Impey and Arthur MacGregor (eds.), “The Origins of Museums” であった。

人や物の動きの具体的データに即して、文化史(Kulturgeschichte)というどちらかというと理屈先行に陥りがちな新しい歴史学のめざましい先行例となった前者、「驚異の部屋」が十六世紀末からいかにヨーロッパ全体にわたるものだったか、国別に総覧した後者。ドイツ語だのハンガリー語だのが不自由で歯ぎしりしていた身にはまさしく旱天の慈雨。こうしてマニエリスムが、「驚異」が、学の、社会学の、歴史学の対象になり得ることがわかり、澁澤マニアのお耽美愛好趣味から離陸した。

いうまでもないが、これに一九九一年、またしても英語圏からスティーヴン・グリーンブラットの"Marvelous Possessions : The Wonder of the New World"（1991）（邦訳：『驚異と占有』）が追いうちをかけ、驚くべき奇物珍鳥を見てヨーロッパ人が感じた快感や美意識が実はスペイン人による中南米古文化の略奪品のうんだものと断じて、お耽美マニエリスム・ファンは一挙に「新歴史派」のにわか歴史学者に転じて、今にいたっている。

今日のミュージアムは、そうやって十六世紀末に驚異博物室（Wunderkammer, cabinet of wonder, chambre de merveille）と呼ばれていた施設が十八世紀半ばに公的管理の啓蒙空間に化けて出来上ってきたものである。その変化で喪われたものが「驚異」の念ということになると、マニエリスムの歴史学、好奇心の社会学が、ミューゼオロジー、即ち蒐集と展示の記号論に興味をもたざるを得ない。一八八七年あたり、「アルチンボルド効果」展、「メドゥーサの魔術」展に端を発して五年ほど頻発した大企画展の過半がマニエリスム関連であった異様現象を説明できたのは、残念、ぼくひとり。

さて、そんなぼくの今回お勧めの一冊。先にあげたR・J・W・エヴァンズがインピー、マグレガーの役どころを演じることになった、"Curiosity and Wonder from the Renaissance to the Enlightenment"（2006）である。汎欧的に生じたアーリーモダンの「驚異の部屋」を、しかも単に総覧ではなく、各論者好みの着眼で追うので、読み物としても楽しい。

相変らず独墺圏のマニエリスム研究は凄いが、ほとんど紹介されない。イタリア語圏は全然来ない。フランス語圏はダニエル・アラス一人気を吐いていたが、物故。『モナリザの秘密』（白水社）に片鱗の伺えるアラス肝心の『細部』と『マニエリスム』の本邦お目見えは先の話。そこが英語で一挙に埋められる。上に述べたマニエリスム研究の展望が得られる上に、我々の見失った一九八〇年代以降の研究状況が根こそぎ整理されていて、有難い。

3. 二十一世紀という十六世紀をこそ

『モナリザの秘密―絵画をめぐる25章』ダニエル・アラス［著］吉田典子［訳］（白水社）　5/25

イタリア美術史の世界がアダルジーザ・ルーリ（一九四六―九五）に次いで、その最良の部分をダニエル・アラスの死によって失ってしまったということだろう（一九四四―二〇〇三）。というか、二十世紀後半のフランス美術史界がその最良の部分を、というべきかもしれない。その年代の秀才にはありうることとはいえ、アンドレ・シャステルからルイ・マランへ論文指導教官を替え、ピエール・フランカステルの『絵画と社会』（一九六五）とフランセス・イエイツ『記憶術』（一九六六）に決定的刻印を受け、ユベール・ダミッシュを友とし、マイケル・フリードを耽読するというもの凄い履歴からして、人文科学の中心に美術史がなり、諸批評百家争鳴の成果を美術史そのものが吸収して実に豊かなものになっていったプロセスを、ほぼ一身に体現している。

この半世紀に特異な十六世紀美術史最大のテーマ――マニエリスム――の復権ということでも、パトリック・モリエスと並ぶ大きな存在だったし、これだけ面白くわからせながら背後に想像を絶する教養を感じさせる点では、シャステルの『ルネサンスの危機』（邦訳：平凡社）、ジャン・クレイの『ロマン派』（邦訳：中央公論新社）、『印象派』（邦訳：中央公論新社）以来の超の付く名作が、このアラスの『細部――近接美学史のために』（一九九二）である。イヴ・ボンヌフォワ監修「観念と思考」叢書に入って、バルトルシャイティスの「逸脱の遠近法」三部作とともに、この叢書の名を一段と高からしめた。「細部」と「絵画の縁」に注がれるほとんど偏執狂的な目は、確かに唯一、バルトルシャイティスに似ている。改めて物故が口惜しい。

似ているといえば、今回作『モナリザの秘密』は、元々ラジオの連続講話ということもあって、ジョン・バージャーのBBC連続レクチャー『ものの見方』（邦訳：『イメージ』）によく似ている。アカデミーから出たことのない美術史家一統のたわごとを信じず、「自ら直接の対峙」をと呼びかけた上、それを実践してみせ、結果として美術体験の最良のガイドにもなっている。本の真中にあって前半後半を分ける「盗まれた博士論文」の章をみて、元々「文学畑」のアラスが美術史は「独学」であるが故、「美術史の王道から少しはずれたところにあるもの」に関心が向くようになったとあって、一切非常に納得がいき、共感が持てた。

学問的には実感派で歴史考証にうるさく、パノフスキーの遠近法批判、フーコーの「ラス・メニーナス」論批判、アルパース『描写の芸術』批判など、実にまともな批判で、シャステルやフランカステルの良きアカデミーの感覚もしたたかに持っている。その上での「王道はずれ」であるから、そこいらの素人の思いつき「だれでもピカソ」遊戯とは全然ちがう。「新しい美術史学がそっくり」うみ出される。

白眉は前半の八章分を使った遠近法論である。遠近法の意味の間断ない変化、本場十五世紀のフィレンツェにおいてさえ「またたくまに時代おくれ」になった事実を知れとか、「騒乱を起こさない」遠近法がのっけから孕んだ政治的役割（「チョンピの乱」）を忘れるな、とかとか、語り尽くされたかと思える遠近法になおこれだけ知られざる重要側面があったかと驚く話題の連続である。遠近法について一種観念の地殻変動を起こさせたということではサイファーの『文学とテクノロジー』以来といってよいかと思う。ユベール・ダミッシュの『遠近法の原理』の邦訳が大喜利然として登場してくるまでの繋ぎとして、十分魅力的。

圧巻は、遠近法と「受胎告知」主題の必然的な結び付きを指摘し、アラス偏愛のアンブロージョ・ロレンツェッティやフランチェスコ・デル・コッサの受胎告知画の空間構成や、天使のする「ヒッチハイカー」の手振り、画面前縁を這う巨大カタツムリといった細部を克明に分析し続けていく数章で、素人をいきなり美術史の核部分にむんずと引きこんでいく面白さは、帯にもあるいささか陳腐な「推理小説を読むような」スピードと興奮がある。「形象化できないものが形象のなかに、無限が尺度のなかにやって来ること、それがすなわち〈受胎告知〉における〈受肉〉である」として、「遠近法は〈受肉〉を表象／再現することはできないけれども、〈受肉〉の神秘を例証するような遠近法の乱れによって、内的な逸脱によって、不均衡によって、〈測定不可能性〉によって、それに形を与えることができる」という逆説が答である、とする。門や柱、あるいは建築そのものがキリストや聖母の寓意であることに着眼する受肉教義と遠近法の交叉の分析は、"contemplate"（凝視）の中に"temple"（神殿）があることの深い意味をさぐる結論に至る。虚空（rien）が物（res）に淵源するという着眼といい、眩惑的に深い。ドゥルーズの『襞』同様で、たまらず詩的とおぼしい原文が見たい。

とにかく細部に徹する。そこに新発見があって驚くことで出来上る「一種絵画のミクロ歴史学」を、アラスは「近接性（proximité）」の絵画史」と呼ぶ。こうやって微視で迫っても、二〇〇七年最大の話題作、山本義隆『一六世紀文化革命』〈1〉〈2〉、みすず書房）のように巨視で迫っても、十六世紀は面白い。全てが今、マニエリスムを指向し始めたようで痛快である。

4.「図説」文化史はどうしてこんなに面白い

『はじまりの物語―デザインの視線』松田行正（紀伊國屋書店）　5/29

ぼく自身、一時自分でつくって自分ではまってしまった、たとえばヴィジュアル・エッセーとでも名づけられる文化史エッセーの理想的な完成形を、気鋭のデザイナー、松田行正氏が前著『眼の冒険―デザインの道具箱』（紀伊國屋書店、二〇〇五）に引き続き、続行中という一冊である。

斬新な文化史的主張がもの凄い量のヴィジュアルに助けられて一段と説得力を増すというタイプの批評で、活字中心の冊子メディアがそろそろ本格的にデジタル化の大波に洗われだし、かつ文化の全面で「言語中心主義」の制度疲労を縫ってヴィジュアルな説得力が言われだしたタイミングで、松岡正剛＋杉浦康平『全宇宙誌』（一九七九）を突破口に、ヴィジュアル感覚、本そのものを内容に見合う形に「マッチング」させるデザイン感覚の本や雑誌が一杯出てくるようになった。

創元社「知の再発見」叢書の元になっているガリマール社の「デクーヴェルト・ガリマール」（Découverte Gallimard）叢書が、いかにもという主題、意表突く題名で次々出してくるポケット本などが、この内容、この厖大な図版でこの安さというすばらしさで、こういう動向のモデルとなってきたが、絵が字の内容を説明する補助の地位に甘んじている状態は、一部例外（本書評ブログで一番初めに取りあげたファルギュイエールの『マニエリスム』等）を除いて、案外旧態依然である。もっとも、現在早五〇〇点になんなんとするデクーヴェルト（Découverte）叢書全巻を揃えることを勧めてはおきたい。かつての平凡社「イメージの博物誌」叢書同様、ヴィジュアルの知的活用、先回紹介のダニエル・アラス流に言えば「思考する絵画」の一挙集積ということで、これ以上のものは他にないからである。

ぼく自身、この種のヴィジュアルで見る文化史という感覚の著者たちに実験の場を開くことになる編集者、山内直樹氏宰領のポーラ文化研究所の季刊誌『is』（三六〜八八号）で、ヴィジュアル・エッセーが一ジャンルとして可能かどうかの実験を繰り返し、たとえばぼく自身、文化史としては極限的と自負する『テクスト世紀末』（一九九二）がその成果である。

きっかけは『is』リニューアルに際しての食卓というテーマの原稿依頼だった。テーブルという語はタイムテーブル（時刻表）というように元々図表・図示という意味なのが、どこからか家具の「卓」になっていく、それが文化にどう反映されていくかというアイディアを形にしようとすれば、テーマ上、厖大なヴィジュアル（まさしくタブロー［絵］としてのテーブル）を結集せざるをえず、いきなり自己言及性をめいっぱい抱えこんだ論と紙面構成にならざるをえなかった。ちょうど文学を広く文化の中で捉え直さなければ旧套《きゅうとう》な文学研究では早晩行き詰まると感じて、たとえばいわゆる美術史に色目をつかいだしていた一九八五年に、いきなりのテーブル論の原稿依頼は、だからぼくにとって結構決定的だった。ぼくが一時的に集中したもの狂いじみた『終末のオルガノン』『痙攣する地獄』、（目次案のみで未完に終った）『エキセントリック・アイズ』（いずれも作品社）は、本を内容と形式のマッチングのアートとみるデザイン感覚がない素人が、それなりに一生懸命工夫したヴィジュアル・エッセーの集積なので、今見ても懐かしい。

それがこの松田行正氏は、まさしくばりばりのデザイナーである。ぼくが『表象の芸術工学』（工作舎、二〇〇二）で、こういう学殖あるデザイナーがいれば嬉しいねという話を、まさにその世界の大先達、杉浦康平氏の肝煎りでした〝pictor ductus〟〔学ある画家〕の理想形を松田氏が実現した。「物質が集まってできている本という夢想によって本はオブジェとなる」と言い切る真のブック・デザイナーが満を持して出す「本」が、それ自体「レディメード」のアートでないわけがない。本というありふれた一物を見慣れないものに変えて、読む者につまりは見方が変れば斬新でないものは何もないということを告げる「オブジェ」、「レディメイド」として、松田氏の「本」は差しだされている。（何といってもカラー図版の発色にびっくりさせられる。）

実に魅力的な目次だ。対《つい》、速度、遠近法、縦か横か、グリッド、螺旋、反転、直線、混淆、聴覚の視覚化…と、一章で一冊のできそうな大テーマの連続。「混ぜる文化」の章なら、新聞・ポスターがそうだという話から「貼る」アート、マニエリスム、スーラ、パピエ・コレ、モンタージュ、大竹伸朗のコラージュ日記と、連想から連想への疾走感が驚異的だ。「ラインと連続」では直線と鉄道敷設の類推から、鉄道の疾走感とタイプライターの文字打ち感覚が似、何故武器会社レミントンがタイプライターを扱ったかという驚くべきヒントを出す。全巻こういうヒントの固まりで、読んで一向飽きない。

いま人文科学が実は一番必要としている「あえて広く浅く」の滑空感、疾走感は、こういうジャンルの草分け、『空間の神話学』等の海野弘氏にそうやって連なりながら、最後は「レディメイド」「デフォルメ」「オブジェ」という自己言及する本というデザイナーなればの三章でしめるあたりの計算にもうならされる。文字・活字・版型といった松田氏専門の領域の話題は流石に年季が入っている。

中沢新一氏の「芸術人類学」から、環境考古学、児童心理学、あらゆる分野を結集しようとしている「今の美術史」のモデルにもなりえているし、洞窟画からナチ美術まで、美術史の問題的時代を網羅する結果になっているのは流石という他ない。若い覇気の必要なジャンルだ。ぼくも松田氏に刺激されて、季刊誌『アイディア』に再び試みたが、挫折。旬のものの輝きにはかなうはずがない。一体、気鋭にも「飽きる」時が来るのだろうか。

❷

2007 June

5. 暗号はミリタリー・マニエリスム

『暗号事典』吉田一彦、友清理士（研究社［創立百周年記念出版］）　6/1

一方に電子メール、電子マネーの飛躍的発達があり、他方に北朝鮮による拉致の問題があって、時代はまさしく「暗号」の時代だ。暗号と聞いて思い浮かべられるほとんどあらゆるテーマを拾いあげる面白い本が出た。その「北朝鮮の暗号」という項目を見ると、日本にいる工作員にいろいろ指示した乱数表読み上げ放送のことが詳しく出ている。

今みたいにＮＨＫが終夜放送をしていなかった頃、深夜0時に放送終了の君が代が流れた後の無音の空白に、ラジオのダイアルを少しずらすと、不気味に平坦な女の声で数字を読み上げる電波が入ってきた。いわゆる乱数表で、解読に手を焼いている自衛隊が懸賞金を出しているという噂もあって聴いていた時期もある。その中に日本人拉致の指令もあったわけだ。理由はいろいろ取り沙汰されているが、二〇〇一年のある瞬間からふつりと途絶えた。戦争とばかり結びつくと思っていた暗号がこの平和時にちゃんと機能しているという感じは気味悪かった。平和ボケの日本は伝統的に諜報・防諜に弱い。紫暗号をきれいに解読されたまま、珊瑚海で、ミッドウェーで負けた。スパイ・ゾルゲにもしてやられた。連合艦隊司令長官山本五十六を南の空に喪った。いわゆる「海軍甲事件」である。

電子時代の暗号についての技術的説明が半分である。AES（高度暗号化標準）とかDES（データ暗号化標準）から、変体少女文字や少女たちのポケベル暗号（「724106」で「なにしている？」）まで、徹底を極めるし、そうした世界を支える技術と数学の説明にも存分の紙数が割かれる。どの言語で一番使われる文字は何といった「頻度分析」や「乱数の割り出し」くらい、何とかついて行けるが、モジュラー算術だ、通信解析だ、楕円曲線と楕円曲線暗号など、素人には手に余る。

なにしろ面白いのが、電子時代の経済や認証制度といった局面に入る前の、もっぱら単純に軍事に関わった暗号史の項目である。日清・日露戦争で日本軍の暗号発達は著しかったが、信濃丸発信の「ネネネネ」「タタタタ」という暗号無線がバルチック艦隊撃破をもたらしただの、親日派米人による「人形暗号」だの、「風通信」だの、鹿児島弁で電信したらそのまま暗号として通用しただの、びっくりするような初耳逸話がいくらもある。親日派で愛嬌ある人柄で人気の高かった駐日大使エドウィン・ライシャワーが諜報の出だったと知って、いささか考えこんでしまったりする。

つい先日、上海領事館で日本人要員が自殺して安部普三内閣に衝撃を与えたが、色仕掛けで身動きとれなくされての自裁だった由。ハニー・トラップ（「蜜の罠」）と、こういうやり方を言うのだそうだ。そういう諜報・防諜の話題を単に「暗号」というところを超えてカヴァーする。野放図だが、読みものとして歓迎すべきリーダブルな幅が出た。

個人的な関心で言えば、異様なページ数が割かれている江戸川乱歩が、暗号小説の名作『二銭銅貨』で、チャールズ二世治下の英国から暗号技術は発達するとした指摘が、「フランシス・ベーコンの二文字暗号」「アーガイルの暗号」「薔薇十字の暗号」「ピューリタン革命時の暗号」「ジョン・ウィルキンズ」「ジョン・ウォリス」「ジャコバイトと暗号」等の項目を読むと改めて正しいと確認できた。カトリック王党派が命懸けで通信した手紙の中で暗号が発達した。小説家サッカレーがこの時代に取材した作品『ヘンリー・エズモンド』が、その辺、巧く書いていると知らされて、一英文学者として今頃不勉強を恥じてしまう。

英国十七世紀末を「表象」の整備期として捉え直せといってきたぼく、改めて、フーコーの『言葉と物』に「暗号」が全然扱われていなかったことに、「大」歴史家ゆえの限界を感じた。アルファベットをいじくり回した王党派のナンセンスな書簡は、その実、一命賭しての表象行為だったことがわかる。現にチャールズ一世は妃への書簡を押さえられ、ジョン・ウォリスに解読されたものを証拠に斬首台に落命したのである。

ことは英国に限らない。アメリカの独立戦争・南北戦争周辺もやたら暗号が発達したし、「鉄仮面と暗号」「ナポレオンと暗号」を読むとフランス史がそっくり暗号史に見える。

著者の一人は、パノラマ館を舞台の幻想小説を書いて皆川博子を感嘆させた文学教養派だけに、「文学における暗号」「小説に登場する暗号」の項が面白い。E・A・ポーと乱歩、『クリプトノミコン』〈1〉〈2〉〈3〉〈4〉のニール・スティーヴンスン、そしてもちろん『ダ・ヴィンチ・コード』のダン・ブラウンがメインとなる。谷崎潤一郎のイメージを狂わせるその暗号趣味だとか、阿川弘之が「対敵通信諜報暗号解読機関」出身だとか、面白いトリヴィアにも事欠かない。

「カバラ」や「魔方陣」、「象形文字」といった項目を見て、ホッケの『文学におけるマニエリスム』（一九五九）を思い出した。グロンスフェルト暗号を考案したカスパール・ショット。そこにデルラ・ポルタにアタナシウス・キルヒャーと並ぶと、暗号とは数学という名のマニエリスムでなくて何だと改めて確信できた次第である。

6. 高校生がピクチャレスクを学ぶ日　6/5

『イギリス的風景―教養の旅から感性の旅へ』中島俊郎（NTT出版）

旧式な人文科学が気息奄々《きそくえんえん》とする一方、メディア論を核に新しい人文科学が醸成されつつあるのはたしかだし、ぼくなども教育現場にそうした趨勢を反映したカリキュラムを工夫しようと、柄にもなく「教育者」として腐心している。バブル崩壊前夜まで知の前衛だった人たちが一定の年齢になっての初中等教育熱が面白い。

松岡正剛氏の『17歳のための世界と日本の見方』の好調が典型だし、松岡氏の「七〇年代最大の発見」だった荒俣宏氏がダーウィンのビーグル号航海記を小学生を相手に漢字総ルビで訳した仕事なども思い出す。「関係の発見」というバロックやマニエリスムの構造こそ、ぼくのいう「編集」です、という松岡氏の主張や材料がとても高校生に通じるとは思えず、今時の大学新入生にだってかなりきつい内容と思うのだが、難しいことを易しくいい続けることには、それはそれで松岡氏クラスの能弁と透徹が必要だと知れる。

新人文科学は「電子リテラシー（digiteracy）」と同じくらい、ダイナミックに議論の舞台として再編さるべき世界史（あるいは日本史）の知識を必須とする。たとえばまたしても松岡氏だが、氏が主宰する編集工学研究所で編集した大年表『情報の歴史』（NTT出版）の中で必要に応じて自由自在に再編集される世界史。実に全国の高校の約一割強における履修漏れ騒ぎもなお苦々しく記憶に新しいが、「地理歴史」が一番ネグられていたわけで、望まれる教養と現実の実力の差は凄いものがある。新人文学に歴史教養は必須だ。

こういう高校と（生き延びるためにとにかく工夫はする）大学の開き、というか不連続はどんどんひどくなりそう。というので、たとえば東大駒場で新二千年紀あけてすぐから「高校生のための金曜特別講座」というのを始めたのだが、二〇〇五年度のそれが『高校生のための東大授業ライヴ』にまとまった（東京大学出版会、二〇〇七）。求心力がもうひとつという印象だが、ぼくにとって面白かったのは第九講。安西信一先生の「イングリッシュ・ガーデン誕生の裏側―その美学と政治学」講義。今から二〇年くらい前には高校生はおろか、大の大人でも学びようのないテーマだったわけで、隔世の感、大袈裟でなく感無量である。

イングリッシュ・ガーデンといって我々が普通に思い浮かべるのは、十九世紀末からのケイト・グリーナウェイの可愛い絵にあるような小綺麗なハーブ・ガーデンだが、実際には、十八世紀一杯、反フランス造園術として異様な姿を歴史に刻んだ風景式庭園（landscape garden）を指す。ピクチャレスク・ガーデンという呼び方も可能。今日そのあらかたがなくなったり、ゴルフ場に変貌したりして、往事の姿では見ることができない。もう一人のグリーナウェイ、ピーター・グリーナウェイの映画『英国式庭園殺人事件』で見られる。あるいは、スタンリー・キューブリックの長尺『バリー・リンドン』でも終りの方に壮麗なピクチャレスク・ガーデンが見られる。十八世紀文化の象徴である。

フランス絶対王政（ルイ王朝）がヴェルサイユ式という左右均衡・求心構造の作庭に、その「空間政治学」（ヴァールンケ）を実現したのに対して、イングリッシュ・ガーデンは中心を欠く多視点多核の一種のジャングルをめざした。フランス的美意識がつるつる滑らかなものを良しとする以上、英国人は「ラフ」で「ラギッド」なものを愛でなければならない。端的には、直線路がそれも放射状に展開するフランス式庭園に対して、「サーペンタイン」式、即ち蛇行を重ねる曲線の園路に執する。中尾真理『英国式庭園―自然は直線を好まない』（講談社。叢書メチエ）の副題はそのことを意味している。蛇状曲線の作庭術だ。

独自の風景観を持たなかった十八世紀初頭の英国紳士たちはイタリアを美の理想の標的に決め、イタリア風景を絵の形で輸入し、それを英国という異土で立体的に立ち上げるという倒錯を演じた。英国華紳の教養の印がイタリア風景にどれほど通じているかで測られた。歩きながら、これは画家某が描いたイタリアのどこそこの風景と見抜いていくのが、教養の印。極端なのはウェルギリウスの永遠の名作『アイネーアス』の歌枕めぐりを庭を歩きながら行う。名作からのさわりがそこここに碑銘となって散りばめられていた。なんとも辟易するね。

たとえば、十八世紀半ばの憂愁趣味や感傷傾向に染まり、特にバークの「崇高」論（一七五七）に染まって、庭と歩く散策者の間の相互反映の構造を介する形で、どんどんゴシックな気分、恐怖や戦慄を演出するマニエリスム色の強い庭に化していった事情が面白い。

　ピクチャレスク・ガーデンをそれとして再点検した建築家デイヴィッド・ワトキン『イングリッシュ・ヴィジョン』(一九八四)を、ぼくの『目の中の劇場』『庭の綺想学』が安西信一『イギリス風景式庭園の美学』(二〇〇〇)に媒介したものを、中島俊郎『イギリス的風景』(二〇〇七)が「教養の旅から感性の旅へ」という巧いコンセプトで整理した。

7.「卓」越する新歴史学の妙

『食卓談義のイギリス文学―書物が語る社交の歴史』圓月勝博[編](彩流社)　6/8

　学問史といってもよいし、知識形成論、知識関係論といってもよいが、才物たちの離合と集散の中から新しい知識が算出される様子を描く本はどれも面白い。田中優子『江戸の想像力』は「連」のそうした出会いの産出力を描いて魅力的だったし、山口昌男歴史人類学はそもそもの『本の神話学』から『内田魯庵山脈』まで、要するに大小のコロニーの中で生じるパラダイム変換の記述誌といってもよいほどだ。

　洋書には無数にあるが、フロイト・ユング往復書簡(邦訳:講談社学術文庫〈上〉〈下〉)編集で有名なウィリアム・マガイアーの書いた『ボーリンゲン』(一九八二)以上のものはない。分析心理学のC・G・ユングが世界中の知性を領域横断的に周りに集めたいわゆるエラノス・ターグンク(エラノス会議)が、アメリカにそのデヴィジョンとしてボーリンゲン基金・出版をいかにして創設したかを、二十世紀を変えた百有余名の傑出した知性の、一共有空間を舞台にした交渉の積み重ねとして活写した。今ぼく自身が翻訳中だ。

そういう一共有空間の具体的イメージは、間違いなく丸いテーブルである。人と人が集まり、しかもメンバーに価値的上下関係のない発言の平等性・循環性が保証されているという条件をクリアできるコミュニケーションズ・ツールとして、円卓以上のものはない。絶対にそのはずだと思って貴重写真満載の『ボーリンゲン』を眺めると、石の巨大円卓が緑蔭に快く、周りにまさしく人文学やサイ科学の世界的傑物がずらりと坐って会食している究極の一枚が、さもありなんと目に入ってくる。第一、エラノスという名自体が地名でもあろうかと思っていたら、ギリシア語で「丸い卓」を意味する語と知れて、思わず膝を打った。

人ひとりにできることには自ずと限界がある。ふたり集まると一足す一以上の何かが出てくるのを見られるのが、こういうコロニー文化史の面白いところだ。一九三〇年代ワイマールとか一九六〇年代のグリニッジ・ヴィレッジとか、いろいろ書ける。種村季弘氏の隠れた名著『ヴォルプスヴェーデふたたび』もおそろしく魅力的だった。

知の円卓が光彩陸離としたのは十八世紀も同じだった。諷刺の黄金時代ということで古代アテーナイ以来といわれていることが、いろいろ異なる見解の併存を許容したデモス（民主）精神の成熟度を示しているわけだ。議論百出をそのまま各人の口から出る「意見」として記述していく文字通りの観念小説の発明家として、トマス・ラヴ・ピーコックに着眼し、ローレンス・スターンに目を付けたというのが、たとえばぼくの処女評論集『アリス狩り』の根本的テーマである。

主人公たちが対峙して卓の周りで語り合う場面が現にあるからというだけのことではない。多様な価値が互いに競合しながら決して一点に収斂することを許さない作品自体の構造がそれ自体円卓的なので、ノースロップ・フライが「百科事典的」と呼ぶ「アイロニー」の文学、たとえば『白鯨』や『重力の虹』が典型であり、円卓イメージが究極的には人間の身体そのもの（物質的下層原理）とも巧く合致するので、身体融合の祝祭と対話を支柱とするミハイール・バフチンの文学・文化批評をも、円卓文学論はそっくり取りこむことになる。そして哲学的淵源としてソクラテスその他、古ギリシアの「食卓を囲む哲人たち」を位置付ける研究が、当然のように出てくる。

しかし何しろ問題はアーリーモダンの英国だろう。ピューリタン革命以後、名誉革命からホイッグ、トーリー二大政党による議会民主制の成立まで、随分な量の議論百出が想像されるが、まさしく嗜好文化史に冠絶《かんぜつ》するコーヒーハウスの百年であろう。一番初めに、政治論が飛び交い、商人ダニエル・デフォーや文豪ジョン・ドライデンの耳学問の舞台となり、最後にはロマン派の文学談義の白熱の場になだれこんでいった、人と人を会わせ喋り合わせるテーブルの百年。その十八世紀末にかけて、『ジョンソニアーナ』といった不思議なジャンルの「文学」が登場する。人の名に「…アーナ」という語尾が付いて、誰それの言動録という意味。『ジョンソニアーナ』なら大文豪サミュエル・ジョンソンが有名な「文学クラブ」でほとんど一日中喋り続けていた芸談時俗の噂話などの集大成である。

通に有名なところではジョン・セルデンの言動録があるが、かつてぼくに「今に高山さんの播いた種、つくった子供たちがいろんな所で出てきますよ」と嬉しいことを言い続けた関西英文学界の雄、圓月勝博氏が、以上記したようなぼくの直観に過ぎなかった円卓文化論を、このセルデンについて見事にまとめているのに感心した。

というか、アーリーモダンの英国文化で主たる業績をあげつつある新歴史学、その気鋭が七人寄って、政治のみか演劇や活字印刷メディア全体に「卓」の比喩的機能が潑剌と生動していた様を描いた。流行のアンソロジーという形式を「紙上の饗宴」と結論付けるあたり、「紙」と「宴」にこだわりぬいてきたぼくなど、思わずして快哉を叫んだ。快挙である。

8. 高知尾仁の「人類学精神史」

6/12

『表象のエチオピア――光の時代に』高知尾仁（悠書館）

本当に心から良いと思った本をとりあげるのが良心的な書評ということだと、戦略的翻訳家でもあるぼくはひとつのパラドックスに捉えられてしまう。英独仏伊の洋書で自分が良いと思ったものは、しかし全然というくらい訳されていないので、自分が訳してしまうものだから、出版や書評界の仁義として翻訳者が書評者になるのがおかしいとされる以上、大体において自分の大好きな本の書評が原理的に許されていない。だから一種の「書評」として予め訳本の中に内蔵されているぼくの「訳者あとがき」の伝説的な長さ、となる。

二十世紀の人文科学を統合整理し、それをそっくり二十一世紀のデジタル人文学に編制しようという壮大な構想を年一冊、着実に形にし、理工系MIT（マサチュセッツ工科大学）の「人文化」戦略の看板にさえなっている美術史家、バーバラ・マリア・スタフォードの場合がそれである。処女作『象徴と神話』（一九七九）は、フランス革命の頃にユングの元型的イメージ論を先駆したスイス人記号論者を復権させようという相当マニアックな大著だから無視黙殺も仕方なかったが、それぞれが出版史に残る名著大冊である『実体への旅』（一九八四）、『ボディ・クリティシズム』（一九九一）がどんっと刊行されても、風景論、身体論、両分野で、反応どころかまともな言及ひとつ出てこない。少々フォローが遅れてどうこうない大きなスケールの本ではあるが、スタフォードは時代と伴走し、時代の変わり目を反映して仕事するタイプなので、できればリアルタイムに近い形で日本語にしたいというので、『アートフル・サイエンス』、『グッド・ルッキング』、『ヴィジュアル・アナロジー』を極力迅速に訳した。そして遡行する形で『ボディ・クリティシズム』を訳し、『実体への旅』早々に脱稿、現在は『象徴と神話』に掛っている。

『実体への旅』も今夏には店頭に訳は出るが、残念、ぼくはこの大好きな本を書評できない。まことに珍妙なパラドックスではないか。そのことを意識しながら最後の最後に、書評を試みてみるつもりだから、お楽しみに。

ぼくは一方で、ロンドン王立協会の研究を、主にその普遍言語構想について進めていた。そして一方では、ぼくの名を世に出したピクチャレスクの研究。ふたつ、ぼくが面白くやる以上、必ずどこかで結びつくものと思っていたが、『実体への旅』に先を越された。そうと認識した瞬間、軽い眩暈を感じたのを覚えている。自分の中でふたつの力が合体した、と。ふたつがぼく独自の大きな表象論――

「高山学」――を支える強力分子として合体した。
『実体への旅』の副題に「一七六〇年から一八四〇年にいたる美術、科学、自然と絵入り実録旅行記」とある。キャプテン・クックやブーガンヴィル、ヴァンクーヴァーといった名でおなじみの世界周航者、太平洋探検家たちが見なれぬ風土や異様な気象現象を記録し、王立協会はじめ支援の各アカデミーに報告する言語に、折りから流行中のピクチャレスク・トラヴェルの旅行記の大仰でいて紋切り型の景観描写のうそをあばく「真正」と「平明」への「男性的」意力というものを認め、そこに王立協会がめざした真正、平明の言語イデオロギーとの直接の系譜を認めようという仕掛けの本である。キャプテン・クックは王立協会の全面援助を受けた。南オーストラリア中に溢れる「バンクシア」名の多様な植物種の命名者ジョゼフ・バンクスはクック航海に随伴したが、王立協会総裁になる人物である。

　異論はある。しかも根本的な異論だ。西欧人が反合理の「理想の風景」ということでオリエントを見てつくった反合理のピクチャレスク風景を他者に逆に読みこみ、そういう意味で他者を征圧し、消滅させたのが、アーリーモダンから二十世紀初めにかけての「表象としての旅」の問題なのだとすれば、平明な言語の背後にある「男性性」を太平洋に運んだクック、アフリカに持ちこんだジェイムズ・ブルース、皆、E・サイードの批判したオリエンタリズムの暴力ということでは、ピクチャレスクの他者無視の構造と実は全然異ならない。それが熱帯や極地での「エントロピック」な、熱や空気が予測不可能な気象現象をうむ環境の中で行きづまり、瓦解の様相を見せる。スタフォード自身、『実体への旅』最後の部分でそのことに気付いており、次作『ボディ・クリティシズム』は「啓蒙」の男性意志が空気学や電気化学の中に解消されていく十八世紀像を今度は正面切って描く。
旅行表象論でN. Leaske, "Curiosity and the Aesthetics of Travel Writing 1770-1840" (2002) をうみ、描写論でCynthia S. Wall, "The Prose of Things" (2006) をうむことになる「スタフォード・スフィア（圏）」は、我々の近くでは高知尾仁『表象のエチオピア』をうんだ。『幻想の東洋』（ちくま学芸文庫〈上〉〈下〉）の彌永信美氏などと組んだ『表象としての旅』の編集人でもある高知尾氏の意欲作は、他者消滅の構造分析ではスタフォードより繊細かつ周到。実に誇らしい。

9. 絵解き歴史学の魅力

6/15

『大英帝国という経験』井野瀬久美惠（講談社・興亡の世界史16）

英国史家、井野瀬久美惠の語り口がどんどん巧くなっている。最新刊『大英帝国という経験』を見て、そう思った。講談社の人気叢書「興亡の世界史」の一冊ということで、できるだけリーダブルに、まるで良くできた受験参考書みたいに簡略化のための図表処理が入ったりといった全体的方針があるのだろうが、ある議論を虚を突く面白い逸話で導入する「つかみ」の巧さは著者独自のものであるし、絵画を含む「モノ」のイメージを史料として提示する勘の良さは新しい歴史学のひとつの方向を示していて、たとえばぼく愛好の大歴史家サイモン・シャーマに似てきた。

そのサイモン・シャーマが、ちょうど二〇〇〇年にBBC連続番組で「ブリテンの歴史」を組み立て、それが二〇〇〇年から二〇〇一年にかけて同名の三分冊として出て、ベストセラーになった。ぼくは自分の趣味で同じシャーマの『風景と記憶』（"Landscape and Memory", 1995）と『レンブラントの目』（"Rembrandt's Eyes", 1999）の訳を引き受けて力尽き、『ブリテンの歴史』に手がつかなかったのだが、紀元前三〇〇〇年から一六〇三年を分かれ目にして二〇〇一年まで語り抜く活字も、ヴィデオ映像もすばらしかった。* そして同じ二〇〇〇年には、類書中に図抜けたリンダ・コリーの『ブリトンズ』（"Britons:Forging the Nation, 1707-1837"）が『イギリス国民の誕生』という訳で名古屋大学出版会（良書好著の連続）から出たのを耽読できた。

　十八世紀から十九世紀一杯、世界に覇権を拡げたツケが帝国各部分からの猛烈な数の非白人移民の流入という「帝国の逆襲」を受け、ロンドン地下鉄爆破未遂犯のように英国生れ英国籍のパキスタン人といった「イギリス人」を一杯つくりだしてきたが、新千年紀、ますますこの「イギリス人とはだれか」というアイデンティティ不安が強烈になってくるだろうと思われた。そこに9・11。一挙に「帝国」が「現代思想」最大のキーワードと化す。

　カボットのニューファンドランド島「発見」から語り起こし、そうした新千年紀劈頭のブレア政権の抱えた非白人英国人排斥か、問題の「内在化」かという選択肢まで、たかだか四〇〇ページ弱でよくもここまでと感心する目次構成で大英帝国を疾走した井野瀬氏のこの最新刊で、その思いを改めて強くした。

　スコットランドとアイルランド、当然一番多くの紙幅の割かれるアメリカ、そしてカナダ、アフリカと、地理的にも実に巧みに帝国各部分の抱えた問題をすくうのみか、移民、奴隷貿易といったテーマでも切りこみ、そのテーマもヴィクトリア女王の表象、フェミニズム（「女たちの大英帝国」）、青少年文化と、いわゆるカルチュラル・スタディーズが「帝国」を切る切り口の総覧の観もある。植物が植民地支配の「緑の武器」に化す「植物帝国主義」も語られる。井野瀬氏を一躍ポピュラーにしたのは朝日選書の『大英帝国はミュージック・ホールから』だが、最新刊でもちゃんと復習される。今まで刊行された仕事のエッセンスがきちんと取りこまれ、一種「井野瀬ワールド」のオンパレードというでき方で、着実に進む学問の好ましい見本である。

ヴンダーカンマーの「驚異」の背後に他文化に対する「占有」があったように、第一回ロンドン万国博やホワイトリー百貨店の背後にインドやアフリカの苦しみがあることを、飲茶の習慣やショッピングの快楽を分析しながら語る「モノの帝国」の章が出色である。嗜好や視覚的娯楽といった文化史の局面を欠いたら、もはやただの帝国政治史にしかならない。

ぼくなど、リチャード・オールティックの『ロンドンの見世物』やリン・バーバーの『博物学の黄金時代』を訳しながら、珍奇興行施設「エジプシャン・ホール」や博物学という「ラショナル・アミューズメント（理に叶った娯楽）」の浸透を、誰かが帝国の文化史として綴ってくれないかなと願っていた。それが今、真芯に井野瀬氏の仕事だ。

文化史、「モノ」をめぐる感性史に敏感ということと絶対相関していると思う氏のもうひとつの強みは、絵に対する感受性である。開巻すぐの口絵グラビアに「イギリスの想像力」と題して、ジョン・エヴァレット・ミレイの『ローリーの少年時代』等五点の絵が並んでいて、「膨張しすぎた大英帝国にとって、絵画とは、時として国民のアイデンティティの支柱となり、またある時には植民地のイメージを伝えるメディアの役割を担うものであった」というキャプションがある。何故この五点かを読者なりに考え抜いてから、本文中の説明を読むことを勧める。いかにこの視覚的史家（？）の絵画感覚が卓越しているか、よくわかるだろう。勿論その一枚は井野瀬氏の名作『黒人王、白人王に謁見す――ある絵画のなかの大英帝国』（山川出版社、二〇〇二）一巻の主題だった絵。美術史の専門家に不可能な読みをこの視覚史料に試みた女史を、コロンビア大学で「アート・ヒストリー・アンド・ヒストリー」を講じているサイモン・シャーマにたとえたことがあるが、『風景と記憶』の「大英帝国」論を、シャーマも同じエヴァレット・ミレイの『ローリーの少年時代』で語りはじめていたのが面白い。

＊Simon Scham, "A History of Britain".
1. At the Edge of the World? 3000BC-AD1603 (hard/pap.)
2. The British Wars, 1603-1776（hard/pap.）
3. The Fate of Empire, 1776-2001（hard/pap.）

6/19

10. 猫と新歴史学

『猫はなぜ絞首台に登ったか』東ゆみこ（光文社新書）

大変象徴的な標題だが、フェリシティ・ナスボーム、ローラ・ブラウン共編の『新しい18世紀』という論叢が出たのが一九八七年。ジェンダーの逆転とか監獄改革とかをテーマにカルチュラル・スタディーズから見た十八世紀各局面の総覧を試みている。監獄改革といえば、いわゆるパノプティコン、一望監視の非人間的監獄のことを見られるのが、先般みんなに惜しまれつつ急逝された村山敏勝氏の訳で読めるD・A・ミラー『小説と警察』（国文社）であるが、そのような視点で肝心の十八世紀を見るとどうなるのかという望みをかなえてくれたジョン・ベンダーの『想像の懲治監獄――18世紀英国における小説と精神 - 建築』が、これも一九八七年。別にカルチュラル・スタディーズに限るわけでもないのだが、とにかく十八世紀研究がその辺で急速に「新しい」何かに見えてきた。

『新しい18世紀』に収められた十二篇の論文中で、ゴシック小説『ユドルフォの謎』の「他者の幽霊化」を論じたテリー・キャッスル（Terry Castle）の斬新がひときわ目を惹いた。同じ一九八七年、十八世紀に限らずいわゆるアーリーモダン全体を標的に台頭中の新歴史学の牙城、『リプリゼンテーションズ』の第17（冬）号に載ったテリー・キャッスルの「女体温計」は、有名な画家、ウィリアム・ホガースの風俗画中に一ディテールとして描きこまれた珍妙な計器――女の情愛を目盛りで測る「女体温計」――の分析を通して新歴史学の極みという腕前を見せて、表象文化論が視覚史料を駆使することを特徴のひとつとした「新歴史学」の醍醐味を味わせてくれた。たしか秀才、後藤和彦氏による全訳が、雑誌『現代思想』一九八九年二月「ニュー・ヒストリシズム」号に掲載されていた。

ちなみにこの『現代思想』の特集は、英語圏がマニエリスム驚異博物館の社会学をやった一番早い例たるスティーヴン・グリーンブラットやテリー・キャッスルと並べてスティーヴン・マレイニーの論文を、紹介していて、誰の宰領かと思えば、やはり大勉強家、富山太佳夫氏であって、えらく腑に落ちたのを記憶している。

翌一九八八年に『クリティカル・インクワイアリー』15（秋）号に発表された「ファンタスマゴリア」には文字通り一驚を喫し、ぼく自身、とるものもとりあえず、『幻想文学』誌に英国幽霊物語の特集を組んでもらい、全訳して巻頭に掲載してもらった。「見過ごされたもの」（N・ブライソン）としてのマイナーな視覚素材を通して「新しい18世紀」像を追求するという手法で、これ以上の見事な手練のものは他に一寸見当たらない。

「女体温計」「ファンタスマゴリア」を含む一一論文を集めたキャッスル女史の『女体温計——18世紀文化と〈不気味なもの〉の発明』（一九九五）が出た時には、だからほとんど狂喜乱舞のていであった。紀伊國屋書店から邦訳の話をいただきながら、版元のオックスフォード大学が編集権料という珍妙なものをふっかけてきたために企画中断した苦い思い出がある。時が経った。是非もう一度トライするに値する絶品であると思う。

懇意だったありな書房から、ピーター・ストーリーブラス、アロン・ホワイトの『境界侵犯——その詩学と政治学』邦訳の企画を立て、友人だった本橋哲也氏を動かして訳を出したのが、その一九九五年のこと。キャッスルの名著と並べば、威力抜群の「新しい18世紀」イメージを日本の読者に有無をいわさず納得してもらえたはずで、失われたタイミングを今でも非常に口惜しく思うのである。

ストーリーブラスとホワイト（惜しくも早逝）の本は書誌一覧すればわかるが、英語圏で最も徹底してバフチン批評万般を読みこんだ書誌になっている。キャッスル歴史学は一巻に編むに際して持ち出したフロイトの「不気味なもの」論が、いかにもという感じで一寸スカスカしてしまうのに対して、こちらはバフチン・カーニヴァル論全開でいくしかない十八世紀固有の肉感と猥雑を切り捨てない、古くて「新しい」十八世紀論である。やはり十八世紀はこれでなくては、ね。

それで今回の一冊は、久方ぶりの山口昌男象徴人類学の才媛、『クソマルの神話学』の東ゆみこ氏の『猫はなぜ絞首台に登ったか』である。まさしくホガースの風俗画中のディテール——逆さに吊るされて虐待される猫——を、十八世紀にまで蜿々尾を引いたカーニヴァル、さらには穀物霊崇拝の伝統の中に遡行して位置づけ、滅びぬ「神話の力」を析出し切って余念がない。

猫の虐待といえば、新歴史学の少し風変わりな旗手ロバート・ダーントンの『猫の大虐殺』（一九八四、岩波書店一九九〇）だが、結局、資本家対職工たちという安手の二項対立を出ることのないダーントンの見かけのにぎやかし（？）を東女史は痛烈に批判する。

どちらが正しいかとは問わないが、英国十八世紀の肉感性を一身に担ったホガースだけは、やはり東ゆみこの対応でなくてはならない。

6/22

11. デザイン愛への誘惑者

バルトルシャイティス著作集1『アベラシオン—形態の伝説をめぐる4つのエッセー』J・バルトルシャイティス〔著〕種村季弘、巖谷國士〔訳〕（国書刊行会）

極私的なことでいえば、今年二〇〇七年上半期最大の欣快事は、リトアニア出身の幻視家ユルギス・バルトルシャイティス（Jurgis Baltrušaitis）の『アベラシオン』および『イシス探求』が重版なり、久しぶりに、バルトルシャイティス著作集（全四巻）が揃って購え、揃って読めるようになったことである。

極私的というのは、後に企画魔とか知の総合商社とかいわれることになるぼくの最初の「企画もの」が、三〇になってすぐのこのバルトルシャイティス著作集だったからで、故澁澤龍彦氏の面晤《めんご》の栄に浴すことができた初めてにして実は終りの唯一の機会を、この企画相談のための北鎌倉行きが恵んでくれたからである。当時国書刊行会にいた宮崎慶雄氏とつれだって鎌倉にお邪魔して夜っぴいての楽しい歓談の様子は、拙著『ブック・カーニヴァル』に懐しく綴ってある。本当に楽しい人だった。

画期的といわれた「東西庭園譚」他、澁澤氏の文章のいたる所に顔を出すバルトルシャイティスという異様な名が気掛りでならず、手に入れた『アナモルフォーズ』の目次構成と溢れる図版のもの珍しいことに仰天し、そのどんぴしゃのタイミングで、某版元での澁澤監修バルトルシャイティス作品集企画が頓挫したという噂を聞いたぼくは、ぼくなりの腹案をもって澁澤氏と向い合ったのである。そうか、では『アナモルフォーズ』は君が、『イシス探求』は詩人学究の有田忠郎氏が適任だと澁澤氏はいい、『アベラシオン』を自分と種村［季弘］氏で、『幻想の中世』（Le Moyen Age fantastique : antiquités et exotismes dans l'art gothique）は辻佐保子氏でいこうと仰有った。そして、書き込みがあちこちにある貴重なバルトルシャイティス本を、コピーをとったら返してくれればよいからといって、若造二人にどんっと貸してくれた。

辻邦生夫人はいかにも手堅い美術史家らしく、面白おかしそうな後期のバルトルシャイティス本ばかりやるのは変だ、古代・中世の東中欧域の図像学を試みた初期の作品をこそと仰有って、バルトルシャイティスのファッショナブルな〈今〉性をはっきり売ろうとしていたぼくの意図とはいきなりずれ、では人選を改めてといってのんびりしている間に、別の版元から『幻想の中世』が出てしまった。第一、やがて澁澤氏が他界されてしまい、企画自体腰くだけになりかかったところで、『アベラシオン』の独訳（Imaginare Realitäten, 1984）を入手、これを種村氏にプレゼントしたところで一挙に愁眉を開き、巖谷國士氏との夢のコンビの共訳となった。企画進行中の一九七八年に出た老大家の新刊『鏡』を、『幻想の中世』の代わりに入れることに決め、当時急に親しくなっていた才人美学者の谷川渥氏に頼んで、企画は体をなした。

　遅れて却って良かったのは、一九八〇年代に入って、大詩人イヴ・ボンヌフォワが監修してバルトルシャイティスを改めて世に出そうというガリマール社の「逸脱の遠近法」叢書が出たからである。ぼく担当の『アナモルフォーズ——光学魔術』（一九八四）に一番大きな増補が加わり、長い歪曲遠近法の歴史が中国の話で尻切れとんぼに終る感のあった旧版を一挙にジャン・コクトーや『セミネール』（一九七三）のジャック・ラカンへと開いた絶対不可欠な文章が加わって、『アナモルフォーズ』は画竜点睛をとげた。

　澁澤・種村ブームと俗称される映像的想像力に満ちた百学連環の知に決着のついた一九九〇年を迎えてすぐのバルトルシャイティス著作集全四巻は、世界的にみても最高最良の幻想文学・文化論をつくりだした澁澤・種村両大人《うし》の文業にも画竜点睛をとげさせたものであるということが、監修者としてのささやかな誇りと自負である（勿論、澁澤氏亡き後にぼくに監修者を名乗る意力のあったはずはない）。心残りは『幻想の中世』の続巻たる『覚醒と驚異』を翻訳路線に積み残したことで、後、親しい大仏教学者でオリエンタリズム研究の第一人者、彌永信美氏に頼んで平凡社刊をめざしたが、もうかなり時間が経ってしまっている。

ロマン派を〈学〉として今日に媒介するゲーテの、〈今〉に生きるべき最大の業績は、形態学（morphologia）である。それは実は古代の学ないし術だったのを十六世紀マニエリスムがロマン派に媒介したものだったことをバルトルシャイティスが明らかにした。だから同じ西欧月光派の精神史を循環史観として掘り起こそうとしたG・R・ホッケの『迷宮としての世界』（一九五七）の最有力の霊感源が『アベラシオン』（一九五五）や『アナモルフォーズ』（一九五七）であるのは当然なのだ。と書くだに、A・ブルトンの『魔術的芸術』（一九五七）を含め、一九五〇年代後半に爆発したこのモルフォロジカルな知とは何だったのか。

動物に似る人の顔、聖像に似る石の模様、森に似るカトリック聖堂、そして楽園に似る十八世紀ピクチャレスク庭園――「形態の伝説をめぐる4つのエッセー」と副題される『アベラシオン』を、デジタルを装う永遠の「類比・類推」の術《アルテ》たるべきデザインを愛する人たちに、改めてお奨めしよう。

＊バルトルシャイティス著作集

『アベラシオン――形態の伝説をめぐる4つのエッセー』種村季弘・巖谷國士訳――“Aberrations : essai sur la légende des formes”

『アナモルフォーズ――光学魔術』高山宏訳――“Anamorphoses ou Thaumaturgus opticus”

『イシス探求――ある神話の伝承をめぐる試論』有田忠郎訳――“La quête d'Isis - essai sur la légende d'un mythe”

『鏡—科学的伝説についての試論、啓示・SF・まやかし』谷川渥訳——“Le miroir : essai sur une légende scientifique, révélations, science fiction et fallacies”

12. マニエリスム英文学を体感

『シェイクスピアのアナモルフォーズ』蒲池美鶴（研究社）　6/26

敬愛する編集工学研究所所長、松岡正剛氏の話題の『17歳のための世界と日本の見方』（春秋社）を読んで、背景にミッシェル・セールのライプニッツ研究やジル・ドゥルーズの『襞』を置きながらバロックを先駆的「編集工学」として説くくだりで、ぼくも一昔前、神戸芸術大学大学院で同じような講義をしたことがあり、これが帝塚山学院大学の学生にどこまで理解されたか分からないが、とにかくバロック・マインドを高校生（十七歳）に教えようという玄月松岡の意力には拍手を送りたい。

高校までで教わるバロックなど、教科書が一段とヴィジュアルになっただけの話で、理解のあり方そのものは、一昔前、二昔前と全然変わらず、相も変わらずヴィヴァルディのバロック、せいぜいでカラヴァッジョのバロック、音楽美術の一範疇としてのバロック以上のことは全然出ていない。松岡氏のように「関係の発見」の“arte”としてのバロックなんて、とてもとても。

「関係の発見」のための巨大な練習問題集として松岡氏が途方もない大年表『情報の歴史』（NTT出

版）を出して、バブル頽唐期にしかありえない贅沢なショックで我々を驚倒せしめたのが、一九九〇年。知も財もすべてが実体より「関係」にシフトし、つまり一文化全体が「バロック」化した。『17歳…』で松岡氏自体、そのために「バロック」という旧套概念をブラッシュアップしてみるか、いっそ耳慣れない（高校生が絶対知らない）「マニエリスム」というキーワードを選ぶかで、一瞬躊躇しているあたりの呼吸が面白い。

高校の教科書にマニエリスムが出てくるとは考えにくいし、ミケランジェロをマニエリストと呼ぶとは書いてあるとしても、今きみの歩いている新宿だって立派に（ネオ）マニエリスムの空間なんだよ、という話なんかになるはずはない。しかし今、たとえば新宿を理解し享楽するに一番必要なのは、まさしく（ネオ）マニエリスム（ないしネオ・バロック）なのに、である。

精神の孤立と世界拡大（の噂）、その中での蒐集と仮装——これがバロック／マニエリスムの標識だとするなら、「アキバ」系なんて、別にある時代のある場所だけが専売特許みたいに威張るものでもない。電気がなかっただけで、十六世紀末のプラハにも十七世紀末のロンドンにも、いくらでもあった。マニエリスムという極端なハイカルチャーが俗化して現下のサブカルチャーとたいして違わないこの構造って何か、宮台真司を読んでも大塚英志を覗いても、全然教えてくれない。オマール・カラブレーゼやアンジェラ・ヌダリアヌスの過激なネオ・バロック論、翻訳進行の噂さえ聞かない。

マニエリスムには日本語の入門書がない。昔そう謳った新書一点あるも現在入手不可だし、やはりマニエリスムは「入門」という観念と合わない。ひとつあるとすれば、やはり大若桑みどり先生の『マニエリスム芸術論』（現在、ちくま学芸文庫）か。しかし十六世紀から出ないオーソドックスなマニエリスム論（なんだか変）には違いない。

ぼくは、蒲池美鶴《かまち》『シェイクスピアのアナモルフォーズ』（研究社出版）を推したい。マニエリスムがいかに何かを試みながら、それを自意識たっぷりに自分でも見つめながら進行するアートであるか、つまり、いかに鏡でしか比喩されない"reflexive"なアートであるかを、これだけ徹底して説得してくれる一冊は、洋書にだってそうおいそれとは、ない。マニエリスム入門とは、こういう自意識過剰な運動を理解し、共感共振できるかどうかということなのであって、別段ＸＸ年にどうしたこうしたという知識の問題ではないのだ。

遠近法的に世界を見せる技術は「理にかなった制作法」と呼ばれていた。それが実はいかに虚構であるかを批判的にあばく技術を、「アナモルフォーズ（anamorphose）」と呼んだ。簡単にいえば、ルネサンスの遠近法にマニエリストたちのアナモルフォーズが対峙した。ひとつ上の世代で一番開かれていた故川崎寿彦氏の『鏡のマニエリスム』（研究社）がチャートを描いた分野、それを蒲池氏が徹底的にやったのが本書。

正面から見るとわけ分からないもやもやの多色の塊が、横や斜めから見ると国王の肖像に見えてくる。一番有名なのはハンス・ホルバイン子の『大使たち』で、二人の外交官の足元に長細い謎の物体があって、横から見ると。これが骸骨。この種の騙し絵の流行が、まさしくイリュージョンどっぷりの世界たる演劇ジャンルに影響を与えなかったはずがなく、シェイクスピアやジョン・ウェブスターといったエリザベス朝・ジェイムズ朝の中心的劇作家が一様に、アナモルフォーズ的に現実が二重化している芝居を作り出した。

背景に薔薇十字結社の動きを配するといったマクロな次元でも斬新な本なのだが、具体的な詩行について、ひとつの文にふたつ以上の意味を析出する著者の有名な英語力に驚くほかない。サントリー学芸賞受賞作。名が示すように松田聖子の縁者だ。

13. マニエリスト皇帝のテアトロクラシー　6/29

『乾隆帝──その政治の図像学』中野美代子（文春新書）

バルトルシャイティスの『アナモルフォーズ──光学魔術』は、加筆増補が行われなければ、明・清の中国宮廷における驚異の歪み鏡、歪曲遠近法の流行を記述したところで終っていたのである。こうだ。

とまれ表れ方の違いなど、大したことではない。どういう仕方でつくり出されたにしろ、反射光学的アナモルフォーズは、同じ星宿《シーニュ》／空気のもと、いたる所に広がり、いたる所で繰り返される。超自然と現実が渾然と混り合った中国でも、当時、科学自体が一個の驚異《メルヴェイユ》とみなされていたヨーロッパでも、こうした驚異‐機械が、人々の偏倚《へんい》なもの、驚くべきもの、不可能なものへの渇望に応じたのである。人々を魅了し、人々を娯しませ、自然の法則およびそれを支配する人工‐虚構について思いをめぐらせるよう人々を誘ったのが、まさにこうした光学遊具なのである。それらはまた、現実を融解し歪めて、幻戯《イリュージョン》の世界に取りこんでしまう荒ぶる戦略を通じて、絵画の持つ力を逆説的に差し示し、絵というものの魔的（féerique）な本質を明らかにした。

（高山訳、二六三―二六四ページ）

いってみれば、これがあの伝説的名著の最後の一文。余韻が残る。是非にも読みたい、その先を！間に宣教を任としつつ稀代のエンジニア、理系の天才でもあったイエズス会士たちが介在したことは、周知の如くである。その交渉の結果を少し面白すぎるほどに書いたジョナサン・スペンス『マテオ・リッチの記憶宮殿』（平凡社）の魅力は、いまだに薄れない。

バルトルシャイティスが引く、北京イエズス会布教会館中庭の壁上の混沌絵が、見る人の位置によってはっきりした像になったりならなかったりという典型的なアナモルフォーズを皇帝が見て喜んだとする記述は、デュ・アルド師の『支那帝国全誌』（一七三五）による。湯若望アダム・シャールの後任として北京天文台長、欽天監をつとめたイエズス会士、南懐仁フェルディナント・フェルビーストの記述によると、そうした天覧アナモルフォーズ企画で名を馳せたのは閔明我ことフィリッポ・マリア・グリマルディであるということなので、好奇心満々の皇帝とは即ち康熙帝のことらしい。

『アナモルフォーズ』一番の魅力は、大アカデミー中庭に文字通り百学が連環する所を描いたセバスチャン・ルクレールの寓意画、『美術・科学アカデミー』（一九六八）の仔細な分析にあるわけだが、北京イエズス会館がさぞかしそれそっくりであったものと想像されると、バルトルシャイティスに結ばれてみると、確かに「想像」の飛躍は果《はた》てもない。こうして火を点ぜられたまま放りだされる我々の想像力の不完全燃焼を十分に補ってくれたのが、間違いなく中野美代子『カスティリオーネの庭』（文藝春秋）だった。円明園造園を果たした郎世寧ジュゼッペ・カスティリオーネは、雍正、乾隆両帝の厚遇を得た銅版画と土木工学の名手である。

清の皇帝たちは何故こうも機械-マニエリストなのだろうかという興味は、とめどもなく掻きたてられるばかりである。それに「政治図像学」という観点を構えて全面的に答えてくれる逸品登場。それが『乾隆帝』である。

ぼくは江戸の光学趣味を追い、ジャパノロジスト、タイモン・スクリーチの『大江戸視覚革命』（作品社）を訳す中に、光学狂いの乾隆帝の噂を知らぬ江戸識者などいなかったとあるその事情を、中野女史か、愛弟子武田雅哉氏のどちらかに尋ねようと思った。結局、武田氏から情報を得ることになったのだが、考えてみれば、そもそも『アナモルフォーズ』中の中国を論じた章に目通し願い、焦秉貞《しょうていへい》の『耕織図』だの「透光鑑」をめぐるバルトルシャイティスの誤りを指摘していただいたのが、他ならぬ中野先生であったのだから、女史との交流もバルトルシャイティス好きが機縁である。

乾隆帝の自らと自らの為政に対するマニエリスム帝王らしい自意識と計算が「政治図像学」としての「絵」に読みとれるというのが、この小さな大著の眼目であるが、中野氏自ら訳された（共訳）ウー・ホンの『屏風のなかの壷中天——中国重屏図のたくらみ』（青土社）によってさらに洗練された観点であるに違いない。諸事情で一度宙に浮きかけたウー・ホン本実現のため、ぼくも奔走したが、そういうことの成果を一読者としてこうして享受できる、とかとか、改めて女史との縁は思わず深い。

乾隆帝の「だまし絵」的アナモルフォーズ好きの解読が面白いし、円明園はじめ、そのつくりだした空間のいちいちに実現される帝の脳裡の政治‐地勢図の解明は、長年の研究の成果の一切を図像解析に収斂せしめることに成功した東方の女バルトルシャイティスひとりに可能な自在無碍《むげ》の手練とみた。まさしく乾隆帝コードを解き続ける読みものとしても第一級の逸品ではあるし、遠近法や造園作庭といった術《アルテ》にこそ顕著な「空間政治学」（マルティン・ヴァールンケ）、「視覚改革の治世学」（タイモン・スクリーチ）の傑作である。

❸

2007 July

14. **もっとストイックなドラコニアをという欲ばり**　7/3

『書物の宇宙誌──澁澤龍彥蔵書目録』国書刊行会編集部（国書刊行会）

そもそも二〇〇六年が読書好きにとってとんでもない「驚異の年」になったのは、松岡正剛『千夜千冊』（求龍堂）と『書物の宇宙誌──澁澤龍彥蔵書目録』（国書刊行会）二点の刊行のせいである。貪欲な博読家松岡正剛が毎日毎日書きだめ、編集工学研究所の電子環境から数年がかりで発信したものに、千冊の区切りをつけて猛烈に加筆して巨大冊子体に変性せしめた異様な企画は、十万円にも手が届くものであるにもかかわらず、早々に重版した。

大企画は大企画ながら、故澁澤龍彥蔵書の目録は一万余点の書目の一覧表であって、一点一点がレヴュー・アーティクルとなっている『千夜千冊』と比べようがないが、一九六〇年代から幾つか山を迎えつつ世紀末にいたるあたりの書物界について雄弁に証言してくれるという点では、両者何径庭も何遜色もない。

澁澤邸書目は全体何のジャンルなのだろう。数年前、ぼくは以前書いた推理小説関係の文化史評論を『殺す・集める・読む』という一冊にまとめて、編集者ともども仲々の野心をこめて、幾つかの関係の賞を狙ったことがあり、特に江戸川乱歩賞狙いだったのを、『幻影の蔵―江戸川乱歩探偵小説蔵書目録』にもっていかれた。乱歩の蔵書目録とあって、此方に勝目などあるはずはなかったにしろ、「批評」部門なのになぜ「目録」と同じ土俵で甲乙つけられるのかと、釈然としない。いろんな賞で全部次点に終った（笑）。

蔵書一覧て、そんなに面白いものなのか。たとえばかつて本狂いという伝説のあったぼく。図書館の司書まがいの仕事をしたこともあり、図書館派である。勿論、他の人間と異なる専門的分野の本は自分で蔵する他はなく、愛書家蔵書家一人前くらいの本は、別に一軒、床の頑丈な家をそのために借りたことはあるが、もともとためこむのに向いたたちでないらしく、その上に家内のごたごたや、子供たちにも空間を次々と宛がわないといけないという子沢山（愛書家には致命傷）の身ということもあって、新千年紀を越えたあたりからは、とにかく当面喫緊の本以外は買わないというばかりか、蔵書を解体し、多くは近所の公共図書館何館かに寄贈したり、売り払ったりした。

澁澤邸蔵書目録は、付録の、龍子未亡人による読み手としての故人の思い出話が爽やかで小気味よい。本と中身のことで神の如き記憶力を誇った澁澤氏が、日常生活の中では一人では何もできない「博士の愛した数式」状態であったという逸話の連続が、ささやかながら全く同族のぼくなどからみて、あるある、そうだそうだと、甚だ痛快なのだ。この思い出話で、澁澤氏が本を買うことにいかにストイックで、一旦買った本についてはいかに大事にし、どこに置いてあるか完全に把握していたかという話が、いかにもと感じられて実に面白かったが、ぼくが死んだ後、少なくとも二人の女が（複雑な事情あり）ぼくと本の付き合いについて、これときっと逆のことを言うのだろうと思って、ひとり苦笑してしまった。

若き日の澁澤氏の手元不如意はよく知られている。その頃読んだ本が、この目録にどう残っているのだろう。もうひとつの付録が、故人に一番近しかった松山俊太郎・巖谷國士両氏の対談で、これで印象的だったのは、書いているものの割に蔵書が少ない、というより、どこかでちらりと見た雑誌の片々たる記事といったものを巧みにつないで文章にすることが多かったのではないかという話である。この一万五千にも近い本や雑誌の集積が澁澤氏の書きものを支えたには違いないとしても、これがそのまま澁澤氏の書の趣味を反映しているともいい切れない。そこがちょっと残念か。

痛烈なのは、知人（あるいは澁澤ファンにすぎないもの書き）からの寄贈本をチェックしマークを付けた工夫である（ぼくの本なども随分ぼくから送ったものである）。架蔵点数が一番多い三島由紀夫、中井英夫、埴谷雄高、種村季弘など、皆友人なので、互いに寄贈し合っている。だから寄贈のマークが付いていても澁澤氏偏愛の本はいっぱいあるわけなのだが、「ストイックな」氏が敢えて身銭は切らなかったであろう寄贈本も実は随分混じっている様子だ。一定量処分はしたということだが、本はもらったものでも大事にしたと龍子夫人の言葉にある。本当は一寸膨満気味な一覧表だ。

勿論、澁澤氏にとってぎりぎり大事な本と著者たちはすぐチェックできる。澁澤邸の本棚毎に書目を追う仕掛けだが、結構混沌たる部分があるのを、巻末の索引が救う。花田清輝や林達夫は全集があるのに、花田と仲が悪かった吉本隆明は果然少ない。熊楠や石川淳は全集が二セットもあるとか、蓮實重彥はあるのに柄谷行人は一点のみとか、中沢新一、四方田犬彦はあるのに浅田彰ゼロとか、フーコーやルフェーヴルはいっぱいあるのにデリダ皆無とか、澁澤趣味がよくわかって実に面白い。海野弘とかコリン・ウィルソンとか、猛烈な学知を巷へと開く書き手が好きだったようだ。

悲しむべき一九八七年八月（逝去）以前の一番娯しみ多かった読書界のエッセンス。それ以降の寄贈本一切排除という儀崎純一氏の編集方針や良し。「創作ノート影印」には、撫でながら、はまった。

15. 種村季弘の「散りつつ充ちる」

『断片からの世界─美術稿集成』種村季弘（平凡社）　7/6

澁澤龍彥の蔵書目録が故人のエッセンスなのかもしれない。引用とアンソロジーが全てと御本人が仰有っていた通り、書名のみずらりと並び続けていくのを、読み手がたどりつつ自分なりにさまざまな脈路をつけて、自分なりの「澁澤」をつくりあげていく作業自体が即ち澁澤世界だから、である。

澁澤蔵書のさらに数倍も大変であるにちがいないが、たとえば山口昌男蔵書目録完成の暁にも、似たようなことが起こるだろう。厖大な相手を精査したあと、澁澤なら「魔的なものの復活」ただ一篇に収斂するように、山口なら有名な「失われた世界の復権」に帰着するだろうという、なんだかネオプラトニックな読書のエマナチオといったあり方も二人よく似ていて、面白い。「魔的なものの復活」を書かせた「Ｈ氏」とは間違いなく林達夫であろうし、山口エッセーの背後にも「チェチェローネ」林達夫の「精神史」がある。

そういえば、「現代思想」全般を毛嫌いし、「パラダイム変換」という時代流行語を嘲っていた澁澤が、ではパラダイム論の急先鋒の感のあった山口昌男を嫌いかと思えば、蔵書目録を見て明らかのごとくに、十七点といえば断然多い方で、要するにロジェ・カイヨワやミルチャ・エリアーデを読むように、フォションやシャステルを読むように、引用とアンソロジーの術《アルテ》において互角の相手のアネクドータル、というか話すこと自体、楽しくてたまらんという語り口を楽しむ中に、山口昌男を数えていたということで、至極納得がいった。『書物の宇宙誌』を眺めて一番大きな印象を受けた点のひとつである。

筑摩書房の山口昌男著作集第一巻に解題を付けた今福龍太氏の山口学アンソロジー論はさすが山口山脈（山口組？）随一の気鋭の一文だが、そっくり澁澤の文業にも当てはまるものと見た。アカデミーにいようがいまいが、結局アカデミーの周縁から、そろそろ死に体《たい》のアカデミーを衝くという位置にいて、知がぶ飲み中の若者のバイブルだった。

とまで記せば、種村季弘は？　と問うのはごく自然の流れだろう。澁澤には礒崎純一あり、山口に川村伸秀あって、先達の所有した書の名までいちいち言えるのは驚きだが、種村に「種村季弘のウェブ・ラビリントス」というウェブサイトがあって、著作データを管理しているという噂を聞くだに、さもありなんと思う反面、ちがうなあと感じてしまうのが面白い。

これは鹿島茂に対して荒俣宏の持つスタンスとも思えて、なお面白い。古書の利用について荒俣が、読み終われば本のマーケットにもう一度投げ込むのが当然と言い放ち、現に厖大な本の離合と集散を氏が実践している現場をぼくはこの目で見てきた。著作もう三百に近いと思わせる荒俣にしろ、百点は遺したはずの種村にしろ、その読んだ材料の仔細を別に知りたいとは思わない。御二人の捨て聖の風情が、好き嫌いはあろうが、ぼくには格が一段上のように思われる。体調を崩した山口氏の介護の人が、先生を書店に連れて行ったところが、「夢遊病者のような手つきで」次々と新刊に触れ、買っていくのに驚くと仰有っているのを聞いて、非常におかしかった。書痴書狼にだって、はっきり二種類あるか、と。

種村季弘のエッセンスとは何か。それぞれがひとつの世界を切り開き、地平を変えたという意味では、『怪物の解剖学』、『薔薇十字の魔法』、そして『壺中天奇聞』三点に尽きる。前二著、独訳成れば、そっくり「種村化」中の現下の「メディア革命」プロジェクトのドイツ人たちさえ改めて呆然という名作だろうし、ぼくなど安心して江戸・東京に相手をシフトできたのも『壺中天奇聞』一巻を懐に抱いてのことである。

しかし結局は、どの一冊、いやどの一文をとっても、種村ミニマル・エッセンシャルであるという印象が強い。この人に「全集」は合わない。翻訳まで「全集」として出た澁澤。二人、本当は根元的にちがう、とつくづく思うのだ。

死後まとまった何冊かのうちの一点、『断片からの世界』が良い。「外国人美術家について書いた単行本未収録作品による美術評論集」（「編集後記」）。書くもの全てに出てくるマニエリスムについて故人がプロパーに書いたものが少ない中、貴重なG・R・ホッケ邦訳二点の抜かりないあとがきを収め、西欧文化論をどう日本文化論にシフトするかの模範的実験となり得て、ぼく自身、『黒に染める』刊行の勇気をそこに汲んだ傑作、即ち『みづゑ』全巻を通しての記念碑的一文、「伊藤若冲—物好きの集合論」を収めたという点だけでも、究極。狭隘な美術史家のいうマニエリスムと隔絶した今日に生きるマニエリスム・マインドにこそ関心ある読者には、これ一冊で旱天の慈雨だ。しかも種村氏の第二の「学問的」寄与たるノイエ・ザハリヒカイト（Neue Sachlichkeit〔新即物主義〕）の一連の手堅い論もあり、一九六〇年代同時代の仲間の仕事への熱いオマージュもある。種村エッセンス。しかも他人がつくったところが凄いのである。澁澤ではあり得ぬことだろう。

16. 由良君美という「敗者の精神史」　7/10

『先生とわたし』四方田犬彦（新潮社）

もう六〇冊は簡単に越えているのだろうか、四方田犬彦氏の仕事には無条件に脱帽してきた。とにかくアクチュアルであることに憑かれてパレスチナへ、クロアチアへ、韓国へと飛ぶ。どこまで知っているのかという博読ぶりにも驚くが、だから現地ルポがルポルタージュに終るはずもない。過激な政治的スタイルで文章が荒れる虞《おそ》れなどなく、『摩滅の賦』を頂点とする、澁澤龍彦ぶりの小さな対象へ観入していく微細玄妙の感覚と文体を手放すこともない。つい先日も阿部嘉昭氏が『摩滅の賦』収中の「オパールの盲目」の精緻を激賞していたが（『d/SIGN』一四号）、本当に主題の自在、観察の巨細、驚くばかりで、ぼくは実は世間的に言えば氏の「先輩」ということになるが、この「後輩」にはずっと頭が上がらないで今日に至っている。

中でも特別の才と感じるのが、『モロッコ流謫』に極まる評伝の書き方であり、それを巧く融かしこんだ（山口昌男氏のいわゆる）歴史人類学そのものを四方田風に発明し直した『月島物語』のデータ処理の経済と巧妙である。

それが、また一段と直接、一段ともの凄い相手を選んで繰り展げられたのが、『先生とわたし』である。著者の自伝『ハイスクール1968』に続く時代をめぐる「自伝」第二弾という位置付けにもなる。東大入学を果たした四方田青年は、駒場キャンパス一九七〇年代に伝説として残る「由良ゼミ」に難関突破して入る。まずはこの時の講義ノートを改めてめくりながら、四十代、脂の乗り始めた若き天才英文学者の年毎に新たなゼミの、びっくりするように斬新なテーマの紹介と、ゼミの様子を述べる冒頭を読むと、同世代の脱領域・脱構築（両語とも由良氏発明の訳語だ）をキーワードに、ひょっとしたら沈没する人文・社会科学に面白そうな明日が開けるかとワクワクしていた気分を多少とも知る団塊と、団塊直下の世代は、結構胸を熱くするかもしれない。構造主義的民話・物語分析があり、マニエリスムがあり、かと思えば気の利いた学生が調達してきたフィルムの実写を伴うドイツ表現主義映画の分析あり、つげ義春ほかの漫画の記号論的分析あり、学生の発表を悠然とダンヒルをくゆらせながら聴く美男ダンディ由良君美《きみよし》の姿が、まるで眼前にホーフツする。エルンスト・ブロッホを読み、ミルチャ・エリアーデを講じるこのゼミとは、つまるところ、一九六〇年代後半から約十年強続いた「学問の陳立ての再編」（由良氏自身の言葉）の大きな――しかし改革を迫られていた大学が巧妙にやり過ごした――うねりの余りにも見事な縮図であることを、このどきどきする百何十ページかをめくりながら改めて再認識した。

教育や出版のポイントの所にこういう人々がいて、それが巧く連関し合ってこそムーヴメントになる。そういう瞬間を絶妙に切りだしてひとつの物語にする醍醐味を歴史人類学（山口昌男）と言い、ぼくなら知識関係論と呼ぶのだが、この本の魅力は、こうして学生とのつき合いで、また優秀なエディトリアル感覚の人間との交渉で、由良君美が時代の寵児となっていったトータルな脈路を絶妙にあぶりだしてくれている点で、特に当時、そこから出た本をぼくなど無条件で全点購入したせりか書房や現代思潮社その他の背後に「暗躍」した知的企画人、久保覚の存在をクローズアップしたのは、読書人たち全体に対する四方田発の熱いメッセージ。素晴らしい。

やがて由良君美（一九二九・二・一三〜一九九〇・八・九）という英文学者の出自とつくられ方がたどられる。ぼくも取材を受けたが、目の前で進む四方田氏の質問の巧さと、メモの要領良さには感心させられた。こうして由良家存命の血縁者をも含む多くのインタヴューと資料の山から、由良家が「南朝の遺臣の血を引く」「神官の家系」であり、母方の吉田家は「代々幕府に仕えた教育者」の家系であって、その一人が「福沢諭吉の盟友」でもあればこそ、由良君美の慶應義塾との相性の良さもわかる、とかとか、びっくりするような脈路が見えてくる。由良の父、由良哲次のことが面白い。ハイデガーやディルタイ、カッシーラのドイツに留学しながら、やがてナチズムに傾倒していったこの父親の圧倒的影響力に対するアンビヴァレンツとして、由良君美のダンディズムの裏に貼りつく非情や奇癖奇行が説明されていく。説得力がある。同年生れのジョージ・スタイナーへの異様な共感も「父からの解放」という物語で解明される。由良ゼミで北畠親房『神皇正統記』を読まされた不可思議が、こうして謎解きされる。

良き弟子へのこの良き師の一発の鉄拳で訣別が訪れる。外国へ出たことがなく、客観的に自分と日本を見る展望を持ち損ねた師が老いを迎えて、新時代の潮流に身をさらし、英語もイタリア語も韓国事情も自由自在という弟子に「嫉妬」という物語では、わかりすぎて少々艶消しで、師弟というものをめぐる山折哲雄の深い思索への目配りが救いだ。由良の弟子の一人として、複雑な思いではあるが、よくぞ書いてくれました。「さながら悪魔祓いのように」、と四方田は記している。

17. 7/13

英語でキルヒャー

『自然の占有――ミュージアム、蒐集、そして初期近代イタリアの科学文化』ポーラ・フィンドレン［著］伊藤博明、石井朗［訳］（ありな書房）

「驚異の部屋」は基本的に珍物（curiosities）蒐集に凝りあげる好奇心の問題だから、研究書は自ずからカラー図版満載の美麗書となる。かつて平凡社の記念出版で、ほとんどコスト無視してエリーザベト・シャイヒャーの『驚異の部屋』が訳された時には、それで驚かされた。今ひょっとして手に入りそうなものでいえば、パトリック・モリエス（Patrick Mauriès）の“Cabinets de curiosités”（Gallimard, 2002）。ぼくは英訳で眺めたが、大型本全巻フル・カラーは一寸した偉容というか、まさに異様で、ヴンダーカンマーに対する認識を少し変えさせられた気さえした。こういうことを平気でやってのけるガリマールだから、入門書レベルでもパトリシア・ファルギュイエールの美麗マニエリスム書をちゃんと出す。

大著『マニエリスト』（“Maniéristes”）を出したらすぐ、今度は偏倚な博学デザイナー、東京にも店を出しているピエロ・フォルナセッティをめぐる超美麗書“Fornasetti : Designer of Dreams”を出したモリエスの評価が、日本では低過ぎる。スティーヴン・キャラウェイの『バロック！　バロック！』が現代服飾モードのバロック性を言って説得的だったように、大都会のモード万般のマニエリスム性を突くこういう仕事が全然紹介されないから、今サブカルチャーを一番「文化的に」高く評価しうる視点が少しも育たない。

その対極で、「驚異の部屋」論はアカデミーの中には入ってきた。マニエリスム美術論として入ってきたが、一九七〇年代末にはもうほとんど忘れ去られている（日本では、だ）。それが他者征服の文化装置を批判、という形で、今度はカルチュラル・スタディ化した。それがスティーヴン・グリーンブラットの、それはそれで画期的な『驚異と占有』“Marvelous Possessions : The Wonder of the New World”（1991 ; Hardcover / 1992 ; Paperback）だったわけである。新人文学最前線だ。

ポーラ・フィンドレンの『自然の占有』“Possessing Nature : Museums, Collecting, and Scientific Culture in Early Modern Italy”（1994 ; Hardcover / 1996 ; Paperback）は、刊行タイミングからみても第一タイトルからしても、このグリーンブラットの名作の衝撃波の産物であることは間違いないが、「驚異の部屋」プロパーに近いということでは、フィンドレンの本の方が徹底していて貴重だ。蒐集を「嗜み《だしな》」とした貴族階級の感性の歴史学、ないし社会統計学ということで、その限りではクシシトフ・ポミアン『コレクション』“Collectionneurs, amateurs et curieux, Paris, Venise : XVIe-XVIIIe siècle”（英訳：一九九〇、邦訳：平凡社）の影響下にあると言えるかもしれない。

そして十六世紀のマニエリスム世界そのものの反映だった、マクロコスモスをそっくり凝集する「驚異の部屋」が十七世紀末にはゆっくりと合理的知性の反映物に変えられていくという大括りの図式は、もはや予定調和と言うべきかもしれない。なにしろ大部である、わざわざ貴重な時間をとられるのもいやだなあと思いながらパラパラやったのが運の尽き、一読魅了という体《てい》となった。

主人公が二人いて、二人の具体的な驚異の部屋のたどった運命の物語が面白過ぎるのである。アタナシウス・キルヒャーとアルドロヴァンディ。我々はキルヒャーの名をまさしく澁澤の『夢の宇宙誌』（一九六四、現在 河出文庫）で知り、ホッケの『迷宮としての世界』の種村訳（一九六六）で知った。ジョスリン・ゴドウィンのキルヒャー伝『キルヒャーの世界図鑑』（工作舎）も読めた。マニエリスムとキルヒャーについては一九六〇年代日本の感性アンテナは鋭いものがあったと改めて驚く。何故かと言えば、英語圏がマニエリスムを自由に論じるようになるのは一九九〇年代以降のことだからである。そのほとんど第一号がポーラ・フィンドレンの『自然の占有』であり、ごく最近も『アタナシウス・キルヒャー』と号する大型論叢が出て、英語なので欣喜して入手したら、覿面《てきめん》に編者はポーラ・フィンドレンであった。新人文学に風が吹きはじめた。時代は面白くなる。

アタナシウス・キルヒャーは十七世紀ドイツのイエズス会学僧である。ブッキッシュに各国語をマスターし続けた博言趣味を活かして、オリエント文物をヨーロッパに紹介し、中国に入ったキリスト教（景教）の碑文まで解読した。教会の人間だから自然の中に神の摂理を見ようという自然神学の本であるはずのところ、図満載の厖大な著作には自然そのものに対する好奇心が独走し始めているような時代の勢いが満ち満ちている。きっと怪童荒俣宏がイエズス会士ならこうなんだろうな。『迷宮としての世界』の名訳者はキルヒャーの業績に対して「百学連環」の訳語を当てたし、「八宗兼学」の訳語をひねりだしたが、イエズス会士だったからである。もう一人のアルドロヴァンディについては荒俣宏によって、同類のショイヒツァーと一緒に我々は仔細を教わった。

アルドロヴァンディ、キルヒャー、ショイヒツァー、そして（『プロトガエア』を著した博物学者としての）ライプニッツを、英米圏のアカデミシャンが当たり前のようにこなし始めた。一旦点火されればとことんやる世界だけに、これは面白くなるぞ。代表選手はバーバラ・M・スタフォード。ぼくは今年二〇〇七年を彼女の年にするつもりでいて、フィンドレンはその絶好の先駆けだ。

18. サムライの兜をレンブラントが描いた秘密

『レンブラントのコレクション――自己成型への挑戦』尾崎彰宏（三元社）　7/17

アインシュタインの再来といわれながら東大全共闘議長ゆえ野に下った傑物、山本義隆の前著『磁力と重力の発見』（〈1〉古代・中世／〈2〉ルネサンス／〈3〉近代の始まり）を読んで、もし野になければ不可欠の一作、エレーヌ・テュゼの『宇宙と想像力』を読めていただろうにと思ったが、強烈第二弾、『一六世紀文化革命』（〈1〉〈2〉）を読んで、やはり、たとえばエウジェニオ・バッティスティの『反ルネサンス』を読めていればと望蜀《ぼうしょく》のあじきなき思いにかられた。冶金だの機械学だの解剖学だの「十六世紀文化革命」の過半を「マニエリスム」の名で掘り起こし称揚する動きは、二〇〇七年の今、独仏伊のアカデミーでは（やっとのことだが）市民権を獲得しつつあるからだ。残念、日本ではこの点、学界も在野も等しく、怖ろしく鈍感。山本氏が在野であることを惜しむこともなく、在野での研究がむしろインターネットという巷の強力アカデミーを通して盛んになっていけばよいかと思う。科学史、もっと興隆してほしい。残念、ことを文科省がわかっていない。

物の生産と流通が文化の中で占めるウェートからすれば、十六世紀はたぶん我々が迎えたばかりの世紀にも匹敵する。イエズス会の活躍のように布教ひとつとっても合言葉はグローバリズムである。市場経済は辟遠のオリエントまで含み、かくてマニエリストたち愛好の「驚異」も中南米征圧の「占有」の経済戦略とぴったり表裏の関係にある。幼児退行的自閉症（十六世紀のオタクっ！）のようにいわれるマニエリスムのコレクター貴族たちが偏愛したオブジェも、天然もの（naturalia）は東方交易と異文化征服から、人工もの（artificilia）は台頭中の鉱工業から提供されたものでしかない。こうしてマニエリスムも澁澤龍彦という在野の象徴的存在が「気質」や「趣味」に引きつけて語っていた段階から、一九九〇年代以降一挙に、新歴史学やカルチュラル・スタディーズが一番得意とするテーマにと変わっていく。

スティーヴン・グリーンブラットの『驚異と占有』“Marvelous Possessions : The Wonder of the New World”（1991; Hardcover/1992; Paperback）さまさまといってよい転換だが、アーノルド・ハウザーの名著『芸術と文学の社会史』“Sozialgeschichte der Kunst und Literatur”（1951）が相当前に実はやっ

ていたマニエリスムの社会学・経済学ではないだろうか。テュゼの本も、バッティスティの本も、実は一九六〇年代の仕事。マニエリスム機械学という点では、ジャック・ブースケの『マニエリスム美術』（一九六四）が既に要点はすっかり押さえていたのを知らない者のみが、マンリオ・ブルーサティン『驚異のアルテ』（一九八六）が「ヴェネツィアの造船蔽」をマニエリスムと呼ぶ視点を奇異と観ずるだけだ（『ユリイカ』一九九五年二月「マニエリスムの現在」中に訳載）。要するに「十六世紀文化革命」としてのマニエリスム観が本邦にはずっと絶無だった。たとえば「驚異の部屋」一点に集中することでそれを言い続けてきたぼくは、完全に異端扱いで来た。

もうひとつは、フーコー表象学の目で、そうした十六世紀から十七世紀にかけてモノの流通を象徴する代表的文化となったオランダないしフランドルの視覚文化を記述し直すこと。要するに江戸時代、我が国が唯一公的に相手にできた地域の文化への評価が、どうやら一九八〇年代から大きく変わりつつあることの実感が、此方にないらしいのだ。S・アルパースの『描写の芸術』"The Art of Describing" (1983. Hardcover/1984. Paperback) 邦訳を昵懇のありな書房からプロデュースした時の邦訳者の反応の鈍さに驚いた。アントウェルペンやハールレムに猖獗《しょうけつ》したフランドル独自のマニエリスムをフーコー／アルパースの表象論に繋げられる目線の人間がいないのだ。ぼくは、タイモン・スクリーチという英蘭日文化的三角貿易を研究しようという異才を発見、早速「改造」に乗り出した（!?）。

尾崎彰宏の存在を知ったのは、テーマからということもあり、氏の『レンブラントのコレクション』による。副題に「自己成型への挑戦」とあって自明のように、グリーンブラットの自己成型論に乗る形で、誰よりも自画像をたくさん残したことで有名なレンブラントの自画像にたどることのできる自己成型を見る。有名な議論なので、その限りでは特筆に値することもないが、何しろすばらしいのはコレクション論である。

ぼく自身、上述のようなオランダ美術研究学界のスローモーにいらいらし、ちょうど河出書房新社創立一二〇周年というタイミングとレンブラント生誕四百年記念の年（二〇〇六）が重なったこともあって、サイモン・シャーマの『レンブラントの目』を邦訳し始めていたが、レンブラントがコレクターとして大変貪欲で、かなり充実した芸術品貯蔵室を所有しており、そこに収集した絵やモノに取材して絵画制作をした経緯を面白く書いてある。ルーベンスについては一九八九年にＪ・Ｍ・ミュラーの蒐集家ルーベンス論があるが、肝心のレンブラントについては、と探したら、尾崎彰宏の決定書が見つかった。収蔵品一覧が有難い。「表象の古典主義時代」（フーコー）の「蒐集」をテーマにぼくの行ってきた述作や訳業が無駄でなかったことをその書誌注に確認して、ぼくは非常に嬉しかった。

レンブラントが「不一致の一致」の隠秘哲学を絵画表現したとするラルセン『風景画家レンブラント』（法政大学出版局）の訳者、尾崎彰宏は間違いなく「精神史としての美術史」派であるらしい。らしいなどと言いながら、秀才ポール・バロルスキーの『とめどなく笑う』（ありな書房）の続巻として、彼の『庭園の牧神』（ありな書房）を邦訳する時、尾崎氏をちゃんと充ててもいたわけで、ふうん、タカヤマ流石《さすが》だね、と我ながらおかしい。

19. 人的交流というメタモルフォーゼ

『モスラの精神史』小野俊太郎（講談社現代新書）

7/22

近時、これほど驚き入った本はない。新書なのに戦後日本の政治と文化の関係を考えるエッセンスを余さず凝集してみせようという覇気が凄いが、それを映画銀幕に飛翔した一匹の巨大蛾の意味論をもって語り尽くそうという野心がさらに凄い。大成功している。表題にいう「精神史」は、厳密にいえば、ドイツ観念論由来のなかなか難しく、また一般の史学から受け入れられていない批評の方法ないし感覚なのだが、それが文化史と結びついてでき上がる、いま人文学で一番面白く豊穣な局面たりうることを、何よりもこの小さな大著がこうして現に目の前で立証している、と感じる。

都市を破壊する巨大な蛾を思いついた原作者たちの脳裡に生まれたものを、著者はしきりに「奇想」というが、この書そのものが批評的奇想に満ちたマニエリスム感覚いっぱいの仕事なので、マニエリスム好きのこの書評読者に、マニエリスムが批評的に発動するとこういう仕事になるというなかなか華麗な例として、とりあげてみた。

怪獣映画の名作『モスラ』を、ぼくなど中一か中二で観た。団塊世代は小学生時代を通して黒白の陰惨なゴジラ映画、翼竜の破壊獣ラドン、そして「総天然色」巨大画面のモスラを一系列として体験したわけだが、この頃のように伴走してくれる批評というものがあったわけでなし、ただ何とはなしのノスタルジーで思い起こす以上のものではない。だから、中沢新一の「ゴジラの来迎」や長山靖生による怪獣が何故「南洋」から来るのかを説くエッセーには、心からびっくりした。『幻想文学』誌の「ロストワールド文学館」特集以来、恐竜をめぐる文化論が可能という斬新な方向があることは知っていたが、そこいらの穴が小野氏の新刊で一挙に埋まったという感じがする。

モスラがモス（蛾）という英語から来たと知って驚くようなことでは、その先が大変だ。南洋インファント島に、水爆実験下、赤いジュースの効力で元気に暮らせている人間たちがいると聞いて探検隊が行くが、唯一女性の花村ミチが、華村美智子とイメージできさえすれば、これが六〇年安保で命を落とした樺美智子を隠した暗号であることくらい自明だと指摘されて、驚くほかない。文学をまず暗号として解けという遊び心満点の——とは完全にマニエリスム的な——脱構築批評に著者が一時どっぷりだったことを知るぼくなど、思わずニッコリ微苦笑してしまうが、どっこい一九六一年、六〇年安保闘争の翌年というタイミングで封切られた『モスラ』の究極の意義を、日米安保条約と地位協定、沖縄をめぐる政治情勢を突く非常に政治的な映画であるという一点に求める揺るがぬ視点に立つと、花村ミチは当然のように樺美智子でしかなくなるのである。さまざまな批評方法の遊びが怪獣のカルチュラル・スタディーズとして立ち上る——というか、蛾だけに舞い上る——プロセスを楽しめる。

何よりも驚いたのは、子供向け怪獣映画『モスラ』に堂々の原作があり、しかもそれを書いたのが戦後「純」文学を代表する中村真一郎、福永武彦、堀田善衛のトリオであったということだ。低迷する文学の現状打破、文学と大衆文化の繋がりの模索という前衛的な文学実験であった原作は、そのことをも反映して、メタモルフォーゼ（旧套からの変容、と同時に主役の巨蛾が幼虫からサナギになり成虫と化す、いわゆる「変態」をも指す）テーマの奇作となった。

これにシナリオ作者・関沢新一が係わり、本多猪四郎、円谷英二という映画サイドの人間が係わり、作曲家・古関裕而が係わり、フランキー堺やジェリー伊藤（つい先日他界。祈御冥福。低い渋い声と歌声の大ファンだった）といった怪優が係わる。東宝としての思惑だの、東宝（これが東京宝塚劇場の略だと今回初めて知った！）の持つ歌や踊りのレパートリーという財産だのが絡まって、「シナリオ作成と編集の過程で」原作がどんどんスペクタクルに変えられていく、原作歪曲の「変態」ぶりへの分析が主軸。この軸のめざすものは「五〇年代から六〇年代が持っていた人的つながりに由来する豊穣な生産力」への絶対的賛美である。関係者一人一人が、南方戦略への応召だの、飛行機好きだの、それぞれの人生の特徴をどこかで『モスラ』の変態に反映させているという。そうした「少なからぬ因縁」の大糸細糸を次々たぐりにたぐる小野その人の、文化批評家としての急速なメタモルフォーゼに感動した。氏が大いに依拠する長山靖生や、ひょっとして鬼才・井上章一の域に確実に迫りつつある。

なぜ蛾なのかを日本養蚕業の古層と「女工哀史」と結びつけ、モスラを中島飛行場や国産プロペラ機開発史と結びつけ、関沢新一と宮崎駿との隠れた関係を追うことで『風の谷のナウシカ』のオーム（王蟲）がモスラの末裔だといい切る。「溶ける」「並べる」が小野批評のキーワードのようだが、異物結合による認識開眼をマニエリスムというなら、ここにあるのは近時稀な批評的マニエリスムといわないで何というのだろう。胸、すいた。以降、小野俊太郎の『……の精神史』シリーズ化、切望。

20.「エロティックなサーカス」の俗流マニエリスム 7/24

『体位の文化史』アンナ・アルテール、ペリーヌ・シェルシェーヴ［著］藤田真利子、山本規雄［訳］（作品社）

「古今東西の性典や史料を蒐集し、すべての体位と性技の歴史を辿った、世界初の〝体位の文化史〟」と帯に謳われては、「文化史」の権威と呼ばれるぼくとしては、この一冊、目を通さずにはすまない。『ヴァギナの文化史』、『ペニスの文化史』、『お尻とその穴の文化史』を既に入れた作品社「異端と逸脱の文化史」叢書（？）の新刊となれば、是非にも読みたい。

ロミの『悪食大全』、『おなら大全』、『でぶ大全』を高遠弘美の抱腹絶倒訳で入れたこの叢書は、さらに石川弘義『マスタベーションの歴史』だの、ジョルジュ・ヴィガレロ『強姦の歴史』だの、この『体位の文化史』の直前には、ロベール・ミュッシャンブレ『オルガスムの歴史』だの、どこまでやれば気がすむのといいたくなるほどのセレクションで此方を喜ばせてくれる。そのほとんどに手を付けて、なかなか達者な文体で笑わせてくれる訳者、藤田真利子氏と、編集の内田眞人氏の、よくもこんな疲れるテーマで頑張りが続くねと、労を多としたい。原書にない閨房秘技の解説書、『フランスの聖職者に捧げる愛の四十手』（十八世紀末）を入れ、『鴛鴦《おしどり》閨房秘考』など「参照して」江戸の「四十八手秘戯」図解をまとめた「付録」は訳者・編集者の創意らしく、原書より威力倍増である。

テーマがテーマだから「訳者あとがき」が面白い。「動作を文章で説明するというのは、なかなかたいへん」とあり、「図解し、自分の手足を動かし」とあるのには、そうだろうそうだろうと共感しつつ微苦笑したが、だから当然、本自体にも三〇〇の図版が溢れる。

本体は、「宣教師」の体位（いわゆる正常位）から、「牡のグレーハウンド犬」の体位（後背位）、フェラチオ、クンニリングス、ソワサント・ヌフ、獣姦、「ヘクトルの馬」（騎乗位）…と型通りに並んで、同性愛や自慰といった体位プロパーより少し社会学寄りのテーマにも広がり、最後は体位なき生殖としての「クローン」という「恐怖のシナリオ」の味気なさや危険を訴え、そうした「生物学の奴隷にされている状態を脱するために、われわれは、ふたたび〈体位の文化史〉をひもとくべきだ」という主張で締める。普通だったら気が散って仕様がないほど不埒に「挿入」される図版が少しも苦にならないのは、「動作」を「文章で説明」しにくいこの本の性格上、仕方のないことなのである。

「異端と逸脱の文化史」一般にいえることだが、フランスのアカデミーの人文・社会系の最先端の人間が人類の最低（最底）の「肉体的物質的基層」（M・バフチン）をどう扱うかの妙味がある。たとえば『オルガスムの歴史』のミュッシャンブレはアナル派（といっても、あちらのアナルではない！）ばりばりのミクロ歴史家。「感性歴史派」が感性の中の感性（「感じる〜う！」）に「口を挿んだ」！わけだ。『体位の文化史』のアンナ・アルテールは天体物理学博士号を持つ『マリアンヌ』誌科学技術部部長、共著のペリーヌ・シェルシェーヴは同誌社会部部長というから、淡々としつつ、随所のユーモアも悠々たる読者サーヴィス、読みものとしても面白いし、雑談のトリヴィアねたとしても格好である。正常位を「ミッショナリー・ポジション（宣教師の体位）」と呼ぶことの理由がよくわかった。ブラックアフリカの野蛮を宣教を口実に制圧していった「驚異と占有」（S・グリーンブラット）戦略そのものの名だったのだ。

洞窟壁画をめぐる「古人類学の正教授」の御託宣は何だか「芸術人類学者」中沢新一の口調で面白いし、繰り返されるフランス国立人口統計学研究所その他の統計数値、「オートミクシス」「アポミクシス」（おわかり？）といった「生殖」の生物学の用語で語られるところに、愛の国フランスが一方で啓蒙主義の母国であることに思い当たって、おかしい。愛の国がそれらしくなったのは一九六八年のいわゆるパリ五月革命以降という話には驚かされた。シャンソニエ、セルジュ・ゲンズブールの「六九年はエロな年」、さがして聴いてみよう。

しかし、「体位もの」なればこその面白さは、やっぱり体位というものの持つ「アルス・コンビナトリア（組合せ術）」としての性格に尽きるだろう。サド侯爵の「電報のような文体」が「四人の道楽者と四十二人の淫楽のなぶり者」が順列組合せを次々織りなしながらからみ合うところを報ずる『ソドムの百二十日』は、澁澤龍彥の名篇「愛の植物学」（『思考の紋章学』河出文庫に収録）が示したように、組合せの倦怠を新たな組合せ（人と人、器官と器官の）で突破していくクールなマニエリスム以外の何か。禁句を別の語でどんどん言い換える隠語の百態が本書の魅力だが、それって直截にマニエリスムの修辞法だろうし、「トリオリズム」（3P、4P…）の、人が性器で人と繋がっている図版はマニエリスム得意の「蛇状曲線」でしかない。

想像通り、体位類型学は最後に「アクロバティックな体位」「突飛なる体位」に行き着く。こういう「ラヴ・ホ」文化が十六世紀マニエリスム（マルカントーニオ）の版画『イ・モーディ（体位集）』の末裔たることを、こともあろうにプリンストン大学出版局から出たBette Talvacchia, "Taking Positions : On the Erotic in Renaissance Culture" (1999) によって、ぼくらは知っているが、実はそこいらのコンビニに月毎に並ぶ『ビデオボーイ』だ『URECCO』だのの紙面に溢れるのが、この俗流マニエリスムの編集感覚だと思い知るべきかもしれない。街場のマニエリスム、と呼んでおこう。

21. 動きだす絵、それがアニメーションの定義と思い知れ　7/27

『不思議の国のアリス』『鏡の国のアリス』ルイス・キャロル［作］／ヤン・シュヴァンクマイエル［挿画］（エスクァイアマガジンジャパン）

まさしく二十世紀半ばの東中欧みたいな上意下達、朝令暮改の大学「改革」の密室政治で、制度というもののグロテスクリーを日々いやというほど味わわされた二〇〇六年の年度末だったから、ルイス・キャロルの専門家にしてヤン・シュヴァンクマイエルのアニメの紹介者の一人ということになっているぼくにして、シュヴァンクマイエルが『不思議の国のアリス』『鏡の国のアリス』に改めてオリジナル挿絵を提供したアリス本が出たことを知るのに少し手間暇がかかった。二〇〇七年が明けてアワをくって探本したが、『不思議の国のアリス』はアッという間に在庫切れ。が、噂の本のこと、すぐ初版二刷として落掌、『鏡の国のアリス』と併せて、二〇〇七年最初にページを繰った一冊とはなった。いまシュヴァンクマイエル・ファンである人の過半が、シュヴァンクマイエルの『アリス』

（一九八七）をきっかけにファンになってしまったのではないかと思う。アリスが迷いこんだ世界を何と呼ぶか、多くの評者がそれをグロテスクと呼んでいることを知ってはいても、具体的にどういう事態がグロテスクなのか、人間が人形になり、登場人物がぺらぺらの紙人形に化ける、この東欧版『不思議の国のアリス』で実感としてわかったという気さえした。

試みに世界の文学のことなら一応全部わかるはずの集英社版『世界文学事典』で「グロテスク」の項を調べて一驚を喫したことがある。それが地下宮殿に由来し、その宮殿の壁を飾っていた唐草模様の絵柄を呼ぶ名となった、といった語源縁起からはじめて、そういうデザインに対応した文学にならたとえばラブレーあり、ゲルデロードあり、安倍公房ありといったようなことを、一九六〇年代の「グロテスク」研究ブームの中で一応頭に入れていたわけだが、問題の大事典の「グロテスク」の項は、ラブレーも何も吹っ飛ばして、ひたすらポーランドをはじめとする東中欧の混沌と倒錯という現代文化の一局面のみ概説している。グロテスク観念をもっぱらドイツ・ロマン派の専売特許にしようとしたヴォルフガング・カイザー『グロテスクなもの』（一九五七。ホッケの『迷宮としての世界』と同年だ！）すら、形無しの体である。東中欧精神史が必要だ。

グロテスク観念と表裏にあるマニエリスムにしてからが、その観念を発見し、十六世紀と二十世紀を繋ぐ〈常数〉とする契機をつくったのは、マックス・ドヴォルザークの『精神史としての美術史』（一九二四）であり、『ホガース』や『フュッスリ研究』を通してのフレデリック・アンタルのマニエリスム研究であり、そしてマニエリスムの芸術社会学を一手に引き受けたアルノルト・ハウザー。皆ハンガリーとかルーマニアとかの人間である。

もっと有名どころでは、まさしくグロテスクなシェイクスピア像を照射して二十世紀後半演劇をアングラ劇場に変えたポーランド人、ヤン・コットの『シェイクスピアはわれらの同時代人』があり、そしてそういうシェイクスピアを二十世紀不条理演劇と繋ぐその繋ぎ目にキャロルを配したハンガリー人、マーティン・エスリンの『不条理の演劇』を忘れることができない。皆一九六〇年代に書かれ、ほんの少しのラグで日本語になっていった。

この身体と混沌に深くなじむ諸観念をたぶんグローバルに混ぜ合い駆使できた一九六〇年代の相貌を、デジタリティの中にどうやって回復できるかに、凋落のみ言われる二十一世紀人文学蘇生の大ヒントがあり、そしてその中での〈東中欧〉マインドの果たした巨大な役割があるのだと思う。そう、ジョナス・メカスだって、いる。

ビデオ『妄想の限りなき増殖』中に「プラハからのものがたり」という短篇がある、ジェイムズ・マーシュ監督。ヤン・コットの『わたしの生涯』そのまま、ヒトラーとの悪戦、スターリンとの抗争、共産主義独裁と「プラハの春」…と、まさしく世界史的な政治的抑圧の時代を、ヤン・シュヴァンクマイエル（一九三四―）が経験し、その中でいかにシュルレアリスムがプラハに生ぜざるを得なかったか、そして「魔のプラハ」（アンジェロ・リッペリーノ）ではそれがいかにアルチンボルドのマニエリスムに遡らざるを得なかったかが、シュヴァンクマイエル自伝とないまぜに語られる。バルトルシャイティスもそうだったが、東中欧人文主義の異様な博識ぶりとは何かを、『シュヴァンクマイエルの世界』と『シュヴァンクマイエルの博物館』（いずれも国書刊行会）の鮮烈なページを繰って考えよう。博学が可能にする混淆。それが即ちシュルレアリスムをマニエリスム直系の裔《すえ》としている。

天才アニメ監督による『アリス』は、キャロル原作の地下にグロッタ（洞窟）とヴンダーカンマーのマニエリスムを見せようとした。そのアニメから動きを奪うはずの今回の紙の上のアリス挿画の世界。マックス・エルンスト真似のコラージュの〈静〉を、下手ウマな動物たちの粗描きデッサンの〈動〉がアニメートさせる。そう、それ即ち“animation”の根本義に他ならない。本とビデオを往復すべき珍しい読書体験をすべし。

7/31

22. 虚無の大海もトリヴィア泉の一滴に発す

『スナーク狩り』ルイス・キャロル［作］高橋康也［訳］河合祥一郎［編］（新書館）

マーティン・ガードナーのファンである。一九一四年生まれというから、少し頑張ってもらえばめでたい百歳も夢でない。アメリカ版・竹内均先生と大学生に紹介しても、肝心の竹内氏が科学雑誌『ニュートン』他を宰領したポピュラーサイエンティストの大物だったことさえ知らない時代だから、ガードナーの偉さはなかなかわかってもらえない。『自然界における左と右』（紀伊國屋書店）で、DNAやアンチマターの説明を、ごく卑近のたとえ話を駆使して巧みにやる啓蒙科学の名手。それもそのはず、最先端科学を一般読者に紹介する名雑誌『サイエンティフィック・アメリカン』誌の伝説的編集長だった。繰りだす話柄に事欠くはずもない。整数論や幾何学にみられるパラドックス現象のコレクションや解説が『ガードナーの数学サーカス』、同『数学カーニバル』で余りに見事なものだから、数学の万年落第生の身も顧みず、訳しながら大いに勉強させてもらったりした。

一般的には、一九六〇年代キャロル・ブームに先鞭をつけた『詳注アリス』"The Annotated Alice : Alice's Adventures in Wonderland and Through the Looking Glass"の編注者として余りにも有名。やはり理系の注が異色で、『鏡の国のアリス』冒頭の鏡像をめぐる長い注は『自然界における左と右』を凝縮した感のある逸品であった。アノテーション(注釈)が本性上、どうしても自己目的化し自己増殖してしまいがちなことを、頭かきかき吐露しているガードナー老、読者からの新アイディア投稿がたまって困るということも漏らしていたので、きっとと思っていたら、一九九〇年、"More Annotated Alice : Alice's Adventures in Wonderland & Through the Looking Glass"巨大本がお目見え、早速『新注アリス』二巻として訳した。

まさかと思っていたら、また増補版が出た。『決定版注釈アリス』"Annotated Alice : The Definitive Edition"(W.W.Norton, 1999)。おそるおそる読んだが、基本は前の二点の合本。追加注も付録の類もそう目新しいものなく、旧著訳者としては妙にホッとした。

それが、同じキャロルのノンセンス詩の奇作『スナーク狩り』にガードナーが注を入れた『詳注スナーク狩り』の方も、〈決定版〉の名を付したもの"The Annotated Hunting of the Snark : The Full Text of Lewis Carroll's Great Nonsense Epic the Hunting of the Snark"(W.W.Norton, 2006)が登場した。もともとの『詳注スナーク狩り』も傑作である。理系で通るガードナーのロマン派文学へののめり込み方がそこいらの英文学者まっ青の『詳注老水夫行』"Annotated Ancient Mariner : The Rime of the Ancient Mariner"と併せて邦訳すべき逸品である。以前『ルイス・キャロル詩集』(筑摩書房)が出て、

「スナーク狩り」が訳され、一定量の注が付いた時も、ガードナー注から一部かすめとっただけのものだった。この際、久しぶりにガードナー詳注本に訳者として改めて付き合ってみるかと思った。

そこへ河合祥一郎編注の今回作だ。東大ばかりかケンブリッジ大学で博士号を取った稀にみる秀才の英語力は、この詩をめぐる韻律への深い理解をさりげなく披瀝する「解説」に十分明らかだから、最近も『リチャード三世』の斬新訳で世間をアッと言わせた河合氏自ら訳してもよかったのだ。

訳本体は高橋康也氏生前の旧訳。周知のように河合氏は高橋氏の娘婿に当たる。「スナーク狩り」は『鏡の国のアリス』収中の「ジャバウォッキー」詩とも密接な関係があるが、そのこともあって父君の「ジャバウォッキー」訳詩と名著『ノンセンス大全』収中の「ジャバウォッキー」、『スナーク狩り』をめぐる文章の悉くを収める付録を非常に有難く思う読者は少なくないだろう。この「付加価値」は絶大だ。

注はどれも文句なく面白い。宮部みゆきの『スナーク狩り』が引き合いに出されてきたりの絶妙は、当然、ガードナー本に望むべくもない。日本のキャロリアンたちの研究も進化しているらしい。そこをよくすくい取っている。これからスナークなる謎の怪獣退治に行くという時の荷造りされた荷のひとつに42という数字が描かれている（挿絵ヘンリー・ホリデイ）。『スナーク狩り』を書き始めた一八七四年にキャロルが四二歳だったからなどという通説は、こう吹き飛ぶ。

42という数字は、キャロルには特別な意味を持っていたらしい。楠本君恵氏は『出会いの国の「アリス」』（未知谷。二〇〇七）にこう記す。――「キャロルは一八三二年生まれだった。アリスが一八五二年生まれだと知ると、数学者キャロルはまさに運命的なものを感じたのかもしれない。ふたりの生年の下二桁の32と52の間にくる数列上の数字42をマジック・ナンバーとして（約数、倍数も含め）、作品の中に文字にして散りばめた」。たとえば本書の「序文」には航海規則第42条への言及があり、『不思議の国のアリス』第一二章ではハートの王様が「第42条。身長一マイル以上ノモノハ全員法廷ヨリ退去スベシ」と読み上げるし、キャロルが三十七歳で上梓した詩集『ファンタスマゴリア』第1歌16節には、作者自身とおぼしき「42歳の男」が登場する。また、最初のアリス本には挿絵が42点あり、二番目の本も最後に変更されたが当初は42点の挿絵を入れるはずだったという…。

いちいちフウン、へエーッの良質な「トリヴィアの泉」感覚の愉しい小発見である。詳注の自己増殖ということで言えば、日本キャロル協会員木場田由利子女史のホームページにリンクしてみると面白い。アリスと一緒に地下に行く白兎が数字化してみると42になるという奇怪な読み方に発し、アリス・ストーリー全体に42が遍満する様子を次々明らかにするばかりか、キャロルがE・A・ポーと数秘術的にも深く繫がっていたとする呆然の論に至るのだ（キャロル協会機関誌 Mischmasch 第五号［二〇〇一年］）。河合氏の折角のほどよいバランスの先へと突き抜けてしまいかかっている。「詳注」はこうして焼酎に通ずで、ほどほどに酔うが肝心。詳注好きのぼくなど、いつも書き込み過ぎて失敗してきた。

河合氏による注の数は42（「なお、本書の注釈の数も42」）。節度と遊びのこのバランスは妙に父君に似たものがあって、なかなかの親子鷹本である。

4

2007 August

23. 名作「いまあじゅ」で、マニエリスムがメディアの問題になった　8/3

『キャンディとチョコボンボン』収録「いまあじゅ」大矢ちき（小学館文庫）

小学館文庫に大矢ちきが二冊入った。『おじゃまさんリュリュ』と『キャンディとチョコボンボン』。日本マンガ史がマニエリスムと交叉した一瞬を見せつける貴重な逸品「いまあじゅ」が『キャンディとチョコボンボン』で再び読めることの興奮。今回文庫でたった一六ページの「いまあじゅ」を、いってみればマンガ漬けの大量消費状態の中、メディアとしてのコミックスが内容ばかり、それもマンガ社会学といった観点でばかり問題にされている今、若い読者が見て、何をどう感じるかに、ぼくはとても興味がある。世代の差ありや、と。

一人の美少年が、想像したことがそのまま現実となる幼児期の万能感覚を喪って――それは左眼の事故による失明を通して起こる――青年になってしまい、いつもこの喪失感とノスタルジアに苦しんでいるという、いかにも「青い」話。それを一人の少女も出てこない、「花の24年組」好みの女人結界ギムナジウム世界で、明るい一方の少年と、暗い本好きの「委員さま」の対立と、甘くも狂おしい融合の物語として描くといえば、やおいのはしりかという具合だが、こともあろうにマンガを通してゼーレ（魂）の冥府降下という神話的・元型的な物語を追ってみるという、およそ物語なるものの根源とでもいうべきでき方をしているので、今頃の腐女子マンガ読者たちが「いまあじゅ」をどう読むか、これは是非にも知りたい。

　実存主義という深み志向の哲学が一九五〇〜六〇年代に流行ったが、これとマンガが交叉したのが岡田史子《ふみこ》だとすれば、マニエリスムとマンガが接点を持ったのが大矢ちきということになる。たどん目の主人公たちが生きることの意味を前に重くたたずんでしまう岡田史子が、主題の要求する絵としての下手さでぼくなどを魅了したのとぴったり裏腹に、大矢ちきは空前絶後の絵の巧さで“impressive”だった。紙の上に線を圧し刻むプレス（圧）も、そして読者の脳裡にインプレッションを彫り刻む圧力においても、という意味である。

　愛知芸術大学で大矢ちきが線の扱いと伝説的な色の巧みな扱いを勉強していた頃は、ぴったりマニエリスムのブームに当たっている。「いまあじゅ」で、自分の甘美なるべき幼児の頃をいま自分の内なる迷宮として抱える主人公は、自らの裡に降下していくわけだが、自らその説明をして、「ぼくはぼくの鏡のうちへと降りる。死者がその開かれた墓へと降りていくように」というシュルレアリスム詩人ポール・エリュアールの詩を引くのだが、雑誌『りぼん』新年号に「いまあじゅ」が初出された一九七五年という象徴的なタイミングでは、真芯にG・ルネ・ホッケの『迷宮としての世界』（一九五七。邦訳一九六六）を思いだした読者が少なくなかったはずである（それは、まさしくエリュアールのこの一行から始まっていた）。

ダ・ヴィンチ構想の八角形の迷宮を究極の標的として、迷宮と化す人間の世界内存在の意識を、ハイデガーやヤスパースの存在分析哲学の手法をもって追う『迷宮としての世界』が、一九七〇年代初めの才媛画学生の座右になかったとは考えにくい。主人公の分身とおぼしき美少年が主人公に「ねえ知ってる？　ダ・ヴィンチは八角形《オクタゴン》の鏡の迷宮を築こうとしたのを？」と言い放ちさえしているからである。ここまで徹底してやられながら、大矢ちき（は勿論、岡田史子）に一言の論及もなかった澁澤龍彦の存外な感度の悪さを何だろうと思うのだ。

そしてその分、改めて愛すべき橋本治先生の批評的感度の鋭敏に脱帽する。大矢ちきの人物たちの唇に、『ガラスの仮面』の人物たちの髪の色に『クリティック』の四方田犬彦が加えた透徹した分析に匹敵する分析を加えた名作、『花咲く乙女たちのキンピラゴボウ』（一九七九。のち河出文庫）で、橋本治は大矢ちきの「ポップ・マニエリスム」を論じている。ホッケだの、ハウザーだの、ワイリー・サイファーだの、詳しくはそちらを読んでとか、一見無責任だ。

「私はメンドクサガリ屋なのだ。だからそれを、当の大矢ちき嬢御本人に説明していただく――

〝らららものすごい寝ぞう　みんながひっちゃかめっちゃかにもつれてるよ　マニエリスムね〟

〝ぎゃっ鍵が髪の中にまじゃこじゃになっている　マニエリスムだ！〟　〝よいさ　よいさ　まるでちえの輪みたい　マニエリスム…ムス〟　出典『ルージュはさいご』

――要するにマニエリスムとは、ゴチャゴチャのことなのだ」

といった軽い口調だが、「美しき手法」の域に達した大矢ちきのコマ割りの奇想、絵と字の絶妙な離合と融解など、マニエリスムをメディア論、「フィグーラ」論に開く天才の所業としか形容しようのない世界を、これはマニエリスムと断じたのは、さすがに「大」橋本治ならではのスマッシュ・ヒットである。ぼくがＮＴＴ出版の論集『コミック・メディア』で日本マンガのマニエリスムを論じて、男は宮西計三、女は大矢ちきを取りあげることになるのも、下敷きとして橋本治の大矢ちき論「世界を変えた唇」が先行していたればこそであった。

24. やっぱ好きでたまらぬ人が訳さなくては、ね　8/7

『記憶の部屋—印刷時代の文学的‐図像学的モデル』リナ・ボルツォーニ［著］足達薫、伊藤博明［訳］（ありな書房）

記憶術、いろいろな呼称があるが、たとえばアルス・メモラティーヴァ。書物が超貴重だった古代・中世を通して、学者や雄弁家たちは諸学説、古代典籍の行句をひたすら記憶し続けるしかなかった、何しろいつでも気楽に当たることのできる参考書が身の周りにないから——という当たり前の現実を、我々は実は全然意識することなく、中世やルネサンスに栄えた知識や論争のことを考えているが、ちがうのではないだろうか。

というので、イタリア・ウマネジモ（人文学）の雄、パオロ・ロッシが決定的な名著『普遍の鍵』を出したのが一九六〇年。記憶術の方法的精密化から必然的に観念の分類の必要がうまれ、ライプニッツ他の百科全書主義やアルス・コンビナトリア復権の動きにつながっていく、そのライプニッツ考案の0／1バイナリーを基にするコンピュータリズム全盛の今現在の人文学に一番必要な文化史的認識の透徹。

ちょうど十六〜十七世紀のその辺の動きを勉強中だった若き荒俣宏が、師匠の紀田順一郎と二人で編んだ国書刊行会の画期的な「世界幻想文学大系」に、幾多の幻想小説の間にそっと挿むという感じで、マージョリー・ニコルソンの『月世界への旅』と一緒に『普遍の鍵』を入れた、時代をリードするアンテナの感度に改めて、アラマタさん、こりゃまた有難うと言わねばならない。

現在、記憶術の研究といえば、フランセス・イエイツの『記憶術』が嚆矢のように言われる。しかし、一九六六年に出て斯界に大騒ぎを起こしたこの本が邦訳されたのは、何と一九九三年のことである（水声社）。訳書の「訳者解説」を読むと、「二十年近く腹を立てながらも信頼して待ち続けて下さった」水声社（書肆風の薔薇）社主に有難うとか言っている。人文学を一変させる任を帯びた画期的大著に、さめ切ったつまらない短い後書きを付してしまった最悪例としては、A・O・ラヴジョイの『存在の大いなる連鎖』に匹敵する問題ある後書きである。イエイツ女史の仕事全体は晶文社に目利きの小野二郎氏一人あって、完璧といってよい邦訳紹介が施されたが、こと記憶術テーマに関してのイエイツ紹介の迫力のなさは、もはや文化的犯罪の名に値する。イエイツがシェイクスピア研究に力を転じたところを捉えて、日本ではシェイクスピア研究者がイエイツ研究の受け皿となったことの大不幸。「当時味わっていた思想史研究への幻滅」から、「幻視的歴史家」イエイツへの疑問を抱えた有名な「実証派」研究者が、わざわざ「批判的な」後書きを準備しようとして鬱々としている間に二十年が経ってしまった、と問題の嘔吐的後書きにある。じゃあ、わざわざ訳すなよ！　これも画期書、S・アルパースの『描写の芸術』(ありな書房)の訳者解説にも匹敵する愚かなエクスキュースだ。

中世・ルネサンス記憶術が十八世紀の解剖図譜の世界に繋がり、ついには今現在の脳科学とも繋がっていることを史料とオブジェで説得した画期的展覧会(La Fabbrica del Pensiero「思考建築」)が一九八九年上半期にフィレンツェで催され、これがその後の記憶の文化史研究の爆発的盛行の起爆剤となった。考えるほどに受け皿のない日本で、仕方なくぼくが『魔の王が見る』から『カステロフィリア』にかけての本で、パオロ・ロッシに発する記憶術研究のイタリアにおける怒濤の進展ぶりを紹介し、その過程でライナルド・ペルジーニの記憶術 - 建築論の名作、『哲学的建築』(一九八三。邦訳:ありな書房)などが早々と日本語にできたりもしたのだ。

ぼくは「思考建築」展カタログの邦訳を企てたが、カタログは図版版権の厄介があって結局挫折したことも思いだす。挫折の苦汁といえば、こうした一九八〇年前後の華々しい記憶術研究の展開を視野に、イエイツの最重要書の邦訳が遅いのに苛立って、ぼく自身、パオロ・ロッシを名訳で送りだした清瀬卓氏に頼んでイエイツ本も日本語にしていただき、これを国書刊行会から出すことにしたが、案の定、横槍が入って水泡に帰した。ぼくしか読むことのなくなった清瀬卓訳のイエイツは伊藤博明と並ぶ中世思想史の雄《ゆう》の意力に満ちた充実訳だった。嗚呼、翻訳企画の難しさ! しかし、これはこれで必ずやいずれ活字に!

問題の「思考建築」展にインスパイアされたことを隠さないイタリア人文主義の若き華、リナ・ボルツォーニの『記憶の部屋』(一九九五)の邦訳紹介は、そんなもやもやした過去のいきさつを一挙払拭の爽快書である。明らかに既紹介のポーラ・フィンドレンのヴンダーカンマー論にも、即タイトルからしていきなりジョルジオ・アガンベンの『スタンツェ〈部屋〉』にもインスパイアされ、マニエリスムをコンピュータ・メディア論と結ぶ新人文学の典型的一局面へのマニフェストとも感じとることを許す素晴らしい本。

これらの本を順次、一定の戦略をもって邦訳し続けている書肆ありな書房と、古典語とイタリア語に強い翻訳狂、伊藤博明の結託に、心から乾盃。記憶術を十六世紀にローカルに実践した未知の実験家たちの紹介に、尽きせぬ魅力のある画期書であろう。

25. 全美術史を壺中に封じる、これも「記憶の部屋」だ

8/10

『美術愛好家の陳列室』ジョルジュ・ペレック［著］塩塚秀一郎［訳］（水声社）

大きな部屋の壁一杯に何十枚かの絵が掛けられているところを描いた、考えてみるほどに奇妙な絵の一枚や二枚、誰しも目にしたことがあるだろう。壁の一部がいわゆる加速遠近法でぐっと奥に向かってへこんでいく、その筒状の奥まる壁面上もびっしりと絵でおおわれている。空間に隙間を残すのを嫌がる近代ヨーロッパ文化の〈真空恐怖〉をそっくり絵にしてみせたようなこの画題を、ガレリア（ギャラリー）画、画廊画といって、十七世紀から十九世紀にかけて長く流行した。一番有名なのは、十八世紀中葉、ローマ画壇の最高位を極めたジョヴァンニ・パオロ・パンニーニの一連の画廊画。これを表紙にあしらった Annalisa Scarpa Sonino, “Cabinet d'amateur”（Berenice）なる巨大画集一冊繙

読すると、ほとんど、お願いもう許してモードになること必定である。有名な絵を何十枚もミニチュアにして模写したものをびっしり詰め込んでみせる大型の絵を何百点か、描きこまれたミニチュアの一点一点が誰の何という絵か同定しながら見させられると、西欧近代とは何なのかという大きな問いにまで行かざるを得なくなる気分だ。

現在の視覚文化論隆昌のきっかけをつくったジョン・バージャーの名著“Ways of Seeing”(1972; Hardcover/1995; Paperback)、邦訳名『イメージ』が、レヴィ゠ストロースを引きながら「所有形式としての」油絵、そしてその堆積としての画廊画を論じた一九七〇年代初めにして、画廊画がブルジョワ階級の所有欲の表れだということを指摘済み。そして最近、そうやってうまれた絵画が自らが所有形式のひとつであることへの自意識を深め易いメタフィクショナルな制作行為であったことが、たとえばルーマニアの美術批評家、ヴィクトル・I・ストイキツァの『絵画の自意識』(一九九三。邦訳：ありな書房、二〇〇一)で動かぬ事実となった。パンニーニのピクチャレスクなローマと十六世紀のアントウェルペン・マニエリスム画派が〈画廊画〉への関心であっさり通底する。絵とは何、描くとは何、それを評するとは何、美術史学とは何。絵画という表象をリフレクト(反省)するに、考えてみればこれだけぴったりの画題はないだろう。

そこにきちんと照準を合わせたのが、想像通り〈ウリポ Oulipo〉グループの鬼才、ジョルジュ・ペレックの“Un cabinet d'amateur”(初版 1979/1997; Broché/2001; Poche)だった。今回翻訳の原作。ウリポとは順列組合せ数学に高度の知識を持つ文学者集団。『文体練習』で同一情景を何十通りかの文体で書き分ける芸当に出たノーベル文学賞受賞者レイモン・クノーが中心。周縁には『宿命の交わる城』と『マルコ・ポーロの見えない都市』という「文体練習」的文学の二大名作を書いたイータロ・カルヴィーノ。そのカルヴィーノが、次は美術館展示の絵を自在にリシャッフルすることで、順列組合せ小説を書いてみたいと言い遺したまま、他界。残念でならなかったところ、この『美術愛好家の陳列室』がその遺志を完全に実現してくれた。

物語は、醸造業者ヘルマン・ラフケ所有の一枚の画廊画に誰の何の絵が描きこまれているかの分析と描写がコアである。描いた画家はハインリヒ・キュルツ。どこかで誰かが描いた絵をキュルツがミニチュア化して、問題の『美術愛好家の陳列室』という絵の中に模写していくのだが、模写といっても原作とどこか微妙に違っている、それはどこか探せという趣向もあるらしい。しかも、ミニチュアにして入れられた絵もまた一幅の画廊画になっていて、その中に何十枚かの絵を含んでいたりする。

画家は絵の中にこの絵自体も描き込んでおり、陳列室に腰かけた蒐集家が、部屋の奥に視線を向けて見ているその絵には、絵画コレクションを眺めている蒐集家自身が描かれているうえ、彼が眺めている絵もすべてあらたに模写されているといったぐあいで、絵画コレクションは精確さをいささかも失うことなく、第一次、第二次、第三次と縮小してゆき、ついにはカンヴァス上に見えるのはあるかなきかの筆跡だけになってしまう。

縮小が内向するばかりか、蒐集家の死に際しては、部屋自体がこの絵と寸分違わぬ（蒐集家その人をも含む）状況にされて永久封印される。絵が絵の外に向かって増殖しもするのが面白い。

問題の絵が贋物だったことが判明、というのが、この作品のアクションと言えば言える。そうなると一種推理小説風だから、ネタバレ回避で粗筋にはこれ以上触れない。大体が“amateur”（「素人」という意味ではない）という存在が面白い。“cabinet”の文化史が面白い。両方とも豊かな文化史的観念であったことが判ってきたのが、やっとこの四半世紀。「キャビネ（ット）」ひとつとっても、たとえばマニエリスムの驚異博物室から電子ブリコラージュの箱型デヴァイスとしてのPCまで何とか一本の線に繋げようとしている一大文化史家バーバラ・M・スタフォードの批評の鍵語がいつも「キャビネット」だ。

全美術史の営みを一三〇ページに封じ込めたこの作自体がキャビネットだという壺中天のパラドックスが「パラドックスの文学」（R・L・コリー）の一大痛快作をうんだ。

26. あのスタフォードも『驚異装置』展をロサンゼルスで開いた

8/14

『ウィルソン氏の驚異の陳列室』ローレンス・ウェシュラー［著］大神田丈二［訳］（みすず書房）

ジョルジュ・ペレックの『美術愛好家の陳列室』を読みながら思い出さずにすまなかった本がある。もはや少しく旧聞に属すが、ローレンス・ウェシュラーの“Mr. Wilson's Cabinet of Wonder”（1995; Hardcover/1996; Paperback）『ウィルソン氏の驚異の陳列室』である。両方とも原題に“cabinet”を謳っており、これが西欧近代を「箱の思想」（横山正氏の名著の標題）の系譜と考えようとする場合のキーワードであることが判明してきたこの四半世紀の、ある文化史的切り口の中では完璧につながり、必ず一緒に並べて読むべきと思わせるので、ペレック作に引き続き取り上げる。

種村季弘先生との今生のお別れとなってしまった『ユリイカ』誌対談で、アメリカ文化における創造的詐欺の話をしていて、氏がそういえば読んだばかりの『ウィルソン氏の驚異の陳列室』という本が非常に面白かったと言われ、当該テーマの決定書らしいのに未読で、不明を愧じた冷汗三斗を懐かしく思いだす。E・A・ポーがマガジニスト（雑誌編集人）であり、故にマニエリストでもあったとするなかなか楽しい対談のさなか、種村氏がマガジンってもともとは倉庫のことだから、これはアメリカ版ヴンダーカンマーというわけだね、と一言おっしゃった。これで、アメリカン・マニエリスムという観念の成否をめぐって年来鬱々と悩んできたぼくは、一挙に愁眉《しゅうび》を開いた。

ロサンゼルス郊外にジュラシック・テクノロジー博物館という施設がある。入ってみると「何ともいわく言いがたいジオラマ（好奇心をそそらずにはいないすてきなディスプレーの中に並べてあるのは化学物質で、ラベルによればチタンの酸化物、鉄の酸化物、アルミニウムである）」がある。「ある女の後頭部に生えた驚くべき奇妙な角」がある。テクノロジーの人工物と珍奇玄妙の自然物が混在している、現代に生き延びた十六世紀マニエリスムのヴンダーカンマーという趣。あるかあらぬか、マニエリスム時代にそうした珍品コレクションの象徴だった「ノアの箱舟」の縮尺模型もちゃんと置いてある。アメリカ民衆文化の象徴たる「ダイム・ミュージアム」、「ペニー・アーケード」の世界。『バーナム博物館』や『イン・ザ・ペニー・アーケード』にスティーヴン・ミルハウザーが面白く描いている世界だ。

第一部「胞子を吸って」は、この個人博物館を創立経営しているデイヴィッド・ウィルソンという人物とその家族係累を紹介する。著者は有名なルポ・ライターというだけのことはあって、ウィルソン本人とのやりとり、資料による補充など巧いもので、『リーダーズ・ダイジェスト』のよくできた記事のように、すらすらと一人の奇人伝として面白く読める。それがウィルソン氏が「天命を受けた仕事の一部分は…人々を驚異に向かって再統合することなのです」と漏らすに至り、話が「草創期の博物館、十六、十七世紀にまで遡るウル・コレクション」に及んだところで第一部は終る。それらの原‐博物館は

ドイツ語でヴンダーカマー、驚異の部屋と呼ばれることもあったが、ジュラシック・テクノロジー博物館は、大まかに考えて、驚異がその統一的テーマであるという点でまさにそれらに相応しい跡継ぎである。しかしそれは特別な種類の驚異であり、しかも不安定なのである。ジュラシック・テクノロジー博物館を訪れた人は絶えず自分が（自然の驚異を）見て驚くことと、（こんなことがありうるかどうか）いぶかしく思うこととの間でゆらめいていることを知るのだ。そしてウィルソンはときどきほのめかしているように見えるのだが、人間であることのもっとも恵まれた素晴らしいことは、まさにそのゆらめき、そのように楽しく錯乱しうる能力なのだ。

（六一―六二ページ）

そして第二部「大脳の発達」は、問題の「草創期の博物館」の不思議なコレクションとその歴史的背景を、一九八〇～一九九〇年代に爆発的に出版されるようになったさまざまなヴンダーカンマー研

究書の紹介を兼ねながら概観する。出発点は伝説的に浩瀚なインピー、マグレガー共編の『博物館の起源』（一九八三）。ヴンダーカンマーの汎欧的な盛行を扱った、今でも比類なき絶品資料。それに一九九一年、新歴史学・新美術史学が異文化（特に中南米）制圧というイデオロギー的側面を補った。S・グリーンブラットの『驚異と占有』（みすず書房）である。ジョイ・ケンセス差配の「驚異の時代」展も、アダルジーザ・ルーリもサイモン・シャーマも次々と紹介されていく。フランセス・イエイツ紹介の「註」など眺めるうちに、何が本文で何が「註」か曖昧になる（「ポストモダンは周期的に回帰する」というマニエリスム〈常数〉史観――結局、本書の肝――は「註」の中に出てくる！）。というより、この本の主人公たるウィルソン氏もその博物館もごっそり曖昧なのだ。途中でホウクス博物館というのが出てきて知らされるのだが、このルポ自体が"hoax"だった「らしい」！

ヴンダーカンマーに注目と、『魔の王が見る』、『綺想の饗宴』でガチガチ固く言い続けてきたぼく、相手が相手だけに「驚異」感のあるこういう紹介の新ジャンルがあったかと脱帽しつつ、遠方なれど同志ありと心底心慰められた次第である。傑作ランク（？）A。

27. フランス版『ガロ』が、ベー・デーを転倒させてのデー・ベー *8/17*

『大発作―てんかんをめぐる家族の物語』ダビッド・ベー［作］関澄かおる［訳］（明石書店）

日本のマンガ、アメリカのコミックスとともに二十世紀マンガ史のひとつの極とされてきたフランスのバンド・デシネ、いわゆるＢＤ（ベー・デー）は、「現代思想」を推進した理屈好き・論争好きのお国柄を反映して、ちょうどピーク時（伝説の編集長・長井勝一）の我が『ガロ』そのもののハードな思想性と、それが要求しやまぬ描法の実験性に大きな魅力を持つ世界であった。だから、大友克洋のAKIRAに一番大きく流れ込んだ霊感の源がＢＤであり、AKIRAから流れ出るものに一番大きな霊感をさずかったのがまたＢＤのアーティストたちだったと聞いても、全然不思議じゃない。ダビッド・ベーが中心になって、フランス版『ガロ』というべきラソシアシオン社を一九九〇年に創設せざるを得なかったのは、そういうＢＤが本来のハードなメッセージ性を喪って、極東のマンガやアメリカのコミックスに押されても仕方のない無力な状況に陥っていたことの証しだ。

本名ピエール＝フランソワ・ボシャール（一九五九〜）、愛称ファフー少年が癲癇《てんかん》の兄ジャン＝クリストフの発作発症（一九六四）から作品刊行時（二〇〇三）までの「大発作」にずっと付き合う闘病記録だが、幼少時からファフーは絵が巧く、また途中から二十世紀後半の本好き少年の常道のように幻想文学のとりこになった挙句、兄との確執と深い共感の物語を世界に発信しようとする。

パリにひとりで生きている今、僕はすべてを語りたい。兄のてんかんのこと、医者のこと、マクロビオティックのこと、交霊術のこと、宗教指導者のこと、共同体のこと――

絵の巧いファフーのこと、この物語はＢＤにならざるを得ないだろうし、ファフーによれば「世界を代表する漫画になる予定だ」というので、プルーストの『失われた時を求めて』やアンドレ・ジッドの『贋金つくり』そっくりの入れ子箱の形になっている。まさしくBD版『失われた時を求めて』といってよい。現に作中のBD作家志望のファフーが、受難の民ということで急に好きになったユダヤ民族の代表的名ということからダビッド［ダビデ］の名を名乗り、かくて本当の人気BD作家ダビッド・Bとなって、ほらお手元のこの『大発作』を描いた、とそういう入れ子になっている。商業化したBDをもう一度転倒してしまうという気合がBDを逆しまにしたDB［ダビッド・ベー］の筆名になった、ともいえよう。なかなか洒落《しゃらく》な人物と見受けられる。

描かれている内容は洒落どころではない。発作がきて全身の強直性痙攣でどこででもひっくり返ってしまう兄ジャン＝クリストフが、近代医学の最先端治療（「気体脳造影撮影法」）から、それに批判的なドゥルーズ＝ガタリ流の「反精神医学」までモダンな治療、ポストモダンな医学すべてに見放され、禅式「マクロビオティック」という食餌療法からシュタイナー学校からモーツァルト音楽療法、スウェーデンボルグ主義、薔薇十字、錬金術から、果てはヴードゥー教まで、エソテリック［秘教的］と呼ばれるありとあらゆる療法に手を出すが、どうやら自分を守るために癲癇を利用し始めさえしているジャン＝クリストフには、すべて何の効果ももたらさないばかりか悪影響を及ぼし、癲癇と精神障害が交互に、また複雑に絡み合って、優しく看護してくれる一方の父母にさえ危害を加えるようになる。

物語の三分の一はこの兄の症状を追う。症状が巻を追うごとに悪化していくのに応じて、この兄の挙措表情を描く描線が太く粗く真っ黒になっていくのが、異様にプリミティーフな版画みたいで迫力がある。また三分の一は、身体の健康をめざす共同体が必ず精神の自己啓発を唱える動きと化し、そして階級をつくりだす権力闘争に堕し、教祖の自殺や逮捕に至るおなじみの行程を、飽きもせず繰り返し追う。フーコーやドゥルーズをうんだお国柄と時代であろう。

そして残る三分の一が、そういう不治の病の兄と関わる主人公／語り手の側に起こる変化をゆっくりと描く。どうやら弟にも癲癇の素因があるが、彼は早々とそれを絵の世界に「昇華」するコツを体得していた。それから夜の森の世界に魔じみた対話者を呼び出して対話することで日々の圧から逃げる術も得る。夜こそ我が鎧だと。

もはや想像がつくように、最後に癲癇という回路を通じて兄弟に深い和解が訪れるが、天空を行く馬上での対話が深く黙示録的で、ダビッド・ベーが『蒼ざめた馬』（一九九二）以降ずっとこの世界を引きずっていることを思い出させる。得体の知れぬ病が一貫して黙示録的なドラゴンとして描かれる。時にはそれは瘴気の渦流に変じて人の身体と化す。

そう、『ヨハネの黙示録』また癲癇者による作とされている（いま改めて注目のドストエフスキーも、そしてエドワード・リアまた）。そのこともあって、かつてこの病は“morbus sacer”［神聖病］と呼ばれた。神聖でも何でもない、脳内の機能障害として、ひたすら脳波波形の類型学に矮小化されてきたのが現下の対癲癇観である。そういう癲癇観が無力なのは、虎や兎として描かれるオリエンタールもしくはジャポネな（「僕らの新しい世界では、日本の物はすべてよしとされている」！）整体や気功の術が無力なのと同じなのだ。

大発作とは面白がって付けた名ではなく、癲癇の典型的症状を指す医学用語“haut mal”［全般性強直間大発作］の訳である。では、この原作の原題“L'Ascension du Haut Mal”の“ascension”とは何か。

文字通りには「昇り」のことで、作中一貫して癲癇発作の進行が山登りに譬えられている。しかし、この語は何といってもキリストや聖母の「被昇天」を意味しないではおかないだろう。「至高の悪の高み」とか、文字通りにとればとれるし。深刻だが、洒落といったのは、この辺の面白さである。

全体の三分の一が、一八八〇年から一九六四年に至る戦争の歴史の回顧である。この分量は意味深い。癲癇は個人的素因にやはり社会的変動が歪みを加えて生じるものとDBはいいたいのだ。そういう社会的病を一家族の「聖」史劇に「昇華」しようとした力わざなのである。

28. 痴愚礼讃、あとは若いのにまかせりゃいい

8/21

『老愚者考──現代の神話についての考察』A・グッゲンビュール＝クレイグ［著］山中康裕［監訳］（新曜社）

ちょっとした機縁なのだが、この本を読みだし読み終った一日は、臨床心理学という何だかよくわからない世界に、ユング心理学を介して形を与えた河合隼雄文化庁長官の訃報が新聞に載り、中沢新一氏の「日本にほとんどいなくなった賢者でした」という、いかにもなコメントに接する一日ともなった。山口昌男氏と楽しそうにフルートを吹く「日本ウソツキクラブ会長」の姿を思い出す。この本を読んだ後なら、絶対、氏こそ昨今日本にほとんどいない「老愚者」でしたと言うのでなければ、軽口の名人だった日文研所長を褒める手向けにはならないよ、と思ったことである。

それにしても、こうして新聞等にユング、ユング心理学の名が出るのも随分久しぶりである。スイス他の先進的知識人たちがナチから逃れ亡命する渦中にあって、ユングがスイスにとどまった事実について、ハイデガーからポール・ド・マンに至るいわゆるナチつながりを疑われる流れがあって、もともと量子物理学と神秘仏教をつなげるサイ科学的環境から出てきた胡散臭さに輪がかかって、一種禁句となった。実際、行動主義心理学、実験心理学全盛の現在の心理学の世界で、論文にユングを引いたら一巻の終わり、という「神話」がある。英文学でユング、ユングと騒いだ故由良君美大人がその狭い世界でいかなる扱いを受けたかは、四方田犬彦『先生とわたし』でよくわかる。その四方田氏が以前、高山さんだって本当は「隠れユングだよね」と言ったことも思い出されて、つい笑ってしまった。

ユング心理学がなぜ出てきたかは、しかしよく理解されねばならない。一面で人間の「魂」とは何かということが改めて問題になった十九世紀末から一九一〇年代にかけての「絶望と確信」（G・R・ホッケ）の蝶番《ちょうつがい》的状況があった。山口昌男・種村季弘流のルナティック・ヨーロッパ、月明のヨーロッパ精神史の素晴らしい研究の学統が絶たれようとしていると思うが、それはヒトの身と心を単純に別物とする科学主義への反動としての知（もしくは反知）の動きを少しは明るみに出してくれた。ヒトを「ゼーレ（魂）」として総合的に考えようというので、アプローチは自ら「脱領域」の敢為《かんい》になる他なかった。

「魂のない心理学」の代表が、たとえばジョン・B・ワトソンの、人間を「刺激反応」の機械とみる行動主義である（一九一三）。ヒトをバラバラに理解すると便利というこの感覚が結局、一九一四年の世界大戦に行き着いた。そのことの反省としての一見いかがわしいヒトの「魂」化、学知の総合化の動きだった。スイスはアスコーナ小村の「真理の山」コロニー、それを継ぐエラノス会議の、息を呑む世界的知性（ノーベル賞クラスがごっそり）がC・G・ユングを中心にうごめいた。キーワードは象徴と神話。とんと聞かなくなった語だ。

象徴と神話、とまで言えば、こうした動きの裏面史にたちまち思い当たる。端的にナチによる象徴と神話の全面利用の暗黒面である。グッゲンビュール＝クレイグ教授は、ユングが自身「魂に圧倒されるに任せ」ることでユング派心理学が成立したと言っているが、象徴にも神話にも、個人と国家をぶち抜いて忘我させる恐怖の局面があるのは、ルナティック・ヨーロッパのもう一人の同時代人、アビ・ヴァールブルクについて、『風景と記憶』のサイモン・シャーマや、田中純『アビ・ヴァールブルク　記憶の迷宮』が重く論じた通りだ。

『老愚者考』は神話と象徴の持つこうした両義性・二面性を説き、それが「一面化」して動員されてきた危うい歴史を次々と挙げる。「平等」という観念に今日、誰も疑いのウの字も入れないが、どうして、これも結構「ディオニュソス的な」狂気の一面を秘める、という出だしには驚く。「女性抑圧に奉仕した男女の差異」というもはや常識と化しかかっている感覚も、ヒトは結局カネがすべてとする「ホモ・オイコノミクス」という人生目標も、すべて神話にすぎない。教育という「一面的な神話」、病、福祉、進歩…。我々が当然と思っている常識の悉くが、実は一面的に発動された神話にすぎない。本書の前半は、こうして現代文明の神話どっぷり状況への一種の『リーダーズ・ダイジェスト』的感覚による批判である。

後半は、上で述べたようなユングのいわゆる「元型的心理学」の紹介と、それへの批判を介して「神話的心理学」なるもっと寛容なユング心理学の立場の提唱に向かう。ユング批判の手掛かりにユングの「老賢者」の元型を選んだ点がスマッシュ・ヒットだ。老人が賢者であるはずだという神話が、たとえば「老愚者になったのに、残念ながら老賢者のイメージに圧倒された」シュヴァイツァー博士の老年を硬ばったものにした。老人は現に愚者化していく存在なのだから、年寄りは賢くあるはずとする「防衛機制」など捨てましょう。この「老」の解放は、若者は頑張らないという「若」の神話から若い人たちを解放しようとするトム・ルッツの名作『働かない』（青土社）と絶妙なペアをなす、愉快な現代版『痴愚礼讃』となっている。

29.「働いて自由になれ」、アウシュビッツの門にそう書いてあった

8/24

『働かない――「怠けもの」と呼ばれた人たち』トム・ルッツ［著］小澤英実ほか［訳］（青土社）

グッゲンビュール＝クレイグの『老愚者考』は、老人は老い故の愚行にどっぷりで少しも構わないのに何でこんなに「若いもんに負けるか」と気張るのか、と言う。「彼らは方向を見失っているのは若い人びとだと思っています。学生は何が大事なのかをもはやわかっていない、すべての価値は解体している、と老教授が嘆くのを、何度も耳にします」として、「しかし最も深い意味において、不安定になっているのは老人の方なのです」と、痛烈であった。特にこの老人の気張り方は、商売熱心なマス

コミにあおられた、最近還暦通過の団塊世代、ニューシルバー・エイジに気恥ずかしいほど顕著だと笑っていたら、こういう気骨の折れる「老人のもつ集合的世界、集合的価値とイメージは、四十年前に支配的だったものです」とされていて、どうやらグッゲンビュール＝クレイグのスイスあたりでも、団塊世代が老賢者という「腐敗した神話」を担っている悪者らしくて、笑える。

自分が賢者だと信じこんでいるこの世代が「カウチポテト」な息子娘を目にしたら、どうなるか。

それは全身反応だった。ドアを開けたり、地下の仕事場から上がったりした瞬間、私の顔はさっと赤くなり、鼓動は早まり、体内にはアドレナリンが氾濫した。たいていは踵を返してキッチンに入り、タイル張りの流し台を指でカツカツと叩くか、仕事場に戻って座り、気持ちを落ち着けるかしたものだ。私の父親の怒りは、彼を行動に、ときには暴力的な行動に駆り立てたが、私の怒りは私を困惑させ、身動きできなくさせた。どうしても怒らずにはいられなかったし、その怒りが私には理解できなかった。

これはアメリカ人社会学者トム・ルッツの好著『働かない』の冒頭部である。自分に対して自分の父親が持っていた怒りをいつのまにか今度は自分の息子にぶつけようとしている、ということにうっすら気付いていて少し反省し、すると一体この怒りの正体とは何かという歴史的展望の中で見てみたいと思って（さすが学者だ）、怠けというテーマで史料を集め、怠け者の文化史にまとめたのが、この本なのである。いまどき一つの学問ができあがっていく理想的なあり方を示す本体の前に、親と子をめぐる日常の怒りと苛立ちのドラマが二流のホームドラマ然として蜿蜒と続くのが、一寸『リーダーズ・ダイジェスト』風で、凄く面白い。

某大学で、指定のテーマでレポートを書けないと観念した諸君はこの一年くらいで読んで面白かった本や映像についての感想文を書いて出せと言っておいたら、『働かない』を選んで、「気が楽になった」という感想を書いてきた者が随分いて、びっくりした。よく働く大学のよく働く学生たちじゃないか、と。

「節約の論理」（ワイリー・サイファー）がうまれた十七世紀ピューリタニズムあたりが出発点かと思う。ぼくが英語で何かを勉強している人に一度は必ずする話だが、「リアル」という単語は一六〇一年、「ファクト」は一六三二年、「データ」は一六四七年に初めて使われる。現実が数量化でき、断片的情報の蓄積が可能になった瞬間、無駄を出さぬ「節検」と、日々孜孜《しし》として倦まずたゆまずの「労働」が、エシックス（倫理）として確立したのであろうとは、『プロテスタンティズムの倫理と資本主義の精神』など読んでいなくても、大体の見当はつく。

それを裏の「働かない」という切り口で明快にしてくれたのは、本書が最初だ。一九九〇年代にアメリカでニートやフリーターが問題になり類書がいろいろ出たとは言っているが、「ポスト・フォーディズム」の現代に向けての歴史的展望をここまで拡げた目配りは初めて目にするものである。「活力」に対する「倦怠」というテーマでは、Rinehart Kuhn, “The Demon of Noontide” という極めつけの名著があるが、「労働」に対する「怠惰」というテーマでは本書が画期。十八世紀に英米文化史上初めて、怠惰こそ文化と称するアイドラーという族《うから》が登場して後、ラウンジャーやローファー、ボヘミアン、ソーンタラーにフラヌール、二十世紀のビートニック、バム、ヒッピー、そして現在のニートに相当するスラッカーへと、系譜は連綿と続く。

労働と怠惰は弁証法的関係にあり、硬ばったり弛んだりの繰り返しである。ルッツ教授のカウチ息子もやがてハリウッドに職が見つかると、一日十四時間のモーレツ勤労を平気でこなすようになったようだ。めでたし？

フロイトの「人間が労働を通して、地球上における己の運命を改善する力を手中に発見した時、別の人間が自分とともに働く者か否かという問題に無関心でいることができなくなった」（『文化とその不満』、一九三〇）という言葉がすべてであろう。労働もまた「一面的な神話」以上のものではなかった、と『老愚者考』の著者とともに言おう。

ともかく、自分の日常に出発し、未聞のテーマを立ち上げていく学問や批評の一番健全なあり方のすがすがしいお手本を、久しぶりに見た気がする。

30. 人文学が輝いた栄光の刹那をそっくり伝える聖愚著

8/28

『道化と笏杖』ウィリアム・ウィルフォード［著］高山宏［訳］（晶文社）

『老愚者考』のグッゲンビュール＝クレイグが神話をめぐる日常的エピソードをスイスのローカルな話からとるのが珍しく、面白かったのだが、要するにスイスの心理療法家だし、チューリッヒのユング・インスティテュートの所長経験者だった大人物なので、至極当然のことである。河合隼雄氏や、ぼくも親しくお付き合いさせていただいた故秋山さと子女史など皆、チューリッヒのこの伝説的研究所に集って、セラピストの免状をもらっている。
そういう『老愚者考』であるからには、一人前の読書子が即思い浮かべねばならない文章がある。

少し前のことだが、一人の男がチューリッヒの市街電車に乗り込んでくると、ハーモニカをとり出し、あちこち踊り回りながら愉快な演奏を始めた。時々休んでは窓から首を突き出して、通行人をひやかし、明け方の雄鶏のような鳴き声をあげるのだった。同乗の人々は振り向いては爆笑した。車掌は別段男に料金を要求するでもなく、さりとて追い払うでもなく、まるでその鶏男が以前からずっとそこにいて、何ごともない普段の風景の一部分なのだといった感じで、見て見ぬ振りをしている。乗車賃も払わぬまま跳びはね続けて、鶏男は車掌の前で歯をむいて下品に笑うと、かくて突然ひとつの舞台と変じたこの空間で二人、今や二人のフールと化したわけである。男はそれからその視線に我々をとらえると、もう一度鶏のように鬨《とき》をつくった。まるで我々の中に自分自身の姿を認めたのが嬉しくてたまらないといった風情で、その鳴き声が我々の笑い声の只中に響きわたった。

何故スイス、何故チューリッヒなのか。今時一寸おかしい人間がいて電車の中を少しだけ剣呑な小祝祭に変えるくらい、どの都会でもいくらも起こりうる事態である。しかし、いかにも聖霊降臨会が発祥し、トリスタン・ツァラのチューリッヒ・ダダが立ち上ったチューリッヒに相応しい鶏男出現だね、と流石のことを言ったのは、故種村季弘氏であった。ウィリアム・ウィルフォード一世一代の名著、『道化と笏杖』冒頭の一文。それに対する名書評家、種村の余人にはあり得ぬ的確な指摘だった。ウィルフォードは名からしてゲルマン系ではない。アメリカはシアトルの心理療法家なのだが、チューリッヒのユング研究所に行ってセラピストになった。秋山先生がたしか同時期に見かけたことあり、と仰有っていた。

ユングのいわゆる分析心理学、元型論は、用語も難しいし、第一、目に見えにくい現象を定型モデルを当てはめて説明するところが浮世ばなれしていて、なかなか学としても認められにくい。箱庭をつくらせるだのマンダラを描かせるだのといった「療法」に果たしてどれだけの効力があるのかも、実は見えにくい。自分たちの分かられにくさを意識して、やたらと一般向けにかみ砕いて説く解説書が多い。『老愚者考』など典型。かみ砕き過ぎて、本当は難しく理解せねばならないところ、簡単なたとえ話でスッと行く。結局、何だかふわふわして、理解できたのかどうか少々おぼつかない。

その対極にある硬派のユング派の絵解きが『道化と笏杖』である。一九六九年刊。ということは、山口昌男氏による道化論の画期「道化の民俗学」が雑誌『文学』に連載されたのと同時期。面白いことに全世界的に道化論がはじける四、五年間の、そのとば口に当たる。

集合無意識が沈澱するアーキタイプ（元型）と呼ばれる魂の領域がある。人間の自我を一個の球に譬えると、その昏《くら》い中心におどむ領域。表面に浮く日常的な自我を誤つこと常の小我とすれば、この深い異域にひそむもう一人の自我は大我なり、と、話は完全にウパニシャッド印度哲学のアナロジーである。小我の致命的誤りを元型が夢の中に元型的イメージを送ってよこすことで正そうとする。このイメージの解読者が即ちセラピストということになる。ユングが発見したアニマ、アニムス、老賢者といった元型に、後続のユンギアンが時々別の元型をつけ加える。『老愚者考』は最近稀なその成功例というわけだが、妙にエージング論ブームに媚びた「老」の要素をとっ払ったところで堂々一人立ちしたウィルフォード発見の「道化という元型」論は、遥かに普遍的な大スケールの仕事だ。

一九六〇年代後半、「魂の心理学」に人文科学全体が総力戦で当たった人文学栄光の刹那の、アプローチの自在、選ばれる対象の脱領域ぶり――シェイクスピア劇からサーカス・クラウン、北米インディアンから禅僧の機法一体まで、見境なし――両面における極致である。随分前の本だし、第一ぼく自身の訳で、書評者として少し心苦しくはあるが、『老愚者考』という格好な手掛かりを得た今こそ、じっくり読み込めるはず。こういう機縁も、この書評空間では大切にいたしたいと念ずる次第だ。

8/31

31. 人文学生のだれかれに、コピーして必ず読ませてきた

『さかさまの世界―芸術と社会における象徴的逆転』バーバラ・A・バブコック［編］岩崎宗治、井上兼行［訳］（岩波モダンクラシックス）

バーバラ・A・バブコック（Barbara A. Babcock）という人類学者に興味を惹かれた頃のことが懐かしい。近代オリンピック成立の神話的背景を扱った大冊で騒がれたマカルーンという人が、祝祭と自己

言及を二大テーマにパフォーマティヴィティを広く扱った論集を、あまりの充実に瞠目してただちに今福龍太氏以下、当時最強の布陣を組んで邦訳したが（『世界を映す鏡』平凡社）、ぼくが担当することになったのが、現代思想そのものを上述のテーマに沿って一挙略取、それも思想家たち自身の言葉の引用で全面構成という、なんだか今福氏が筑摩書房刊『山口昌男著作集』巻一解題で明らかにしたアンソロジスト、山口昌男そっくりのスタイルのバブコックの不思議な文章だった。

なので、そのバブコックが今度は中心になって編んだ象徴人類学の好著“The Reversible World”（1978）を落掌した時には欣喜雀躍という奴で、秩序逆転の言語的・文化的装置を、文学系六、人類学系六、都合一二篇の力作論文で総覧させる相手を、文学系をぼく、人類学系をそちらに強い英文学の富山太佳夫氏で分担するプランを立て、企画化する前に少し試訳しているところに、既に版権とられているという話があって、随分口惜しい思いをした。だから著編者の諒解を得てとはいえ、理由も明らかにせず一二篇を一遍に半分の数に減らした訳書を見て、若気の至りで少し毒づいてみたりもした。その辺の、いよいよ行くぞっという頃の自分のとんがった様々の構想や覇気が懐かしいのである。

その訳書『さかさまの世界―芸術と社会における象徴的逆転』は、いつ読んでも溜息の出る序文のためだけにでも一本購う価値がある。ベルグソンの笑い論からケネス・バーク、グレゴリー・ベイトソン、クリフォード・ギアーツといった言語や文化の根本的な身振りを追って、軽々と哲学や文学、社会学の枠を越えていった、既成学界への〈否定〉の陣営を、例によってそれら思想家自身のおびただしい発言の周到なモザイク模様で見せる。いうまでもなく、この恐るべき手だれは編者バブコックである。全巻のテーマがいきなり冒頭に示されるが、ケネス・バークの口吻の借用。

文化の研究は、人間を人間たらしめる特性――記号をつくり用いること、「他の生物に優越する精神の卓越を表現する…言葉」（＊）をもっていること――をふまえて行われる。だが、ケネス・バークが思い出させてくれるように、「言葉を使う動物としての人間の研究は、否定というこのふしぎな特質にとくに注意をはらわなくてはならない」。「世界へのこの巧妙な附加物はまったく人間の記号体系の産物」だというだけではなく、記号の使用そのものが「否定の感情（事物を表わす語は事物そのものではない、というコージブスキー的警告に始源をもつ）を要求する。とくに記号を常用する動物は、必然的にすべての経験に記号的要素を導入する。したがって、あらゆる経験に否定性が浸透する」。（岩崎宗治氏訳）

引用のカギ括弧だらけに注だらけ。ちなみに（＊）の注は、シェイクスピア同時代の喜劇作者ベン・ジョンソンの言葉を、喜劇舞台の逆転テーマの古典的名作、ドナルドソンの『さかさま世界』が引いたものを引いた、と注記されている。万事この調子で、引用モザイクによる二十世紀思想史の面目躍如。ベンヤミンからマクルーハンを貫く、おびただしい情報のリシャッフリングに、山口とかバブコックといった象徴人類学は断然系譜している。

論理一貫したアカデミックな記述法への、これはこれで戦略一杯の〈否定〉かつ〈逆転〉であるわけで、バブコックの叙述スタイル自体、たとえばパリ大学博士論文の荘重な書式を嘲笑したドミニック・ノゲーズの奇作『レーニン・ダダ』（ダゲレオ出版）のようにさえ見えてくるのが、たまらずおかしい。

「学術」書としては、むろん第一級品だ。古代以来の、男と女、人と動物の役割逆転を扱うアデュナタ（逆転世界）、インポシビリア（不可能事）の大主題から、脱構築といった〈脱〉の構造自体、このうえない〈否〉の力である二十世紀の主たる反‐知、反‐哲学の流れまで、とりあげるべき人とテーマを実に要領良く、ほとんど完全に遺漏なく並べて、〈否定〉という磁場に厖大な引用を一挙帯電させ、大きな方向を与えていく手際にはまいる。その先は、同じ岩波書店から邦訳されながらなぜか今は読めないラディカル神学のマーク・C・テイラーの『さ迷う』が引き継ぐ。テイラーの『ノッツ nots』（法政大学出版局）もある。

マニエリスム修辞学に顕著な聖俗、賢愚の逆転や融通を「パラドックスの文学」として総覧するロザリー・コリー『パラドクシア・エピデミカ』（一九六六）は本書の中核的アイディア源だが、こんなのあるわよと同僚寄稿者（第三章「女性上位」）のナタリー・ゼモン・デイヴィスにコリーのことを教えられてびっくりしているバブコックの姿が、信じられないが、可愛い。

バブコックは「この世のものはうしろ向きに見るときはじめて真に見える」という『エル・クリティコン』のバルタサール・グラシアンの名文句を全巻のエピグラフにしている。この明察ひとつを蝶番に、二十世紀脱構築思想がマニエリスムの問題であったことが一挙に啓示される。ほんとにバブコックさんたら！

山口昌男の仕事はバブコックの仕事そっくりだ、というぼくのオマージュを、「解説」の山口氏が「ぬけぬけと」引いている。本当に双生児みたいなのだ。そのことを山口氏はN・Z・デイヴィス女史との英語対談で再び言っていて、よほど嬉しいのかなと思う。バブコックにはもうひとつ、記号論雑誌 Semiotica を使った自己言及性の総力特集編集のすばらしい仕事があり、折りを見て日本語にして御覧にいれたく思う。

❺

2007 September

32. 十字架にロバがかかったイコン、きみはどう説明する？　9/4

『ロバのカバラ―ジョルダーノ・ブルーノにおける文学と哲学』ヌッチョ・オルディネ〔著〕加藤守通〔訳〕（東信堂）

現代文化の異貌を十六世紀マニエリスムに遡って淵源をさぐる時に、ロバという動物象徴にぶつかることがよくある。一番強烈な例がシェイクスピア喜劇“A Midsummer Night's Dream”『夏の夜の夢』（一五九四）で、生意気職人ボトムが妖精パックにロバの頭をかぶせられ、妖精女王ティターニアに見そめられた挙句、何ともグロテスクな恋愛痴態となる段であろう。ただ笑って見ていればよいのかもしれない乳くり合いを、人と獣と妖霊、異種間雑婚の「グロテスク」と読むのが即ち、シェイクスピアを「われらの同時代人」としたくて仕様がないヤン・コットの「現代」である。

ろばの頭をした怪物を愛撫するシェイクスピアのティターニアはボッシュの絵に現れた恐ろしいヴィジョンや、超現実主義の画家たちが描く大きなグロテスクの絵に近いものであるべきだ。

同時にまた、超現実主義と不条理の詩学やジュネの激烈な詩を通過してきた現代の演劇は、この場面を初めて正しく表現することができるようになっている。

と、『シェイクスピアはわれらの同時代人』（白水社）のコットは言い放った。一番近いのはゴヤの『ロス・カプリッチョス（気紛れ）』の狂った版画作品だ、と。ぼく個人はもう少し心おだやかに眺められるフュッスリの一幅の方がピンときたので、『道化と笏杖』の扉口絵に、そしてコット著拙訳の『シェイクスピア・カーニヴァル』（平凡社）の表紙カヴァーの装画に、ぼく自身でこの絵を選んだ。『シェイクスピア・カーニヴァル』は、遅ればせながらバフチンのグロテスク・リアリズム論にふれて、かねて自説のグロテスク・シェイクスピア観に自信を深めたコットが満を持して世に問うた"The Bottom Translation"が原題。ボトムは職人の名でもあり、「底」という意味。底から尻の意にも通じ、そうなるとケツという下品な意も持つ"ass"につながり、これが言うまでもなくロバである、という「物質的下層原理」（バフチン）そのものの融通自在の連想がある。

マニエリスムとは聖俗反転の文化の謂《いい》である。性愛においても然りで、コットの言う「毛むくじゃらの」エロスが一方にあれば、えらく高邁なネオプラトニスムの勧める観念愛がもう一方にあり、両極がまた融通するところにマニエリスムの「汎性愛主義」（G・R・ホッケ）が成立していた。コット自身、右二名著において、実はこのアルス・アマトリア（ars amatoria）の両面をバランスよく論じ、とりわけシェイクスピア喜劇のヘルマフロディティズム（両性具有）的性格を浮き彫りにしてみせた。流石の林達夫（「精神史」）もコットの野放図とも見える視野の広大について行きされず、法螺吹き呼ばわりするに至っているのが、時代の限界か。

残念、ヤン・コットがロバを手掛かりに十六世紀マニエリスムの核心に迫ろうとした二著が、現在読めない。『シェイクスピア・カーニヴァル』の方は、係わり合いの深さからして、なんとか近々、文庫として復刊させたく思っている。という差し当たりの空隙に救い手然として出現してきたのが、ヌッチョ・オルディネの『ロバのカバラ』（一九八七）邦訳である。

マニエリスム十六世紀に「ロバの文学のトポス」が存在したとして、マキアヴェッリの『黄金のロバ』やジャン・バティスタ・ピーノの『ロバの考察』など珍しい作がおびただしく紹介され、ラブレー、エラスムス、そしてルキアノスの古代にまで、いくらも遡及可能だ。そこに展開される系譜考は、イタリア・ローカルを除けば完全に、バフチンがラブレー論冒頭に示し、R・L・コリーの『パラドクシア・エピデミカ』が辿ってみせた、身体復権・逆説嗜好のルナティック・ヨーロッパの系図と間然なく一致する。オルディネは哲学者ジョルダーノ・ブルーノの「ロバが主役を演じる著作の未完の計画」を細かく追尋《ついじん》していくわけだが、マニエリスムの主だったパラドックス文学（エラスムス、ラブレー、シェイクスピア、ダン）を片端から精査しながら、ブルーノの名のみ挙げないコリーが、「余りにもずっぽりパラドックスまみれだから」と断り書きしていたことも併せ思いだされて、おかしい。

要するに、肯定的性格（労苦、謙遜、忍耐）と否定的性格（閑暇、傲慢、一面的）の矛盾をまるごと生きて「相反物の一致」そのものであるロバに、時代が多様で複合的な曖昧なものに変わっていくのを前にした不安を解消できるかもしれない、とブルーノは考えていた。河合隼雄・中沢新一編『「あいまい」の知』（岩波書店）を思いだすが、ノーベル化学賞のイリヤ・プリゴジンが序文を寄せて「科学者にも読まれるべき」と、このロバ本を勧めているのは、その辺だろうし、この本自体、最終章を自然科学と人文科学の「新しい同盟」のために綴り、ミッシェル・セールのとりわけクレティウス研究を、自らのモデルとして褒める。

先の二〇〇〇年二月がブルーノ没後四百年祭だった。無限観念を主張して異端糺問《きゅうもん》の焚刑裡に落命した。要するに、表紙の「運命の車輪」が四百年で一巡して、多様の世界を前に寛容を勧める愚かで賢いパラドックス精神（はんたいの、さんせい！）がゆっくりと蘇りつつあることの証言。聖俗、賢愚の反転を知恵として恵む本を続けて何冊か読んできた仕上げには、この本しかあるまい。

批評理論として卓抜しているのは「文のエントロピー」の章。多様性・複合性を主題とする文体や修辞までが「解体」され、ジャンル混淆され、対話の形にならざるをえない「マッチング」（E・H・ゴンブリック）の必然を説く手際は、まるでコリー。そして、まるでバフチン。なのに、コリーもバフチンもオルディネは知らぬ気配なのが、結構イタリア学究の「うとさ」で、可愛い。「素人の収集家」として集めたマニエリスム・ロバ画のコレクションは貴重。コリーの重量級な『パラドクシア・エピデミカ』の拙訳間近だが、それまでルネサンス・パラドックスの研究書としては、これ以上のもの、一寸期待できない。東信堂はブルーノ著作集を刊行中の実に有難い版元だが、その付録巻の形で、これ以上はないすばらしい一巻を刊行してくれた。東信堂はえらい。

序文は、イタリア発信の名著の常として、ここでもエウジェニオ・ガレンである。

33. 二度目読むときは、巨匠の手紙のとこだけね

『山口昌男の手紙──文化人類学者と編集者の四十年』大塚信一（トランスビュー）　9/7

二十世紀後半、人文科学・社会科学が猛烈に面白くなった状況を反映し、というか演出しさえした象徴人類学のチャンプ、山口昌男の、初速から爆走までの四十年、ずっと直近で伴走した岩波書店編集者、大塚信一氏の、一代の知的仕掛人としての自伝、『理想の出版を求めて』の続篇ないし補完という一冊。

続篇を自らのかつてのカリスマ、「落ちた偶像」に仮託して構成するやり方では、四方田犬彦の自伝『ハイスクール 1968』の後篇・補完本が『先生とわたし』であるのとパラレルである。四方田氏が師、由良君美への訣別を言葉にしたように、大塚は山口昌男への「違和感」をこうして公にした。同時代ということもあって山口氏が由良君美について辛辣なことを言っていたことが、この本でよくわかった次第だが、山口・由良といったかつてのヒーローたちへの、今年になっての最も身近だった人たちの訣別の辞は、これは何ごとと思わないわけにはいかない。

山口昌男という人は日常雑感をどんどん入れて「論文」を書く南方熊楠スタイルだから、何年にどこでどう動いていたか、ファンはかなり知っているのだが、それを一人の編集者への八十通余りの私信でわからせるというアイディアが、編集術の妙と言える。私信だから、山口氏の有名な罵詈雑言も

一段と切れ味良い。

当然、人間関係の交錯が、多少のスキャンダルもが面白い。たとえば同趣向の四方田本では一九七〇年代、豊穣の出版人離合集散図の要石として燦然と輝いたせりか書房の久保覚氏が、山口氏の私信では、本を出してしまえば後はなしのつぶて、印税も払わぬ怪しからぬ相手になる。「運動としての小出版社」ということを考えていた山口氏は裏切られたという思いを抱いたはず、と大塚は書く。書くのだが、同じ編集人間として、「金策」に駆けずり回っていた久保に共感してもいる。立場を変えて見ると、そりゃそうだと思えてくる。「本の馬鹿買い」の「つけをそちらに」という際限ない山口書簡を見ていると、「その度に上司に頭を下げ、経理担当者にモミ手をしなければならない」大塚氏の大変さに、此方も共感しないわけにはいかない。

「何を話してもこちらの方が知りすぎている」ので、会う相手ことごとくが脱帽し、レヴィ＝ストロース、エドマンド・リーチ、そしてオクタヴィオ・パスに絶賛され、それを嫉妬した下っ端どもが「飛びかかってきたけれど、小生はバッタ、バッタとなぎ倒し」という山口私信の部分が一塊りあって、それに大塚氏の説明と寸評が付くというやり方で、ドン・キホーテ、サンチョ・パンサ二人旅の体裁だ。面白おかしい手紙かと読むと、「山口氏は演劇を愛するあまり、物事を劇的に語りたがる癖があるのではないだろうか」と、その「レトリック」をやんわり批判したりする。

気になるのは、発禁本でもあるまいに、やたらと「□□□□」（伏字）が多い紙面だ。「著者の判断で伏字あるいは（□行削除）」とした、とある。差し障りありそうな文面には必ず何行削除とある。何をどうカットするかは「著者の判断」。この「著者」というのは大塚氏のことだろうから、いったいその辺、手紙の書き手自身にはどう了解とったのだろう。せっかく高橋康也氏の名を「□□」にしたのに、その猛烈にバカにされているのが「東大」の先生で『道化の文学』の著者とはっきりしてしまっていては、本書を読むほどの読者はすぐわかってしまうだろう。この辺の配慮の基準はどうなのか。また、山口氏自身は「文化人類学における東西の手配師」としか言っていないのを、大塚氏の方で梅棹忠夫、泉靖一氏のこととしていたり、微妙なところだが、もっと風通しよくしてもらいたい。かえって、誰のことか考え詰めてしまう。

要するに一代天才道化知識人の世界を股にかけての書簡集、ということで読むなら、まことに気分爽快な読みもので通るのだ。

前略　しばらく御無沙汰いたしましたが御元気ですか。小生は、昨日朝パリを発ってミラノに参り、午後はミラノの新本屋で、クローチェのコメディア・デラルテ論（全集収録）とか、チェコの構造言語学・文学理論の指導者ムカロ［ジョ］フスキーのイタリア語訳、その他チェザーレ・パヴェーゼの神話論的分析、イタリアで出ているセミオロジー［記号論］関係を買い込んで発送を依頼。夜は、ピッコロ・テアトロ・ディ・ミラノでフェルチオ・ソレリ夫人に会い、ヴェデキントの「ルル」（地霊とパンドラの箱）のただの券をもらい、四時間の公演をみました。

草々

人名と地名の高速なカレードスコープにこそ、本書の、余人には絶対敵わぬ魅力がある（四方田犬彦

『星とともに走る』以来か）。こういう極彩色の長文手紙が「すべて絵はがき」に変わった点に、「本当の山口昌男」が消え「山口昌男の本来の姿ではない」姿が現れてきた、という。文面に「本のことがない」。「かつての山口氏はどこに行ってしまったか」。「狭義の人類学的フィールドワークにほとんどコミットしなくなった」一方、「日本の問題に目を向け始めた」。一九九〇年代になって、「宴の年月」の終りと「違和感」を感じ始めた大塚氏がその理由として述べるのは、そういう点である。マスコミにちやほやされ、「周縁」にいるべきが「中心」に、「有名人」になったのは「氏の理論そのものに背反する結果」である、と。変わるなと要求するのも相手が天下の山口昌男であればこそ、という言い訳がなければ、一編集者として笑止な僭越である。山口本中、『歴史・祝祭・神話』が「もっとも好き」と言う大塚信一の好みはよくわかる気がする。あれを編集した中央公論の早川幸彦氏自慢の一冊だ。しかし、ぼくなら『道化の民俗学』が好き。それだけの話。

人に向かって「本来の姿」をうんぬんするほど君はえらいんですか。時代はずっと変わらないんですか。日本の問題に目を向けるの、ヒトひとり老いて当然のことではないのですか。一方で「半世紀を経て、本質的には何一つ変わっていない」相手が、最近では「自らの足跡に砂をかけて埋めてゆくが如く」である、と書けるこの矛盾、この気色悪いアンビヴァレンツで、一代のピカロの東奔西走の大活劇のつや消しをしてはいけない。『先生とわたし』の幕切れ数ページの居心地悪さとおんなじだ。激しくけなすなら、激しくけなしなさいよ。気色悪う。自分ひとり正しい！　ほんと、六〇年代、七〇年代の残党て、メッチャ、キショイんだよっ。

番外「学魔・高山宏、知の系譜と人文科学の未来を語る」講演　9/8

百学往還のバックステージ

紀伊國屋創業80年記念・連続セミナー"9 days talk live"／第75回新宿セミナー@ Kinokuniya
高山宏トークライヴ「学魔・高山宏、知の系譜と人文科学の未来を語る」2007/9/8（土）
新宿・紀伊國屋ホール　　企画・司会　紀伊國屋・荒井智佳

上記トークライヴは盛況のうちに終了しました。高山先生、お越し下さったみなさま、ご協力下さったみなさまに、この場を借りてお礼申し上げます。

アイボリーのスラックス、シックな和柄アロハ、サングラス姿の高山先生が登場し、舞台の縁に立たれた瞬間から、私たちはうねりと透徹のタカヤマ・ワールドに巻き込まれることになりました。

「人文科学のエッセンスを伝え、三〇年の英文学研究から見えてきたこと、未来への展望を語る」という趣旨説明の後、記憶術、王立協会、暗号学、デフォー、ピクチャレスク、百科事典といったテーマが次々と連鎖しながらエピソード満載で語られ、深く響く声と粋でしなやかなお話しぶりに圧倒され魅了され、そして笑わされ通しの二時間半でした。一六六〇年、王立協会の設立以降、大きく展開する近代（英国）の表象文化史、観念史。その思想、その知が現在に接続することを確かに感じ取れる講演で、「文学をメディアとして位置付けよう」「“Literature”（文字で書かれたすべてのもの）全体の中で“Imaginative Literature”（文学）を位置付けよう」という主張には説得力がありました。

締めは“History of Ideas”。「脱領域」をマニフェストに謳い実践したクラブ・オヴ・ヒストリー・オヴ・アイディアズのこと、“Dictionary of the History of Ideas”のこと、Symbol、Myth、Metaphorが人文科学を支えるテーマであった六〇年代後半~七〇年代初めの雰囲気――。詳しく伺いたかったのですが、時間が足りませんでした。例えば“reality”（real とはどういうことか）、例えば“Encyclopedia”（知識を囲いこむ、とはどういうことか、時代や地域を横断して一つの歴史として記述する中で自ずと領域を超えるセンスが養われる）など、自分なりの“Idea”、新しい人文科学へのアプローチ方法を見つけて欲しい、というメッセージをいただいて、講演の幕が閉じました。

終演後、『超人 高山宏のつくりかた』（NTT出版）刊行記念サイン会も開催。黒の見返しに、銀の流麗な筆記体。為書・イラスト・学魔ならではのフレーズ（Diablement le Votre “悪魔的にあなたのぼく”）付き。美しく、洒落たサインでした。

ライヴ性の強い講演でしたので、テクストでは再現しきれません。復習には『近代文化史入門―超英文学講義』（または『奇想天外・英文学講義』）を中心に先生の著書を読まれるのが一番かと思いますが、いかがでしょう?

…として済ませるのも乱暴な気がいたしますので、以下に講演内容のメモ（つや消しの感がありますが）と講演中に言及された本のリストを載せます。

■記憶術（Ars Memorativa）
・本が貴重品であった中世〜ルネサンス期にキーとなるのは記憶。基本的文献を頭の中にアーカイヴ
・メモランダム／速記／写本―哲学の歴史を大きく変える
・記憶術の中から分類学が発生。王立協会の言語革命にもつながる
・記憶 vs メモ。メディアとは何だろう？
■一六六〇年と一九六六年
一六六〇年―王立協会の設立、デフォーの誕生／ヨーロッパ文学・文化の転換点、近代の始まり
一九六六年―フーコー『言葉と物』とフランセス・イエイツ『記憶術』が同じ瞬間に世に出たことが
二十世紀後半の人文科学の展開の鍵。一六六〇年代を捉える視座［↓高山宏『メデューサの知』］
■ロンドン王立協会
○設立の背景に、三十年戦争に続くピューリタン革命。厭離穢土の切迫
○virtuosi（自然科学系学者集団）による〝知的吉本興業〟
eccentric（イギリスで育まれてきた不思議な文化、sporting、周囲を喜ばせる・驚かせる）
○普遍言語運動
・王立協会による普遍言語の追求は ambiguous な言語を否定／文学的言語が封殺された三百年
・薔薇十字団の思想に基づく教育啓蒙的秘密結社という性格
・ベイコン主義と、ヤン・コメンスキー（ボヘミアで薔薇十字団の親分、一六四〇年代にロンドンに亡命）
――自然科学にウェイト、ラテン語ではなくヴァナキュラー（英語）による万人のための教育、言葉と

モノの乖離を超克する方法としてヴィジュアルも導入（コメンスキー『世界図絵』）

・ジョン・ウィルキンズとライプニッツ　universal language と 0/1 binary

・言葉が real でない、universal でないと悩んだ末に行き着くのが、絵や 0/1 binary

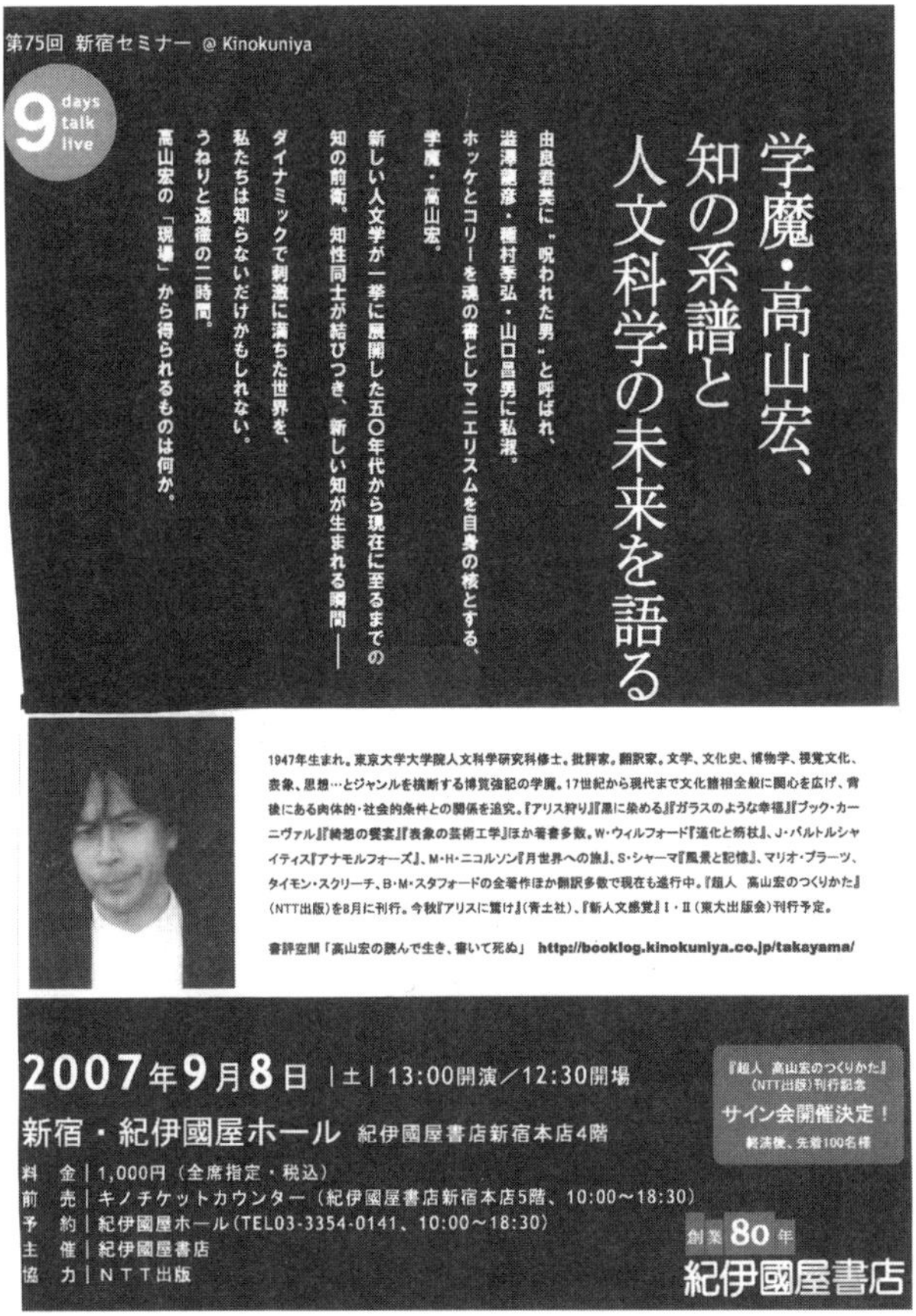

講演会ポスター

・文学とメディアの関係
■暗号学
・サミュエル・ピープスの日記（1660/1/1〜1669/12/31）は記述中に謎の暗号を含む
・この時期、ヨーロッパ最強の暗号文化／王立協会の普遍言語運動と表裏
■ダニエル・デフォー（一六六〇―一七三一）
・王立協会の設立（一六六〇年）〜確立期にその生涯が重なる
・ジャーナリスト、商人、株の投機、プロジェクター（社会的発明家）、パンフレッティア（二五〇余のパンフレットを通して提言）、変節者、スパイ、友人に王立協会員多し
・「メルカトール・サピエンス（知ある商人）が、これからの世界を動かしていくだろう」（デフォー）
■『ロビンソン・クルーソー』（一七一九年）
○従来は大塚史学／イアン・ワットの小説社会論的（中産階級勃興の象徴）／カルチュラル・スタディーズ的（帝国主義、植民地支配の表現、ニュー・コロニアリズム小説のはしり）な読みばかり
○デフォーを捉える新しい視座
・「僕の名前はRobinson Kreutznaer なのに、イングランド訛りでRobinson Crusoe と呼ばれている」Robinson Crusoe〉Robinson Kreutznaer〉Rosenkreuzer（薔薇十字団）ロビンソン・クルーソーが薔薇十字団員であるかもしれない可能性［→岩尾龍太郎『ロビンソンの砦』cf.）メルヴィル『白鯨』の出だし“Call me Ishmael.”
・詳細なデータ、詳しい記述→「リアル」という感覚が生まれる

・ウンベルト・エーコ『前日島』
『ロビンソン・クルーソー』を投影――哲学者（記号論）・小説家であるエーコはどう捉えているか
エマヌーエレ・テサウロも登場――ゴス（倒錯、恐怖、流血）の状況がヨーロッパを席捲した十六世紀終わり〜十七世紀初めにテサウロは「芸術は退屈している人を驚かせれば、それでよい」
■real/fact/data
○OEDによると"real"一六〇一年初出／"fact"一六三二年初出／"data"一六四七年初出
○"fact"と"data"
・"fact""data"はピューリタンが持っている日常的感覚／ピューリタンから資本主義が生まれた
・だからこそピューリタン革命の結果成立した王立協会に、またスウィフトやデフォーに、"fact""data"の概念が流れ込み、virtuosiによってその意味が大きくなった
○"real"と"uncertain"
一六六〇年から五十年の間にデフォーのリアリズムに行き着くのはなぜ？――realの強迫観念。世界に実体がないからこそ実体をこの手に摑みたい（palpableがキーワード）
十七世紀、"substance"は哲学用語の最先端であり、十七世紀後半、"uncertainty"が時代のキーワード。現代の問いでもある。確実なものはないのか？　確実でないものを確実にする方法はないのか？
［↓J・ロック『人間悟性論』をぜひ読んでほしい：哲学書は英語で読むと分かりやすい］
■百科事典
○encyclopediaは知識・教養を／enclosureは土地を囲い込む――encyclopediaとは何だろう？　改め

てゼロから考えてみよう

○Encyclopedia Britannica

・エディションごとに一変。とりわけ15th ed. は画期。序論で一巻。ぜひ見てほしい

・発行所はエジンバラ。初期のBritannica執筆陣はスコットランド啓蒙主義の経済学者・政治学者ばかり。マニフェストに「English（イングランド人）には書かせない」

・15th ed. の序論巻のどのページにもサークルがたくさん書かれている。なぜ円なのか？「百学連環」＝西周によるencyclopediaの訳語

[→世界出版文化史展「百学連環─百科事典と博物図譜の饗宴」9/22〜12/9、印刷博物館]

■スコットランド文化

スコットランド（エジンバラ）vsイングランド（ロンドン）cf.）明治維新期の「仙台（〝伊達者〟）vs東京」

・Encyclopedia Britannica

・ハリポタも「エジンバラvsロンドン」の構図で説明がつく

・十九世紀アメリカ合衆国を支える思想はスコットランド啓蒙主義

■ピクチャレスク（the Picturesque）

・世界を一枚の額縁に閉じ込める、世界を切り取る、コンポジション「絵になる」とは？

・十八世紀演劇の役者絵（舞台上の役者の身振りをスケッチ）↓タブロー・ヴィヴァンというジャンル

・クロード・ロラン・グラスとAgainst Nature

──自然に背を向け、クロード・ロラン・グラス（楕円形の手鏡）に映して肩越しに風景をスケッチ、

セピア・トーン［↓J・K・ユイスマンス『さかしま』の英訳は"Against Nature"］

○十八世紀限定の現象。なぜ十八世紀に突然現れピークを迎えたのか？——背景にジャコバイトの反乱

イングランドがスコットランド貴族を殲滅し、その広大・景勝な土地を手に入れた時、新しい美意識（Picturesque や Sublime）と土地所有の欲望が生まれる。測量士を兼ねた画家を伴い風景を描かせる＝土地所有の感覚——絶対王政のフランスに対抗

イタリアを模倣。イタリアから絵を買い（あるいは画家に模写させ）三次元の庭として再現したのが、英国式風景庭園［↓ピーター・グリナウェイ『英国式庭園殺人事件』原題"The Draghtsman's Contract"］

■新しい人文学へ

○一九七〇年代後半〜一九八〇年代の荒俣宏に、人文科学が生きていくための手掛りがある［↓荒俣宏「暗号学左派」（『別世界通信』に収録）。王立協会による普遍言語構想の十七世紀後半における意味］

○デフォー、平賀源内、エドガー・アラン・ポーの三人組にこそ"文学とは巨大な社会的構造"と捉える手掛り

○「百科全書的」（ノースロップ・フライ）、百科事典の内容を何人かのキャラクターで運用してみせる小説、小説の姿を借りた百科事典。ウンベルト・エーコ、佐藤亜紀、高野史緒、宇月原晴明

○ Fact ／ Fiction と History ／ Story　二項対立ではない語源レベルで捉えつなぐ感覚・洒落が、人文科学には大事

○ History of Ideas

・クラブ・オヴ・ヒストリー・オヴ・アイディアズ（観念史派）、最初のマニフェストに脱領域宣言
・"Dictionary of the History of Ideas"［観念史事典］（1968-1972）、邦訳：平凡社『西洋思想大事典』これを上回るレファレンスは未だなし。ぜひ見てほしい。哲学事典の中で唯一、"Uncertainty"という項目あり。Symbol、Myth、Metaphorは、六〇年代後半〜七〇年代初めに人文科学を支えたプライドあるテーマであり、文学が他と違う根本的な原理であると断言できるキーワード。『西洋思想大事典』はその方針で項目分配と記述をした。
・学魔をつくる方法＝"History of Ideas"。履歴書の職業欄に一語と言われたら、"Historian of Ideas"と書くつもり。専門はと問われたら、「多い」、と。

《参考》
高山宏『近代文化史入門―超英文学講義』（講談社学術文庫）または『奇想天外・英文学講義』（講談社メチエ）『超人 高山宏のつくりかた』（NTT出版）、『表象の芸術工学』（工作舎）
ミシェル・フーコー『言葉と物』（新潮社）
ウンベルト・エーコ『薔薇の名前』〈上〉〈下〉（東京創元社）、『前日島』（単行書／文庫〈上〉〈下〉）（文藝春秋社）
ダニエル・デフォー『ロビンソン・クルーソー』（いろいろ）
岩尾龍太郎『ロビンソンの砦』（青土社）
ハーマン・メルヴィル『白鯨』（いろいろ）
J・ロック『人間悟性論』John Locke, "An Essay Concerning Human Understanding"
J・K・ユイスマンス『さかしま』（澁澤龍彥訳、河出文庫）Huysmans, J. K. "Against Nature"

ピーター・グリナウェイ監督『英国式庭園殺人事件』
荒俣宏「暗号学左派」（『別世界通信』月刊ペン社→ちくま文庫）
ノーマン・コーン『千年王国の追求』（紀伊國屋書店）、ノーマン・コーンは二〇〇七年七月物故
Wiener, Philip P.（ed.）"Dictionary of the History of Ideas"（古書として入手可能）
平凡社『西洋思想大事典』 1〜4＋別巻　右の完訳企画
印刷博物館「百学連環—百科事典と博物図譜の饗宴」展　9/22 〜 12/9

34. アナロギア・エンティスの天才と同じ時代に生きていることに感謝

9/11

『ミクロコスモス』〈1〉〈2〉中沢新一（四季社）

ほとんどが新しい世紀になってからあちこちの媒体に中沢新一氏の書いた中小掌編エッセーの集成。これからもⅢ、Ⅳ…と続いていくことが第Ⅰ巻の「短い序曲」に謳われている。

このさき何巻にまで脹れあがることになるか予想もつかないが、それを構成することになる文章のひとつひとつが、私の思考の全体性へのつながりを保ったまま、〝小宇宙〟としてのたたずまいをしめしていると、読んだ人に心づかれるようであってほしいものである。

楽しみなことだが、考えてみると、凡そまともなもの書きなら誰しも、その一作一作がその人の「全体性へのつながりを保っ」ているはずのところ、これが何だか新鮮な方法ないし新境地にみえてくるところが、いつも方法論そのものに詩を感じさせるのが絶妙に巧いこの書き手の強みであるに相違ない。

単純さの中に全てがとでも言いたげに瀟洒な淡いクリーム色のカヴァーに標題を浮き出すMIKROKOZMOSZの文字は、ハンガリー語。何を気取ってと思うと、これが実は『ミクロコスモス』を作曲したバルトークに献げられた本とわかる。全体が神話論と音楽論として見るべきものあるエッセー集であり、二十世紀前半の思想と音楽に実は同じことが生じていたことを点検する本であって、実にあや憎いばかりの意匠であろう。

マクロコスモス（大宇宙）が星や木石の外なる宇宙を、ミクロコスモス（小宇宙）がヒト一人の身心を指し、この両者が照応し、共鳴し合うというのが、神秘主義諸派の一貫した感覚であって、この本にも中沢ヴァージョンの神秘主義的世界感覚が流れていることがわかる題名であることなど、もはや自明。

神話的思考とは何で、「近代の一五〇〇年ほどのプログラム」の制度疲労の後、それがいかに必要なものかという点を、どの一篇もが一個の「小宇宙」として反映している。そして大きくふたつに分かれてしまった世界をつなぐ中間、もしくは境界（性）というものの積極的称揚。梟《ふくろう》を論じても庭を論じても、ミッシェル・セールを論じても岡本太郎を論じても、その基本は微動もしない。見事にミクロコズミックな方法を持つ。

扱われる素材はだから自在で、ほとんど奔放といってよい。土器論、南方熊楠、藤森建築学、ヤナーチェク論、正岡子規論、金春禅竹論…。どこからどれを読んでも面白い。寿司がレヴィ＝ストロースの「料理の三角形」スキームの中でいかに「岬のさきっぽ」の意味を持つ料理でありうるか、サンタクロースが訪れてくる「音連れ」がいかに異教のラフミュージックに由来するものか、いたる所にアッという発見があり、しかもそれがふって湧くトリヴィア泉でなく、中沢の綴る文章の中で中沢の立てる論理に従って、ごく当然のように導きだされるサプライズと感じられるところが、とても並みの詩魂ではない。

第I巻では、レヴィ＝ストロースが実はいかに二十一世紀的な存在でありうるかを音楽史、絵画史、数学史のチャートの中で説く「孤独な構造主義者の夢想」が、チャートメーカー中沢ならではで、「いまとなってはポスト構造主義なるものが、構造主義のはらむ異様なほどの過激さを、知識人や時代の嗜好にも受け入れやすい凡庸な代物につくりかえてしまう、文化世界をあげての策謀だったのではないかとさえ思えてくる」という結論も、他の人間の書きものなら、そうそう簡単にうんとは言われまい。

もう一篇、白眉は「哲学の後戸《うしろど》」。「アジアとヨーロッパの境界」たるギリシア——という捉え方がいきなりサプライズ——が生じた闇を「魂のアジア」として内に抱えることでヨーロッパ精神ができることを弁えよ、というのが第一段。井筒俊彦の文体分析から入る手際にはアッと言わされる。その「魂のヨーロッパ」に今、日本からどうアプローチするかというところで、「日本型のグノーシス学」としての伊勢神道を浮上させるのが、第二段。グラムシから入って度会家行まで突き抜けた「境界的グノーシス」学（border gnoselogy、W・D・ミニョーロ）の知識人像のあぶりだしには、息を呑む他ない。これに第Ⅱ巻で匹敵しうるのが「耳のための、小さな革命」。「心の中でひそかに、無意識の耳」が聴き取る「別の音律」がいかに「バッハの犯罪」――十二平均律――で疎外されたかの歴史。

ヨーロッパの哲学や思考の道具は、鍵盤楽器のようだと思います。そしてこの鍵盤楽器の最高の調律師が、おそらくカントでしょう。

詩を誘惑する何たるチャートメーキング。絶妙のキャッチコピー。ピタゴラス音階を論じる次のくだりにこれは極まる。松岡正剛を数倍した凝縮の詩性。

西欧の合理的な音楽の発端をつくったピタゴラスは、鍛冶屋からアイディアを得たという話をしました。これは、製鉄技術の重要性を暗示しようとするエピソードです。製鉄がおこなわれるようになって、人間は国家をつくり、王が誕生しました。そのときから、人間の文化のありとあらゆるものが組織替えを起こしました。鍛冶屋はシャーマンであり、最初の音楽師であったと、世界中の神話で語られています。地下世界から砂鉄や鉄鉱石を取りだして精錬をおこなう製鉄の技術と、複雑微小な音のかたまりから振動数が整った音の組織をつくりあげる音楽の技術は深いところでつながっています。こうした技術を積みかさね、人間は、今ある文明をつくりあげてきました、そして、そういう文明自体が、いまひとつの終着点に近づいているのではないでしょうか。

音楽を通しての近代批判。相異なるものを論中に結合する類推力にも感嘆するが、音楽論ともみえて実はそっくり『指輪物語』への最良最深のコメントになり始めている呼吸にも感心していたら、きちんと「二十一世紀は、この剣と指輪を、もとあった場所に戻す時代なのだ」とまとめられてしまう。見事な手練だ。

第Ⅱ巻ではあと、正岡子規の野球論が日本語改革とつながっていく「陽気と客観」、吉本隆明のマルクス論を「ボロメオの輪」を使って激賞し、それに比べればデリダなんぞ「周辺をうろついていただけ」と喝破して痛快な「吉本隆明さんをめぐる三つの文章」に、楽しく衝撃された。「イマジネールなもの／サンボリックなもの」を、これ以上明快に理解させてくれる文章、珍しかろう。フーコーもデリダもだめ、ミシェル・セール、レヴィ＝ストロース、西田幾多郎万歳と、「現代思想」に対する中沢のスタイルは実に鮮明だ。

個人的にはセールや南方熊楠がライプニッツのアルス・コンビナトリアに近いという指摘が印象深い。中沢は意外と、ぼくやホルスト・ブレーデカンプに近いところにいるのかも。

今までの中沢の本のどれかを小さく反映する文章群。この美しい本は中沢宇宙全体を鏡映するミクロコスモスとも思えてくるはずである。

35. 哲学されなかったもののなかった三世紀をねじふせる

9/14

『哲学の歴史〈4〉』「ルネサンス15―16世紀」伊藤博明［編］（中央公論新社）

不況の時には哲学がブームになるとは昔からよく言われてきたことだが、若い人に哲学を教える名手だった池田晶子氏の茫然自失させる急逝が契機になり、松岡正剛氏が今時の「一七才」には一寸無理という一七才向きの哲学の編集工学書が呆れるほどのロングセラーになったり、広義の哲学ブームがあるようだ。先日の朝日新聞でも「何故このブーム」として哲学関連書や企画の好調ぶりを伝えており、その筆頭に中央公論新社創業一二〇周年記念出版「哲学の歴史」全12巻プラス年表・索引別巻という大企画のスタートの上首尾が寿《ことほ》がれていた。ぼくもある巻にささやかなエッセーを寄稿している御縁で早々と何冊か通読したのだが、第四巻「ルネサンス15―16世紀」を取り上げてみる。

理由がある。この書評シリーズで既に褒めてきた博学博言の伊藤博明氏責任編集とある。書肆ありな書房で出るルネサンス・オカルティズム関連のヴィジュアルな研究書の大半を訳し、ヴァールブルク著作集を監訳ずみの氏が責任編集ということで、この半世紀、一変したといってよいルネサンス哲学研究が一挙に「ポップ」に見えてくるかという期待が持てたし、当然大きく扱われるべきジョルダーノ・ブルーノをご存知『ロバのカバラ』の訳者たる加藤守通氏が書くというし、実は哲学のインフラとして決定的な出版メディアについては我が朋友たる偉大なユマニスト、宮下志朗氏が寄稿と聞いては、熟読しないわけにいかない。第一、ついこの間、中沢新一『ミクロコスモス』〈1〉〈2〉を取り上げたが、その標題にバルトークを介して、ピーコ・デラ・ミランドラやカルダーノ、テレージオに繋がる自然哲学者、中沢新一のありようが、いきなり透けて見えた。どうしても今回はこのルネサンス哲学史を見るのが筋だ。

主体は一五〇〇年代。それに、クザーヌスからピーコ・デラ・ミランドラの一四〇〇年代が付く。一四〇〇年以前ではいきなり冒頭にペトラルカ。尻の方はフランシス・ベイコンから、ついにデカルトまで。大半が文業でばかり声名高いペトラルカが何故この本に、というところから、なかなか秀逸の監修ぶりが窺える。「哲学と文学の統一」者として扱われる。

哲学哲学して、あまり哲学脳をしていない読み手を悩ませる監修や分担論者各人の記述でないのが、有難い。今の時点でルネサンス哲学といえば、フィチーノ、ピーコ、そして遡ってクザーヌス辺りの、いわゆる隠秘哲学、ネオプラトニズム思想の線が真芯に出てくるはずだが、どう国家を経営すべきか（マキアヴェッリ、ジャン・ボダン）、立派な市民とはどうあるべきか（ブルーニ、パルミエーリ）といった実際的な思想と哲学が区別できない、宗教（ルター）と広潤《こうかつ》な人生観想（エラスムス、モンテーニュ）と哲学が未分化な界域が次々と展開され、今われわれが哲学と呼んでいる世界がいかに根拠なく狭いものになってしまっているかに思い至って、愕然とした。トマス・モアの『ユートピア』を論じる高田康成氏のいうフィロソフィア・キウィリオル（philosophia civilior 市民哲学）が、国家経営術と（狭義の）哲学に分裂したところに、現代世界の政治の貧あり、と感じる。

今時当然というべきかもしれないが、隠秘哲学と「市民哲学」が良い具合に交錯して進んできた――時系列的にもテーマ的にもこれ以上ない順序だ――展開は最後、自然哲学（カルダーノ、テレージオ、ガリレオ、F・ベイコン）で終わり、そしてデカルトの実はルネサンスを引きずった側面を見て終わる。構成完璧。

完璧といえば巻末文献一覧も、ごく最近の学界動向まで丹念に拾って素晴らしい。クザーヌスの「無知の知」（「覚知的無知」と訳すべき理由を、八巻和彦氏に教えられて目からウロコ）論を中心に、それこそペトラルカやモンテーニュといった、哲学とするには厄介な相手を次々、一冊の哲学書にライン・アップした稀代の名著、ロザリー・コリーの『パラドクシア・エピデミカ』（一九六六）を思いださないわけにいかないが、この本など落ちているのは伊藤氏としては抜かったたか。

たとえばアルキビアデスのシレノスの逸話が何度か引き合いに出される。プラトンの『饗宴』に出てくる醜怪な老人の人形ながら、割れると「中には神々しく光り輝く神の像が安置」されているという内／外の対立／一致のシンボル。たとえばエラスムスの『格言集』を論じる月村辰雄氏の絶妙の一文は、こうだ。

これが『格言集』の最大の魅力なのだが――「しかし、これらの人物にもまして、キリストこそは最もシレノスに近いのではないか」と、突然キリスト教の問題に話題を転じて読者を驚かせる。キリストは人々からは蔑まれ、嘲りを浴び、十字架の上で最も惨めな死を迎えることになったが、しかしその死によって人々に救いをもたらした。その内面において栄光に輝いているのだと、キリスト教の立場から霊的な意味が取り出されることになる。こうして、異教的な知識とキリスト教の教えとが、比喩的な意味のレベルにおいて接続を果たしている。異教の著作についての豊かな知識がキリスト教の教えを導く手助けをしているという意味で、これを人文主義的方法と称することができるであろう。また最終的にいかに豊かにキリスト教的意味を導くかが問題となっているという意味で、これをキリスト教的と称することができるであろう。…

（三一三ページ）

相容れぬはずの多様な要素が、この「キリスト教的人文主義」のようなアマルガムの大渦小渦をつくったのが、要するにルネサンスの哲学なのであり、それをペトラルカから、真空発見のトリチェリまで追跡し切ったRosalie Colie, "Paradoxia Epidemica"が文献に欠けているのが、もう一度いうが、あまりにも勿体ない。アマルガメーティングな時代の哲学のパラドックス狂い。「哲学」としては初めてという強度のマルティン・ルター論を書いた清水哲郎氏による、ルターの「神学的逆説（theologica paradoxe）」論は、逆にコリーもまっ青。一番読みでのあるルター論、ブルーノ論、カルダーノ論、皆、逆説の哲学なるが故の面白さとみた。これは何が何でもコリーを日本語にしようと、この本を手に改めて決心した次第。

昔、カント哲学者、黒崎政男氏が、哲学はヴィジュアルに示せないもんな、とぼくに嘆いてみせたことがあるが、そんなことはない。とりわけ、ルネサンス／マニエリスム期のヴィジュアル・シンキングの度は凄い。そこの紹介の第一人者たる伊藤博明、岡田温司、両氏の役割がコラムに封殺されているることが、口惜しいといわばいえる、本邦哲学界のメディア感覚であろうか。それはルネサンス最末期を飾る哲学と美学の接点――マニエリスムの「内的構図」美学――が今時、完全に欠落してしまっているところにも通じている。哲学を「イメージの回廊」というコーナーにしてみせるのは敢為《かんい》と思うが、これは、とりわけヴィジュアル・シンキングの強かった十八世紀を扱った「哲学の歴史」第六巻などそうだが、難しい（B・M・スタフォードに学べ。そのために、ぼくが急いで訳したのに）。望蜀妄言多謝。

36. 読む順序をまちがわねば、笑う図像学、きっと好きになる　*9/18*

『シンボルの修辞学』エトガー・ヴィント［著］秋庭史典、加藤哲弘、金沢百枝、蜷川順子、松根伸治［訳］（晶文社）

絵の意味がわかる、と簡単に言うが、そもそも絵に、ちょうど小説や詩に意味を求められるのと同様のレベルで〈意味〉を求めることができるようになったのは、一代の歴史家・美術史家のヤーコプ・ブルクハルト（一八一八―九七）のお蔭だ。芸術史は芸術そのものとその種類に従った叙述であるべきで、芸術家たち自体の歴史であってはならない、としたし、同様に文化史も人間精神の形態学をめざすのでなければならないとした。

あくまで対象に即き、その記述に徹する大ブルクハルトの弟子が、今日のバロック論を出発させるバロック〈対〉ルネサンス概念の提起で名を残すハインリヒ・ヴェルフリンであり、さらにアーロイス・リーグル以下のいわゆるヴィーン派美術史学である。個々の作品よりもそうしたものに共通する

「形式」を「数学のようなやり方で」抽象する論理的傾向が快い反面、作品を「現実経験のコンテクストから切り離した」という批判の対象になりうる。

そこをブルクハルト本流に戻って「美術的な視覚というものは、この一つの全体としての文化の中にあってはじめて必要な機能を果たす」としたのが、昨今再評価めざましいアビ・ヴァールブルクである。こうして美術史学が文化学（Kulturwissenschaft）、精神史と接続されていく今現在の西洋美術史学を、広く「メディア革命」という人文学の二十一世紀的再編成の大枠に取り込む上で必須の見取図と教養の内容が見えてくる。展望を与えてくれているのはエドガー・ヴィントの大著“The Eloquence of Symbols : Studies in Humanist Art”（1983、邦訳『シンボルの修辞学』）、その第二章「ヴァールブルクにおける〈文化学〉の概念と、美学に対するその意義」である。以上の紹介文中の引用の括弧はこの文章から引いてきたものだ。

ヴァールブルクがキリスト教美術の中に「古代の残存物」を発見していった画期的な仕事は、その研究所・図書館たるヴァールブルク文庫に流れ込み、所長エルヴィン・パノフスキーの“Studies in Iconology”（1939/1972 ; Paperback／邦訳『イコノロジー研究』ちくま学芸文庫〈上〉〈下〉）に象徴的な、プラトン主義哲学など異教テクストに対応する内容をルネサンス絵画に追求するイコノロジー（図像学）をうんだ。パノフスキーの名著はじめ、クリバンスキー、ザクスル、ウィットコウワー等々、ヴァールブルク図像学の精華が一九七〇年代から一時集中的な邦訳紹介をみて、図像学者に非ずば美術史家に非ずという風さえあり、シェイクスピア劇はじめ文学作品にも図像学の成果を援用するのが一時大流行した（岩崎宗治氏の精妙な業績他）。

兎角、面白いように絵の〈意味〉が析出されてくる。以前、故ダニエル・アラスの『モナリザの秘密』で絵の意味がわかってきた時の快を我々は味わったが、アラスが極力素人向けに語ってくれたところを、思いきりプラトニズム、ネオプラトニズムの哲学を導入し援用しながらの説明で、とっかかり気骨は折れるが、少し辛抱して付き合う間に面白くて仕様がなくなる。その意味では、具体作に即して話が進む第三章「ドナテッロの〈ユディット〉」、四章「ボッティチェッリ〈デレリッタ（見捨てられた女）〉」から九章「キリスト者デモクリトス」までをまず一挙通読するのがよい。プラトンが芸術を理想国家から追放すべしとした真の理由を述べる第一章は、プラトンが意外やな専制君主にもてた理由を分析する最終第一〇章と対応しており、オリゲネス異端説のルネサンスにおける復活を芸術に追う第五章と併せ、この三つの章は三〜九章一気読みで具体的解読の妙味を知って後、帰ってくる方が良いと思う。

個人的にいえば第七章「グリューネヴァルトの寓意的肖像画」が出色に面白かった。大司教アルブレヒト・フォン・ブランデンブルクが聖マウリティウスと語らう聖エラスムスとして自らを描き込んでもらっているが、後には聖ヒエロニムスとしての自画像も描いてもらっている。エラスムスとヒエロニムス。うっ、似ている。何かあるのか。何か、ある！

こうした音声に基づく思考方法は、中世の伝統に深く根ざすもので、人文主義者たちにとりわけ訴えるものがあった。言葉遊びは彼らの職掌《しょくしょう》に含まれ、巧言も機知も語呂合わせが明敏に悟られなければ始まらない。メディチ（Medici）家は、その名前が乞食（mendici）に似ていたので、変わることなく乞食に親切だったと伝えられる。ミケランジェロ（Michelangelo）〔天使ミカエルの意〕は「アンジェル・ディヴィノ（Angel Divino）〔神の天使〕」と呼ばれ、アルベルト・ピオ（Alberto Pio）は「敬虔（pious）」であらざるをえず、エラスムスはモルス（Morus）〔トマス・モア〕のために『痴愚Moria』を著したのである。こうした駄洒落の類から、愛や信頼や信仰を伝える深遠な表現にいたるまで幅広い。「名前に何があるかって？　…名前でもローズが含まれていれば、甘く香るだろうよ」。こうした言葉が、その根底からどうしようもなく発する風合いを感じることができるのは、音声的関連づけの秘密の力を、その核心において知る者だけである。

こうした「名前への信頼」があればこそ、アルブレヒトは聖エラスムスを自らの守護聖人に選んだにちがいない。こうした彼の信仰の音声的側面には、機知と言わないまでも、「創意」という要素がある——人文主義者の楽しみごとが、司教の気に障ろうはずはなかった。（二〇七—二〇八ページ）

「キリスト教的プラトン主義」の緻密難解の議論にこうして「笑い」の風穴があちこちあくところに、エトガー・ヴィント図像学の魅力がある。

ルネサンス期に語呂合わせが楽しまれていたことは、文学史家や社会史家に非常によく知られていることなので、ルネサンス美術史にその記述がないとなれば、そのことこそ注目に値する。私見の及ぶかぎり、語呂合わせを主題にした美術史的研究は現れていないのである。

本当だろうか。この本（"The Eloquence of Symbols: Studies in Humanist Art"）が一九八三年刊とすれば、ヴィントは何故ポール・バロルスキーの"Infinite Jest : Wit and Humor in Italian Renaissance Art"（1978、邦訳『とめどなく笑う――イタリア・ルネサンス美術における機知と滑稽』ありな書房）を知らずにいたかと、バロルスキー訳者のぼくは首をかしげたが、むろん御大、既にこの世にいなかった。『ヴァールブルク研究所紀要』の第一号（一九三七）に初出の一文であったので、そうなるとむしろ、一九三〇年代好きな山口昌男道化学に通じる先駆的センスを感じる。この「笑い」は第九章「キリスト者デモクリトス」の、道化キリストの図像学で一層鮮明となる。むしろ、『とめどなく笑う』を訳す時にこの『シンボルの修辞学』のヴィントを知らなかった我が不明をこそ恥じるのだ。

五人共訳とはいかがなものか。五人もかかれば日本語にムラ多く、直訳体のこなれぬ訳文がつらいところも多いし、訳者の教養にもムラがある。五つのプラトン立体（Platonic solids）をいきなり五つの「プラトン的固体」と訳されては（四二ページ）、プラトニズムのイロハであるだけに、その先、実は結構シラけて読み出すしかない。二宮隆洋の編集なら、大目玉くらっているところだ。伝説的な碩学編集者相手の訳業は、もちょっと死に物ぐるいでよかあないか。

十六世紀の哲学と、そして美学に付き合ってきた。次は少し十六世紀の機械学にいくつか触手をのばしてみよう。

37. それって要するに職人たちのマニエリスムなのである

『一六世紀文化革命』〈1〉〈2〉山本義隆（みすず書房）

十七世紀の「科学革命」（トマス・クーン）を大掛かりに論じた『磁力と重力の発見』〈1〉古代・中世／〈2〉ルネサンス／〈3〉近代の始まり）で二〇〇三年の出版界最大の成果をもたらした著者が、それには十六世紀の「文化革命」が先行した筈だが、次にそこを詰めてひとつの文化史を完結させると漏らした「約束」が、こうして丸三年の歳月をかけて果たされた。

大部二巻。堂々たる読みでのある作品だが、主張は単純にして骨太い。芸術理論を枕に、外科学、解剖学と植物学、冶金術と鉱山業、算術と代数学、力学と機械学、そして天文学と航海術と地図制作と、目次を順にたどるだけで、文書偏重・文字崇拝のスコラ的思弁から出ようとせぬ中世来の旧守の諸学が、黒死病その他の流行病とか、火砲主体に変貌した戦場とか、広がる世界の未知の経験を前にお手上げになる中、大学アカデミーの外にあって蔑視されていたギルド的職人たちが新時代に即応する知を、印刷術というハードウェアの展開にのって外部に、ラテン語でなくヴァナキュラー（俗語）をもって公開し共有するというやり方で突破していった大きなうねりが、もう既にほのみえてくる。

以上、個別の学問分野での「一六世紀文化革命」の展開を通覧してきた。それは外面的には学問の担い手の交代とその表現言語の変化として現れている。つまり職人や芸術家や商人たちが、俗語でもって自己表現を始め、それまでラテン語が専一的に支配していた文学文化の領域に越境したことで、知の独占の一角を崩したのである。しかしそれだけには止まらない。それは基本的には、視覚芸術における表現技法や技術者や職人の自然への働きかけの手順、そして商人による資本や商品を管理する手法、とりわけ的確な観察と精密な測定と正確な記録、総じて自然と世界に向き合う彼らの姿勢そのものが自然にかんする知識の獲得に有効であるという新しい認識であり、ひいては自然について知がいかなるものであるべきかという真理観の根本的な転換を意味していた。（六二一ページ）

これに尽きている。こういうマクロ・スケールのまとめが山本氏は実に巧い。厖大な具体的データも必ずこういう展望が挟んでくれるので、読後、一片の散漫感もない。グラン・テーズ（大論文）の構成をよく知る、近頃の学者には珍しいほどきちんとした立論の空間は壮観だし、たわみも緩みもなく快い。

要するに、エリート貴族の子弟がラテン語でやる「韜晦《とうかい》体質」に凝り固まった大学アカデミーの「自由学芸（artes liberales）」が現実的な威力を何も持ちえなくなったとき、「機械的技芸（artes mechanicae）」を担う職人たちの「手でおこなわれる」知の営みが一世紀間、世界をつなぎ、世界を救った。文字通り世界を救ったのが医学アカデミーから締め出された理髪外科医たちで、大学の医学教授から賤業視された彼らが自らの一命を賭して悪疫禍の街区にとどまり、少しずつ対処法を模索していく間に、ガレノスべったりの「典籍医学」の方は為すすべもなく、尻まくって逃げ出す他ないという長々と続く逸話は、まさしく今日の大学ないし初中等教育が多くの場面において畳の上の水練以上のものでない状況にそっくりはね返ってくるようで、文書偏重のアカデミーに距離を置く山本氏は、はっきり現下の日本のアルテス・リベラレス（教養教育とも訳せる）の行き詰まりの構造を寓話として語っているのだ。自ら英会話できぬ英語教師、キーボード打てないメディア論教授の授業。この本で改めて"auctoritas"が権威／文庫の両義語であることを思い出させられたが、ロゴサントリックな教育現場が視覚文化的（oculocentric）な現実にブレーキにしかなっていない状況を、山本氏自身いらいらしながら描く十六世紀ヨーロッパにどうしても透かし見てしまう。結局は例えば『アートフル・サイエンス』のB・M・スタフォードと同じ激しい現代批判を十六世紀に仮託して綴った、と見るのが最喫緊の読み方かと思う。

スタフォード本とは印刷書籍に複製される図像・図版への圧倒的評価でも通じる。タッコラやフランチェスコ・ディ・ジョルジョの機械製図法が見事な「グラフィック・デザイナー」たるレオナルド・ダ・ヴィンチの解剖図やアグリコラの『デ・レ・メタリカ』の鉱山断面図に継承され、かくて「芸術性を有する科学資料というジャンル」がつくりだされるのだが、「美術史」はこれを評価できないでいる。いや、こういう文字通りの「アートフル・サイエンス」については既に荒俣宏の『想像力博物館』や「ファンタスティック12」シリーズが存分に切り込んでいると思うのだが、山本氏の文章や文献一覧にはスタフォードも荒俣もまるで出てこない。

ここまでゲリラ戦に出た相手にだから言ってもよいと思うのだが、あまりにもひと昔前の参考書ばかりなのに喫驚。そりゃ偉大な人とは思うが今さら下村寅太郎でもあるまいに、と感じた。今、『磁力と重力の発見』を書くに、Hélène Tuzet, "Le cosmos et l'imagination" (1965) もなく、Fernand Hallyn, "La structure poétique du monde : Copernic, Kepler" (1987) なくてどうする?『一六世紀文化革命』綴るに、Michel Jeanneret, "Perpetuum mobile" (1997) なく、Jessica Wolfe, "Humanism, Machinery, and Renaissance Literature" (2004) なくてどうする? 結構不可欠な本ばかり。

全巻のキー・イメージは「手」である。スコラ学者どもの「頭」に対峙、ということなのだが、アルス・メカニカエの「メカネー」の語源も「手」ということである。そして全巻、技師・職人たちの「文化革命」はまず「芸術家にはじまる」という素晴らしい出だしを構えたのなら、何故「マニエリスム (mannerism)」が「マヌス (manus手)」に由来し、そのマニエリスムがまさしく十六世紀精神史において今最大のキーワードたることに、これだけ浩瀚厖大の本にしてただ一言の言及もないのか。さかんに狂言回しに登場する悲劇の陶工ベルナール・パリッシーにして、現在はまずそのマニエリスムが話題になるはずだ。この本で紹介された奇人ラメッリは、ホッケの十六世紀マニエリスム美学の研究『迷宮としての世界』(一九五七) に、その「読書機械」という奇怪なメカが紹介されていておなじみだが、そこでのホッケの説明も不備。『迷宮としての世界』は山本著と併せて読むと異様に面白かったりする。

もと東大全共闘の、ぼくなど仰ぎ見ていたトップだった著者。アインシュタインの再来と言われ、勿体ながられたがキャンパスに残らず、潔く駿台予備校講師に。最新情報に疎くなりがちな氏を、ファンのネットワークが支えてきた。素晴らしい。今日インターネットは下手な大学百個に勝る。在野学の時代到来とでもいっておこう。ネットワーキングが偉大な学を成り立たせた最右翼が山口昌男人類学、そして最左翼が山本義隆科学史／文化史、という印象である。

であるが、それにしてもそのネットに、まさしく「芸術家にはじま」ったマニエリスム・ムーヴメントのデータが何ひとつ引っかかっていないらしいのが口惜しい。マニエリスムこそは、芸術家の「頭」と職人の「手」の間で激しく交錯した十六世紀きっての問題的現象だった。ジャック・ブースケの『マニエリスム美術』（一九六四）を覗いても、エウジニオ・バッティスティの『反ルネサンス』（一九八九）を見ても、山本氏がとりあげた画家や職人の仕事が片端から「マニエリスム」と呼ばれている。月刊『ユリイカ』誌「マニエリスムの現在」特集号にわざわざ人を頼んで、マンリオ・ブルーサティン「厖大なる労働」という職人マニエリスム論の傑作を訳載したのに、山本さんの目には触れていないみたいだなあ。

9/25

38. レオナルドを相手に本を編むことのむつかしさ

『レオナルド・ダ・ヴィンチの世界』池上英洋［編著］（東京堂出版）

山本義隆氏の大労作『一六世紀文化革命』（〈1〉〈2〉）の読後、その勢いのまま読むに格好の大冊が出た。レオナルド・ダ・ヴィンチの「多岐にわたる活動を、あますところなく網羅したはじめての〈レオナルド全書〉」（帯の惹句）たる本書である。前書きも何もなくいきなりレオナルドの解剖学、レオナルドと数学…と、理科系のルネサンス文化史において、文献一本の先行史がレオナルド・ダ・ヴィンチ〔以下レオナルド〕の「詳細な観察と計測」しか信じない態度によって一撃くらい、文化が大きくガリレオの時代に向かって舵を切られていくことをいう各論は、世紀のとば口にあっていきなり「十六世紀文化革命」のヒーローたるべきこの天才の姿を浮上させる。

三部構成で、第一部「自然科学」、第二部「芸術」、第三部「人と時代」として、各部が「解剖学」「数学」「工学」「天文学と地理学」というふうに、また「絵画・素描」「音楽」「演劇」「彫刻」という具合に細分化されて、全部読むと、改めてアルベルティやレオナルドといった、一人で百学連環をやり、アルベルティはそのうえ第一級のスポーツマンたり、レオナルドは結婚プランナーまでやったというような万能ぶりを可能にしたルネサンスとは何だったのか驚く他ない。こういうの、「普遍人(homo universalis)」といった。細分狂いの現代からは夢のまた夢だ。

圧倒的に面白いのは「レオナルドと工学」の田畑伸悟論文。全員大学関係者の中、唯一、日本アイ・ビー・エム株式会社勤務の現場人感覚がはつらつとして、ぼくが人文系読者のせいもあろうが、あっという指摘多し。なんとなく工学者レオナルド、技術者レオナルドというのでなく、工学と技術の観念規定をはっきりさせたうえ、この両者の間を自由に行ったり来たりできつつ、しかしその生彩は「物づくり」の技術者としての方にある、という論旨は明快極まる。「現場」ふうの言い方では「品質向上、大量生産、コスト削減」に意を用いる卓抜せる「問題発見能力」と「問題対応能力」というような評価になるらしいのだが、そういう議論が、「技術者の需要が高い状況では技術者として、技術者の需要が低い状況では芸術家として振る舞った人生」という、他の論者がもてあまし気味の万能天才の多面ぶりをあっさり総括しきる視野と修辞の見事さを以って、この論文が、欠落した序章を補う完璧な序文。二度目読む時はここから入る。

工学におけるレオナルドの第一歩は、機械を機械要素という機能単位に分けて論じたことにある。機械は、様々な部品の組み合わせで構成されているが、どの機械にも共通した要素ごとに機能性をまとめておけば、それらを組み合わせることで様々な新しい機械を容易に製作したり、他の人間に説明したりできるはずである。だが中世までの世界では、機械ごとに説明されることはあっても、機械と機械の共通点について論じられることはなかった。機械要素は、その時代の技術レベルに応じて様々なものが考えられるが、レオナルドの時代には、歯車、ネジ、梃子《てこ》、くさび、滑車、輪軸、バネ、カム、リンクなどが存在していた。（六四ページ）

こういう「機械要素の認識」によって「機械の動作の数値的な定量化が可能となり、機械の複雑化と効率化を可能にしていく」ことになり、「このような技術の一般化と集成が、その後の工学の体系化という方向へ繋がっていく」というふうに田畑論文はまとめられるのだが、本人識らぬ間に、十六世紀マニエリスム文芸を支配した"ars combinatoria"［組み合せ術］を工学的に説明しおおせている。「ちなみにレオナルドが生きていた時代、彼に対する呼称はイタリア語で"ingegnere"、あるいはラテン語で"ingeniarius"とされていた」というさりげない指摘までが、今やその中で〈文〉と〈理〉が重なろうとしているありうべきマニエリスム文化論の人間にとっては泣いて喜ぶ一撃なのだ。ご本人がそういう脈路を知らず坦々と語り進むのが爽快だ。

レオナルドの天文学・地理学を扱った小谷太郎エッセーも楽しい。自分の論は「正直いって心許ない」が、自分は「はっきり言って無知」だから、「開き直って」「きままに」書くなどと言いながら、レオナルドという「難儀な性格」のうんだ「まちがいだらけ」の手稿相手に「筆者はもう疲れました」と笑わせておいて、「その思考に瞬発力はあるが持続力はなく、記述にひらめきはあるが首尾一貫していない。月や太陽の光についてすぐれた洞察をしながら、発表せずに暗号のような手稿の中に埋もれさせてしまう。実験で理論を検証するという近代科学の原理を見通したようなことを述べながら、どうも自分ではあまり実験をしていない」等身大のレオナルド像は、他のどの論文よりもクールで説得力がある。第一、たのしく笑える。

もうひとつ印象深かった一文が、レオナルドの「変形(strasformazione)」嗜好を言った金山弘昌氏の「レオナルドの手稿について」中のもので、とても楽しい。

このようにレオナルドは自らの眼による観察によって、多様な現象の中に統一的な体系性を見出していたわけだが、そのもう一つのわかりやすい例が「水」である。水のテーマは、彼の膨大な手稿の至る所、すべての分野に一貫して登場している。例えばそれは、機械工学・建築の分野では〈モナリザ〉の背景のモティーフとなったりする。しかし現実の背後にある共通原理を「類比」によって理解するレオナルドは、表面的な類比に留まらず、水が自然という大きな装置を動かす重要な要素のひとつであることを見抜いていた。彼は水の渦巻きからレダの渦巻く髪型を連想し、鳥の飛翔における気流が水流と類似した性質であることに気付き、河川などの水流が人体における血液循環と同一の原理に基づくことを直観する。そしてついには、宇宙論のレベルにおいて、血液が巡る人体と水が循環する地球が同様の有機体組織であると考えるのである。

すばらしい。「レオナルドの独自性をもっとも明白かつ詳細に示してくれるのが手稿なのである」とも言っていて、レオナルドの生涯にわたる「膨大な量のメモやノート、素描や図面の類」の一大集積体たる手稿相手なればこそ、こういう見事な批評が可能だと言いたげだ。

この面白さがそっくり第二部「芸術」の厖大ページの重さにはねかえる。ダン・ブラウンの『ダ・ヴィンチ・コード』の大ヒットにもたれる形で、結局、美術史を名乗る部分のみ、相変らずア・プリオリに対象分野が確在するかの細々しい専門的議論にのめりこみ、学会で先行する大物連の仕事に敬意を払いつつの典型的な論文が次々と続くのである。ぼくが文系読者でどうしても理系・工系に甘く、なまじ遠近法と絵画の関係に詳しいが故の、こうした感想になるのかと考え、何度も読み直したが、第二部はやっぱり全体におとなし過ぎる。専門領域の中ではそれなりの発見もあるのだが、第一部にみなぎった驚きには及ばない。

第三部では、フロイトによるレオナルド観が、文字の世界に難点持つレオナルドの発達障害の指摘ともども、いまさらながら面白いし、「レオナルドと近代日本」は資料的価値がある。

相手が細部と全体の関係そのものを生きた人間であることから、本書の編集ないし目次構成もが歴たる〈内容〉とならざるをえない困難な本なのだが、どうやら編者氏にその認識の緊迫感がないから、

第一部「自然科学」、第二部「芸術」、第三部「人と時代」といった、今あるべきレオナルドと仰有りたい相手の像とはおよそちぐはぐな目次構成におさまったものと思う。「分野を細分化してレオナルドについて論じることのナンセンスさを知った上で、しかしこうしたアプローチが現代では最も有効」といったラチもない言い訳ばかり書き連ねた序文自体、笑止千万のナンセンスである。すぐれた各論なのに統一像は読み手に丸投げ。「無理に統一見解」ははからないと言う。はかれよ、無理に。それがレオナルド・ダ・ヴィンチを「あますところなく網羅」するということだろう。ただの並列ではすまない。ホッケの『迷宮としての世界』の本としての中心——迷宮の原案——に何故レオナルドがひそむのか、「現代」を口にするレオナルド論なら、「十六世紀文化革命」をネオ・マニエリスムに蘇らせようとする動きの中で、レオナルドを「編む」ことの意味、その困難とスリルとを思え、ということである。大変な労作なのに、「本書、画集、評伝といったものがひと通り揃って」からレオナルドがわかるという、謙遜なようでただ愚かしい序文のひとくさりで、ぶちこわし。執筆メンバーに悪いだろう。細部と全体という実にレオナルド的なテーマを編集作業で悩む逆説の書となった。意図したちぐはぐなら、凄いのだけど。

39.　9/28

現代アニメの描画法もマニエリスムの末裔と知れた

『ダ・ヴィンチ　天才の仕事―発明スケッチ32枚を完全復元』ドメニコ・ロレンツァ、マリオ・タッディ、エドアルド・ザノン［著］松井貴子［訳］（二見書房）

『一六世紀文化革命』〈1〉〈2〉、そして『レオナルド・ダ・ヴィンチの世界』と読み継いで、知識と絵、というかグラフィズムとの関係が、ルネサンス、とりわけレオナルド・ダ・ヴィンチ［以下レオナルド］の知的営為にとって究極のポイントであることがよくわかった。その場合、絵というのはいわゆる美術絵画でなく、アトランティコ手稿をはじめとする手稿約八〇〇〇点の紙面上に溢れるインクやチョークによる厖大なデッサンなのだが、右二著とも別にそこに焦点を当てて一意専心という本ではないから、そうしたデッサンの振る舞いがモノカラーの小さい説明図では理解しきれない。そこを完璧に補ってくれるすばらしい一冊が、右二著と同じタイミングで邦訳刊行された『ダ・ヴィンチ　天才の仕事』である。「数あるレオナルド本とは一線を画する内容の広がり」を序文に誇るが、まことにその通りだ。

合計三二点の機械デッサンを、飛行機械、武器、水力関係、作業機械、式典演出機械、楽器に大別して紹介していくのだが、ミラノ工科大学で工業デザインを学びコンピュータ・デザイン事務所で仕事をしながら大学でも教えているデザイナー二人が、三次元ＣＧ画像にレオナルドの設計図を再現していくというやり方がなんとも斬新で、何度眺めても面白い。

レオナルド・マニアというほどではないがレオナルドにフツーより少しは上というくらいの関心をもつぼくのような人間には、ヴィジュアルで理解するレオナルドといえば、いまだにラディスラオ・レティ編『知られざるレオナルド』（一九七四）である。八ヵ国共同出版、日本語版は翌年、岩波書店から邦訳。研究としても第一級の水準だが、大型豪華本に溢れる図版が珍しく（多くは手稿）、その説明の仕方、そのための図版構成も、いまなお新鮮。組版は写研と聞いて、さもありなんと思う。当時の値で一二〇〇〇円は貧書生には痛かったが、モナリザでばかり馴染みのレオナルドとはまるで違う「知られざる」レオナルドの相貌が、衝撃とともに伝わったものである。

アトランティコ手稿紙葉の一枚に自転車そっくりな機械のデッサンがあって流石はレオナルド、という一章が『知られざるレオナルド』にある。大真面目な議論だったが、一九六九年の編纂の過程でいたずらな現代人が入れた落書きと判明。今ではお笑い種である。

日進月歩ということだ。「壁画〈最後の晩餐〉の修復」という最近最大の美術史学上の事件については『レオナルド・ダ・ヴィンチの世界』中にもきちんとした報告文があったように、元はどうやら、派手な色を投入した、我々が長年イメージしていた作とは全然違う絵だったらしいのだ。ブルーノ・タウトが日本的わび・さびの極致とした桂離宮が実は金ピカだったのが歴史の塵芥で汚れていただけと判明したというのに似たショックが、新千年紀の変わり目にレオナルド学全体を強撃した。コンピュータ・グラフィックスが美術史を変え始めた代表的ケースとして長く記憶されるだろう。

二人のデザイナーは手稿のありようを考えつつも、あくまで手稿上のデザインに集中して、それを

ＣＧに移す。その過程で今まで問題にならなかったようなレオナルドの特徴が見えてきたりする。こういうことも起こる。「完璧に再現したつもりの構造や仕掛けが、最後の最後になって見つかった小さな部品のおかげで根底からくつがえされ振り出しに戻」った。「自走車」のケースだが、その入れこみから、「連射式大砲」の図解（一〇八一―一一五）と並ぶ、同書図解中の華である。

レオナルドのデッサンを凝然精査して、立体模型をつくる代わりにＣＧに立ちあげていく。さまざまなアングルから連続的に見るとか、一部を断面化して向こうを透視させるとか、やりたい放題なわけだが、ふと考えてみれば、十六世紀当時、レオナルドの機械図や解剖図を断然ユニークたらしめていた作画技法を、今そっくりコンピュータが随分と楽になぞり、実現しているのにすぎないとも言える。「ほかならぬレオナルドも、考察や思考のプロセス、斬新なアイディアを視覚化してスケッチで伝えようとしたのである。装置の複雑な仕組みや構造を余すところなく伝える本書のＣＧは、まさにレオナルドの夢の実現と言えるだろう」とあるし、「天賦の才能が醸しだす魔法のような魅力こそはないかもしれないが、機械の全貌をしっかりと伝えるという点では、原画を超えたと言ってもいいだろう」。大変な自負だ。

逆に、こうしてＣＧが多様なアングル、無数の部分に分けて見せなければならぬ内容を二次元の紙葉にハッチングやインクウォッシュだけで封じ込め、多様な解釈をクラスター爆弾（その図解もある）のように閉じ込めたレオナルドの〈絵〉とは全体何か、ということである。「機械の設計画を――他者に伝えるために絵で表現したというよりも――分析と研究のための手段ととらえた」（パオロ・ガルッシ）。絵は実物にひとしいとか、あえて実験をする必要がないほどの絵のリアリティといった不思議な〈絵〉観の背後に、「芸術家であり技師でもあるという新知識層の出現によって…〈知的な〉創造行為だと考えられるようになっていた」動きがある。それこそはマニエリスム・アートの定義ではないか。ヴァザーリのマニエリスム絵画論を引くドメニコ・ロレンツァの巻頭言はだてではない。「思考や判断は精神によって成しとげられ、それを手を使って表現したものが絵画」だ、と。

分解して一つ一つの部品までていねいに描いた画像は、さまざまな想像を呼び起こす。レオナルドの機械を頭の中でバラバラにしたり組み立てたり、自由にイメージをふくらませて楽しんでもらいたい。（七ページ）

「機械要素」の組み合せを、『レオナルド・ダ・ヴィンチの世界』書評でぼくはアルス・コンビナトリアと呼んでおいた。現代最強のＣＧデザイナーが十六世紀マニエリストの（たぶん無自覚な）末裔たることを証すというのが、この近来稀な美しさの本の（たぶん無自覚な）スマッシュヒットである。持っているだけで嬉しい一冊。

❻

2007 October

40. ヴンダーカンマーを観光案内してくれる世代が出てきた　*10/2*

『愉悦の蒐集―ヴンダーカンマーの謎』小宮正安（集英社新書ヴィジュアル版）

十六世紀という不思議な時代の「手」と機械――職人たちのマニエリスム――というテーマで取り組んだ本が、少し見方を変えると期せずして一シリーズとして出てきた動きにつき合ってきたが、その仕上げにぴったりという一冊が、ぴったりのタイミングで読める。それが今回とりあげる『愉悦の蒐集―ヴンダーカンマーの謎』。

山本義隆『一六世紀文化革命』〈1〉〈2〉、また『レオナルド・ダ・ヴィンチの世界』が少々ごってり没入させる大冊であったのに比べると、先回の『ダ・ヴィンチ　天才の仕事』同様、図版フルカラーでとにかく見せる／魅せる。十六世紀――もう少し今に近い側でいうアーリーモダン――を徹底して見せようという美しい本で、視覚的インスピレーションの宝庫というだけでも一冊買って手許に置いておきたい。これが千円というのが一昔前では信じられない。印刷文化の進歩と新書ブームのお蔭だ。

この書評シリーズでも執拗にチェックしてきたヴンダーカンマーの文化史のさまざまな側面をほとんど余さず要領よく整理してくれるのが有難い上に、今時の美術館めぐりガイドブックのノリで、著者自身がヨーロッパ各ヴンダーカンマー巡礼をして、それぞれの現在のたたずまいを紹介してくれているのが、類書（といっても、そうあるわけでない）に絶対ない魅力だ。ヴンダーカンマー研究書は、ぼく自身、一時かなり蒐めたものだが、肝心の図版類はどれもこれも似たようなもので、あまりインスパイアされることがなくなっていた。見たこともない視覚材料で網膜がおかしくなるのは斯界御大のパトリック・モリエスの"Cabinets of Curiosities"で、二〇〇二年。眺めて嬉しいという点では、小宮氏の本はお世辞でなく、それ以来の嬉しさである。文化史ファン必携。タイミングや良し。

驚異博物館と訳されることが多かった"Wunderkammer"は一九六四年、故澁澤龍彦の『夢の宇宙誌』に「妖異博物館」の訳語で登場し、盟友種村季弘訳のG・R・ホッケ『迷宮としての世界』（邦訳一九六六年）に「驚異博物館」の訳語で出て、一九六〇年代末からのいわゆる「澁種」文化最大のキーワードということで、本邦読書界には結構いいタイミングで入り込んだのだが、この珍物収集施設に力を与えていたと例えばホッケが言う、マニエリスムのGeistesgeschichte（精神史）が学者の一部にアピールしだしたのは、やっと一九九〇年代に入ってからのことだ。

ホール天上からでかいワニがぶら下がっている。互いに脈絡ない天然産物、人工産品、天然か人工かもわからない物が、カテゴリーも用途もよく見えないまま一見雑然と集められている。宇宙がそういうものだとするプレニチュード（充満）の神学的宇宙観から、十六世紀から一世紀半かけて新旧両価値の大交代中に目覚める世俗的「好奇心」へ、という展開を時系列に沿って追う中に、そういう変化がこれ以上ない形ではっきり読みとれるものとしてのヴンダーカンマーの姿を浮き彫りにする。世界史だの哲学史だのので認識されつつあるこうした「歴史」の知識も、見る素材、変わった手掛かりから見直すとこんなにも新鮮、という新歴史学の爽快味も伝わる。これが十八世紀半ばの博物学、とりわけ分類学流行を経、ナポレオンの「略奪美術館」（佐藤亜紀氏の名著標題）を経て、ヴンダーカンマーが没落するところまで丁寧に追う。いずれ松宮秀治『ミュージアムの思想』（白水社）を取り上げるつもりだが、小宮本もミュゼオロジー（ミュージアム史）として長大な歴史的展望をちゃんと具えていて、図版の売りに引っ張られるばかりの軽薄書とは全然違う。

小宮氏は『オペラ楽園紀行』で集英社新書と縁を持った。オペラ狂いのドイツ文学者だから、ドイツが本場の Geistesgeschichte にいずれ展開せざるを得ない人種。ぼくの周りでいえばモーツァルト狂の原研二氏などの同族かとも思われる。大体がヴンダーカンマー研究は、ドイツでは一九二〇年代、一九五〇年代に展開され、英米圏などはるかに遅れてやっと一九九〇年代にという形勢なのだが、そのドイツ語圏で最初にヴンダーカンマーをテーマにしたユリウス・シュロッサーが美術史でいえば「ウィーン派」だったというなにげない指摘に、小宮氏の持つ今後の底知れぬ広がりが窺える。同じウィーン派一九二〇年代を牽引していたのが、ずばりマニエリスム概念を初めて打ち出した『精神史としての美術史』（一九二四）のマックス・ドヴォルシャック［ドボルザーク］だったことを考え併せてみれば、わかる。

そんな難しいことはよい。ドイツ音楽史家としての造詣が活きるのも、小宮氏の拠る奇著『グロテスクの部屋』（作品社）の原研二氏と同じだ。『ダ・ヴィンチ　天才の仕事』で一番驚かされたのは楽器をグロテスクな怪物のデザインにしたという流行だったわけだが、怪物的世界を調和に変えるもの即ち音楽、という構造をデザインに寓意化したのだと著者に言われて、至極納得がいった。中でもびっくりしたのは「自動作曲機」のことで、次のようになる。


…宇宙を思わせる巨大な箱の中に、音の高低や長さ、和音を記したカードが入っていた。そしてそれらを自由に組みあわせれば、一つの曲が完成する仕組みになっていた。カードに記されている情報は人間が考え出したものでありながら、組みあわせの過程において多くを偶然性に頼り、人間の思惟が入り込む余地を排する。その結果、おそらく宇宙に鳴り響いているのと同じ音楽を、この世界の存在である人間も享受できるはずだった。

自動作曲機も、現在からみれば過去の遺物にすぎない。だが一方で、実に現代的な発想のアイテムでもある。情報の組みあわせによって、一篇の曲が出来上がる。それは、コンピュータが自動作曲する様を彷彿させるだけではない。機械が自動的に筆記をしたり作曲をしたりするというアイディアは、二十世紀のシュルレアリストたちにとってもインスピレーションの源であり、現代のアート・シーンにも大きな影響を及ぼしてきた。

ヴンダーカンマーの音楽コレクションに込められた、世界の調和、宇宙の調和への想い。それは、形を変えながらも、尽きることのない力を保ち続けている。

（七六ページ）


ヴンダーカンマーがマニエリスムのアルス・コンビナトリア原理でできていることを音楽を通して

説いた面白い一文で、たとえば晩年のジョン・ケージのルーレット作曲機械とか、とか、現代とのつながりも意識されている。ガイドブックというなら、その域を超えている。

と、そこまでは感心一途なのだが、参考文献にどうしても少し文句がある。一九九〇年代いっぱい、このテーマの欠落を一人で補ってきたつもりの高山宏のかなり多量なはずの材料に一言の言及もないのは、度量の狭さか、ただの無知か。エルスナー、カーディナルの『蒐集』はどうしたのかな？　一九六九年という、このテーマの未来にとってなかなか印象的な年に生まれたこういう新世代のためにという一心で訳したスタフォードの『アートフル・サイエンス』にしても、ウィーンの薬種屋のキャビネットに生じたヴンダーカンマーの最期を扱い、まさしく小宮正安のような人のための材料提供だったのに、この無視もしくは無知って何だ。無念である。パトリック・モリエスの驚異博物館論は見たのだろうか。あるいはアダルジーザ・ルーリの（挙げられているものより後の）遺稿は？　ルーリのこの本はたぶん小宮書のデザイニングに影響あったはず、そう、R・J・W・エヴァンズは？

ま、望蜀の妄言か。自らの足でヨーロッパに飛び、自らの目で見てきた絶対の強みは、爽やか、かつ貴重だし、参考資料書目の最後にウェブサイトが紹介されるあたり、この世界にも当然の新世代の風だ。老兵去るべし！　原とか小宮といった人たちに、いま爆発中のドイツ「メディア革命」の息吹きをどんどん伝えてほしいなあ、ホルスト・ブレーデカンプ周辺の動向とか、とか。

それにしてもこの本を世に送り出した「現代版人間ヴンダーカンマー」こと編集者椛島良介って、どういう人なんだろう。アラマタの他にそんな人、いたんだ！　ヴンダーバール！

41. オタク死んでも、やっぱマラルメは残るぞかし

10/5

『人造美女は可能か？』巽孝之、荻野アンナ［編］（慶應義塾大学出版会）

いってみれば機械マニエリスムが十六世紀に始まったことを教えてくれる最近刊に次々と啓発された後、その二十世紀末〜二十一世紀初頭における再発を一挙総覧できるのも、有難いし、面白い。それが慶應義塾大学藝文学会二〇〇五年末の恒例のシンポジウムのプログラムに多少の稿を加えての今回作。

巽孝之氏の編というので、見ぬうちから安心。序に「わたしたちの人造美女エンサイクロペディア」を謳うが、書き手・読み手として以外に、編む人としての巽氏の目配りぶり、遺漏なき網羅への意志を誰よりも愛するぼくなど、目次案をじっと眺めて、もはや画期書と納得した。一九五四年にフランスで刊行されるや近現代セクシュアリスム論のバイブルと呼ばれて、東野芳明や澁澤龍彦といった論者の決定的霊感源ともなったシュルレアリスト作家・批評家、ミッシェル・カルージュの名著『独身者の機械』"Les machines célibataires" の主張を前提にした上で、二〇〇七年に向けその先へ出ようとした一冊である。精神の不毛と愛の不能が機械をうみ機械狂いに反映されていく、という今時最大のテーマのはずが、根幹になってくれそうな議論が、依然カルージュ本以外にない。見るに見かねて（仏文の人間でもないのに）ぼくが訳したのが遅くも一九九一年。考えてみるとサイバーパンクの熱い

議論はその辺からなので、この恥ずべき文化的ラグは怪我の功名だったのかもしれないと、本書を読みながら微苦笑のぼくでありました。

収録作「ヴェルヌとルーセル、その人造美女たち」（新島進）が、このカルージュのアプローチを巧く整理する役で、それによると、カルージュがデュシャン、カフカの共通項として析出した独身者性（celibacy）とは「愛と生殖の拒否」、「機械的工程としてのエロティシスム」、「女性との関与や交感の不可能性を模している機械」というふうにまとめられる。あの超の付く難解書を巧く読んでいると感心したが、新島氏のコメントや良し。巽序文をさらに凝縮した一文を全巻要約として、引く。

カルージュの「独身者の機械」論はそれ自体が刺激的な論考であるが、戦後の高度成長に伴うハイテク産業の発展と、これに無縁でない独身者文化の成熟のなかで、ながながとその命脈を保つことになる。一九七五年には「独身者の機械」展がヨーロッパの複数都市で行われ、翌年にはカルージュ論が増補改訂された新版が出版された。

また八〇年代半ばに世界の文壇を騒がせたサイバーパンクSFも独身者文化と高い親和力を持っていた。仮想現実やサイボーグといったガジェットからもそれは必然であったろう…

そしてサイバーパンクSFで幻視され、消費された記号に「ハイテク国家ニホン」があった。現在、アキバという聖地を持ち、非婚・晩婚化と少子化が止まらず、ピグマリオン／独身者の欲望が全開になっている人造美女の帝国。この地でのカルージュ受容は速やかに行われた。その中心人物こそが――球体関節人形史と同様――澁澤龍彥であり、彼はカルージュの論考に刺激を受け、

自らの人形愛論を構築していくのだった。（三八―三九ページ）

寄稿者全員に、この「人造美女文化で明らかに世界の最先端」が日本という認識と、「現代のオタク文化」と論者各自のテーマとを必ず結びつけて論じなければという強迫が徹底している。だから、場としての日本の特権視ということで、名著『現代日本のアニメ』のスーザン・ネイピアによる寄稿文「ロスト・イン・トランジション」も、one of many という感じで余裕をもってふむふむ、と楽しめる。「日本が世界中のどの国にもまして一八五三年以来明らかにトラウマ的な移行の数々を経てきた」。あまりにも当たり前のことと見えて、こう批評的にまとめられると、アッ、ふうんである。激しい移行のうむ「空虚に対する一種の自己防衛手段」として、「移行対象」として、アキバのもろもろ、「かわいい」あれこれは、このニホンに大繁殖する他ない、と、『新世紀エヴァンゲリオン』や『イノセンス』といったアニメを使い、宮台真司や東浩紀を使ってやられると、別段何を今さらという感じもなく、巧いまとめだなと素直に勉強した。ガイジンが澁澤を云々しているのを初めて見て、それだけで時代を感じる。『ユリイカ』二〇〇五年五月号が「人形愛」特集号で、一読、挙げて若者文化がシブサワを大賛美。S・ネイピアが『ユリイカ』を熟読している図、愉快。このところのオタク寄りを昔の愛読者たちからいろいろ言われてきた『ユリイカ』。だが確かに新生面を開いた。時代が、そうさせる。

見事な目次の下、あとは各論。独身者の機械といえばホフマンの『砂男』が不可欠。これは『メトロポリス』の女ロボットとの系譜で識名章喜氏が巧く書いている。『砂男』のナタナエルの墜死を、クライストの「操り人形論」を使って、「重力に罰せられた」のだとまとめるウィットは、当たり前と見えて創見。「萌え」をドイツ・ロマン派でやったのがホフマンといわれて痛快だった。ホフマンとくればポー。これは系譜化の天才、巽氏の領域。実に広い目配りで危なげない中にも、「ポーをドストエフスキー経由で摂取したモダニズム作家ウィリアム・フォークナー」などという文章が輝く。余人にかなうわざでない。

人造人間といえばフランケンシュタイン・モンスター。高原英理氏の「ゴシックの位相から」はそこから始めて、意外に陳腐なのかなと読み進めると、日本における稚児愛、そして少年天皇をめぐる天皇観の問題へと深まり、「主体を完全に捨象した絶対の客体としての〈不可能な自己〉」こそがこの問題の核心とする。美少女アンドロイド（ガイノイド）問題はどうもこの一句に集約される。カルージュ名著の増補改訂版には、独身者機械の神話とは即ち常は隠されて見えない“object”の浮上だと主張する新たな長文補遺があったが、このことだったかと、やっと腑に落ちた。高原英理氏の最新刊『ゴシックスピリット』（朝日新聞社、二〇〇七）を読みながら、ゴスロリの「歴史的」考察ということではこれも忘れがたい『テクノゴシック』（ホーム社、二〇〇五）の著者、小谷真理氏も並んで一文を寄せている。アーサー・ゴールデンの原作小説を映画化した話題の『さゆり』の芸妓世界の偽物性が『ジュラシック・パーク』（一九九〇）のテーマパーク性と通じるという議論が、テーマパーク化した日本を分析するスーザン・ネイピアの論と反響し合う。巧妙なテーマと人との配置の下に、第一級論者の寄稿文がこういう感じの反響を繰り返し、論集にありがちな掻き集めの散漫と無縁なのが良い。

個人的にいえば、ただ一人戦前派、自ら「旧人」と名のる慶應義塾大学「名誉教授」、立仙順朗氏の巻頭論文「マラルメの効用」の効用に感激した。実は問題のシンポジウムはパネリスト一同コスプレで行ったらしく、荻野アンナ氏紹介のその場のやりとりは、元祖ゴスロリ宝野アリカ氏の学者コンプレックスが笑える場違いとともにご愛嬌なのだが、そういう仮装大会の中でただ一人、端然と平服で坐す老体の威風になぜか感激してしまう。

マラルメといえば、およそアキバと一番遠い、まさに純文学中の純文学と思われている。その優秀な研究者が、パネリストたち共通の関心事たるアニメを借りようとしてショップに赴き、ネイピア『現代日本のアニメ』を読んで改めてマニエリスム的優美をもって鳴るマラルメの秀什《しゅうじゅう》「エロディアード」を読み直すとなれば、この頃、何のかんの言って似たようなことを要求されることの多い身としては、どきどきしてページを繰る他ない。四捨五入して七十（失礼！）という学匠が、「ほとんど勝ち目のない賭け」と仰有りながら、「言語サイボーグ」だ、「言語という人形遣いプログラム」だの口にされるので、何と危うげなことを、と思って読んでみると、定型詩はそのものが独身者機械なのである、とちゃあんと説得されてしまう。「テクストの快楽という、われわれのオタク的状況そのものの…」。なあるほどね。超難解詩人が「現代のオタク文化」に「はしなくも」通じるという指摘さえ薄氷を踏む思いでできてしまえば、あとは修練積んだマラルメ詩愛好家の自信に満ち満ちた解説のわざ全開。にわか勉強でも、実力ある人の文化論は、やはり凄いものだ。二世代も三世代も若い人たちとの「ほとんど勝ち目のない賭け」に結局、立仙氏が勝った。男だ女だではなく「言語というもの自体が実は精巧な機械、一種のプログラム」（新島論文）という認識で共通するフランス系批評の説得力が大きいのも、面白い。立仙論文はそこをズバリ。立仙論文を一番頭に置いた巽氏の編集判断に非常に興味がある。問題作の年表や相互関連略図などもよくぞ付けてくれましたで、カルージュ本付録の同種年表を現在にまで展げてくれて貴重。兎角、サイバー文学に関心ある人には必携の一冊と見た。

ひとこと。ここまで完璧にやるのなら、どうして、Felicia Miller Frank, "The Mechanical Song : Women, Voice, and the Artificial in Nineteenth-Century French Narrative" (Stanford Univ. Pr., 1995) という究極の一書がどこにも出てこないのか。仏文のヒトのあらかたが英語が苦手だからといったつまらぬ理由で、こういうニッチーな名作が次々忘却されていく。なんなら訳そうか。今回作のキーのところにありながらカルージュの名作邦訳が出版社の恣意で知識市場から姿を消して久しい。新島氏あたり新訳して、息長く出してくれそうな別の出版社から出し直してみてはくれまいか。凄い本を出したら、本屋は出し続ける責任がある。『独身者の機械』は絶対その種の本なのだ。

42. 本当はフロイトその人が一番あぶないのかも　10/9

『ホフマンと乱歩　人形と光学器械のエロス』平野嘉彦（みすず書房）

マラルメの「純文学」的難解詩にアキバ系人造美女の構造を見た立仙順朗氏のエッセーに感動させられた『人造美女は可能か？』を読んだ後、今年の新刊なら平野嘉彦『ホフマンと乱歩　人形と光学器械のエロス』に手を伸ばさないわけにいくまい。『人造美女は可能か？』の陰の主役だったドイツ・ロマン派怪奇 "Märchen" の名手、E・T・A・ホフマンの超難物奇作『砂男』（一八一六）の「人形」

と「光学器械」を俎上に載せる。約百年間、難解とグロテスクリの故に忘却されてきたこの短篇に、眼の喪失＝去勢恐怖というアッというエディプス複合的解釈を下して精神科医ジークムント・フロイトが精神分析的文芸批評に突破口を開いたこと（「無気味なもの」一九一九）はよく知られているが、百年を間に挟むこのふたつのテクストに焦点を当て、はからずも分析者フロイト自身、『砂男』で悲劇的な死に至る主人公ナターナエルとそう違わない「関係妄想」に陥っていたことを言う。その一方で、一見『砂男』と似た物語の展開と「人形と光学器械」の小道具を持つ乱歩の『押絵と旅する男』（一九二九）を『砂男』と比較して、実は「ヴェクトル」は真逆ではないかという指摘に至る。

『砂男』を訳し直した上、フロイトの如上問題作「無気味なもの」をも併せ訳し直し、両者の関係をいかにもフロイトマニアの立場から巧妙に説いた解題を付した種村季弘氏の企画力抜群な河出文庫版『砂男』（絶版が大遺憾）よりこの方、『砂男』ものでは一番の掘り出し物。高校生をターゲットにした叢書の一点としては大変すぎる本、というほどの意味である。

個人的には精神分析批評の手法にはつくづく嫌気がさして、まずまともには相手にしないぼくにしても、フロイトという異様な頭脳の中でネチネチと紡ぎだされてくる文芸理論の構造そのものは、これはまた格別に面白い。フロイトや愛弟子マリ・ボナパルトの精神分析的文芸理論の上澄みを便利な小道具として運用する一方の故澁澤龍彦流と違って、援用したフロイトそのものをホフマン的構造の中に取り込んで論の対象にしたところに、この本の輝く価値あり、と見た。独文的知とでも言える何かがあるのか、種村季弘流に近い。

『砂男』の粗筋はなかなか簡略には述べられない。複数の視点が互いに相対化しつつ錯綜するので、幾解釈も可能。とはつまり粗筋というのも一解釈である以上、正確な「事実」を述べる粗筋なる観念事態が宙吊り、ということになるからである。こういう作者をも読者をも巻き込む作品構造を、マニエリスト的瞬間のオルテガ・イ・ガセーやニーチェはパースペクティヴィズムと称したが、平野氏は「小説批評の重要なカテゴリーであるパースペクティヴ」をこそ問題にするのであって、従ってホフマン、乱歩の双生児的二作において、望遠鏡、双眼鏡という「光学器械」は「芸術の構造原理そのもの」を担い、「主題と構造の双方にかかわっている」ことになる。光学の喩えで言うなら、この複眼的、マルティプルな論の大小軸のタフな往復がはっきり見えるから、大に紛れず小に溺れぬ実にバランス良いホフマン論に仕上がっている。

『砂男』冒頭に闖入してくる怪人コッペリウスが、成人した主人公の会う晴雨計売りのコッポラと同一人物であるかは、実はわからない。名が類似しているというだけ。それが「換喩的連関」をどうしても「隠喩的連関」へと昂進せずにいられぬ主人公の「関係妄想」は二人を同一人物と見てしまうことから、墜死に至る錯乱にと追い詰められていく。

主人公ナターナエルを狂気にした望遠鏡だが、同じホフマンの『従兄の隅窓』では、広場を広やかに眺めわたす「市民社会の観相学」の具として機能し、悲劇の後の（ナターナエルのかつての許婚者）クラーラのささやかだがハッピーな小市民生活に連なるものの見方をもたらす。カフカの『変身』の幕切れそっくりという指摘は実に新鮮である。

乱歩の『押絵と旅する男』も同様に実に巧みに「人形と光学器械」というテーマで整理されていくが、要するにホフマンとはヴェクトルが逆というところがポイントである。蜃気楼の見せるパノラマ的拡大イメージの「近代」に背を向けて「覗きからくり」のミニチュア世界に身を潜める『押絵と旅する男』の中の「兄」の「古びて」見える外観に触れて、平野氏はこう結論づける。

日本の前〈近代〉への回帰は、「当時としてはとびきりハイカラな、黒ビロードの洋服」を着たモダニストを、「プリズム双眼鏡」という最新のアイテムをもちいて、「結い綿の色娘」が棲んでいる押絵の世界へと回収するという、きわめて逆説的なプロセスによって遂行されました。昭和初期に身をおいている「私」の眼からすれば、すでに古びた〈近代〉が、やはり古びた〈近代〉によって回収されてしまっている、というだけのことになりかねないのですが。いずれにせよ、そのような退行は、生成しつつある市民社会の認識原理を構築しようとしたホフマンとは異なって、すでに〈近代〉に背をむけてしまっている、往きて還らぬ、もはやあと戻りすることのできない方途であったことだけは、まちがいないようです。（七三―七四ページ）

洋風文物を大量に移入する一方で日本「近代」の「いよいよ亢進する歴史の跛行」というアポリアないしパラドックスが富山から東京への「夜汽車による帰り途」という行程にこそ象徴されるという見事な、コンテクストと細部分析両軸の一致とはなるわけで、久しぶりに幻想文学批評の読み応えある文章である。

今、独文といえば、「メディア革命」プロジェクト下のフリードリヒ・キットラーであり、ヘルムホルツ文化・技術センター周辺に集まる二十一世紀標準の新人文科学の動きであって、キットラーやブレーデカンプの名が出てくるだけで、人文系他分野の人間はいきなりおそれいるしかない。ホフマン、乱歩を講じ切ったあとの第三講の実質的主人公がキットラーである。先に言ったように、ホフマンの主人公の病根を分析中のフロイトその人も「隠喩的連関」に囚われていて、本当は相反する役割を分担している「父親たち」をすべて同一視している。『砂男』冒頭は錬金術の実験の場面らしいのだが、

魔術的、呪術的な〈知〉は、この小説のいたるところに瀰漫しています。あるいはナターナエルの〈妄想〉の所産とも思える、そして、この作品を分析しているはずのフロイトまでもが駆使しているところの、「類似性」を契機にして網の目をひろげていく、あの「隠喩的連関」が、その正体です。（二一八ページ）

こういう「魔術的、呪術的な〈知〉」に戻った乱歩、「差異化」へと逃れたホフマンという対比になるわけだが、フロイトがそうやって「魔術的」にごっちゃにし同一視した「父親たちの差異化に成功」したのがキットラーである、とする。こういう「フロイトの願望」、「フロイトの思考の特徴」そのものを、ホフマン、乱歩を通して洗い出す意図をもった第三講は「高校生が読んでわかりやすい」かどうかには疑問があるが、多面に過ぎて入りにくいフロイト心理学と、その文芸批評の中での位置については最近稀にみる明察といえる。

「いささかの文化史的考察」も含むという前書きにわくわくしていたら、サイレントからトーキーに移る頃の映画史のことらしく、ホフマンにしろ乱歩にしろ、映画的なものも含め広い「見る」営みの

考察に淫した相手なのだから、ラカンを重くみる平野氏のこと、マックス・ミルネールの『ファンタスマゴリア』（ありな書房）、それからホフマンからフロイトに至る目と眼差しの問題を初めてという目次立てで精査したマリア・タタールの『魔の眼に魅されて』（国書刊行会）の二著のみは、いくら「二次文献はあえてほとんど利用しなかった」とはいっても、掲げてほしかった。こういう素晴らしい本の登場をこそ期待してこの二名著の逸早い邦訳を実現しておいたぼくなればの望蜀の思いである。

近々、三谷研爾氏が編んだ『ドイツ文化史への招待』（大阪大学出版会）を評すつもりだが、英語圏・フランス語圏になかなか育たぬ「文化史」。細かい語句にこだわりつつの批評からキットラー文化史への深い理解も含め、いよいよこの面白いドイツ文化史への受け皿となり得べき世代が登場、と言いたいところだが、平野氏は既にカフカ研究他で一家なす知らぬ者ない御大。一九四四年生まれというから松岡正剛さん世代。立仙順朗氏といい、若者真ッ青のやわらかな自在境ではないか。いつも拠るのが『平凡社大百科事典』というのも、高校生向きに気を回したなかなかのご愛嬌で、笑える。兎角、本当は本当に凄い本。

10/12

43. 発明とモードに狂うのは内がうつろなればこそその

『20世紀』アルベール・ロビダ［著］朝比奈弘治［訳］（朝日出版社）

たとえば知る人ぞ知る愉しい図版集、デ・フリーズの“Victorian Inventions”（邦訳『ヴィクトリアンインベンション』）をのぞくと、十九世紀末人士が発明狂の新時代をどんな具合に夢みていたものかわかる。自転車、自動車、汽車、気球、飛行機のヴァリエーションから光学器械、蓄音装置、電話電信、ありとあらゆるものが、既に現実化したもの、ただ単に途方もない空想のもの、一切区別なくずらずら並ぶページは実に面白い。デ・フリーズの大冊は後に『発明狂の時代』と名を変えて別の版元から出た邦訳でも愉しむことができる。ガラス球の中でペダルを漕ぐとその球ごと進んでいく自転車だの、体の中を透視撮影だの、行き倒れ死体を適温で保存したものを身元捜しと称して路上の見世物にするだの、なかなか珍にして妙なアイディアに瞠目。あとの二者がそれぞれ、X線に、そしてパリ観光の目玉のひとつたるモルグ〔屍体公示所〕に実現したのはいうまでもない。

発明狂時代が「大改造」後のパリに展開、という物語は、ロビダの『20世紀』という小説に尽きる、と長くいわれてきた。おまけに時俗戯画家としても辣腕をふるったロビダその人が厖大に入れた挿絵の魅力は、本当にすばらしい。こういうロビダ伝説は、“Victorian Inventions”をそっくりフランス版にした感のある名画集『父祖たちの時代』をのぞいて、一層魅力的に見えた。文字通り空中楼閣林立の都市と化したパリ上空を行き交う大小の高速飛行器械、世界中のニュース、上演中の歌舞演劇をリアルタイム、お茶の間で見られる「テレフォノスコープ」等々が、デ・フリーズ本の精密きわまる黒白図版と対照的にやわらかなカラー図版で目を愉しませてくれたが、そのあらかたに「画はアルベール・ロビダ『20世紀』より」なるキャプションがついている。一体、このロビダって誰だ？　というところに、NHKの伝説的テレビ連続講義を『奇想の20世紀』と銘うった荒俣宏氏が、ロビダ、ロビダと連呼するに及んで、読みたくてたまらぬ幻の一冊となって、ここまできた。

兎角、絵入り小説ジャンルの面目躍如。今まで存在しないものを必死に描写する言語の無力がおかしい。横に付された絵でほとんど一瞬にわかってしまうのに。

ヒロインはエレーヌ・コロブリー。寄る辺ない孤児という最初の紹介にしていきなりはっきりと、この金髪の女学生が世紀末パリのカルチュラル・ヒーロー［文化英雄］と知れる。身よりなしという負の出発ゆえに、彼女が巧くやっていくほどに読者も慰撫される。

機械が溢れ返っているというばかりでない。政治、法律、金融からはじめて文学や音楽までがそれぞれの「機械性」を次々に暴かれていくというのが、このガジェット大好き小説が邦訳で五〇〇ページという長さになる理由である。機械と折り合い悪いエレーヌがいろいろ試み、経験した挙句、機械どっぷりの人種からは縁遠い「愛」を勝ち取り、結果、機械文化のプラス面とも巧くやっていくことになるハッピー・エンドの教養成長小説ということで、その意味ではまさしく同時代に出たエミール・ゾラの『ボヌール・デ・ダム百貨店』（邦訳：藤原書店）に一番近い。ドライサーの『シスター・キャリー』に、といってもよい。田舎ぽっと出の"ingénue"が機械機構の只中でのし上がっていく、十九世紀末・女ピカレスク物語。たとえばゾラがパリ最大の百貨店をスチームと電気で動く巨大なマシーンとして書いていることはよく知られている。まずは、そういうグループの一冊、ということだ。

電気と圧搾空気によって文字通りチューブの中を超高速で走り抜ける汽車は、パリからマドリッドまで僅か一時間しか要しない。ここにひねり出されたよくもよくもという発明品のうち、今現在どれが実現し、どれが実現していないか考えてみると面白い、なんて書評がいくらも書かれるはずだが、しかし面白いのは、そうした発明の連続に付き合ううちにどうも紙面に漂遊しだす倦怠感の方である。

どこかでワクワク感が薄れ、ふうんという感じでページがめくられ出す時、実はフロベールやユイスマンスがまさしく一八八〇年代のパリの精彩の背後に看取した“ennui”を、読者も今ここで体感できている、というなかなか面白く、かつ皮肉な構造だ。

機械文明の陰の部分を既にわれわれは知ってしまっている。何の翳りもなさそうなこの『20世紀』(一八八三)には、『20世紀の戦争』(一八八七)、『20世紀、電気生活』(一八九二)という続篇があって、環境破壊と軍需産業ひとり勝ちの暗い予言はそちらにてんこ盛りなのだそうで、この『20世紀』は逆に徹頭徹尾明るい。そう解説にあるし、現にそういう「陽気な黙示録」(ヘルマン・ブロッホ)としての十九世紀末を示す最高の作のように見える。見えるのだが、読者の退屈が体現するこの発明の強迫をうむ時代の倦怠こそが興味あるテーマのようにも思える。

…そこは〈産業博物館〉の正面入り口へと向かう〈発明者たちの道〉だった。

ここにはあらゆる発明家たち、創意に富んだ人類の恩人たちの彫像がならび、その天才と努力とが生み出した成果を、訪れる人々に思い出させる。…電気と圧縮空気によるチューブの発明者の隣には、ミシンの発明者がいる。千里も離れた人の声を聞き、姿を見ることのできるあの驚異のテレフォノスコープの発明者は、ズボンつりの発明者とシチュー鍋の発明者のあいだに立っている。こうした組み合わせは、なんとも哲学的なものではないだろうか!

(六六ページ)

文学の目的の定義たる手術台の上のこうもり傘とミシンの出合い(ロートレアモン伯)を思いださな

いわけにいかない。現にこの『20世紀』世界では文学は既成作のいくつかを「つなぎ合わせる」「濃縮作品」としてつくられ、楽曲にしても「すべては書き尽くされているがゆえに、今日の作家は昔のものを改修して使う」より方法がないという。マニエリスム的「驚異」と「発明」への偏愛が、こういう何もかもオリジナルなものが既になく、あるのは順列組合せの術でしかないことを意味する。「二次創作」全肯定の二十一世紀劈頭の今そのものでなかろうか。十九世紀末を舞台に、倦怠と発明の弁証法を書き込んだ名作とこそ評すべきだろう。

マニエリスムなるものの外見上の精彩がすべてそうなので、その意味で『20世紀』一作、特に画期的とも実は思わないし、仮に目先をちらちらさせるガジェットを今（少し不粋ながら）取りはずしてみると、これはまた十九世紀パリの通俗文壇を席捲し、一貫した珍しくもないジャンル中の一冊というにすぎない。それは厖大な挿絵を点検すれば即一目瞭然なので、そのジャンルに名を与えるなら、専らバルザックとくっついてよく知られる"physiologies"［生理学］が近い。階級再編成の激動の世相に特有の職能・業態に対する異様な関心のあらわれ。ヒロインが大金持ちポント氏の後見の下、政界、法曹界、文学界…等、次々に自分の天職を求めて遍歴する職探しという仕掛けを通して、文字通り大都会パリ社会のパノラマないし百科が書き上げられていく。どういう階級、どういう職業の人間だから、こういう恰好、こういう立ち居振る舞いかという説明図や、いわゆるファッション・プレートが、実は珍妙な発明器械の絵と同じくらいあるのは間違いなくそういうジャンル的記号なのである。その辺、御大鹿島茂氏の仕事、たとえばバルザックの『役人の生理学』の訳が読めるし、同時代江戸なら「気質物《かたぎもの》」と称したはずの職能別外見指南書の流行を丁寧に分析したジュディス・ウェクスラー『人間喜劇――十九世紀パリの観相術とカリカチュア』（ありな書房、一九八七）〔原書"A Human Comedy: Physiognomy and Caricature in 19th Century Paris"〕を覗いてみればよい。偏奇な発明にしろ軽佻な服飾モードにしろ、白々とした倦怠がつくりだすもの。われわれの世紀末そのものだ。

そういう意味で確かに凄い予言力を、この本に感じるべきかもしれない。朝比奈氏は、ゾラの『パリの胃袋』を訳し、ヴェルヌ、クノーを手掛けてきた、つまり本書にとって最高の訳者である。

10/16

44. 編集とは発明、と言うのはなにも松岡正剛さんだけではなかった

『名編集者エッツェルと巨匠たち――フランス文学秘史』私市保彦（新曜社）

フランス十九世紀文化史には「発明」という観点からみて実に面白い画期的な着想がいくつもあって、ロビダの『20世紀』などいってみればその滑稽な集大成、かつそもそも「発明」とは何かの社会的コメンタリーたり得ているものでもあったはずだ。その書評でぼくは百貨店商空間と通販システムを発明したアリスティッド・ブシコーの第一号デパートを「発明」された「機械」とみたゾラの小説を引き合いに出して、ロビダがひねり出した幾十もの発明品と並べてみたが、実際、今われわれがあまりにも当たり前のものと感じ過ぎて文化史としてみる距離をとれないものたちが、それらの存在しなかった時代の中からゆっくり立ち上ってくるのを眺められるなら、改めて実に新鮮に驚くことができる。発明王たちの人物研究（prosopography）を今どきの大学での必修課目にせよ、と大学改革ブーム

の中でぼくが言ってきたのは、この辺のことなのである。

問題の時期のフランスを相手にさすがにナンバーワンの研究実績を誇る鹿島茂氏の仕事は、この点でも拍手喝采である。同じ新曜社から出ているウージェーヌ・シューの新聞小説の「発明」を論じている小倉孝誠氏の仕事なども良いが、やはり鹿島茂だ。早速ブシコーで『デパートを発明した夫婦』という要領良い新書一冊をあげたかと思うと、エミール・ド・ジラルダンの「新聞王」としての多面の才覚を新趣向の評伝に仕立てた。文化史もの今年最強の『ドーダの近代史』（朝日新聞出版）にしても、政治を自己愛に由来する表現行為の「発明」としていて、むちゃくちゃ面白い。中江兆民像を改めてフランスつながり像で発明した鹿島その人の頭のひらめきには脱帽だ。

鹿島氏が「金かせぎのマシーン」、バルザックの研究から出発したのは当然だ。この私市《きさいち》氏の大著もバルザックから出発している。出版・印刷の業者から出発しながら、やがて都市生活者の類型学というべき「生理学もの」（前回43の書評を参照）を発明、これに「再登場人物」の着想をまぶして相互相関する大小説群、「人間喜劇」サイクルをつくり出していった。以前にあったものを次々糾合して、今まで存在しなかったものをまさしく「発明」したわけだが、実はこのアイディア出現には編集者ピエール＝ジュール・エッツェルが介在していた。あるいは発明そのものが作品のメインの売りとなっているヴェルヌの同様のシリーズ、「驚異の旅」叢書も、この同じエッツェルによる編集――というか自ら作家でもある人物による斧鉞《ふえつ》の筆――なくば今日のような形になっていないはず。大革命後の動乱と市場経済化の稀にみる歴史激動期の約半世紀、ほとんどのフランス人文豪と深く交渉を持ったこのエッツェルという人間とは何者、という本邦初の評伝である。

二月革命に際しては大政治家としてルイ・ボナパルトと対峙してベルギーに亡命したなど、全然知らなかった。今改めて問題となっている著作権というものの確立に、バルザックとともに奮迅《ふんじん》の戦いをした人。知らなかった。今「児童出版」なる観念そのものが当たり前なのも、この人物の「教育娯楽雑誌」プロジェクトが開けてくれた道なのである。知らなかった。日本でなら鈴木三重吉に当たる、と私市氏。おそらくは石井研堂にも当たると、ぼくは感じる。「子供」読者という観念を「発明」したのだ。

文学があまりにもはっきりと政治がらみである時期が相手。それを一人の共和派活動家でありながら文壇キング・メイカーでもある好個の人物を視点に据えて繋げきった。エッツェル研究はこれからだと私市氏はいうが、なんだかもう全部わかった気分になる力篇だ。

一番の読みどころはヴェルヌの文章が編集者（にして一人の作家でもある）エッツェルの意見で変えられていく現場。よほど六神通《ろくじんずう》の存在だったのである。許したヴェルヌも偉い。

ぼく個人としては、エッツェルが本の挿絵に尋常ならぬウェイトを置き、次々登用したイラストレーターたち（『動物の私的公的生活情景』のグランヴィル、『パリの悪魔』のガヴァルニ等々）で十九世紀フランス民衆絵画史のギャラリーができるかと思われるほど、視覚的センスを併せ持っていたことの分析が嬉しい。こうしてうまれたエッツェルの「発明」とはつまり、「テクストとイメージによる、パリの人種のコード化であり、分節化であり、定義化である」（二一〇ページ）というあたり、そもそもナダールの気球飛行によるパリのパノラマ写真の話で始まる呼吸、いずれも先回紹介したジュディス・ウェクスラーの名作『人間喜劇──十九世紀パリの観相術とカリカチュア』（ありな書房、一九八七）を随分愛用していただけたふうで、苦労した訳者としてはとても嬉しい。

この書評シリーズのつながりでいえば、先の『人造美女は可能か?』中に精彩あった新島進氏によるヴェルヌ論が利用されていて、繰り返しいうが、新進の仕事を、一家成した大家がやわらかく取り込んでいく様子は、そういうことは珍しいだけに、珍重すべき楽しい景色である。

45. *10/19*

あのマリオ・プラーツが中心でにらみをきかせた文と学の一大帝国

マリオ・プラーツ編『文学、歴史、芸術の饗宴』全10巻 監修・解説:中島俊郎／発行:Eureka Press, A Symposium of Literature, History and Arts. Edited by Mario Praz〔English Miscellany 所収論文集〕

当ブログ愛好の明敏なる諸氏にはすでに御明察の通り、たまたま最近刊行、落掌の本をただ気紛れに取り上げているのではなく、そういう本で一テーマを構成するように選び、論じるなかなかきつい作業を書評子は続けてきたのである。機械と発明というテーマで十六世紀から十九世紀末までいろいろ拾ってきた。そういう連続線はなおシヴェルブシュやスティーヴン・カーンの十九世紀文化史への評として続いていくはずのところ、ここで初めてどうしても一回、突然ふってわいた事件のため、少し中断させてもらえないか。マリオ・プラーツが精力的に編集した伝説の文学・美術研究誌“English Miscellany”(一九五〇—一九八二)中の英語論文ばかり約二三〇本を採りだして、『文学、歴史、芸術の饗宴』の名の下、全一〇巻として刊行しようという大企画がいよいよお目見えしたからで、これは大いに慶賀顕彰しなければならない。

なにしろ厖大な量の活字ゆえ、とりあえず今秋は第一期分（一九五〇―一九六七）の全五巻。本体価格は松岡正剛『千夜千冊』級の一〇万円弱だが、どう評価するか。一世の大碩学プラーツについて、もはや何か言う必要もないだろうが、編集人、目利きとしても想像通りもの凄いものを持っており、特に英文学とイタリア文学との融通交流を一挙実現させることを目指した"English Miscellany"は、途中からジョルジョ・メルキオーリ他「プラーツ」組の面々に助力を求めながら御大が総力編集の腕をふるった、「名」や「超」の付く大ペリオディクルである。雑誌の性質上、半分はイタリア語論文であるが、なにしろ厖大活字量ではあり、読書人口というものをクールに考えて、英語論文のみ採った。といっても圧倒的な分量である。

一九五〇年第一号、ということは、要するにシェイクスピア同時代の形而上派詩（ジョン・ダン、リチャード・クラショー他）に対するマリニスモ的関心がイタリアで急に盛り上がった時期。マリニスモとは少々耳慣れぬ語だが、マニエリスムの別名である。要するに、マニエリスム、バロックから十九世紀末唯美派文芸へという、今日むしろ単純に「プラーツ」風と言ってしまえばいっそわかり易いような「負」の系譜からヨーロッパ文学を見ようという御大の「グスト」（"gusto"［趣味］）がよく行き渡った雑誌である。「負」を改めて負として際立たせる「正」の系譜――新古典主義――への怪物的な造詣でもプラーツは有名だが、そちらへの目配りも周到で、かつて目にしたことのない正負よろしく均衡を得た一大比較文学論集の登場となった。

たとえば先ほど、メルキオーリのことを言った。この博読家の『フュナンボーリ（綱渡り師）』一冊訳された暁には、ペイターからヘンリー・ジェイムズまで、十九世紀末にまぎれもない英語圏マニエリスムが存在したことが不動の事実となるはずだ。英訳もされたが、引かれて利用されたのを見たことがない。むろん大プラーツ級とはいかぬにしろ、プラーツ・タイプの何十人もの常連論者がぞろりと並ぶ総合目次には息を呑むほかない。

イタリア文学に強そうなことをしきりと書いていた故篠田一士氏のイタリア文学情報源は主にこの"English Miscellany"であったことを、ぼくは旧東京都立大学英文科の伝説的書庫で知った。他に読む者ありとも思えぬ全三〇号に、この種の雑誌類には珍しく、すべて丁寧にペイパーナイフの刃先が入っていたのだ。他のだれがこんなことを!

本当に二三〇本の論文の一本一本が、プラーツ自身大好きな言い方だが、「珠玉」である。たとえば、かつて月刊誌『ユリイカ』が「文学と建築」の特集号を組むにつき、一本翻訳で論文をと言ってよこした時、"English Miscellany"が日本語に移し換えられるとどうなるか、この目で見たくて、第三号(一九五二)掲載のヨルゲン・アンデルセンの「巨大な夢」を同僚の井出弘之氏に訳してもらって載せたが、建築狂ホレス・ウォルポール、ウィリアム・ベックフォードが何故ああしたいわゆるゴシック小説をうみだすに至ったのかの実に華やかな大論文として日本にお目見えした。一九八〇年代「ゴシック文学」ブームの中で別に珍しくもなくなった視点だが、一九五〇年代にしてこのレベルの論文エッセーが満載されているのは驚異である。

別に昨今の英米文学のペリオディクル("PMLA"、"English Literature"、etc.)を子供と言うつもりはないけれど、「英文学」が「ヨーロッパ文学」というスケールの中で捉えられていた時代の「大人の英文学」に魅了されるのも、カルチュラル・スタディーズ漬けで腑抜けになった英文学者一統に喝を入れるのに好個かもしれない。ちなみに米文学についても姉妹雑誌“Studi Americani”があるが、こちらはプラーツその人の編集ではない。ペイパーナイフも入っていなかった。

ぼくの長年の知人小森高郎氏が関西でやっているEureka Pressは、ピクチャレスク関係の復刻など試みるまことに奇特な版元。是非、もっともっとアッという復刻ができるよう、支持してあげたい仕事ぶりである。

期せずして、一時代を画した発明としての編集ということで、先回のエッツェル本の評につながったのが嬉しい。考えてみると、シニョール・プラーツ（一八九六—一九八二）だって十九世紀人と言えなくもない（!?）。

マリオ・プラーツ邦訳書一覧

『官能の庭　マニエリスム・エンブレム・バロック』若桑みどり［訳］（ありな書房、一九九二／〇二）

『ペルセウスとメドゥーサ—ロマン主義からアヴァンギャルドへ』末吉雄二／伊藤博明［訳］（ありな書房、一九九五／〇二）

『綺想主義研究—バロックのエンブレム類典』伊藤博明［訳］（ありな書房、一九九八／一二）

『ムネモシュネ—文学と視覚芸術との間の平行現象』高山宏［訳］（ありな書房、一九九九／一一）

『肉体と死と悪魔—ロマンティック・アゴニー』倉智恒夫／草野重行／土田知則／南條竹則［訳］（国書刊行会、二〇〇〇／〇八）

『蛇との契約―ロマン主義の感性と美意識』浦一章［訳］（ありな書房、二〇〇二／〇三）
『バロックのイメージ世界―綺想主義研究』上村忠男／尾形希和子／廣石正和／森泉文美［訳］（みすず書房、二〇〇六／〇六）
『ローマ百景〈2〉―建築と美術と文学と』伊藤博明／上村清雄／白崎容子［訳］（ありな書房、二〇〇六／〇九）

46. マルクスもフロイトもみんなみんなレールウェイ

10/23

『鉄道旅行の歴史―19世紀における空間と時間の工業化』ヴォルフガング・シヴェルブシュ［著］加藤二郎［訳］（法政大学出版局）

文化史を名のる本の例に漏れず注が充実して面白いので、そちらを読むうちに、シャルル・ボードレールを「チャールズ・ボードレール」とした表記に繰り返し出合うので、その程度の訳なんだと思った。その通りで本文訳はまずい。かなり直訳体の生硬な訳である。が、読めてしまうのが不思議だし、結構長年の愛読書のひとつである。初めて翻訳で読めたのが一九八二年。「文化史」とはどういうものか、このアプローチの未来における大きな可能性を学生に示そうにも、これは凄いと思える成功例がなくて困っている時、この本に出遭った。やがて店頭に姿を見なくなってからは重要な文章をコピーして学生たちに配るのが不便で嘆いていたら、今年で一一年目となる九出版社共同の名著復刻企画「書物復権」の対象書目として、法政大学出版局から、もう一冊のシヴェルブシュ本（『楽園・味覚・理性』）邦訳とともに再版されたので、喜んでとりあげてみたい。二著とも絶品だ。

初めて邦訳が出た時に「北海道新聞」から書評依頼があり、メインタイトルからして何故ぼくに、と訝しんだ。当時大学の同僚で、知らぬ人ない鉄道マニア、小池滋氏にまわるべき仕事と思った。まして「19世紀における空間と時間の工業化」なる副題をみると、小池氏ですら一寸ちがう位だ。だが、ぼくの興味やアプローチをよく知るつもりだと言い張る書評欄担当記者氏は、いやいや、先生向きと確信しますがねと仰有る。それで引き受けたのだが、その後のぼくなりに築くはずの文化史の行程を思うに、この記者氏の功績や大だ。

兎角面白い。このシラけた題や副題にだまされて手を出さなかった人たちに、兎角読めと改めて勧める。十九世紀欧米の文化諸相をひたすらに鉄道網の敷設、汽車とくに客車の工学的特徴など、「鉄道」の一点から次々と説き直していく。着眼点さえ見つかれば百年単位で複雑きわまる「文化」がひょっとして丸ごとわかった気分になれる、おそらくはいずれ「文化史」と呼ばれるであろうアプローチの醍醐味を、いきなりこの本で知ったが、当時それに匹敵し得るべきものとしては、エンゲルハルト・ヴァイグルの『近代の小道具たち』（青土社）があり、避雷針といった工業的な何かを手掛かりに近代文化史の魅力を存分に伝えていた。

ドイツの人文学に何か新しい感覚が芽生えつつあるということを伝えるこの二著は、しかし独立した読み物という限りにおいて「面白い本」という評価を得ただけで、大きな学問的胎動としては見られていなかった。それが二〇〇七年の今、ドイツ「メディア革命」というメディア論的学の再編成構想の十年を経て、厖大なアウトプットがはっきり二十一世紀型の文化史、文化学の一大星雲を形成し始めるのを前に、息呑みつつ、ジンメルやベンヤミンをさらに具体化し、面白い読み物にして媒介してくれたヴァイグルとシヴェルブシュの先駆性に改めて驚き、感謝する。

十九世紀が鉄道ブームの一世紀であることを疑う者はいまい。産業革命のシンボル的存在だ。まさしくその産業革命の成果たる「工業」的所産としての蒸気機関車や客車、そしてレール敷設の解明が前半を占める。馬から蒸気機関車へ移る時の問題（今なおエンジンの発動力は「馬力」と呼ばれる）からはじめ、欧と米とでは鉄道文化が実はまるで逆の展開を遂げたということまで、創見の鋭さを印象づけない一章だになし。物からアウラを奪っていく「商品」の構造が、「空間と時間の抹殺」をもたらした鉄道システムになぞらえて翻訳されてみると、マルクス経済学はこんなにも分かり易いものなのか。あるいは精神的トラウマを言い、その療法をめざすフロイトの臨床心理学が、鉄道事故のもたらす外傷なき神経傷害への研究と表裏だったと言う。こうして十九世紀末に社会を見るための二大理論と鉄道がこうも密接に関係していることを諄々と説き明かされてみると、もはや学知そのものが一種マニエリスム的組合せ術とさえ思えてくる。ぼくなど常々、死に体《たい》の現行人文学にマニエリスムをと言い続けてきたが、シヴェルブシュは成功したその好個の見本と言える。

が、圧倒的に面白いのは後半である。一つはもともと軍事用語だった「ショック（Schock）」という概念が、自らも間断なく振動をうむ厄介な機械でありながら、伝説的ともいえる緩衝機構のモデルにもなったプルマン・カーをはじめとする、豪華なインテリアでも知られる名作列車の構造を通して語られる部分。直近被弾による発狂（いわゆる「シェル・ショック」）とフロイト理論が第一次大戦を背景につながる、とする辺り、うならされる。

フロイトがノイローゼの性欲原因説を発展させていた満ち足りた平和の時期は、トラウマ概念の心理化と同時に、その概念の空洞化を押し進め、そして本来のトラウマ概念を彼に思い出させて、これに関心を抱かせるためには、世界大戦という現実の外傷的集団体験が必要だったのである。十九世紀に、もし鉄道とその事故とがなければ、鉄道性脊柱および外傷性ノイローゼに関するショック理論が考えられなかったように、もし世界大戦がフロイトの体験の背景としてなければ、大量のエネルギーによる刺戟保護の破壊に関するフロイトの理論も、同様に考えられまい。

（一八五ページ）

専門書の体裁をとっているから少し専門用語に慣れさえすれば、言っていることはこういう大枠からさまざまなディテールまで、実にほとんど知的手品じみて面白い。

新しい概念間の組合せがうむ面白さ——差し当たり、文化史の魅力と呼べるもの——は、百貨店および現代的な「流通」と、駅、鉄道とのパラレリズムの説明で頂点に達する。

車室から見られるパノラマ的眺めは、物的な速度の結果ばかりでなく、同時にそれは鉄道旅行が質的に新たな装いで商品になったという新たな経済関係の結果として理解すべきものなのだ。鉄道旅行における風景の消失とパノラマ的再生とは、それゆえ構造的に百貨店における商品の使用価値としての姿の消滅に相当する。駅につけられた都市名は、商品に値札を張りつけるのと同じ過程を示すものである。　（二四一ページ）

たちまち風景論、パノラマ論、百貨店論に分岐発展させていくことができる重大概念錯綜のマトリックスと言うべき見事なまとめではないか。この「百貨店」および「流通」と題されたごく短い文章（二三四〜四五ページ）は、十九世紀文化史（Kulturgeschichte）を志す者、その全文をしかと暗誦して然るべき卓絶した霊感に満ちた部分であろう。

そこでも、「百貨店の商品の外見と、鉄道の車室から見られた風景の外観という、この全く異なる二つのものを」結びつけることで全てが始まる。そう、文化史はマニエリスムを対象とするだけではない。自らアルス・コンビナトリア実践と化したマニエリスムそのものだということを、この本は教えてくれる。

ここまでやられると、鉄道文化史はもう先がないかと思っていたところ、David Bell, "Real Time : Accelerating Narrative from Balzac to Zola" (Univ. of Illinois Pr.) が出た。バルザック、スタンダール、デュマ、ゾラにおける馬車、電信、鉄道を、ミッシェル・セールの英語圏における第一弟子を任ずるベル氏らしくさらに熱力学を加えて論じる。仏語圏のテーマを英語でというので、おそらく独文の人たちは知らないはずと思い、老婆心でベル追加といこう。

次は全く似たような流れでスティーヴン・カーンの名作だ。

47. **第一次大戦は「キュビズムの戦場」だった** *10/26*

『空間の文化史』(時間と空間の文化：1880-1918年／下巻) スティーヴン・カーン［著］浅野敏夫、久郷丈夫［訳］(法政大学出版局)

ヴォルフガング・シヴェルブシュに次いで、今一番あざやかに文化史の現場を伝えてくれる相手としてスティーヴン・カーンの名をあげたい。随分前に文化放送開発センターという聞き慣れない版元から『肉体の文化史』というカーンの本が出たが、地味な宣伝が災いして、得て然るべき評価が得られなかった(現在、法政大学出版局、りぶらりあ選書に収録)。それが、法政大学出版局から、『時間の文化史』、『空間の文化史』、そして『愛の文化史』〈上〉〈下〉と続々と訳され、読者の好評に迎えられた勢いで再刊されたりしたので、その気になれば、この優れた文化史家の仕事は、その全貌を日本語で読み知ることができる。

ぼくも、マラルメの詩『賽《さい》の一擲』の活字を取り巻く空白部分を、同時代のコンクリート工法による斬新な空間処理と並べて論じるカーンのぶっとんだ議論にすがって、拙著『世紀末異貌』所収の長いマラルメ論を書いてこの方、この人の仕事は大好きで、ずっと追い続けてきている。研究社からロンドンの前衛的出版社 Reaktion Books 刊の文化史の数点を選んで叢書として出す企画を立てた時、カーンの最近刊 “Eyes of Love”(1996)に白羽の矢を立て、あまつさえ自ら全訳した(『視線』)。女が男に抑圧されてきた十九世紀末以来の男尊女卑文化という図式が一般的な中、当時の多くの美術作品や小説中にしっかりした顔つきで正面を見据えるのはむしろ女の方が多いという現象が無条件に切り捨てられてきた不備と不公平を突き、ラカン心理学に拠るローラ・マルヴィー流の「見る男、見られる女」の二元論的ジェンダー視覚文化研究には偏りがあるとしたゲリラ戦の一書だった。唯我独尊の博読家ながら、作品は今や文化史のメインストリームにある諸書と何遜色ない。二冊も読めばどなたもはまるカーンだ。

シヴェルブシュの代表作と同じく、これも「書物復権」企画で、今年、久方ぶりに店頭で購えるようになった。ファン周知のように、もとは"The Culture of Time and Space 1880-1918"（Harvard Univ. Pr., 1983）として一冊本の大著だったものを、邦訳では前半を『時間の文化史』、後半を『空間の文化史』と二分冊化して刊行した、その一冊である。

一番近いのは、たぶんワイリー・サイファーの名著『文学とテクノロジー』、そしておそらくは『自我の喪失』の二冊である。十九世紀末から二十世紀初めにかけて、たとえばパースペクティヴ（遠近法）という外界の見方が実は普遍的なものではないことが暴かれ、むしろニーチェやオルテガ・イ・ガセー［ガセット］の有名な「パースペクティヴィズムの哲学」のような、世界を併存する多視点で眺める技術が哲学者に要求された。それがピカソ他のキュビズム美学やガートルード・スタイン等の文学作品にも顕著だというわけで、空間（空白部）の「積極的消極空間」としての評価――妙な用語だが、図に対して消極的なものと見られる地が実は大事とする評価の反転のことだ――を、オルテガ、ニーチェ、ピカソは当たり前として（サイファーは「きちんとした」文化史家らしく、ここまで）、びっくりするような広い守備範囲でやってのける。未来の文化史本の模範だ。

新しい構成要素としての否定性が広い範囲のもろもろの現象のなかに生まれてきた。物理学の場、建築のあき空間、町の広場、またアーキペンコの空無、キュビズムの相互流入空間、未来派の力線、舞台理論、フロンティア、国立公園、コンラッドの暗闇、ジェイムズの無、メーテルリンクの沈黙、プルーストの失われた時、マラルメの空白、ウェーベルンの休止、などである。こうしたさまざまな概念は、広範な領域の生活と思考から生まれ、また逆に生活と思考に影響を及ぼしたのであったが、ともかく、それほど多種多様な概念たちであっても、すべてに共通する特徴があった。従来は主役を補佐するぐらいの役割しか認めてもらえなかった、しいたげられた「空虚な」空間を立て直し、主役と同等に陽の当たる中心に据えたという特徴である。図と地、活字と空白、ブロンズとあき空間、それら両者が等価値になる、あるいは少なくとも意義深い創造に対して等しい貢献をするのであれば、従来のヒエラルキーもまたその価値の見直しにゆだねられる道理である。
（七三―七四ページ）

哲学、物理学、文学、美術、技術、都市計画、群集とプライヴァシーの社会学と、まさしくカーネスク（カーン流）とでも呼ぶしかないおびただしい分野を次々横断しつつ、「空白」に続いては、「形状」が曖昧になる傾向、「距離」が無化されつつ、心理的には逆にいよいよ乖離の生じる傾向、そしてついには上から下へ、東方へと動く視線の「方向」がテーマとして次々に論じられていく。そして引き合いに出されるのが、国家の地理的位置、国家と国家の間の距離と国力の関係を扱う地政学になったところで、当然のように帝国と帝国主義の問題にも相渉る。マルクス、フロイトまでは付き合えても、流石のサイファーもここまで論はのびなかったはず。

カーンはそこまで至っても満足しない。こちらの分冊では当然メインのテーマではない『時間の文化史』の内容をも反映しながら、論の一切が、西欧史上、その時空に生じた最大の事件たる第一次大戦の戦場にと流れ込んでいく。あまりに高速大量の電信による情報の錯綜に外交処理がついていけなかったがための惨事であり、兵が互いの顔も知らぬ間に殺戮し合う未曾有の長距離砲の恐怖こそがそのポイントたるこの大戦争は、諸分野をひとつひとつカーンがたどってみせてきた時間と空間をめぐる同時代文化の諸相すべての総合的表現であり、行き着くべくして行き着いた凝集点であったことになる。空爆の飛行士が地上を見下ろして目にするであろう風景にガートルード・スタインはキュビズムを見、兵の迷彩にピカソはキュビズムを感じたが、そうだとして別にびっくりすることではなかったのである。

「肉体」や「愛」をテーマとするカーネスクな文化史も結局、第一次大戦がポイントだった。女たちが従軍看護婦となることで、女がはじめて男の身体をナマで見た、その野戦病院での経験が一切を変えたと言うのだ（「オルガスム」という語の出現もこの大戦の戦後だとか）。考えてみればまさにその通りの話だが、コロンブスの卵である。ゲルニカの悲劇を描くピカソと、そのゲルニカ空爆をうんだ戦争機械が、「時間と空間の文化史」の同じ地点に立っていることの発見には、アッ！と言う他ない。見事な目次構成である。

カルチュラル・スタディーズ（cultural studies）や文化史（Kulturgeschichte）本格始動の一九八〇年代、その出発点にしてもはやピークというべき名著をこうして偶然、二点続けて扱えた。着眼そのものの大胆さではシヴェルブシュに、次々出てくる材料や人名の遺漏のなさではカーンに軍配が上がる。当該テーマを追求するにこれは落とせぬという材料が、まさしく残らず出てくる有難い本だ。そういう厖大な材料同士がアレヨアレヨという間にどんどんつながられていくのは、また言うが、批評的マニエリスムの驚異というべき作である。天才もいいけど、秀才もすてがたいなあ。

48. そうか、パラドックスを考えるのに庭以上のものはないわけだ

10/30

『イギリス風景式庭園の美学――「開かれた庭」のパラドックス』安西信一（東京大学出版会）

文化史家としてのぼくは、自分では娯しみのために何かの論を始めたつもりが、少し時間が経ってみると意外に大きな問題の糸口だったのかと知れてくる、といった位置づけにあるようで、たとえば小宮正安氏のヴンダーカンマー論など見て少しそうした感慨を抱いた話を前に記した。そのたぐいでは、俊才安西信一氏の博士論文たる本書などが代表的なもので、緻密に問題の所在が洗いだされているのを前に、自分が先立ってした議論がそうした繊細さを見事に欠いた大雑把な〈暴論〉でしかなかったことを思い知らされて呆然としてしまう。でも考えてみれば、これ、パイオニアの宿命。

主にイギリス十八世紀について、それを今日際立って有名にしている特異な造園術の理論と実践を

徹底して追った上、このテーマにとりついて離れぬ内と外の解決不能なパラドックス性という究極的構造を論旨に一貫させていて、一般になじみの薄いテーマながら紹介三昧から一挙に問題の核心へと、十八世紀英国造園史研究が深まった感がある。博士論文と聞けば大体が今どき救いのない「紀要論文」の集積体で、おまけに研究助成の金をもらってというと、まあほとんど読む気がしないものが多い。その中で例外中の例外ともいうべき完璧のできばえである。

十八世紀ピクチャレスク美学については、今年既に中島俊郎『イギリス的風景』が出て、この書評の場でも刊行の意義を言祝いだが、博士論文ゆえの執拗さと深い議論ということでは『イギリス風景式庭園の美学』だろう、懐かしいなと思っていたところ、二〇〇〇年刊のこの本が名著復刊ブームに乗って重版され、こうやって今年また拝めることになったので、そのたぐいの本を三、四冊取り上げ続ける中、ぜひ取り上げ、改めて意義を顕彰してみたい。

最近の流れで言うと、大歴史家サイモン・シャーマの名著"Landscape and Memory"(1995 ; Hardcover/1996 ; Paperback)を訳しながら(『風景と記憶』)、十七世紀英蘭戦争当時、海戦維持に必須の材木確保ということから一大植林ブームがあり、中でもジョン・イーヴリンの『シルヴァ、或いは森林論』(一六六四)が問題と知らされ、おざなりなピクチャレスク造園論を概述してきただけという純粋培養の「美学者」タカヤマ・ヒロシは大きな衝撃を受けた。ピクチャレスク造園論自体、建築史家デイヴィッド・ワトキンの『イングリッシュ・ヴィジョン』の出る一九八〇年代初めまで英本国にもろくな研究がなく、驚異や好奇ばかりを狙うこの不思議な作庭技法を、文字通り美意識の問題として追うばかりで、いろいろ切り口をつけたように言われるぼくの『目の中の劇場』にしろ『庭の綺想学』

にしろ、時代のリアルな経済との関連で庭園史をきちんと記述する作業を怠ってきた。

なにしろピューリタン革命から名誉革命、立憲君主制確立にいたる弩級の「政治の季節」であった時、そこで精密化されていった庭園理論が「政治的」でなかったわけがない。たとえば遠近法という視線のあり方にしても、初期絶対王政期の馬蹄形の私設劇場に採用されて以降、政治の道具と化す。名著『政治的風景』でマルティン・ヴァールンケが列挙してみせたこういう風景政治学の最もあざやかな局面こそ、十八世紀英国“horticulture”〔造園術〕に他ならない。ホイッグ党が政権をとると即トーリー党の庭師を解雇、自派の庭師を入れてまず庭をいじらせる珍妙な「風景政治学」があったことは、ぼくも取り上げて論じたが、ここまで風景と政治、そして経済といった「活動的生活 vita activa」が、じっと緑蔭緑想に耽って人生を、世界を考える「観想的生活 vita contemplativa」の場とされてきた庭に完璧に入り込んでいたのかと、改めて驚かされる大著である。

問題は一六六〇年代に発する。最近落ち目の英文学研究だが、『英語青年』誌最近号でその救済者然と扱われている「文化史」的英文学再編制も、ぼくの仕事を引いてキーパーソン圓月勝博氏が言うように、この界隈が当然主標的たるべきだ、とぼくは思う。一言もそうは言わずに安西氏の一著は、アーリーモダン英国の「文化史」、もしくはカルチュラル・スタディーズの模範的鴻業《こうぎょう》となり得た。

史料に遺漏のない点は驚くばかりで、一次資料の博捜、普段顧みられることの少ない原テクストの読み込みにはおそれいるし、有難い。ピューリタン革命時の、エデン神苑復興（『エデンの園』のジョン・プレストによると、王政復古とのみ訳される“restoration”は、当時かなりの人に神苑「復興」のニュアンスで受け取られていたという）プラス千年王国待望思想が育んだ庭園讃歌から、アディソン、ポープの二大蝶番を経て、公的利益をも考慮した「シヴィック・ヒューマニズム」なる大人の感覚で英国庭園思想が草創されたのが、十八世紀後半にピクチャレスク庭園にいたり、「ケイパビリティー」・ブラウン、レプトン、そしてラウドンの諸理論をくぐることで、内と外との緊張を失い、ひたすら内にオタク化していくか、全世界を自分の庭として取り込む帝国の病に冒されるかに堕していく。庭を通して見た近代帝国成立のドラマが、今までそういう目で見られたこともない庭園理論の中小テクストの徹底した読みほぐしで描かれていく。

「復興」と並ぶもうひとつのキーワードが「協和」であり、そして不可能と知りつつ「協和」を成り立たせる構造（特に「内」と「外」）の「パラドックス」である。副題が謳うように、「開かれた庭」のパラドックスが、まさしく現代の「表層化したピクチャレスクの視覚習慣」を引き摺るランドスケープ・アーキテクチャーや環境芸術の中で危うくも解消されてしまいつつある。こういう危機意識が一篇の「博士論文」を、読書子一般が読み込むべきアクチュアルな作に変えた。

特に庭園について問題なのは、その範囲が拡大し、内部と外部の差異がなし崩しにされることで、美的な貧困化・画一化・平板化に陥る危険である。単純に考えても、大規模な環境設計は自然の美的潜勢力（土地の精霊）を無視する確率が高い。さらに今、世界を席捲しているのが、表層化したピクチャレスクな風景式庭園であるならば、それは往々にして物の実体性を捨象した、単なるグラフィックな表面形式の偏重に陥ろう。そこにはもはや自然と人工の拮抗も、公共圏と私圏、有用性と美の力動的緊張もない。残ったのはただ、基本的に私的な住まい・レジャーの快適さと、それをも呑み込む肥大した私的商品経済である。こうした造園がどれほど拡大しようと、私的利害に貫かれた企業や行政機関等の巨大組織を巻き込むのみで、時間とコストを最小限に切り詰めたものにならざるをえない。その結果われわれが見るのは、暴力的に刻み込まれた貨幣の模像である。（二四五ページ）

あまりに博士論文的予定調和の「危機ぶり」結論かもしれないが、それを導き出す一次資料のこれまた博士論文的な徹底して細かい読みの魅力が大きい。今や「文化史家」と化した感ある英文学者、富山太佳夫氏の言う「文化と精読」という文化史に必須の両輪の絶妙な動きの模範を、ここに見る。

十七世紀英文学のキーコンセプトは暴力的「外」と対峙する度はずれた「内」の弁証法だと確信し、今、ロザリー・コリーの『パラドクシア・エピデミカ』（一九六六）を改めて訳し始めたぼくは、コリーが一六六〇年代に庭の詩をいっぱい書いた詩人アンドルー・マーヴェルのパラドックス偏愛に堂々一冊の研究書を献げていたことを思いだし、天才的英文学者、故川崎寿彦氏の『マーヴェルの庭』を思いだした。川崎寿彦氏と並べ、「高山宏」の名を先蹤《せんしょう》として顕彰している「あとがき」。礼儀知らずが横行する今どき、偉いっ。

次回はこの勢いで十七世紀英国のパラドックス研究の本を、もう一点取り上げるつもり。

❼

2007 November

49. **あまりにもみごとに閉じた〈開け〉の本**　11/2

『パラドックスの詩人　ジョン・ダン』岡村眞紀子（英宝社）

ロザリー・L・コリーといえば、ルネサンス後半（今日流にいうマニエリスム）におけるパラドックスの各局面での大流行を、ことに英国について論じた決定的な仕事であまりにも有名な研究者である。シェイクスピアについてパラドックスを見た（もちろんそれ以外の視点からもいろいろ論じられている）『シェイクスピアの生ける芸術』という大冊は現在某版元で邦訳を進行して貰っているし、主著『パラドクシア・エピデミカ』はぼく自身、長年の約束を果たすべく、少しは暇がとれるようになったこの頃、意を決して再度邦訳に挑戦中である。なにしろ「文化と精読」の両極にこれだけ達芸の人もいないし、庭狂いのアンドルー・マーヴェルの庭詩パラドックス（→先回書評を参照）を大著に仕上げた『我が「谺《こだま》する歌」』も併せれば、マージョリー・ニコルソン級か、ひょっとしたらフランセス・イエイツ級と、どこかでぼくが褒めそやしたこともある稀代のルネサンス研究家の驚くべき鴻業が、こうしてそう遠くない将来、本邦読者諸氏の大いに愛でるところとなるだろう。

そのコリー女史の「ルネサンスにはパラドックスの文学と称すべき伝統」ありとする主張を大枠に借りて、とびきり尖鋭なパラドックス狂いの詩人ジョン・ダン（一五七二―一六三一）のほぼ全文業をパラドックス駆使という観点から概観する、有難い本が出てきた。

ルネサンスのパラドックスを文芸評価の一大基準にして〈批評〉の優位をいち早く理論化したいわゆる「ニュークリティシズム」の運動にとって、パラドキシストであるジョン・ダンは一種スーパースターである。当然、本格的研究が出揃っているのかと思いきや、「ニュークリ」の日本における代表的存在、故川崎寿彦氏にはマーヴェルのそれあり、そちらは完成品に近い一方、『ダンの世界』は特段パラドックスに限った仕事ではない。マニエリストの鏡憑きぶりに立ち入った優れた研究書もあるが、ダン一人標的というわけではない。川崎氏と双肩と言われた故高橋康也氏の『エクスタシーの系譜』（コリーの主著と同じ一九六六年刊）が、英国ルネサンスのパラドックス「精神」については一番深いところに至ったものかと思うが、ダンは長大な系譜の一端に過ぎない。高橋氏の『ノンセンス大全』も同じである。

また、一九七〇年代、マニエリスムが若い文学研究者たちのその若さに丁度いい感じで媚びた頃、河村錠一郎門下の加藤光也氏、篠田一士門下の故大熊栄氏など、ダン＝パラドキシスト＝マニエリストという図式でダンを読む研究者がたくさんいた（カッコいい英文学者はまずダンのパラドックスにまいらねばならない、という気分は今顧みても面白い）。では、ダン研究書が汗牛充棟かというと、やはりそうではないことに、岡村氏の『パラドックスの詩人　ジョン・ダン』を見て、改めて気付かされた。ダンのほぼ全文業にわたって過不足なくパラドックスの巧みな利用を取り上げて一冊にまとめた仕事は、本書が最初である。一種ジョン・ダン事典として重宝する。有難いと言ったのはそういうことである。「愛と修辞のパラドックス」、「都市と諷刺のパラドックス」、「マニエリスムのパラドックス」、「近代と懐疑のパラドックス」、「死と宗教のパラドックス」、そして「無のパラドックス」という截然たる章立ては、随時利用させてもらうのにも非常に便利だ。座右に置こう。

「ジョン・ダンはロンドンに生まれ、ロンドンで育ち、ロンドンに生き、ロンドンで生を終えた詩人であった。ダンが生まれた一五七二年はロンドンの人口が急激に増加しつつあった頃である。一五〇〇年には五万人であった人口は、この頃には倍増し…」(六二ページ)、それがダンの『諷刺詩』に社会学的なパラドックス性を授ける、といった、主に神学や修辞学の形式的側面で考えていったコリーには欠けがちな視点が、「文化史」研究の今めいていて、勉強になる。

しかし、一気読了後に残るこの違和感は何だ。あれもある、これもあると分類、併記した挙句、これをまとめる「結」の部分が凄い。

パラドックスは、それ自体がパラドックスである。「嘘つきのパラドックス」に見られるごとく、自己矛盾を内包する。真を述べればそれが偽となり、偽を述べれば、述べたこと自体が偽であり、ゆえに肯定と否定とが拮抗して、一点に解を見出すことができない。そこからパラドックスは自己批判となる。それ自体の方法や技法を批判し、その議論の限界を明るみに引き出す。かくしてパラドックスは同時に主体ともなり、客体ともなる。究極的には人間の悟性を弄ぶものとなる。

(二四一ページ)

すばらしいっ！　と思うが、注（3）とあるので見ると、コリー主著の丸写しである。結論まで誰かをソースに引いてくるような応接の人間が扱って一番面白くないテーマが、パラドックスではあるまいか。違和感とは、象徴的に言えばこのことである。この本を書くことによって「限界を明るみに引き出」され、そのことにパラドキシカルに呆然とし、戦慄する著者の姿がどこにも全くないのだ。あらゆる静的なものを、まとまりつかなくても動へと開くのがパラドックスの真諦だと主張しながら、自らこれ以上ないほど予定調和へと穏やかに閉じてしまうとすれば、この本自体、なかなか皮肉なパラドックスである。本は閉じようとする装置であるから、こういうふうにパラドックスをテーマに選ぶ以上、「開け」を本自らにどう構造化するか、メタな頭が必要だ。この本は一研究者、岡村眞紀子にとっては年月かけた研究の一大レポートであるかもしれないが、選ばれたテーマはそれを許さぬ、なかなか性悪の相手。相手が悪かった。序文開巻の一行にいきなり、「最後にしか書けないのは序文である」という冴えたパラドックスを綴ったコリーの強靭な「ますらおぶり（strong lines）」を、メタフィクション感覚当たり前の〈今〉の研究者にならば、やっぱりぼくは要求したいが、いかがなものだろう。

象徴的なのはマニエリスムの扱いだ。これも、今現在、二〇〇七年の我々が我がものとして得べきマニエリスム（もしくはネオ・マニエリスム）は「開かれた作品（opera aperta）」の原理なのだが、第三章「マニエリスムのパラドックス」は単純に、一九七〇年代に我々が初めて読み知った随分古いマニエリスム観のおさらいでしかなく、マニエリスムがその前後の章ににじみ出ていくはずの面白さなど、全く工夫の埒外なようだ。

なかなか微妙な偏見を少し混じえて言えば、関西系英文学界にかなり通有なでき方である。川崎寿彦、藤井治彦世代の独特に執念深いパトスが薄れたら、彼らの勉強家ぶりばかりが残る。東京の同輩たちへの対抗心も手伝って、えらく勉強家の論文の大量生産となる。いわゆるカルチュラル・スタディーズにおいても関西が強いのも、どうやらその辺である。

実は三分の一ほど読んだところで、関西の書き手と感じ、つい「著者紹介」を見たところ、京大出のバリバリ京都である。先回、安西氏の作品がいかに例外か記しおいたが、もはや紀要論文の静態など、狭い学会・学界の外では何の読書欲もそそらない。京都なら京都で、何故、蒲池《かまち》美鶴氏が京大にいた時に出した『シェイクスピアのアナモルフォーズ』(↓12番書評)が全然引かれていないの?

その気になれば自閉し安息できてしまうのが、Kyotoの魔力だ。英文学にもどうやら京都学派というものがあって、御輿員三、寺田建比古といった筋金入りの大家をうみ出してきたはずだが、来年、縁あってぼくを京大の非常勤講師に呼んでくれた若島正氏から、実は高山さんの話を聞いてもらいたい肝心の英文学の院生が在籍していなくて、と聞かされ、ぼく憮然としているところだ。〈開け〉を忘れた英文学界に、他の事情も手伝って数年前、ぼくは「バイバイ」を告げた。そのあとの英文学界を予想させるに、パラドックスの、マニエリスムの、といった〈開け〉に賭けるテーマの、このいかにもウェル・メイドに閉じた本のページフェースは、なかなか象徴的である。学者だって、もちっと乱れましょうや。

50.

あの『ＧＳ』テイストの風は今吹かれると一段と気持ちいい

11/6

10+1 series『Readings:1 建築の書物　都市の書物』五十嵐太郎［編］（ＩＮＡＸ出版）

当連載においてここ数回、一昔前に出た素晴らしい本が今年二〇〇七年に次々と復刊、重版され再び活字として読めるようになって、という紹介をしてきた。ぼくの趣味も当然あるが、シヴェルブシュの鉄道の十九世紀文化史、スティーヴン・カーンの十九世紀末～二十世紀初めモダニズムの『空間の文化史』、安西信一氏の英国式風景庭園の十八世紀論と、「空間」をキーワードに大なり小なり「建築」の歴史を考えさせるタイプの本が多い。

新千年紀到来直前の一〇～二〇年はいわゆるポストモダン各論が大いに盛んだった頃で、その中で一番早く、的確にポストモダンの観念を問題にした栄誉を担う建築――チャールズ・ジェンクスの『ポスト・モダニズムの建築言語』が一九七七年――が時代思潮の中核となる（普段のなにか理屈っぽく地味なあり方とは似ない）華々しい「言説」をもって跳り出てきていて、およそ「現代思想」を語るのにモダニズムからポストモダンへという建築学・建築史のイロハを知らないではいられないのだという、ほとんど強迫じみた圧力がうまれた。浅田彰一人なら何とか「ついていける」が、磯崎新が一枚かむと、もう途端に雲の上、というか拒否反応、というポストモダン・ファンは多かった。浅田氏を核にした伝説的雑誌『ＧＳ』ひとつとっても、大体が創刊号にユートピアという建築意志そのものの総特集を立て、ロザリンド・クラウスを本邦に初めて総力紹介し（結果、『ＧＳ』が日本の『オクトーバー』誌たらんとしているのだと幻想させ）、気鋭の伊藤俊治、彦坂裕といったところに思いっきり濃密な長大論文を書かせていた。

『ＧＳ』が思想誌としては例外的な社会現象となった一九九〇年に生まれた若者がいよいよ大学に入ってくるなど、ぼくなどなかなか信じられない。笑うべき政治道化で終った故黒川紀章氏が世界相手のスーパースター建築理論家だったことを知らないどころか、『ＧＳ』も浅田彰も知らない世代が登場してきた。

だからこそ、この本の重版は意味がある。初版が出て八年。いろいろ展開めまぐるしい建築学の世界だが、幸いこの間、何かをひっくり返すような理論的展開があったように（素人目にも）見えない（ところが問題か）。

表紙の惹句に「20世紀の建築・都市・文化論ブックガイド」とある。片手に収まるかっちりした小体《こてい》な本にしては大胆不敵なことを謳うので、目次を見て、感心する。目次構成と流れが生命線という種類の本だ。本のどこにも書いていないが、これはズバリ、浅田彰の下で『ＧＳ』編集をやっていた人物がつくった本である。当時は未訳のハル・フォスター編『反美学』を知りもしなかったぼくに失笑した人物。建築の事典をブックガイドを口実に一冊編んだというべき本なので、言葉足らずの感は否めないが、確かに『ＧＳ』テイストで仕上がっている。

大枠、順に「西洋近代建築」、「西洋現代建築」、「日本近代建築」、「日本現代建築」、「建築史」、「批評」、「都市」、「芸術」、「文学」、「思想」となっており、大きな切れ目には、本のタイトルからではカテゴライズしにくい他文化ジャンル（音楽、映画、写真…）と建築のつながりをカヴァーするエッセーを「コラム」として入れてある。ブックガイド本体も実に錚々たる執筆者が隙間なく並ぶが、『趣都の誕生』でブレークする前の森川嘉一郎氏がアニメ、ゲームと建築を論じたり、大島洋氏が「一九六八年の都市風景」に触れた「写真‐都市」など、コラムもみっちりである。

本当は目次をすべてここに引用したいくらいのものだ。最初の「西洋近代建築」を見ても、アドルフ・ロース『装飾と罪悪』、ル・コルビュジエ『建築をめざして』、ヴァルター・グロピウス他『バウハウス叢書』（1. 国際建築／2. 教育スケッチブック／3. バウハウスの実験住宅／4. バウハウスの舞台／5. 新しい造形／6. 新しい造形芸術の基礎概念／7. バウハウス工房の新製品／8. 絵画・写真・映画／9. 点と線から面へ／10. オランダの建築／11. 無対象の世界／12. デッサウのバウハウス建築／13. キュービズム／14. 材料から建築へ／別巻1. バウハウスとその周辺I―美術・デザイン・政治・教育／別巻2. バウハウスとその周辺II―理念・音楽・映画・資料・年表）、エル・リシツキー『革命と建築』、ニコラス・ペヴスナー『モダン・デザインの展開』、ジークフリート・ギーディオン『空間 時間 建築』、レイナー・バンハム『第一機械時代の理論とデザイン』、バックミンスター・フラー『宇宙船「地球」号―フラー人類の行方を語る』、ヘンリー＝ラッセル・ヒッチコック＋フィリップ・ジョンソン『インターナショナル・スタイル』、ビアトリス・コロミーナ『マスメディアとしての近代建築―アドルフ・ロースとル・コルビュジエ』の一〇冊。ゲップが出るほど古典的と思うが、一〇冊の枠と言われれば、見事な選択だ。

もうひとつ、最後の「思想」グループの九冊。ベンヤミン『パサージュ論』（第1巻／第2巻／第3巻／

第4巻／第5巻）、ハイデガー『芸術作品のはじまり』、アンリ・ルフェーヴル『都市への権利』『都市革命』、ロラン・バルト『表徴の帝国』、ミシェル・フーコー『監獄の誕生』、ミシェル・ド・セルトー『日常的実践のポイエティーク』、ジル・ドゥルーズ『襞―ライプニッツとバロック』、吉本隆明『ハイ・イメージ論』〈1〉〈2〉〈3〉、そしてフレドリック・ジェイムソン『時間の種子』。これ以上でも以下でもない最高の立項である。

アンソニー・ヴィドラーの『不気味な建築』が入った「西洋現代建築」のグループも、井上章一『法隆寺への精神史』のある「建築史」も、松浦寿輝『エッフェル塔試論』絶賛の「批評」も、レム・コールハース『錯乱のニューヨーク』の「錯乱」と女の目線がしっかり地に足ついたジェーン・ジェイコブスの『アメリカ大都市の死と生』が拮抗する「都市」も、とにかくそれぞれのグループが、あれもないこれもないという不満分子のつけ入る隙を与えない。ぼく自身も是非にと言って、「芸術」のグループにグスタフ・ホッケの『迷宮としての世界』について、また、「文学」のグループにフランセス・イエイツ『記憶術』のことを書かせてもらった。

「芸術」グループは、ヴォリンゲル『抽象と感情移入』、ハインリッヒ・ヴェルフリン『美術史の基礎概念』、エルウィン・パノフスキー『〈象徴《シンボル》形式〉としての遠近法』、ハンス・ゼードルマイヤー『中心の喪失』と続き、それをヴィーン派美術史からもヴァールブルク学派からも最高の恵みを受けたホッケのマニエリスム美術論が受けとめるという流れが、見事に目次の上に実現された。ホッケの名作は「迷宮」を謳うので分明のように、実はマニエリスム建築論なのだ。『マニエリスムと近代建築』のコーリン・ロウやアラタ・イソザキだけがマニエリスム建築理論家じゃあないよ、ね。ぼくの知人にジャンカルロ・マイオリーノがおり、ザビーネ・ロスバッハがいる。彼らのマニエリスム建築論には「ネオ」が付く。一方、「文学」の方は、『記憶術』の隣にイータロ・カルヴィーノ『見えない都市』が並び、前田愛『都市空間のなかの文学』を介して、ギブスンの『ニューロマンサー』とつながる。ううむ、この目次案中の「善き隣人関係」（E・H・ゴンブリック）は非常にインスパイアリングだ。

選ばれた一〇〇冊は思いついてバラバラにも読めるし（索引のないのが不親切だね、そうなると）、実はしっかりとあるらしい流れに沿って、あるまとまりをもって読むこともできる。いかようにも使える実に便利なハンドブックだ。

小説一本書か（け）ないでも小説理論家という人種はいくらもいて威張っているが、建築は実際に何かを造ってみせてなんぼという特異な世界だ。理屈がいつも、もの造りの「実体論」に揶揄されてしまうなかなか面白い世界の中で、たかだかこの一〇〇年一寸という建築「史」、建築「批評」が自虐的に理屈を尖鋭化していく様子が面白いし、痛ましい。建築後進国日本では特に、理論と歴史と批評が、貧しさと国家主義政治にさらされて実に危うい様子が改めてよくわかる（ヴィーン派などの「精神史」の入る余地は、まず限りなくゼロである）。『空間へ』の磯崎新、『風景を撃て』の宮内康両氏の全共闘時代の根源的な否定と、そこからアラタな模索をという状況そのものの仕事を、この本を読んでまず一番初めに読み直してみようと思うぼくもまた、基本的に貧しい文化の人間なのである。

巻末には索引がない代わりに、この一〇〇冊からさらに読み進むべき必読書一〇〇〇冊のリスト。勉強好きの『GS』テイスト、大爆発っ。

51.

空間はどきどきしている／風船だ、と歌う大理論書だ

11/9

『歪んだ建築空間―現代文化と不安の表象』アンソニー・ヴィドラー［著］中村敏男［訳］（青土社）

先回紹介の『建築の書物　都市の書物』に取り上げられた、現代文化における建築および建築学の位置を知る上で必須の一〇〇冊の中で、とりわけ読者に直接手にとってみたいと思わせたに違いないのが、アンソニー・ヴィドラー（一九四一―）の『不気味な建築』（原題“The Architectural Uncanny : Essays in the Modern Unhomely”, MIT Press）である。別の本の解説のあちこちに参照対象として顔を出すので、どうやらガチガチの建築論とは少し毛並みが違うらしいが何もの？　と思う。

ポイントは、フロイト以下の心理学、いわゆる精神分析学が成立した十九世紀末ぎりぎりの時期から一九三〇年代ハイ・モダニズムにかけての約半世紀に、モダニズム観念をめぐって建築学そのものが成立したことにある。これは偶然ではないとして、「建築心理学」なる面白いジャンルに分類されそうなこの名著は書かれた。

フロイトの論文『不気味なもの』（一九一九）は、この十年ほど人文学畑でたぶん一番読まれたものではなかろうか。英語では、というかヴィドラーの英語原書では“the Uncanny”という語が充てられる「不気味なもの」のフロイトによるドイツ語原語は“das Unheimliche”で、日本語化された「ハイム」ですぐ見当がつくように「家でない」「家らしくない」、ひいては「くつろげない」という意味の語だ

からして、家屋論・建築論、さらに風景論・環境論・都市論に横すべりしていかないわけがない。今考えてみると気の利いた人間ならすぐにでも着手しそうなアイディアだが、実にヴィドラーの『不気味な建築』出現まで、建築に潜む疎外や恐怖、不安を論じ切ったものはなかったから、建築好きの人文学の徒はなべて、即とびついたものである。その続篇が『歪んだ建築空間』（原題“Warped Space : Art, Architecture, and Anxiety in Modern Culture”、同じくMIT Press）で、訳者後書きによると、二冊一緒になった形で出してもよかったとヴィドラー自身語ったそうだ。今回、この続篇を取り上げる。

「歪んだ」に当たる原語は“warped”で、襞《ひだ》になった、褶曲したという意味らしいから、当然ドゥルーズとガタリの思想、殊にドゥルーズの『襞』がフロイトとともに一方の拠りどころになっていることが予想されるが、実際その通りで、バロックを二階建ての館に喩えたこのドゥルーズの記念碑的バロキスム論を建築畑の人間はこう読む、ということが実によくわかる「スキン・アンド・ボーンズ」という一文など、今のところ最高の『襞』論になっている。

全体は二部構成になっていて、第一部は、十九世紀末に爆発したさまざまな恐怖症――フォボフォビア（phobophobia［恐怖恐怖症］）なんてものまでうみだすほどの盛況ぶり――が公共の建築空間における建設ラッシュと重なるのがいかに偶然などではなかったか、フロイトの心理学と、それを取り込んで美術史・建築史を記述する基本コンセプトとしたドイツ系文化史の丁寧な系譜考（ジンメル、クラカウアー、そしてベンヤミン）が積み上げられていく。ぼくなど迂闊にして、ジークフリート・クラカウアーが建築家あがりだという大切なことをいまさらに知って、いろいろ納得がいった次第である。これにギーディオンの空間論、ヴェルフリンのバロック論といったスイス系の空間文化論が重なっていく呼吸など、『建築の書物　都市の書物』で手渡されたシンプルな見取り図にそのまま分厚い肉付けがなされていく感じで、実に嬉しい。先回に続いて今度はヴィドラーを読み進もう、と考えたのは大正解だった。建築を学び、建築をやるとは、建築の部材や技法を知るより何より、まず「空間」観念に目覚めること、というのが建築モダニズムの変わらぬ骨子である。この一見当たり前のことが思想としての建築を知る上でいかに決定的なことであるか、『建築の書物　都市の書物』は一に掛かってそこを教えてくれたわけで、やはりヴィドラーの前に読んでおいてよかった。

深淵を前にした戦慄と言えばパスカルだが、建築モダニズムの論がパスカル伝中の逸話（ベッドや崖から転落していくという悪夢に憑かれていたそうだ）に発して、空間（真空）恐怖と広場恐怖の分析を重厚に進め、先ほど触れた建築心理学のドイツ文化史家たちによる見事なバトン・リレーを描き切り、そして、建築と映画の強い結びつきを論じる。最後はこれも意外ながらジョルジュ・バタイユの建築論を下敷きに、「空間は古典的視覚の法則によって建設されたベンサム流のパノプティコン（円形刑務所）を瓦礫の山にしてしまう」と言い、「空間（エスパース）」は何となく空間というわけでなく、人間の心理的な深みを抑圧して惰性化・自動化する建築群の（いわば軽佻な）空間をむしろ根底から衝つべき永遠に脱構築的、脱権力的な力の場である、とする。建築界の論客たちによる論文の中には、実は不十分な論が能弁饒舌に語られ辟易させられるものも多いが、この点だけ押さえておけばそうはブレない。ヴィドラーのようにそこが明快、というか強靭な論者は珍しく、極端な話、二十世紀建築学・建築史についてはこの一冊で十分かという気さえする。それが人々の不安を反映し、人々に不安を与える現代建築の負の局面を論じた本であるというのが、皮肉と言えば皮肉である。

第二部は「不気味なもの」、「歪んだ空間」を意識化した建築や都市計画を、ヴィト・アコンチ、レイチェル・ホワイトリード、マーサ・ロズラー、ダニエル・リベスキンドなどの実作に即して検討し、現下のサイバースペースにまで説き及ぶ。ハードな議論だった第一部の内容がいたるところで解きほぐされていく親切な構成の中で、フランセス・イエイツ流の「記憶術」や、ドゥルーズ一人ではない盛んなネオ・バロック感覚が現代芸術の現場においてどう実現されているか次々とわかって、もはや人文〈と〉建築など、〈脱〉領域をうんぬんしている場合ではないと実感できた。

ぼく等の建築には身体にかかわる
平面図がない、だが
心理的な平面図はある。
壁はどこにも存在しない。ぼく等の
空間はどきどきしている
風船だ。ぼく等の心拍は
空間になる。ぼく等の顔は
アパートメントのファサードになる。

天体の翼のインスタレーションで有名になったウィーンの建築家集団コープ・ヒンメルブラウによる詩（一九六八）だそうだ。一九六〇年代、文学をやって建築を知らぬことが許されなくなる時代の始まりだ。“Ut pictura poesis”〔文学は絵画に倣う〕ならぬ、“Ut architectura poesis”のあり得べき広い新人文教養を、焦眉の急務として促す一冊。

なぜならぼく等は欲しくはないんだ
ぼく等を不安にするような
あらゆるものを排除するような建築なんて。

少し懸念しながら読んだが、実に読み易くて、あるところからは一気呵成だ。「正篇」、即ち『不気味な建築』を少々古いとはいえ推してもよかったが、やはりヴィドラーはこの続篇『歪んだ建築空間』から入ることを勧めよう。『不気味な建築』の邦訳が絶望的にひどく、ほとんど読むに耐えないからだ。フロイトの不気味なもの論を、ネタになったホフマンのゴシック小説『砂男』（一八一八）に、また、ポー、メルヴィル、ユゴーに遡り、その上でル・コルビュジエ以下のモダニズム建築に秘められた不安と恐怖の心理学をあぶり出した瞠目の一冊を、キーワード“mise en abîme”〔入れ子状〕を「破産状態」と訳し続けるようなオバカな無教養によってただのお笑い種に変えてしまった大島哲蔵という人物を、ぼくはいまだに許せない。一九四八年生まれというからぼくなどとほぼ同世代で、日本建築学界の大立者である由。鹿島出版会の雑誌『SD』に書評を頼まれた際、あまりの醜態（一番大事な「序」四〜五ページ辺りの日本語を見てすっと読める人がいるだろうか。原文と対照して「採点」してみたら一〇〇点満点中、三〇点!）に、原書は画期的名著、邦訳は画期的悪訳と記さざるを得ず、そう書いたところ原稿ボツになった（ぼくがボツ出したのは三〇年間で、これともう一本のみ）。個人的に何も含むところないが、建築を文化史の方に開いて成功した稀有の名著が相手である以上、かく致命的な低レベルでの「紹介」は償いの必要な文化的犯罪だ。大島氏は『建築の書物　都市の書物』の中で『不気味な建築』の紹介役を務めている。他にもこの名著に言及している紹介者が多いが、彼らがぜひ原語で読んでくれていることを願う。ボードリヤール論かまびすしい頃、ボードリヤール邦訳の軒並みの壮烈な誤り（大事な箇所で"en directe raison de"［に正比例して］を「直接的理由あって」と平気で訳すなど普通）を怒ったことがあるが、こういう訳本でのみ議論がやりとりされていることを考えると、ぞっとする。

大島氏は『建築の書物　都市の書物』において「未邦訳ブックガイド——ポストモダン以降／あてどもないリーディングに向けて」というページを担当して、ペレス＝ゴメス（Alberto Pérez-Gómez）など褒めるついでに、「デニス・ホリアー」（Denis Hollier）がジョルジュ・バタイユの反建築論を主題にした『反建築』（"Against Architecture : The Writings of Georges Bataille", MIT Press）を取り上げ、「その内容は実際に訳出しないことには何とも言えないが、訳者の列に加わる者の予感としては最も手強いテクストに分類される」と仰有っているので、ぼくは笑った。そんなに入れ込むなら、これが英訳で、もとはフランス語、著者はれっきとしたフランス人、前衛きわまるメタファー論などで高名なドゥニ・オリエ（Denis Hollier）氏であることくらい知っておいて頂戴よ、とうすら寒い気分になって編集部にそっと知らせ、皆さんお手元の再版本では「ドニ・オリエ」となっている、とひと安心していた。が、今回の『歪んだ建築空間』でも、バタイユの「空間」讃美の論が問題になる大層重要な局面で、これはドゥニ・オリエが出てくるなと思ってページをめくると、これが見事に「デニス・ホリア―」（二三〇ページ）。中村氏は“mise en abîme”については「入れ子状」と訳せている（二三六ページ）のに、のにっ！　この業界、大丈夫なんでしょうか。翻訳アラさがしの別宮「提督」（！）のように、ぼくはえらくはありませんが、それにしても、にしても…。

今、レベルの高い一般読者が読みたい建築論は、このヴィドラーとペレス＝ゴメスの二人なのだから、取り扱いにもっと神経を使って欲しいね。それに、ペレス＝ゴメスを褒めるなら、大島氏推薦の『建築と近代科学の危機』（“Architecture and the Crisis of Modern Science”, MIT Press）より絶対、“Polyphilo”（MIT Press）だと思うけどなあ。それにしても、兎角全部ＭＩＴプレス。一九八〇年前後から、この版元の本は残らず読んでまあす。

52. ディテールの神に嘉されて永久に年とる暇などない

『綺想迷画大全』中野美代子（飛鳥新社）　*11/13*

めちゃめちゃ知識を強いるポストモダン批評満載の建築学の本が続いて流石に頭が痛い、少し楽しいヴィジュアル本で目を楽しませようというか、同じ痛いのでも目に痛いタイプの本を新刊で何冊か選びたいと考えていたところ、そういう仕事なら今現在ナンバーワンたる第一人者シノロジスト「中国文化史家」、中野美代子先生の『綺想迷画大全』が出てきた。以前『乾隆帝―その政治の図像学』を取り上げたが、大新聞のドケチ書評欄みたいに一著者は一年通じて一度のみというようなことをぼくは言う気などさらさらないし、それに中野先生といえばヴィジュアル本、それも作品社叢書メラヴィリア収中の『肉麻図譜《ろうまあ》』で特に色彩絢爛の中国図譜に関して一体どれだけ未知な材料を持つ人なのかと常々びっくりさせてくれるお仕事ぶり、なのに新書版の限界で『乾隆帝』はヴィジュアル華麗という印象を残してはいない。そこで今回はヴィジュアル本の真骨頂ということで『綺想迷画大全』を読んでみよう、というか見て。

丁寧に数えてみたわけではないが、使われた図版は一五〇点に近い。時々モノクロームのものがあるが、わざわざカラーの適当なものがなくてと著者が申し訳ながるように、収録図版のほぼ全部が華やかなカラー図版。しかもほとんどの読者が目にしたことのない中国、東南アジア、インド、ペルシアといった地域の歴史古いヴィジュアルである。多くの資料源の中に杉浦康平氏の本もあるし、先般他界された若桑みどり先生が教材に使うのに最高と仰有って全巻愛読していた由の平凡社「イメージの博物誌」シリーズからも何点か採られている。その種のジャンルに入る本だ。杉浦康平氏の宇宙樹（『生命の樹・花宇宙』）や宇宙太鼓（『宇宙を叩く――火焔太鼓・曼荼羅・アジアの響』）といった一連のアジア図像学をめぐる傑作群に類する。

とは言い条、口上にもあるひたすら極私的な「快楽」に動かされるまま、気随気ままを地で行った肩凝らぬ本である。今時、これだけのフルカラー大型ヴィジュアル本を「快楽」のまま形にでき、本にできる人はそうそういまい。目に痛いと先に言ったが、帯の惹句に「この絵は眼にしみる！」と書いてある。初出はクインテッセンス社刊の雑誌『歯医者さんの待合室』に「この絵は歯にしみる」という題で三年間三六回連載したものを加筆・再編成したものとあって、笑えた。本当にカラーが「目にしみる」。

その三六回を「交錯する異形」「空間のあそび」「動物たちの旅」、そして「いつものできごと」の四部に分ける。ふたつ繋がる回もあれば、てんでんばらばら、自在にどこから眺めてもよいというルースな構成。印象としては図版は一五〇できかず、もっとずっと多いはず、と思って眺めだすと、ひとつの図版が部分図としてどんどん増殖していくので、実はもの凄い数になるのだ。

それもそのはず、ディテールにこだわることで一見ワケの分からない絵の意味を解き明かす中野流図像学のエクササイズ、という本なのだ。龍を射ようとしている射手の体が当の龍の体と繋がっているのはなぜか、「ふしぎを解いてくれるかもしれない鍵が、つぎの図6のなかにかくされています」(五六ページ)というやり方で、どんどん「つぎの図」に拡大されていく「部分」図に読者は誘い込まれていく。思うに中野女史の頭の中には少々信じ難い量のヴィジュアルの集積があり、それが徹頭徹尾、熊楠や澁澤ふうのアナロジー感覚で次々と繋がれていく。澁澤、熊楠のみか、キルヒャー、バルトルシャイティス、エーコ、そしてピーター・グリナウェイと、中野女史偏愛の人々が本書にも繰り返し召喚されるわけだが、考えてみれば、皆、バーバラ・スタフォードのいわゆる「ヴィジュアル・アナロジスト」たちである。得がたい系譜だ。

ぼくはスタフォードの一連の視覚文化論の大冊を片端から邦訳しながら、彼女の純欧系の作業を、東アジア域、あるいは特に中国・日本についてやって欲しいものと念じつつ、最高の読者として杉浦康平、荒俣宏、松岡正剛、田中優子各氏ともう一人、真芯に中野美代子を想定しながら訳を進めていた。だから本書序文(「前口上」)で、いきなりスタフォードの『ボディ・クリティシズム』と『実体への旅』を念頭に「ひるがえって中国では？」というのがこの本のアイディアであると宣せられて、いやはや虚脱するくらいびっくりし、かつ嬉しかった。スタフォードとか同系統のロレイン・ダストンとか、確かに中野女史が指摘されるように、アーリー・モダンの「驚異」の文化をめぐるこのところの欧米の研究と出版の活況はもの凄い。その辺の新刊を極力チェックし通した丸善の美術関連洋書新刊案内『EYES』の最高の読者がミヨコ・ナカノであったことを、カタログ・メイカー高山宏はいつも念頭に置いてヴィジュアル洋書紹介に努めてきた。そちらの新しい動向を実によく押さえている気配が、この新刊にもパリッと如実である。そのあたりのどこかで先生はドリス・レッシングにそっくりだと、ぼくは中野女史に申し上げたことがある。レッシング、本年度ノーベル文学賞。先生、まだまだやるお仕事、いっぱいありますよ。

西欧ヴィジュアルについてはそれこそ澁澤的文化を介してかなりよく知られてきたし、そのアジアとの繋がりでは例えば荒俣宏の功績大だ。がやはり、殊に中国については、つらつら見るに中野女史のストックが断トツ。

この『綺想迷画大全』でも、まくらに置かれる洋ものは今や例外なく我々熟知のものだ（それにしてもクリヴェッリとウッチェルロへの偏愛ぶりは本書でも改めてよくわかる）。やはり、当然ながら中国の材料が面白い。面白過ぎる。

山川に都邑に悠々たる時間が流れ…といったイメージが中国ヴィジュアルの基本としてあるが、そういう山水画、仙人画、そして都市パノラマにも中野女史のディテール狂いの目が入り込んでいく。そういう文章がとりわけ面白い。伝・馬麟『三宮出巡図』（七六ページ「かわいい魚介たち」）とか伝・仇英『群仙会祝図』（八四ページ「仙人飛行図」）とか、それこそ見ても見ても次々にディテールに目が移ってきりがない。空間恐怖と悠々の弁証法が面白い。定規でびっしり線を引いた建築図（界図・宮室というジャンル）にもびっくりしたが、余白があると後世のコレクターたちが自分の架蔵印をあとからあとからベタベタ捺していくというハンコの真空恐怖の話（『鵲華秋色』図）が、長年の謎が解けたという意味で個人的には一番勉強になった。

全巻白眉は「いつものできごと」という部立ての二七・二八・二九章であろう。十八世紀宮廷のフィギュア・スケート式閲兵式のパノラマ図（清代の『冰嬉図』）は材料の斬新にあっけにとられる。それよりも、タテ三五・六センチ、ヨコ一一・五メートルの壮大な画巻（絵巻）、清院本『清明上河図』（十二世紀）が絵としても面白いし、右から左へ巻物相手に移動していくいわゆるローリング・パノラマの都邑風景に中野女史が付していく説明文が面白い。ひとつの材料で『歯医者さんの待合室』の連載二回分つぶした唯一のケースで、いかにこの材料が本書のメインであるか納得がいく。絵のディテールと中野女史の言葉による描写の往還のうちに、我々は識らず"Ut pictura poesis"（画文交響）の典型例を見ることになる。当然文章が一番多い章になり、絵はたった一点。それが「部分」図に分解されてはディテール分析の材料になる。「まちなみ散策」で概述された後、虹橋なる橋（表紙の橋だ）の上のマーケット、橋のつけ根の橋市の賑わいが一章縷述される。わが源内が『根無草』四の巻冒頭に記した両国橋上の殷賑《いんしん》ぶりを思いださぬわけにはいかないが、帝室が下々のことを知りたくて禁城内に巷の市そっくりの仮設市街を虚構したというマイマイジュ（買売街）を中野女史が連想している文章が、壺中天のミニチュア趣味、パラドックス愛好に目のない先生らしくて面白い。まるで江戸古典落語の

「二階ぞめき」の面白さだ。

この本に一番似ているのは田中優子『江戸百夢』だ。同書でも一番面白かったのは、江戸都市観相学の霊感源となった昔の中国の都邑パノラマと橋市の賑やかしについての文章だった。これは一体、なんだろう。

53.「汚点《しみ》　心を迷わせるための」

11/16

『アンリ・ミショー　ひとのかたち』東京国立近代美術館［編著］（平凡社）

今年二〇〇七年もいろいろな展覧会が見られた。東京はその気になれば世界一、さまざまなアートを一遍に楽しめる稀有な場とつくづく思う（料理にも言えるだろう）。模倣と具象に即《つ》いて市民社会に媚びる「文化的芸術」はいくらも見られるし、狂気や幻覚を追求する一種向精神薬的な「生《ナマ》の芸術」（アール・ブリュット）だっていつもどこかで展示されている。後者を代表する——といってもご本人は、シュルレアリストだ、アンフォルメルだと他人様の貼るレッテルなど恬として知らぬ素振り——アンリ・ミショー（一八九九—一九八四）の展覧会が東京国立近代美術館ギャラリー4で開かれたのを最終日に見に行った。詩画集『アンリ・ミショー　ひとのかたち』は、その会期中に同時出版されてカタログの役を果たした本である。英語タイトルは『Henri Michaux/Emerging Figures』。装丁の美しさ！ミショーといえば、向精神薬メスカリンによる幻覚体験を自動書記した汚れやしみだけの絵で有名だ。汚れを意味するフランス語「タッシュ（tache）」から派生したタシスム（tachisme）の代表格のように言われる。イタリア語では「マキュラ」。ミショーがメスカリンや、さらにきついサイロシビンを飲んで描いたデッサンも当然載っている。そこにあるしみを見ていると必ず何かの「かたち」に見えてくる。なぜか「ひとのかたち」に見えてくる。

他方でミショーを有名にしているのは、詩画集『ムーヴマン』中の、誰が見てもずばり人の形が一種カリグラフィックに描かれた絵である。中国や日本の絵とも書ともつかぬ墨による筆勢・筆触の世界。あるいは洞窟壁画の人物表現にインスパイアされたかのように動く線の戯れがヒトに見えてくる、不思議な絵のグループである。詩人アンリ・ミショーは歌う。

汚点《しみ》の祝祭、腕の音階
さまざまな運動
人は〈無〉の中に跳びこむ
旋回するさまざまの努力
人はただひとりでありながら、大勢群がっている
何という数えきれないほどの人類が前進し
つけ加え、広がり、広がっているのだろう！
疲労よ　さらば
橋の基台の棲息地のつましい両足動物よ

引き抜かれた鞘よ　さらば
人は　どんな他者でもいいが　(on est autrui n'importe quel autrui)
とにかく他者だ

(小海永二氏の名訳である。考えてみれば、宮川淳クラスにその業績総覧が長く待望されていた小海氏の著作集が今年刊行されたのも、何かの機縁だ。故宮川淳がアンフォルメル運動を指して言った「表現過程そのものの自己目的化」という言葉を改めて思いだす。やはり宮川は早いし、凄いね。)

そこにあるのは明確に記された線による「かたち」である。それを「フィギュール」と呼ぶ人がいても良いが、ぼくは例えば「カラクテール」、英語で「キャラクター」と呼びたい。ぼくがこだわっていることを知っている人には敢えて言うまでもないが、"character"はもともとは木石から何かの形をうみだす具、あるいは物質としての(大工や彫刻の道具たる)ノミを指し、転じて文字・記号全体を指し、然るのちに性格(人となり)を意味するようになった。いわば自然・天然がしみ状、斑点状につくりだした原 - 記号が、ヒトの頭脳を介して「擬人化」されていくプロセスが、この「キャラクター」という観念の展開そのものに示されている。『ムーヴマン』中の、まさしくポーや、傑作『踊る人形』のコナン・ドイルを思いださせる人形《ひとかた》どもは、ノンセンシカルな線の戯れになぜヒトは自らの姿(「ひとのかたち」)を見てしまうのかを問う。「キャラクター」観念をめぐり、一段と難事だがその先の「フィギュール(figure)」観念をめぐる精神史が記述される時、アンフォルメル(形なし)な斑点やしみからフォルムをつくりだすヒトの頭の病を問うミショーは、こういう広義の反「文化的芸術」論の中にこそ、今後は確かに大きい位置を占めるだろう。

　アンフォルメルがどうしたこうしたという狭い美術史学の議論から、例えばぼくが大きくはみだしてしまいそうなのは、非ヨーロッパに広く旅した人々がヨーロッパ的人間（homo europeus）をどう捉えるようになるかということに深い関心を抱く中、一九二〇～三〇年代モダニズムの時代のそうした典型的な世界旅行家だったアンリ・ミショーと出会ったからである。『エクアドル』という名作紀行を書き、かつて『みづゑ』（一九七一年八月号。ぼくが日本のミショーと呼びたい元永定正の特集記事もあり。時代だねえ）の飯島耕一氏をしてその日本嫌いを大いにいぶからせた『アジアにおける野蛮人』（一九三三）を遺したミショーを、十八世紀半ばから出てきた「他者（autrui）」との出会いを深いレベルで突き詰めようとした旅行者たちの系譜の中で捉える作業は、大きなスケールでは全然進んでいない。ポーの『ゴードン・ピム』の主人公が南洋絶域の洞窟中に見出した壁の「ひとのかたち」とも見える謎‐文字に、近代西欧人の表象観、擬人的世界観の栄光と悲惨を読み取ろうとした未聞の大著、バーバラ・スタフォードの『実体への旅』の拙訳が予定通り今年夏に刊行されていれば、きっとミショー展を全く別の見方でご覧になった方もいたはず、と少し口惜しい気がする。同邦訳は明年すぐ刊行予定につき、訳者自ら書評するつもりもあるので（!）、また改めて。

　要するに、こういういかにも小洒落た、こじんまりとした展覧会が、近代西欧の巨大な時空を猛烈に激しく受けとめている、その小体《こてい》さの逆説が面白くて、取り上げた。自然はフェノミナ、ただ単なる現象である。創世記に、神も、その神が自分の姿に似せてつくったヒトも「ひとのかたち」をしていることが記されている。ヒトは結局、自然を「ひとのかたち」に変え続けて来た。生きるのに便利だからであるが、物質としての現象界との絶縁は必至だった。絵を描く営みも、紙や画布の上に線が走り顔料が盛られていくその物質的なあり方と「表現過程そのもの」を忘れ、「透明」なメディアであるかの振りを始めた。

それが行き詰まったのが一九二〇〜三〇年代と、そしてとりわけ第二次大戦直後の一九五〇年代である。二つの大戦は三〇〇年ほど続いた西欧近代の限界点を示した。その二つの脱近代の動きを誰よりも激しく体現したのがミショーだと思う。一九二〇年代からしばらく続く南米、北アフリカ、そして日本を含むアジアへの大旅行でまず脱欧の試みに出た。その直後から、しみだらけのデッサン画が描かれ始める。脱欧、脱近代は一九五〇年代のサイクルにあって一層内攻した。ユング心理学やエラノス学派のサイキック科学の流行という一事を考えても良いが、もっとミショーに近いところで言えば、一九五二年にいわゆる精神薬理学が本格的にスタートしたことを思いだすべきだ。メスカリンを典型とする精神展開薬、いわゆる「向精神薬（psychotropic）」の研究が市民権を得た。同じ一九五二年にミシェル・タピエの『別の芸術』がマニフェストとして出ることでアンフォルメル芸術がスタートしていることとの意味をちゃんと教えてくれる（反）美術史・精神史が書かれなければならない。

ミショーが麻薬メスカリンを実験的に服用し始めたのは一九五五年。直後、続けざまに傑作詩集『みじめな奇蹟』、『荒れ騒ぐ無限』が発表された。文字とデッサンが絵か文字かも曖昧というレベルで最高度のウット・ピクトゥーラ・ポエーシス（"Ut pictura poesis"［詩は絵のごとくに］）を究めた。けだしその前年には同様に向精神薬を使ったオルダス・ハクスレーの『知覚の扉』が書かれている。例えば医学全体の話として、二十世紀までは身体のための薬の時代、二十一世紀は全面的に向精神薬の時代と予測されている。司直とのぎりぎりの駆け引きの中でコカインやアンフェタミンをやりながら、アーティストたちは物質と「ひとのかたち」の間を行き来する。

このノンセンスの絵本からセンスを引き出そうとする自分の営みが、読者の前に明らかにされんことを。

54. 人は七〇歳でこんなやわらかいファンタジアを持てるものなのか　11/20

『ファンタジア』ブルーノ・ムナーリ［著］萱野有美［訳］（みすず書房）

デザインに革命をもたらすイタリア人デザイナーには、流石レオナルド・ダ・ヴィンチを輩出したお国柄だけのことはあり、何でも知って何でもやってみようという多面万能、西周《にしあまね》流に言う「百学連環」（現在「百学連環―百科事典と博物図譜の饗宴」展開催中）の普遍人（homo universalis）の血脈がたっぷり流れ込んでいる。代表格といえば右にピエロ・フォルナセッティ、左にこのブルーノ・ムナーリをあげたい。どちらも日本人のデザイン感覚が大好きという知日派、親日派であるのも素敵。二人とも、単にヤカンの格好がどうしたこうした、こういう場所には何の補色が良い・悪いなどということにかかずらう狭義のプロダクト系デザインとは大きくかけ離れた一種の総合芸術を目指し、従って例えばマニエリストと呼んで差し支えない稀有な存在である。

実はぼく自身、杉浦康平氏の口利きで神戸芸術工科大学（「日本のバウハウス」？）で教鞭をとる機会にいろいろと恵まれた際、まずデザイン概念の広義化を目指し、故に「ディセーニョ（diségno）」、それも模倣すべき対象を外界から人間の頭の中の内容物に転換したディセーニョ・インテルノ（diségno interno）の解明を言って、しかもその実践まで体系化しようと図った十六世紀イタリア・マニエリスモの言い分に一つのモデルを求めたことがある。その時念頭にあったのが、少し商売気あり過ぎるフォルナセッティである。『マニエリスト』、『驚異の部屋』（"Cabinets de curiosités"／英訳 "Cabinets of Curiosities"）のパトリック・モリエスが大著『フォルナセッティ』（"Fornasetti : Designer de la fantaisie"／英訳 "Fornasetti : Designer of Dreams"）を書いたことで分明のように、彼はバリバリの（ネオ）マニエリストたるデザイナー。教育熱心という肝心なところで格がひとつ上なのは、ブルーノ・ムナーリの方である。昨年邦訳が出た『デザインとヴィジュアル・コミュニケーション』は近来のデザイン教育論の傑作。

そういう一見バリバリの大学生向け講義とは違って、そうだなあ、中高生レベル相手に「デザイン」とは何かを説明しようという構えのどこまでも易しい（優しい）『ファンタジア』の方に、ぼくは深い魅力を感じているので、邦訳刊行は昨年であるが、取り上げてみたい。

シュルレアリストたちの堂々たるアート作品から中世のブロードサイド（瓦版）の絵、生物や鉱物結晶の写真から下手うまな子どもたちの手描きのデッサンまで、雑多にしか見えない図版満載。全部黒白なのが、ものがものだけに残念至極だが（中野美代子『綺想迷画大全』でフルカラーを堪能した「多頭怪ラーヴァナ」と同趣向の絵も入っているが黒白は駄目だ）、そのぶん安く手に入るわけだから我慢しよう。

猛烈な図版ラッシュの合間に綴られる言葉が伝えようとしていることは途方もなく凄い。例えば

「ファンタジア（Fantasia）」、英語でファンタジー。簡単に幻想と訳して、幻想的だの幻想文学だの言うが、ファンタジーって何？と問われるとほとんどまともには答えられないだろう。それに「イマジネーション」との関係は？　想「像」力という西周級に絶妙の訳語を持つ割には、我々はこれが「イメージ」をうみだす視覚的作用だということを忘れている。実に半世紀にもわたるあのロマン派文芸たるや、イマジネーションとファンシー／ファンタジーの重なりと齟齬をめぐって大騒ぎしたにすぎないとさえ言える。そしてひと巡り早く来たマニエリスムの中核にあったのが――例えばそれを見るのに一番ぴったりなG・ルネ・ホッケの『迷宮としての世界』（一九五七）によれば――デザイン（「ディセーニョ」）であり、「ファンタジア」であり、「イマジナツィオーネ（immaginazióne）」であったはず。発明と訳される「インヴェンツィオーネ（invenzióne）」も実はそう簡単な概念ではない。文芸寄りのところではさらに「コンチェッティ（concetti）」もある。英語でウィット（wit）。フロイトが本気で論じた「Witz（機智）」である。

これら錯綜必至の哲学・美学的概念の区分けに今も美学の最先端は苦労し続けている。西欧近代の美の問題の粋というべき課題だが、議論百出、百家争鳴状態で、どうにもならない。こういう観念の一方的入超国たる我が国では事態はさらに絶望的で、例えばルイス・キャロルやハリ・ポタで論文を書いている人間と話していて、「ファンタジー」という語についてOEDさえ引いていないというので話は終わり、ということばかり重ねてきた。ファンタジアの究極の源はギリシア語の「ポス」、光であることを知るだけで状況は一新されるのに、など思う。

それが流石はムナーリ。教育現場に活かせる幻想論、想像力論のモデルを手際よくつくりあげる。

ファンタジアとは「これまでに存在しないものすべて。実現不可能でもいい」もの。インヴェンツィオーネ（invenzióne）は「これまでに存在しないものすべて。ただし、きわめて実用的で美的問題は含まない」。クレアツィオーネ（creazióne）は「これまでに存在しないものすべて。ただし、本質的かつ世界共通の方法で実現可能なもの」。イマジナツィオーネ（immaginazióne）は「ファンタジア、発明、創造力は考えるもの。想像力は視るもの」。簡便過ぎて罠かもしれない（アインシュタインの $E=mc^2$ の罠？）。しかしその基本中の基本からアッという間に「ファンタジアと発明を利用する方法である創造力」とか、自分の目指すのは「ファンタジア、発明、創造力の操作方法について適切な方法論によって整備」することとか、〈現場〉を目指して理論がどんどん目の前で立ち上っていくのは、新しい内容を他の人間（特に子ども）に伝えていく〈教育〉に携わる者としては教えられること多く、大袈裟でなく息を吞む。昔、ユング心理学がよくわからなかった時に、フォン・フランツやアニエラ・ヤッフェといった超プロがゼロから説明してくれた『人間と象徴』（〈上〉〈下〉）で一から全部わかった爽快な気分になったことを、久しぶりに思いだした。解説書として危ういまでに善意に満ち、かつスマート。プロの仕事である。

こういう枢軸概念の相互作用で出来上がる「デザイン」の概念は、想像通り見事である。

創造力とは、発明と同様ファンタジアを、いやむしろファンタジアと発明の両方を多角的な方法で活用するものである。デザインは企画設計をする手段であり、創造力はデザインの分野で活用される。デザインはファンタジアのごとく自由で、発明のごとく精密であるにもかかわらず、

> ひとつの問題のあらゆる側面をも内包する手段である。つまりファンタジアのイメージ部分、発明の機能部分だけではなく、心理的、社会的、経済的、人間的側面をも含みもつものなのである。
> デザインとは、オブジェ、シンボル、環境、新しい教育法、人々に共通の要求を解決するためのプロジェクト・メソッド等々を企画設計することだと言ってもいいだろう。　（二二ページ）

見事だ。この透徹した簡便さをぜひ原語で味わいたいと思う。翻訳者はむろん大健闘だ。

こうした理論的な部分に続く約三分の一は要するに異質な観念や次元の意識的な結合の仕方の類型学である。「コルクのハンマー」、「広場にベッド」、「五線譜のランプシェード」等々、男子用小便器を「泉」に変えたデュシャンの精神に倣って面白く続くこの「あべこべの世界」とは要するに“ars combinatoria”のわかりやすい解説である。残る三分の一が本書の白眉で、それは子どもたち相手のワークショップにおける実験実践のいくつかの写真入り解説の体《てい》であるが、既成の概念やオブジェがいかに別ものに変わっていくか目のあたりにした子どもたちの〈驚異〉の念が伝わってくる工夫の記録である。ぼくは大学が石原都政につぶされていく中、ぎりぎりの夢を抱き、教育の場にマニエリストたちの〈驚異 meraviglia〉をと唱えて大方の失笑を買ったが、例えばその時、ぼくの念頭にあったのが、ムナーリの奇跡的な絵本『きりのなかのサーカス』と、それを支えた優しいデザイナーが教えるマニエリストの心意気だった。

11/27

55.
関西弁のマニエリスムかて、や、めっさ、ええやん

『わたくし率 イン 歯ー、または世界』川上未映子（講談社）／『そら頭はでかいです、世界がすこんと入ります』川上未映子（ヒヨコ舎）

ぱらっとめくったページにいきなり、

それまでの季節を洗濯機に入れたのは二十歳のこと。それをきしめんにして、きざんで乳液にまぶす。で、君の粒だった背中を保湿したのもいつかの荒れ狂う最大の四月のことであった。

という文章があっては、取り上げる他ない。むろんT・S・エリオットの「残酷な四月」を知っていればの話でもあるが、この散文は完全に詩である。ランボーの「季節」（おお季節よ、おお城よ）と洗濯機との、きしめんとの無体な組み合わせは詩というものの機能をさえ定義している。このイメージの疾走は何なのかと思うと、「イメージが結ぶ早口で興奮してゆく物語が何十万回目の腹式呼吸を追い越してゆくのを」摑まえられない自分とあって、そのわけは「そいつの首ねっこを壁にぶち抜いて留める削ったばっかしのとっきんとっきんの鉛筆を持っていなかったからなのでした」。こういう感覚の人が鉛筆を「とっきんし忘れる」ことなく「物語」を「摑まえ」たらどうなるか、見られるもの

なら見たい。

それがミュージシャン川上未映子初の小説『わたくし率 イン 歯ー、または世界』である。二〇〇七年五月、「早稲文」こと伝統ある『早稲田文學』誌に掲載。断然異彩を放っていると見ていると、もう一篇と併せて同名で単行本化され、芥川賞にノミネートされた。そして、今年創設された坪内逍遥大賞で奨励賞を受賞した（大賞は村上春樹氏）。

身体という表の部分に担われる「わたし」、意識という中心なる「私」、そのふたつが巧い具合に混ざり合った、いわばあるべき「わたくし」の関係を問う。そしてそうした自分なる何かが養老唯脳論の言うように「脳」にあるのではなくて「歯」にある、自分は歯であるとすることで、世界を、関係を、意識を、愛を、歯と歯医者のメタファーで徹底して語り抜く大変カーニヴァレスクな奇想小説が綴られ始める。奥歯を見せ合う約束としての愛だの、口の中の口としての歯科治療室だの、感覚的でもあり、しかし実によく計算されたアナロジーの追求などは、もはやネオ・マニエリスム小説の名を献呈してもよい。フィリップ・ロスの『乳房になった男』とか松浦理英子の『親指Pの修業時代』〈上〉〈下〉でもよろしいが、身体部位とマクロな大世界との関係や照応で楽しませる奇想小説の、また一段と笑わせてくれる傑作を、ここにぼくたちは恵まれた。

ブッデンブローク家神話はじめトマス・マン文学の歯大好きぶりは名高いし、『グレート・ギャツビー』では奥歯をお守りにしているギャングを登場させたり、いろいろあるが、面白いことに歯狂いは断然一九六〇年代対抗文化である。ギュンター・グラス『局部麻酔をかけられて』（一九六九）はどうか。アップダイクの『カップルズ』だの、ヴォネガットの『母なる夜』だの、すぐ思い出せる。ピンチョンの『V.』〈《上》〉〈《下》〉中の歯科医アイゲンバリューは、歯はイド、それを覆うエナメル質こそ超自我という妙にフロイト的な理屈を唱え、現に歯こそ持ち主の精神の指標と称して、精神分析ならぬ精歯分析（psychodontia）という理論を築こうとした。この辺になるとだいぶ川上未映子の世界に近付くが、ご本人に尋ねても当然知らなかった。歯に対する人間の応接の「観念史」などろくに存在しないが、奇想の系譜がないではない。日常化せるマニエリスムとでもいうべき自由な感覚で川上未映子の方がこういう奇想の系譜を自らの方に引き寄せているのが面白いし、すがすがしい。

身と心の二元論、また、その中間にあって身でも心でもあるいわゆるソマティックス（somatics）の領域にずっぽりの物語は、想像通り埴谷雄高の熱烈ファンの手で書かれた。養老孟司の愛読者でもあるらしい。というようなことを教えてくれるのが、二〇〇三年八月から二〇〇六年八月まで三年間のブログ日記を二〇〇六年末ぎりぎりに単行本化した『そら頭はでかいです、世界がすこんと入ります』である。埴谷のハードな本と武田百合子『日日雑記』をトイレの中でまで読む作者は、意識の激しさと身体の愚直の間で巧みなバランスをとる人種だ。「逆も可、人生は両極を往き来するなんかの玉」など簡単にアフォリズムにされると、おじさん唸るよりない。読者のどなたかが「これはおじさんに愛される世界。今どきの若い人には一寸ね」と仰有っているのを小耳に挟んだのだが、確かに、確かに。例えば次の日記のくだり。

鳩よ、おはようカラスよ、おはよう。名前も知らんなんか茶色くてときどき見かける焼きおにぎりみたいな鳥よ、おはよう。工事現場のおっちゃんよ、おはよう。コンビニのやる気微塵も伝わらんちょっと栗毛で天パの兄ちゃんよ、おはよう。中也よ、おはよう、かの子よ、おはよう、ホッケよ、おはよう、おはよう。横光と森茉莉よ、おはよう。あなたがたは一生懸命書いた己の文章が没後このように東京の片隅の、ほんとの片隅の本棚で、なんのアレもなく半永久的に隣り合わせに棲息していることを、ま、知る由もないわよ。（二〇〇五年七月十三日「絶唱体質女子で！」）

売れないヴォーカリストが人に言われて書いてみたら、こんな賞をいただいて、何も知らないし一所懸命頑張りますと、授賞式で挨拶していたが、冗談じゃない。「でかい」頭に猛烈なストックを「すこんと入」れていることはは っきりしている。あまり「頑張」らないで、今のまま少し行ってみてくれ、と祈る。

この日記は相当面白い。結果的に随想集の体裁となり、現代の徒然草だ。「この恣意に始まって恣意に終わっていく人生」の中で一人のフツーの人間として精一杯生きていくあきらめ（明らかに究める、がその元の意味ではないんかしら、とぼくもついカワカミ調になってくる）と日々のひたすらさが良い。散文で終わる日もあれば、詩一篇の日もある。まるで一篇の短篇がすこんと入っている一日もある（玩具「シルバニアファミリー」の部品を買いに幼い姉妹で出掛けたのにおしっこを漏らした妹のために姉が持金全部使ってパンツを買ってしまう「キャロルとナンシー」など、笑い泣きして浄められずに済むか）。俳文の体言止めで終わる日のものは余韻を引く。アフォリズムはさらりと読めば良し、こだわるとどれも深い。

昔を思ってみいや。吐き気がするほど楽しいではないか。楽ではないか。生きているではないか。昔も一応、生きてたけども。（二〇〇四年十二月二十二日午前四時）。

ミュージシャン「未映子」がスタジオ録音を進行し、サボテンを愛で、知人のパフォーマンスを見歩く日常が流れていく時間を、こうした日常雑感を深めたり深めなかったりするエッセーが断ち切る、つうか、ごちゃごちゃ混ぜこぜになる。ジャンル的にいえばこうして書きつがれる言語のレベルでも身体性がことほがれるのであろう。

今はやりだから少し大袈裟にいえば、ドストエフスキーの『作家の日記』のミニ版という味のエッセー集。

そしてそれに具体の人物を配して物語として動かしたのが問題の歯の小説と、「奨励」された以上、息詰まる期待感にもひしがれず身体を通しての関係観主題を、さらに一段グロく切なく書きついだ第二作「乳と卵」である（『文學界』二〇〇七年十二月号。すぐ書店へ行くべし、べしっ！）。挿入される日記と物語本体の関係とか意識的にさぐられる方法への、「自同律の不快」を病む脳や意識へのマニエリストとしての引っ掛りを、「繫がり」や「結ぼれ」にすがる当たり前の人間の当たり前の体と日常が支える、や、包みとるこのなんかアレなバランスがこの今やハッキリ暫らく見なかった天才の本来の持ち味である。埴谷調のいわゆる形而上学的な議論を運ぶ大阪弁（河内弁）が、こういうカーニヴァレスクな「軽み」に、絶妙に力を与えている。

ぼくは他の選考委員に兎角「口に出して読め」と主張した。歯をテーマにする以上「口」の意味論も相当面白く深められる。口に器具の入る歯科はいきなりエロティックでもあれば、食物を言葉にしてフィードバックする大層文化的な場でも「口」はある。大阪はここでは食とお喋りが融通する「口」のメタファーなのである。歯科の治療室が大きな口に、大きな舌に感じられてきて、口の中の口という「入れ子」が想定されるが、それがメタフィクションの喩でもあると気付かない「おぼこな」新人作家の「ふり」が飽きずオモロイっ。それにしてもマニエリスムの詩性に弱いぼくなどは、あちこちにナニゲに散らされた「言葉にすると『象』もこんなに小さくなるのだね」「裏腹という素敵を垣間見る、いいね日本語文化」といった一行二行に串刺しにされるのだ。意識と身体が哲学し合う世界には「梱包された荷物みたいにどしんと夜が来る」。そこでは「向日葵は　夏の口／薔薇は四月の眼／お母さんは　やさしかったなあ」。

ぼくは「三枝子」のお母さんの「トシエ」への、どこにもはっきりしている深い思いを、ひたすら愛する。大間抜けなマニエリストには奇跡の愛。「どうも奇跡、やあ奇跡」。

56. 曖々然、昧々然たる（ポスト）モダニズムの大パノラマ　*11/30*

『潜在的イメージ──モダン・アートの曖昧性と不確定性』ダリオ・ガンボーニ［著］藤原貞朗［訳］（三元社）

曖昧さ、曖昧性を指すアンビギュイティ（ambiguity）という言葉は、心理学で愛と憎のふたつがひとつ心の中に併存することを指す語、アンビヴァレンス（ambivalence）と一緒に流行った。両語に共通する「アンビ（ambi）」について、本書本体の冒頭でダリオ・ガンボーニはいきなり、こうまとめている。

曖昧性とは、反則的に「複数の解釈を受け入れる性質」として定義される。また「二つの範疇に属するもの」、「正確さを欠き、困惑させるもの」とも定義される。曖昧性に二つの要素が関与することは、語源に暗示されている（ラテン語の「アンボ ambo」は、「同時に二つ、二つ一緒に」を意味する）が、二つ以上の場合に意味を拡大適用することもある。この場合には、特殊な例があり、肯定的性質を表す際に、反語的に否定的な含意を示すことがある。その結果、否定的な含意が主要な意味となることも多い。類義語には、「定義、確定、境界づけを明確になしえないものの性質」を表す「不確定性」、「複数の内容、複数の意味を有する記号の性質」を表す「多義性」、「両義性」、「漠然性」、「不正確さ」などがある。（一九ページ）

日本語の「あいまい」は未だにこういう広がりある「曖昧」の多元多重の意味合いを勝ち取れず、専ら「否定的な含意」でのみ通用している。従って広義に、肯定的にそれを使おうとして、例えばズバリ、『文化と両義性』他の著作で山口昌男氏は「両義性」の訳語を採った。現実の多重性・多元性という言い方もする山口象徴人類学（『文化の詩学』〈1〉〈2〉、他）ではあるが、つまりは同じことを言っているのである。中沢新一氏が故河合隼雄氏などと「あいまい」概念をめぐる論叢を岩波書店から出した（『「あいまい」の知』）ことは以前に紹介したが、これも同じ流れである。いっとき「ファジィ」という少々難しい概念が「ゆらぎ」という訳語とともに流行したのも、ごく最近のように感じるが、こちらはもはや死語である。ぐっと俗化した「アバウト」という妙な言い方は今なお元気で、よく使われている。

アンビギュイティおよびアンビギュアスは、ぼくのように一九六〇年代末の世代に属する英文学者が最も強烈に影響を受けた観念である。一九三〇年代から約二十年ほどかかって、ほとんど初めてといってよい強度を持つ英文学関連の批評理論としてニュークリティシズムという大きな動向があり、文学作品を評価する客観的基準として、パラドックス、アイロニー、アンビギュイティの三本柱を提示した。表向き言われていることとは違う、あるいは少しズレた別の意味を併せ持った発想および修辞を指す、互いに重なり合う三本の柱ということである。

決定的なのは、数学畑出身の大批評家ウィリアム・エンプソンの“Seven Types of Ambiguity”（一九三〇年初版／邦訳：『曖昧の七つの型』〈上〉〈下〉）である。順列組合せ（combinatrics）の数学を専門としている秀才らしく、並び合う語と語の間で生成される意味の可能な形を列挙し、そのうちのただひとつだけを正しい「解釈」と唱える傲慢を嗤う。多元的解釈の可能性を残せというニュークリティシズムの旗手の主張は、一九六〇年代の、たとえばウンベルト・エーコの『開かれた作品』（原題“opera aperta”）の論旨を早々と先取りしていたことになるし、いわゆるコンスタンツ学派の「受容理論」と早くも呼応していたことになる。詩人が一篇の詩を、一語一語多義的たるはずの言葉を組み合わせてつくりあげていくということが、いかに大変な力わざであるか分析する、慄然とする他ないこの歴史的名著が、なんと岩波文庫で上下二冊となって読める。一九六〇年代末には考えられない欣快事である。ガンボーニも当然ながら、エンプソンの鴻業を改めて讃え、同じことを視覚芸術の分野でやろうとしたジェイムズ・エルキンズの仕事に触れて全巻の幕開けとしている。この際、エンプソンの『曖昧の七つの型』〈上〉〈下〉と一緒にガンボーニを読むことを勧める。

ウィリアム・エンプソンの名を思いだしたのは、そういうまあ常識に類するレベルの連想によるものだけではない。例えば、アンビギュイティの本場と今なら誰しもがまず言うバロック、そしてマニエリスムがそもそも文化史概念として成立したのは、一八八〇年代（ヴェルフリンのバロック論）から一九二〇年代（ドヴォルシャックのマニエリスム論）にかけてのことだが、考えてみればこの十九世紀末の最後の二〇年、そして二十世紀劈頭の二〇年ほどは同時に、いわゆる世紀末アート（象徴派、印象派）〜モダニズム諸派（キュビズム、シュルレアリスム）、アートの大革新の半世紀でもあって、その凝縮された時間の中で、模倣を良しとするアート観にピリオドが打たれ、アーティスト側の内面が投影／表現されたものこそアートだという基本的なアート観がほぼ確立した。文学批評のみか、哲学、心理学から数学、論理学、はては量子物理学といった多分野が互いに意識し合いながら、要するに統一的に「曖昧性」「不確定性」などと呼ばれ得る異世界の全面的な出現を言祝いだ。ニュークリティシズムもその一環だったし、エンプソンの名作はそうした知的趨勢のシンボル的存在だった。

一八八〇年代〜一九二〇年代の理論実践一如といったアートや学知のそうした華々しい展開についてパノラミックに書ける書き手がすっかりいなくなった。ガンボーニのこの本はワイリー・サイファーの『自我の喪失―現代文学と美術における』（原題 "Loss of the Self in Modern Literature and Art"）に匹敵する視野の広さをもって問題の時期の曖昧性／両義性ずっぽりなアートの百態を追う。サイファー、松岡正剛、中沢新一などを通して、文系理系を問わぬ二十世紀初頭の「曖昧性」と「不確定性」の文化環境について、ある程度、我々は既に知っているが、当該テーマ初の「包括的研究」を豪語している通り、おおよそこのテーマで考えつく限りの網羅を実現している本書の目次案には何度見ても喫驚するばかりだ。

もともとオディロン・ルドン研究で知られるガンボーニだから、ルドンを中心にスーラやゴーギャンから始めてキュビズム、抽象、レディメイド、シュルレアリスムのアート史が、「曖昧性」に関わる各分野――「大衆向けイメージや科学的イメージ、写真や初期の映画、文学、美術批評や美学、哲学、心理学、医学、オカルト研究、自然科学など」――の展開の中で追跡されていく。ルイス・マンフォード、ワイリー・サイファー、アーノルド・ハウザーといった特別にパノラミックな怪物批評家にのみ許された、一時代の文化を包括したスケールの大きい仕事を実に久々に読めて、感動し、ため息を吐いている。当然、一昔前の大先達たちの知らなかったドゥルーズは出てくる、エーコは出てくる。参照すべき同時代美術史家として登場するのはディディ゠ユベルマンであり、我々のこの書評空間では批評の名手として既に紹介した故ダニエル・アラスである。それだけでガンボーニ氏の趣味の良さはわかる。二十世紀アートが実践面でもマニエリスムを蘇らせたという感覚があって、今ならそのことでミシェル・ジャンヌレの『永久機関』(“Perpetuum mobile : Métamorphoses des corps et des oeuvres, de Vinci à Montaigne”/英訳 “Perpetual Motion : Transforming Shapes in the Renaissance from Da Vinci to Montaigne”)が参照されるべきだが如何、と思いながら読み出すと、レオナルド・ダ・ヴィンチの「曖昧性」趣味を縷説する段で議論をジャンヌレから出発させていることがわかり、すっかりぼくはこの書き手を百パーセント、ぼくの確かな同時代人として安心して読み進める。今年刊行された十六世紀関連の何冊かを既に紹介してきたが、ジャンヌレの必読の一点を自らの論に取り込めている本邦の書き手は今のところ絶無である。

　レオナルドが壁の上の染み（ミショー本を想起しよう）をじっと見ながらそこに何かのイメージがうまれるのを、訓練して自らの創作に活かそうとした、厳密にマニエリスム的な「偶然性」への応接を出発点に、アンビギュイティをキーワードにしたモダン・アートのネオ・マニエリスムとしての再整理が途方もない迫力とスピードをもって遂行された。これだけの「精神史としての美術史」を読めるのは実に久々のこと。快挙だ。

　類書にすぐサイファーが思い出せるように、狙いはそう圧倒的に独自のものというわけではない。例えば『西洋思想大事典』（平凡社）にはトム・タシロの書いた「曖昧」の一大長文項目が入っていて、ほぼガンボーニ路線（逆に言えば、ガンボーニは「曖昧」という観念の優れた「観念史」をやり遂げた、ということになるだろう）。予定調和の結論でもあるのだが、この遺漏許さぬ守備範囲の広さにはやはり驚嘆する他ない。これだけのものをどんどん読ませてくれる訳文に拍手。

　素晴らしい（タカヤマ流の？）索引に望蜀の一言。事項索引が実によく立項されているのだが、人名索引には配慮されている欧語原綴りがない。有名な「藤原編集室」の藤原義也君はわかると思うが、索引の利用価値が半減してしまうのですよ。

ぼくの机周り、
インク瓶と美脚フェチ。

8

2007 December

57. **ホモ・フォトグラフィクムが一番性悪だった** *12/4*

『秘密の動物誌』ジョアン・フォンクベルタ、ペレ・フォルミゲーラ［著］荒俣宏［監修］管啓次郎［訳］（ちくま学芸文庫）

いわゆる奇書である。二人のスペイン人写真家が一九八〇年、取材で赴いたスコットランドの小さな村でペーター・アーマイゼンハウフェンという動物学者が遺した古い木製の棚を発見する。「剝製標本、地図、デッサン、写真、記録カード、X線写真その他の雑多な品物」を収めたその棚は、要するにポストモダンに蘇った「ヴンダーカンマー」である。家の持ち主の縁者に邪魔もの扱いされたそのキャビネに大いなる霊感を得た二人はそっくり譲り受けるが、そこには現在まで知られている動物のいずれとも違う奇妙奇天烈な動物たちのキングダムが、写真と「フィールドでのデッサン」を通して、確かな「存在」を主張していた。それが「〈実在するもの〉は、存在しうるものの小さな一部分にすぎない」というバルセロナ国立自然史博物館館長ペレ・アルベルクの言葉がエピグラフ（題辞）になっていることの意味である。

ちょうど二〇の「新種」が紹介される。ソレノグリファ・ポリポディーダは、この文庫本邦訳版の表紙に選ばれた脚をたくさん持つ蛇で、「爬虫類と飛べない鳥類との混合形態」と、その“description”〔動植物の新種登録時の記載事項。「描写」ではない〕にあり、タクソノミカル〔分類学的〕には脊索《せきさく》動物門・脊椎動物亜門・爬虫類、和名はダソククサリヘビ。表紙に掲載された写真は「攻撃直前の体勢」というキャプションの付いた一枚。影までちゃんと写っていてリアルな反面、一二本の脚を妙にきちんと揃えたえらく真っ直ぐな姿は妙に変でマガイっぽい。そういえば二十世紀最大のフェイク写真だったネス湖のネッシーに似た感じがある。和名の方だって「ヘビ」のくせにわざわざ「ダソク」なんて、「蛇足」でシャレ言ってんのか。

　という具合で、もとのスペイン語原書の二〇種に日本語版でさらに三種が加わった二三種の動物は、そのなかなか説得力あるヴィジュアルな「証拠」を通して、真実とは何、存在する／存在しないとは何、専ら存在するものを相手に真を語ってきた科学とは何、そして科学的真理を真理一般のひな型として妄信してきた我々の存在と非在をめぐる感覚そのものを問う。狙いは難しいが、やり方としては誰にでも一番わかり易い、愉快この上ないメタフィクション。実は大きな文化史的問題をいっぱい抱えたジョークブックである。「蛇足」と卑下した表象論の傑作だ。

　バルセロナ生まれの写真家コンビは十一年かけてこの本を出した。一九九一年刊。あのグリーンブラットの、「驚異」のマニエリスム美学が周縁に対する中心のいかなるコロニアリズムのアリバイであったかを指弾した“Marvelous Possessions : The Wonder of the New World”（1991 ; Hardcover/1992 ; Paperback／邦訳：『驚異と占有』）と同じ年である。自然（ここでは動物界）をポゼス（略取）する文化を、洒落な写真家コンビは、しかつめらしいカルチュラル・スタディを介せず、いきなりこみあげてくる笑いでやる。

生息地、捕獲年月日、全般的特徴、形態、習性の順にディスクリプションが典型的な記述で綴られる。問題の蛇足なヘビで言えば、その「全般的特徴」は「骨性の内骨格。肺呼吸。脊椎動物固有の神経系が見られる。生殖系を確認することはできなかったが、あらゆる点から見て卵生有性生殖…」といったスタイルで書かれていく。いくのだが、途中に、食べる相手に消化液をかけて相手が融けていく間に「特徴的な〈グロブ・ト〉という鳴き声を3拍：休止：1拍のリズムで声高に発しながら」相手の周囲をぐるぐる回るとか、そんな奴いねえよ、と言いたくなる珍妙な記述が挿まれる。ニセワルモノモリウサギの和名通り牙を持つウサギ、ペロスムス・プセウドスケルスは「毎日三〇回交尾するが、交尾に際して雄は奇妙な憂愁をただよわせたメロディーのある歌をうたう」んだと。カタルーニャヒクイオオトカゲなる和名のピロファグス・カタラナエは口から火を吐き出すのだが、「口から吐き出す火の大部分は、自分が息を吸いこむたびにふたたび飲みこまねばならず」これが自分でも「不快らしく」、また火事にならぬよう消火に便利な水際を好む。真面目なディスクリプションのどこかに必ず二、三行挿まれる、どこか愚かなホモ・サピエンスの営みを思いださせる逸脱部分がおかしくてたまらない。

このピロファグス・カタラナエが火を吐く現場写真が一枚、「消火に努める」お笑い写真が一枚、掲載されている。バカバカしいと思っても写真があるとまず信じてしまう（この場合なら、その後に笑ってしまう）我々のメディア的惰性が笑われていることになる。「存在するとは写真にうつるということである」というボルヘスの言葉がこの本の出発点だと書かれているが、二人の写真家のウィットからこの本がうまれた意味はひとえにそこにある。アーマイゼンハウフェン博士の突然の失踪ということもあり、キャビネの資料はかなり不完全で、ディスクリプションが全然ないのに写真やデッサンがあったりする。どういう相手か知りたいが言葉とヴィジュアルのどちらを欠いても何か物足りない、と感じさせられる時、我々は「言葉と物」（M・フーコー）、言語中心主義と視覚中心主義の均衡や緊張の問題に見事に絡めとられており、この本が一九八〇年代に形づくられて一九九一年に出た理由がよくわかる。上述のグリーンブラットもそうだし、例えばバーバラ・スタフォードの仕事（"Voyage into Substance" 1984／『実体への旅』として拙訳進行中）と雁行し、我々が既に読み知っているところで言えば、ローレンス・ウェシュラーの『ウィルソン氏の驚異の陳列室』とのあまりの相似形ぶりに驚くはずである。なんだか馴染み深い世界だ。

写真や絵を見てフウンこういうものかと思う相手に名がつくと、ミコストリウム・ウルガリス、アナレプス・コミスケオス、ポリキペス・ギガンティス、ヘルマフロタウルス・アウトシタリウス…と舌を噛みそうな言語表象の一大迷宮である。エドワード・リアが『ナンセンス植物学』（"Nonsense Botany"）で嗤いのめしたこの世界は、一七五〇年代にかのリンネが発明した二名法に基づいて学名が設定される世界である。その一七五〇年代初めに大英博物館法ができ、つまりはヴンダーカンマーのマニエリスム文化が終わった。そこからはじっくり時間をかけて自然界万般への「略取」が始まった。動物園や植物園の歴史、ぼくがこれからしばらく付き合おうと思うミュージアム一般の歴史を見、図鑑の文化史、ペット狂いの歴史を見れば一目瞭然だ。名作『見るということ』において激しい動物園批判をしたジョン・バージャーは『イメージ』中にキャプションの付かぬ写真だけの章を構えて読者を揺さぶったが、彼のこの二つの仕事をそっくり一冊でやり遂げた『秘密の動物誌』を読むことで、その意味が改めてよくわかった。この本は一方でウェシュラーに、もう一方でジョン・バージャーに非常に近いところにある。

いわゆる偽書である（かどうかは貴方の受け取り方次第だ）。動物を離れたところではロミの『突飛なるものの歴史』に似ているし、なぜか同じくドイツ系の博物学者を著者に擬した（天才伴田良輔氏の）『女の都』に極めて近い。いきなり擬書・偽書と知れてしまうが、動員されるメタフィクティヴなニセ写真の類の面白さを楽しむことができる。

言葉のいい加減さを悪く言いながら、言葉のないヴィジュアルだけのケースでも我々がいかに不安になるか、いくつかの動物の項でわかる。エレファァス・フルゲンスなんて、写っているのはどう見てもただの象なのに、本が本だから何かきっと変な動物だと思いたがってしまう我々。リアのナンセンス博物学を相手にした時と同じで、ただアハアハとだまされ読みでも全然かまわないのかもしれないが、やはり著者がウィッティなフォトグラファーである点にこの本の究極の意味があると、もう一度繰り返しておこう。例えば心霊写真がそうだが、相手の存在、不在と重なるように、ないものを〈視〉を介して存在せしめるメディア（巫女／媒体）の策略の方が気掛かりになってくるのである。

どこまでがフェイクなのか段々わからなくなる。二人のスペイン人はそもそも実在するのか、ボルヘスは本当に如上の名文句を吐いたことがあるのか、これひょっとしてアラマタールルム・ヒロショールムの脳髄の産物ではないのか。確かだと自信を持って言えるのは、「原著者」二人による巻末の「製作ノート」に示された〈リアリズム〉ならびに〈写真イメージの信憑性〉だけではなく、さらには〈科学的言説〉ならびに〈あらゆる認識形成メカニズムに潜む技術や策略〉までをも考え直してみよう、という真っ当な提案は見事に伝わってくる、ということだ。

ケンタウルス・ネアンデルタレンシス。半猿半馬の怪獣の誇り高い雰囲気を伝えるニセ写真は遠くへヒトが捨て去ってきた気高さを伝えて、個人的にはこの数頁だけで一冊買う。

58. エイデティック（直観像素質者）のみに書ける本

12/7

『都市の詩学──場所の記憶と徴候』田中純（東京大学出版会）

人文科学はもはや過去のものという貧血病の負け歌、恨み節は何も今に始まったものではないが、大体済度しがたい語学オンチや無教養人とぼくが見ている連中に限ってそういうことを言っているので、本気で聞かない。なに、人文科学はこの四半世紀、かつて見ない自由度と結実の豊穣を見、しかも昔なら何の関係がと思われていたディシプリンの境界あたりで他の知の領域と生産的に混じり合って何とも形容しようのない快と愉悦をうみつつある、ということをぼくなど、浅学の者なりにしたたかに予感し続け、そして現に今、天才田中純による一大スケールの新人文学マニフェストを見て、この予感が的中していたことを改めて心強く実感している。

例えば記憶術が面白いらしいといろいろ「紹介」しても、ハナで嗤われた。ヴンダーカンマーをやらないでどうすると主張しても、澁・種小僧の暇つぶしと言われた。アール・ヌーヴォーとナンシー派心理学の連繋をエミール・ガレを通して語るデヴォラ・シルヴァーマンの大冊（"Art Nouveau in Fin-De-Siècle France : Politics, Psychology, and Style"／邦訳『アール・ヌーヴォー——フランス世紀末と「装飾芸術」の思想』）に興奮して「紹介」しても、何のこっちゃという扱いだった。今は歴史家サイモン・シャーマの「クロニクル」の再評価的方法による歴史学の「紹介」を終えて、なぜか彼我の差が全く感じられないバーバラ・スタフォードの、まだ訳し切れていない何冊かの邦訳に忙殺されている。

といった高山宏のこの二十年ほどの過去と現在を軽くスッポリと射程におさめてしまう仕事が、いずれ出てきてくれないと困ると思ってはいたが、こんなにも早く登場してきてくれてはね、と頭掻いている。それが田中純氏の一連の著作著述であり、極めつけが今次の『都市の詩学』である。アカデミーに捉われない自由な博言博読を背景に個性的な文章使いで一種知的な抒情さえ醸す視覚文化論ということでは、海野弘の『装飾空間論——かたちの始源への旅』（美術出版社、一九七三）、そして多木浩二『眼の隠喩』（青土社、一九八二）に次ぐ驚くべき完成度のエポック・メイカーたる一著ではあるまいか。

だが〈波打ち際の知〉を標榜するからといって、いわゆる〈学際的〉分野にありがちな、門外漢のいい加減な思いつきをほしいままにした衒学的エッセイと受け取られてしまうとしたら、これほど無念なことはない。本書では、実証主義的な真理の限界をも問わざるをえないがゆえに、実証性を確保できる場面では、よりいっそう厳密な論理と精密な考証を心がけたつもりであると著者言にあって意外な小心に苦笑いしたが、この一著通読して誰が「いい加減な思いつき」などと思うものか。視覚文化論という小洒落た枠を外せば、最も輝いていた時の山口昌男的パースペクティヴをしっかり持つ。山口の最大傑作『文化の詩学』〈1〉〈2〉の強力対抗馬。達人たちが行き着くところ「詩学」というのも偶然でなく、面白い。

例えばこんな文章をさらりと書けるか。

一九二〇年代から三〇年代にかけてのヨーロッパ、とりわけドイツにおいて、ヨハン・ヴォルフガング・ゲーテの形態学《モルフォロギー》は、美術史を含む数多くの学問に多大な影響を与えた。それはたとえば、アビ・ヴァールブルクの図像アトラス「ムネモシュネ」、ヴァルター・ベンヤミンの『パサージュ論』、アンドレ・ヨレスの『単純形態』、カール・グスタフ・ユングの「元型」概念、オスヴァルト・シュペングラーの『西洋の没落』、ルートヴィッヒ・クラーゲスの「表現理論」、ウラジーミル・プロップの『昔話の形態学』などである。一方において形態学は、シュペングラーの場合のように、擬似科学的な思弁に陥る危険を孕んでいた。しかし、他方において、クロード・レヴィ＝ストロースに対するプロップの影響が示すように、形態学の方法は文化現象の科学的分析、とくに構造主義やカルロ・ギンズブルクの「ミクロ歴史学」の方法論を準備するものであった。　（一八五ページ）

ゲーテのモルフォロギーに淵源を持つことが少しずつ知られ、少々好事家風扱いながらロジェ・カイヨワやバルトルシャイティスなどの仕事を通してその片鱗が知られる程度の形態学よ再び、の輝かしいマニフェストでもある。『アビ・ヴァールブルク　記憶の迷宮』もそうであると言えるが、読者が限定されるモノグラフより、間口の広い今回作『都市の詩学』の方が、田中純躍進のためには絶対好個のマニフェスト本だ。出来方は『都市表象分析〈1〉』と同じだが、同じ雑誌『10+1』連載記事のコンピレーション本といっても、この『都市の詩学』は、「都市」という「通時的な出来事の無数の連鎖を、巨大な規模で物理的に、共時的な空間構造として記録してゆくメディア」（一六四ページ）が、その厄介な相手を読みほぐす方法の模索のど真ん中、そうした融通自在な方法のあり方自体の中に姿を現すという、まるで田中氏が間断なく参照するベンヤミンやアルド・ロッシそのものの都市表象分析の方法論を一貫して追跡していく。そのはっきりした目的意識が旧作とは違うし、暴力だ戦争だという暗めの話（?）をテーマにした『死者たちの都市へ』よりも、田中純への入り口としては断然良いのかもしれない。

アルド・ロッシの『都市の建築』や『科学的自伝（アルド・ロッシ自伝）』の分析により、集合的記憶としての都市、特に境界域の創造的両義性のテーマ、ヴァールブルク研究で自家薬籠中のものとなった「パトスフォルメル（情念定型）」を対象に求めていく方法、「隠れたものを上手に発見する」セレンディピティ、即ちギンズブルクが「徴候的な知」と呼び「狩人の知」と称した方法でないと、そうした都市の「アハスウェルス」（「さまよえるユダヤ人」の名）としての変幻無限な相貌は捉えられまい、という本全体のテーマと方法の全部が示される。あとはこのロッシ論の展開である。

とは簡単に言うが、右に引用した文章に明らかなドイツ文化・社会学の系譜、特にベンヤミンへの並々ならぬ傾倒、『分裂病と人類』の中井久夫、ある時期、新しい学のバイブルとして人気のあった『胎児の世界』の三木成夫の世界への深い共感、網野善彦・中沢新一コンビの境界文化論への親和など骨太な背景を構えながら、江戸の連歌やら小村雪岱の「面影」絵やら、トマソン物件・路上観察学会やら、カエルの進化論・図像学やら、畠山直哉や森山大道の写真やら、次の章に何がとび出してくるやら、まるで一個のヴンダーカンマーさながらの面白さである。確かに一方で中沢新一本の与えてくれる学と芸の面白さが田中純のコンピレーション本にある。「痙攣的な美としての驚異」というわけだが、ヴンダーカンマーを江戸博物学とつなげる一章もあって、ローレンス・ウェシュラーの奇書を肴に、ぼくなど十年掛かりでやってきた世界をさっと、しかも過不足なく整理している。リンネの知られざる一面の話は、ぼくの虚を突いたし（ぜひ自分で読んで！）、「十九世紀のパリが、すでにひとつのクンストカマー」という一行で、ぼくが長年つなげられなかったふたつが一遍につながった。

兎角、目次がこんなに楽しい経験は最近珍しい。視覚文化全体から、詩学を標榜する以上、言語化された都市（連歌から朔太郎まで）も話題にのぼる。視覚と言語の間を越える手続きはもちろん議論されるが、「都市は街路名によって言葉の宇宙となる」というベンヤミンの一言の引用で全てオーケーとなるところが、ベンヤミンの、そして田中純の神がかりだ。

個人的に一番感心したのは、参照されて登場する人やその所説が次々喚起され、交錯する最中にいろいろ巧みに混淆して、認知考古学だの、生命形態学だの、生態心理学だの、見慣れぬ新知・奇知のインターディシプリナリティが至極自然に現れ、いま現在、行き詰まっている学知の世界がこうして模範的に融解・融和されていく、いわば現場の刹那刹那《せつな》を目撃できること。そのスピード感はさすがの山口昌男本にもなかったし、並べるならやはり中沢新一氏だが、田中氏にはこの好敵手にない「精緻な考証」もある。いま現在、境界を越えるべき時にさしかかっている人文学が、永遠に境界にあればこそ生彩ある「都市」に自らを鏡映することでその危機を知り、越えていけという熱いメッセージと読んだ。

もうひとつ個人的なことを。今後あり得べき（田中氏の言う）「神経系都市論」のことだが、ぼくが一時百パーセント感激没入したバーバラ・スタフォードの仕事、彼女と雁行するホルスト・ブレーデカンプの業績を、ヴァールブルクの「古代の残存」美術史学と結びつけてその意味を文脈の中でわからせてくれた「神経系イメージ学へ」という一文こそは、面白さのみに引きずられいわば力ずくで「紹介」してきたスタフォードの仕事を、「紹介」者自身にはじめてわからせてくれた電撃的な一文であった。スタフォードやそのドイツ圏の眷族《けんぞく》が追求中の「あらたな陶酔の技法を知る神経病理学」の動向は、いま現在一番重要な学問語になりつつあるドイツ語に堪能な田中氏が熟知している。といって、フランス語だって、ディディ＝ユベルマンひとりで大変な豊穣を誇っているが、それももはや田中氏のフィールドである。

いま指折りに面白い人と分野をこうして総なめにし（ふたを開けるとつまらぬものと知れる相手に、見たところ全く手を出していないところが凄い）、その本を「まだかたちをとらないそんな理論を予感させる思想の系譜が描いた歴史のアラベスク」と自評する言葉がまたニクい。コンテクストの中で生きる一行二行がアフォリズムとして立派に立つこの人の文章は麻薬的だ。さらに学のある平出隆や港千尋というこの感じは本当に凄い。ぼくは、嫉妬を感じる必要のない老年に達してしまったことを幸運に思う。ぼくの書物殿堂にこれも入れよう。ヴァールブルク論はきつい本だったが、『都市の詩学』は幾重にも楽しい。

59.「視覚イメージの歴史人類学」にようやっと糸口

12/11

『時代の目撃者─資料としての視覚イメージを利用した歴史研究』ピーター・バーク［著］諸川春樹［訳］（中央公論美術出版）

なにかと話題多い映画監督のピーター・グリーナウェイだが、その最新作『レンブラントの夜警』でもって二〇〇八年、「文化史」をめぐる動きは賑々しく始まることだろう。名画『夜警』に加えられる「解釈」という営みそのものを、解釈行為の極みたる一探偵（＝画家）による殺人事件推理というテーマに映し出した、なかなかにウィッティな作品である。

徹底して画家の「目」にこだわるところからして、歴史家サイモン・シャーマの記念碑的大冊“Rembrandt's Eyes”が決定的なソースらしいことはまず間違いない。二〇〇八年のぼく自身の仕事がこの大著の邦訳刊行（『レンブラントの目』）で開始されることもあり、そして『魔の王が見る』はじめ、グリーナウェイがなぜオランダ十七世紀にばかりかかずらう「歴史映画」家たるより他ないのかをほとんど唯一、執拗に書いてきた身であってもみれば、どうしても歴史（学）と、歴史をヴィジュアルを介して考える作業との関係に思いを致さないわけにはいかず、随分以前からヴィジュアルを「史料」として大いに取り込む新しい歴史学の展望と問題点を一度総ざらえしてみたいと考えていた。ちょっと参考的に絵をカットして挿入というおそるおそるの感じではなく、全巻の三分の一、いや半分が図版で埋まる研究書を「ヒストリー」の名の下に連発する歴史家が、サイモン・シャーマやバーバラ・スタフォードのように、この二十年くらいはっきりその数を増やしている。考えてみれば、この「ヒストリー・アンド・アートヒストリー」（コロンビア大学でシャーマが所属している学科名だ）の大先達二人をプロモートしているのがぼくというわけで、ぼく個人の知的関心のありかをぜひ教えてもらいたいという個人的な思いもあって、取るものも取り敢えず跳びついた次第である。

ピーター・バーク自身、そうした新しい歴史学の動向に沿った一人であるのだが、大変平衡感覚のある書き手だから、ヴィジュアルを抱えて突っ走るシャーマやスタフォードの大著群とは違って穏やかな教科書である。古文書類が史学確立のための「証拠」として使われてきたのと同じような意味で史料が「証拠」になり得るか、というテーマに本一巻割かれたのは本書が最初でもあり、ホットな挑発書（かつてのジョン・バージャーの“Ways of Seeing”：初版一九七二／邦題『イメージ』のような）というより、大人な教科書であるのが有難い。史料としてのヴィジュアルの魅力を言い、そしてその「落とし穴」をも冷静に分析し、その上で平衡のとれた「第三の道」を勧め、最後に芸術社会学がゆっくりとこうした「視覚イメージの文化史」、もしくは「視覚イメージの歴史人類学」に移行していくためにエキスパートが忘れてはならない心構えを箇条書きにしてくれるところで終わるなど、いいのかと思ってしまうほどクールである。

…私は読者が視覚イメージを、あたかも決った答えがひとつしかないパズルのように解読するための「ハウ・ツー論」だと期待して本書を手にしたのではないことを願っている。本書があきらかにしようとしたのはそれとは逆に、視覚イメージがしばしば曖昧で多義的だということだ。したがって私たちのアプローチにはあいかわらず誤読の落とし穴が待ち受けているのであり、視覚イメージを読まない方法を一般論化することの方がはるかにたやすいと考えられてきたのも道理である。一方、多様性も何度も繰り返されてきたテーマである。それは視覚イメージ自体の多様性のこともあれば、それらの証拠が科学史、ジェンダー、戦争、政治思想など異なった関心を持つ歴史家たちによって使用されたその多様性のこともある。（二五二ページ）

この一文に尽きている。そしてフロベールの言とも、アビ・ヴァールブルクの言ともされる「神は細部に宿る」という言葉が全巻の締めになっているように、実にさまざまなヴィジュアルの細部読みをバーク自身やってくれる。十七世紀オランダの画家サーンレダムが加速遠近法で教会内部空間を描いた「表象」的画家であることはスヴェトラーナ・アルパースの“The Art of Describing”（『描写の芸術』）でよく知っていたが、新教の教会たるべきなのに仔細に見るとカトリックの服装の人物たちが描き込まれているというのは流石のアルパースも見逃していて、そうかこれこそ偶像崇拝と偶像破壊を交互に激しくやった時代なのね、と改めて感心した。こういう具体的な例でのバークの読みが本書第一の魅力で、今まで取り上げた中ではダニエル・アラスの本の魅力に通じる。

それはそれで素晴らしいが、やはりピーター・バークと言えば、余人には手に余る二十世紀「文化史」のサーヴェイができる、例えば（バークと非常に近しい気配の『クリオの衣裳』他の名企画者）スティーヴン・バンのタイプの大展望にこそ最大の魅力がある。本書でもそれが大きな魅力で、ブルクハルト、ホイジンガ、ヴァールブルク、フランセス・イエイツ等々、まるで文化史学最高の案内書、E・H・ゴンブリッチの“Tributes”もかくやという壮大な展望をうち開く中に、パノフスキー、ヴァールブルク派の図像学とヴィーン派「精神史」の関係、クラカウアーの映像社会学、アリエス他の「感性の歴史学」、フーコーの表象論、サンダー・ギルマンのメディカル・イラストレーション分析、ギーアツによるヴィジュアル学批判、そして歴史学と美術史学の間と言えば出ぬわけにいかないカルロ・ギンズブルクの「徴候」論、言語テクストがヴィジュアルを束縛する「イコノテクスト」を論じ始めたピーター・ワグナーの仕事…と、ヴィジュアルを史料として新しい人文学を工夫しようとしてきた一大系譜学がこの一冊でほぼ通覧できる。当然、歴史を物質文明の細部を通して見ると一番ぴったりくるいわゆる「風俗画」ジャンルで光彩を放つオランダ十七世紀がひとつの中核で、アルパース、エディ・デ・ヨンク、そして想像通りサイモン・シャーマが主人公の一人となる。

歴史学とカルチュラル・スタディーズの交わるあたりの整理も適当な分量配分で、「下層から見た歴史」、「読書の歴史」、女性史、そして「他者」史と抜かりなく、しかし差別のステレオタイプをつくり出していく当のものとしてのヴィジュアルを史料に用いることのややこしさという眼目に全てつなげていくあたり、やはりこの著者ならではの見事なフットワークである。歴史学と精神分析批評、構造主義、ポスト構造主義三者との関わりなど、少ないページ数でよくこれだけと思える的を射た簡潔な整理で、何もかも二項対立にしてしまう傾向、いわゆる言語中心の徹底という動向の中でのヴィジュアル侮蔑をきちんと押さえ、そろそろ翻訳刊行されるはずのマーティン・ジェイの"Downcast Eyes"に向けた恰好の露払い役にもなっている。ジェイの名著の翻訳は大変な苦戦との噂だが是非早く!。

白眉は二二〇ページから続く七、八ページ。歴史映画の「歴史」とヴィジュアルの関係を説くのにクラカウアーの映像論やヘイデン・ホワイトの「ヒストリオフォティ」論を押さえ、黒澤明やロッセリーニの映画の、歴史映画としての大きな意味を問うていく。『マルタンゲールの帰還』の史家ナタリー・Z・デーヴィスが映画のアドヴァイザーとして雇われることで、彼女自身の史学の方法が一変していくというエピソードが大変建設的、創造的だ。映画はその独自の細部処理によって、(一九七〇年代以降、歴史家たちの間に流通した)「マイクロヒストリー」の形成にも貢献」したという指摘は大変考えさせるところが大きい。「羅生門効果」と呼ばれるそうだが、ひとつの事象を別々の個人やグループが別々の見方で見てしまうという曖昧さを映画以上に巧く剔抉《てっけつ》できる世界はない。「目立たぬほどのささやかな動きや、数多くのつかの間の行為からなる日常生活の全体像を明らかにできる場はスクリーン以外にはありえない」(クラカウアー)。となると、ポジティヴな史家ピーター・バークとしては当然「歴史の研究者たちがそうした映像の力を制御し、過去を認識するための映画を自分たちで制作すること」を提言することになる。「歴史家と監督が同じ言葉を使って協力すること」のメリットという現実的提案にはうならされてしまう。ぼくの周囲でこういう発想を一度として耳にしたことがない。視覚の曖昧、不確定性をよく知った上で云々というクールな議論はダリオ・ガンボーニに通ずるし、視覚文化論と歴史学が交錯するあわいに新しいディシプリンがうまれてくるのを感じる快感は田中純の大冊にも似る。この快感を歴史学プロパーで追ったエグモント、メイスン（シャーマとギンズブルクの弟子たちだ）共著の『マンモスとネズミ——ミクロ歴史学と形態学』（青土社）の併読もぜひに。

重くならないように啓蒙性が前に出た訳文はさっぱりして読み易い。この世界をメインにした革命的雑誌『リプリゼンテーションズ』を『ルプレザンタシオン』と訳してしまうあたり、少し底が割れたかな。

60. そっくりピクチャレスクと呼べば良い

『広重と浮世絵風景画』大久保純一（東京大学出版会）

12/14

今年二〇〇七年夏、芸大美術館で広重の《名所江戸百景》展を見た。しばらく洋ものアートの展覧会ばかりだったのでえらく新鮮に感じたが、同時に久方ぶりに、十八世紀末から十九世紀劈頭にかけて洋の東西が The Picturesque の動向においてやはりもの凄くパラレルの関係にあるのだ、という思いを新たにした。このヒロシゲの切れの良いモデルニテって何？

直後、第十九回国華賞を受賞した広重論の噂を聞けば、そりゃ黙ってはいられない。著者は一九五九年生まれ。十歳くらい下の世代の頭の中が今どうなっているか知りたくてたまらないので、早速読んでみた。東大大学院の博士論文というからどうしようかと思ったが、前例に安西信一氏の英国庭園文化論あり、なかなかのものだったので、今回もう一度トライ。

『名所江戸百景』という揃いものを中心に歌川広重の風景画について、よく広重ファンの言う「抒情性」ではなく「空間造形力」「空間構築力」の方から評価したいとする意欲作で、現にそういう分析をするところは、それを北斎についてやり抜いた中村英樹『北斎万華鏡』の広重版とも感じられる爽快な切れ味を堪能できた。浅野秀剛、岸文和、岡泰正、内山淳一、ヘンリー・スミス、ジャック・ヒリアー…と、参照される研究者が皆、ぼくなどでも良く知る世界標準の日本美術史家ばかりだし、日本人ジャパノロジストとしては今たぶんナンバーワンの稲賀繁美氏の仕事をも巧く利用しながら、「浮絵研究の多視点化は、その担い手がもはや美術史家だけにとどまらなくなったことを物語ってもいる」と言えるような相手なので、大いに安心して読み始めた。

まずは「浮絵の精神史」。奥村政信などのいわゆる「浮絵」の流行を、それを通して異界を「覗き込む」ための枠、窓として捉え、室内風景専門だったのが歌川豊春によって外の風景に応用されていったという風に江戸パースペクティヴィズム〔遠近法絵画〕小史が綴られ、大きな窓があるところに天井から大きな亀が吊り下げられている広重の奇作「深川万年橋」の分析になだれこむ。パースペクティヴと言えば、中央が此方に迫ってきて、左右両端がそれぞれ向こうに後退していく「二点透視法」に冴えを見せるのがひとり広重のみだそうで、表紙にその名作、「東都名所　吉原仲之町夜桜」という一幅をあしらっている。

ディテールの面白い広重のこと、大旅行家と思いきや基本的に粉本画家、つまりネタ本があるというのが、次の話題。面白い。淵上旭江の『山水奇観』、斎藤月岑らの『江戸名所図会』など、夥しい名所図会、風景絵本を駆使して、「自らは訪れたこともないであろう」場所について却って斬新無類の風景画を量産した（作品数千点は凄い）。他人の材料を相手に、自らのオリジナリティといえばひたすらに視座、視点である。「広重はかなり早い時期から、名所図会の挿絵をもとにしつつ、透視図法や空気遠近法、あるいは視点の移動などによって、俯瞰による図会の挿絵の説明性を払拭し、画中の景観のリアリティを高めるという絵づくりをおこなっている」とする。「視点を低く取り、極端に拡大した近景の物体越しに遠景を見せる」、成瀬不二雄氏のいわゆる「近像型構図」の妙に、広重のオリジナルな才幹があるという。

批評の用語は違っても広重論として、少し気が利いた人間ならこの辺までは言える。さらに先があるので、この本は面白い。斜線というか対角線の構図があって、これがつまらぬ均衡を破って運動感をもたらし、かつ余白の美学をももたらすのだとする明快な分析が第二弾に控えており、何か「洋風」だなと思えば実はこれが広重や国芳に対する四条派の影響だというので、一驚を喫する。発見した大久保氏自身、驚いているあたりが嬉しい本だ。「従来、江漢や田善の銅版画から、北斎・広重らの浮世絵風景画へと単線的に発展すると語られてきた江戸後期の風景画史に対して、筆者は四条派の影響も加えた複線的な視点が重要であると考えている」として、本書が「多少は新たな視点を付け加えることが」ができたのではないかとするが、ぼくなど仰天したのであるから、所期の目的は果たされている。

ところで、そういう全体のまとめに当たることを著者は次のように書いていて、ぼくは少し思うところがあったので、引いてみる。

これまで述べてきたような考察が正しければ、四条派の作画手法は、相当に広範、かつ深く、天保期以後の江戸の浮世絵に影響を及ぼしていたことになる。ことにその大胆な構図法が、広重や国芳らの描く風景画、あるいは風景画的背景を有する物語絵の構図の上に、積極的に利用されていたことは驚きでさえある。これまで江戸末期の浮世絵の風景画の展開は、概して秋田蘭画から江漢・田善の銅板画、そして北斎一門の洋風版画といった、洋風表現の流れの中で位置づけられてきた観があるが、対角線構図や近像型構図といった構図法には、むしろ四条派の影響を想定するほうが合理的なものも少なくなかったのである。そもそも時流に敏感な浮世絵師たちが、同じ時代に上方で隆盛をきわめていた四条派の画風に無関心でいたはずはないのだから。今後は従来からの洋風表現の消化吸収という文脈に加えて、新たに四条派絵本の影響という視点を加えれば、江戸末期の風景画の成立を考察する上でより大きな成果が得られるように思われる。（二三九ページ）

実に圧倒的なマニフェストである。ぼくは四条円山派については、英国人ジャパノロジスト、タイモン・スクリーチ氏の『定信お見通し』の邦訳を手伝った限りでのことくらいしか知らないが、今まで四条派、円山派に大久保氏が指摘されるような低い評価しか与えられてきていないのだとすれば、ひょっとしてこれは一寸した革命書なのかもしれない、と思う。

ところで、大久保氏のテーマの半分、「枠の意識」をぼくが敢えてパースペクティヴィズムと「洋風表現」してみたことで想像していただけるかと思うが、ここで「浮絵の精神史」と呼ばれているものはずばり、マニエリスムの中心的論点なのである。「小さな窓」から「覗き込む」こと即ちマニエリストたちの「原身振り」（G・R・ホッケ）であったことを、よもや一九八〇年代（マニエリスム論再燃の十年）に猛勉強されていたはずの大久保氏がご存知ないとは信じられないが、本書の言うことが本当なら、ばりばりのマニエリストたる広重や芳年をどうしてマニエリストとただの一度も呼ばないのだろう。もっと面白くなるのに。

この本の残る半分、風景を「大胆なトリミング」と「遠景との極端な対比」をもって見ていく美学、「枠」で世界を切り取る技術と快感に溺れた文化は、北斎や広重とまさしく同時代のヨーロッパにも生まれ、「ピクチャレスク」と呼ばれ、世上を席捲していた。均衡を破り、運動を好み、余白と戯れる。まるで十八世紀ピクチャレスクそのものの定義ではないか。円山応挙が目指した「新意」即ちマニエリストたちの“diségno interno”ではないか。綺想・奇知で受け手を驚かせようと、かつて十六世紀マニエリスム、そして十八世紀ピクチャレスクは同じことを主張した。世界そのものより、それを見る「視座」「視点」に狂うパースペクティヴィズムにおいても、ひたすらにアイディアの斬新と受容者の驚愕を企てることにおいても、マニエリスム／ピクチャレスクはまるで双生児のようで、現に十八世紀末には間然なく合体していた。

大久保氏が学恩を受けたとおっしゃっている辻惟雄氏が若冲や又兵衛を曖昧に「奇想」の画家と呼んだ同じ一九七〇年代初め、故種村季弘氏は若冲についてはっきり江戸のマニエリストと呼んだ。江戸のあり得べきグローバルな評価の中で、マニエリスムは間違いなく大きな手掛かりになるだろう。そのことに気付いてぼく自身、『黒に染める』を「本朝ピクチャレスク事始め」なる副題の下に世に送り、服部幸雄氏や田中優子氏などとそのことで対談を重ねてきた。タイモン・スクリーチ氏を半ば使嗾《しそう》して、旧態依然の江戸学をニュー・アート・ヒストリーの風にさらしもした。四年か五年、そうやって集中的に新しい江戸学の可能性をスケッチしてみたのだが、そちらの世界のフロント・ランナーがこれではね。ヘンリー・スミス・ジュニアまでは読めているのだから、もう一歩出てくれないかな。もったいないよ。

「従来の洋風表現の消化吸収」という方向からではなく、と言うが、その「洋」の部分についての知見が今、飛躍的に変質、拡大しつつあるのだからと、これだけの相手だから、ついつい言いたくなる。そうではなくて四条派なんだと言われるかもしれないが、たとえば円山応挙の描く岩や滝がめちゃめちゃピクチャレスクなんだとしたら、議論はどうなっていくんだろうね。中華ピクチャレスクの方へ、とか。

61. 夢の美術館から戻ってきた感じ

12/18

『江戸絵画入門──驚くべき奇才たちの時代』～「別冊太陽」日本のこころ 150号特別記念号、河野元昭［監修］（平凡社）

その世界のバイブルとなった『奇想の系譜　又兵衛‐国芳』の著者辻惟雄氏を中心とした日本美術史研究の新風・新人脈で、江戸二六〇年の長大な展望を試みた。『奇想の系譜』は一九七〇年刊（初出）。当時、マニエリスムだグロテスクだと騒いでいた一般識者にしてもほとんど知らなかった若冲や蕭白を教えられた衝撃は大きかったし、まして狩野山雪や岩佐又兵衛など存在すら知らなかった。本書は、不遇なる南画家祇園南海の言った「奇」の趣味（「趣は奇からしか生まれない」）、同じく芥川丹邱《たんきゅう》の「狂」の趣味が、辻氏の名著以来もう四〇年経とうとしている今、江戸美術を見る目としてなお有効かを問う一大紙上展覧会である。意図や壮。

当然、若冲や蕭白に割かれる紙数は多いし、逆に一人一作の扱いも多くなるが、人選は過不足なく、一人一作で選ばれる作品も画工の特徴がよく出ているものなので感心した。紙面デザインもこの四半世紀のヴィジュアル本編集の精華というべき達者な出来栄えで、「別冊太陽」のノウハウが生きたお世辞抜きの永久保存版。まさしく「徽宗《きそう》の系譜　又兵衛―コクヨ氏」の余波というべき一九七〇年代初めの「みづゑ」八〇〇号記念の若冲蕭白大特集（一九七一年九月号）以来の保存版である。江戸が、やりたいっ！

過不足ないのは見事である。やればやるだけややこしい狩野各分派の動きがはじめてよくわかった気がするし、画期的だったRIMPA展で発見された光琳周辺の斬新も改めて衝撃的。さほど奇でも狂でもないはずのフツーの絵師の作までどこか奇矯と感じられてくるところが、実は本書の眼目なのである。

監修の河野元昭氏との対談で辻氏は「江戸時代の絵画のイメージ変革というのか、奇想派の方が逆に表に出てきてしまうのは、あまりにもやりすぎかもしれない（笑）」とおっしゃっているが、どうやら今が正念場、江戸美術はもう少し「奇」に引っ張っていってもらわねばならない。個人的には伝俵屋宗雪の菊花図簾屏風のイリュージョニズムに魅了された。

62. タイモン・スクリーチにこんな芸があったのか　12/21

『江戸の大普請─徳川都市計画の詩学』タイモン・スクリーチ［著］森下正昭［訳］（講談社）

「その筋」のお偉方に「青い目の人間に江戸の何がわかる」などと言われながら、『江戸の身体《からだ》を開く』で新美術史学の新しい「黄金時代オランダ絵画」観とのアナロジーによる江戸「認識論」革命を論じ、博士論文の邦訳『大江戸視覚革命』ではB・スタフォードと対抗するように本朝における十八世紀「アートフル・サイエンス」の様相を一挙に明るみに出してみせることで、タイモン・スクリーチは誰に何と言われようと江戸を標的にするナンバーワン・ジャパノロジストになった。そして一挙に「くだけた」ところでは、「高橋鐵以来」（中条省平氏評）という『春画』で講談社選書メチエにおける高売上の記録をうちたてもした。

もう東京に二十回も来た、と今回の本で威張って（？）みせているが、二十回くらい来たところで何、ということが外国人による江戸研究には、どうしようもなくある。もっと頻繁に来て長く滞在しろと、ぼくは友人として、企画プロモーターとして、（かつての）翻訳者として言い続けている。日本に少しいて材料を集めては、（〆切督促の電話のない）静かなロンドンで執筆する、というヤワなやり方では力不足だ。

スクリーチ氏を批判する者はそれこそ重箱の隅をつつくようにディテールの曖昧やテクストの誤読をあげつらうが、実際、彼にはびっくりするようなミスが多かった。検校タモツキイチというのがいて立派な業績をあげていると言うのだが、はて、としばらく読んでみると、保己一、即ち塙保己一のこと。第一、「検校」を文字通り、ものを調べる学校の意味にとって、勝手なことを言っている。呆然とするばかりのこの種のミスを「摘発」しながらの邦訳はそれなりに面白かった。上述した『江戸の身体《からだ》を開く』と『大江戸視覚革命』の二大著および『定信お見通し』についてはこうした大中小のミスがほぼ（？）絶滅しているが、編集担当の加藤郁美さん（お名前をあげるのをご本人はきっといやがられると思うが）が土日返上で早稲田大学図書館と国立国会図書館に「お籠り」してスクリーチ氏が引く一次資料を片端から点検し、ぼくはそれを基に翻訳したというのが実情だ。本当に往事の加藤さん、編集者のかがみ！

『定信お見通し』など、当時破竹の勢いの今橋理子氏の切っ先鋭い江戸表象文化論を意識しながら、資料のあまりといえばあまりにズサンな読みに呆れ、越権覚悟の斧鉞を加えるの余儀なきに至った。故種村季弘氏の朝日新聞掲載評に、日本美術史の世界がぼやぼやしているから外国人にいいとこどりされたとして、それにしてもこれはスクリーチ、タカヤマの共著という印象を受けると書かれ、流石《さすが》っ！と感心しながら冷汗三斗であった。ぼくはこのなかなかスケールの大きいジャパノロジストを全くのスタートから一定高度に立ち上げるブースターエンジンの役を引き受け、大体上記の数冊を訳したところで任を完遂したと認識して、今後は別途翻訳者を自分で見つけてやっていくようにと提案した。

日本人がシェイクスピアについて何か言っているようなものだから、大中小、くさぐさのミスは仕方ない。本を出すたびにミスは減っているし、これからだ。そういうこと一切に目をつむっても良いと思わせる魅力がスクリーチ氏にはある。氏自身繰り返し認めているようにディテールの綿密さでは日本人研究者に敵わないが、アプローチの方法論に日本人にはない絶対の新味がある（E・H・ゴンブリッチに導かれ、スヴェトラーナ・アルパース、ノーマン・ブライソンに師事、マイケル・バクサンドールに兄事したばりばりの新美術史学派）。それに、日本人研究者がやらないようなことをやらない限り先がないという「斬新さ」の強迫観念が、いい。何をやる気なのだろうと、いつも送り届けられたばかりのタイプ原稿をめくりながらワクワクする。

他の翻訳者によるスクリーチ本を手にするのはこれで三度目だ。細かいミスがないようにと念じつつ読み出すと、これがどうして面白い。あっという間に爽快に読み切れた。

江戸城天守閣消失のあと再建しようとしなかった将軍家の戦略的な「図像学的抑制」は著者の長年の持論。この「不在の図像学」論をさっさと置き去りにするかのごとく、日本橋の「日本の臍《へそ》」としての意味、京都への対抗意識も手伝っての風水都市江戸論が、猛烈なスピードで展開される。東海道五十三次の五三の数秘学、終点／始点の二つの「品川」があることとの意味など、矢継ぎ早に結びつけて江戸の中心／周縁の記号論を構成してみせる。

が、白眉は最終章「吉原通いの図像学」である。絵と文学の吉原関係資料を組み合わせた上、吉原への「道行き」を、まるで一人の遊客の目線で、何がどう見え、どう聞こえてくるか克明に再現し、一夜ごとの「死の訓練」でもあるかのごとき非日常な「仙女界」での擬似宗教的体験が描き出される。

最後は「行く猪牙《ちょき》ハ座像　帰る猪牙寝釈迦」とは笑う他ないが、この珍妙な道行きをなぞる文章の洒脱。この異人、ひと皮むけたね。

63. シンプル・イズ・ベストを「発犬」させる一冊　12/25

『南総里見八犬伝　名場面集』湯浅佳子（三弥井古典文庫）

ただ目に付いた本をてんでんばらばらに取り上げるのなら何もぼくがやることもない当書評空間なので、マニエリスムや、かつて「専門」ということになっていた英文学畑、技術史、文化史と何冊かずつテーマで括ってきて、そして今は江戸関連の最新刊ということ。

世間公認になったから言うと、今まで某大学で英文学を約二五年、「表象」論を五年弱教えてきたが、勤続三〇年で些か「勤続」疲労の気味で、ついに転出。「気分転換」を図らねば頭が腐りそうだ。新しい相手がぼくに望んだのは「新人文学」万般という何とも鵺《ぬえ》じみたものだったが、江戸と大正という一番相性の良い時代を手掛かりに日本の表象文化・視覚文化を教えたいがと言ったら、認められた。手間暇かけて巨細にわたって日本文化・日本文学をやってきた人たちから憫笑されそうな一大冒険、もしくは身の程知らずな「敢為」である。成算は、ある。

もともと文化・文政期の頽唐文化についてはマニアだが、ヨーロッパ十八世紀に転じてマニエリスム／ピクチャレスクの実態を追い、アーリーモダン新歴史学と「アートフル・サイエンス」（B・M・

スタフォード）の大体が身についていくうちに、自ずと宝暦・明和（一七六〇〜七〇年代）期以後の江戸にもほぼ同じ問題群が生じていることが摑めてきた。先回取り上げたタイモン・スクリーチ氏とのお付き合いも実に巧くプラスした次第である。そして『黒に染める――本朝ピクチャレスク事始め』（初版一九八九）を一種のマニフェストとして世に問い、そこを出発点に青い目のホクサイ、蒼い目のキョクテイ…といった思いっきりバタ臭い江戸文化論を一方で続けてきた。だから明くる二〇〇八年からぼくが東京発信の江戸文化論の人間となっても、皆さん驚かないように。

まるでその変わり目を祝うかのように、江戸東京博物館に開館一五周年記念と銘打って「北斎――ヨーロッパを魅了した江戸の絵師――」展が来た（〜二〇〇八年一月二七日）。今、実は久方ぶりに少しまとまった時間と落ち着きを得て、北斎論を書き下しつつある。六〇歳になってきっと飽き飽きしていると心配していたが、十年は大丈夫そうだ。

「専門家」たちとネチネチ渡り合う気はないが、一応ミニマル・エッセンスは急いで頭に入れておこうと思って、これはという文学と芸術のカノン作品をもう一度虚心に見直し、読み直し、あいている穴を埋める作業を始めた。

その矢先に『南総里見八犬伝　名場面集』に出くわしたのも、何やら宿世の因縁か。文化から天保年間、二十八年の日子を掛けて熱く綴られ続けた九八巻一〇六冊。昔、岩波『文学』の鉄中の錚々というべき面々の只中に一文草さねばならず全巻読破したもの凄い体験を、ここでもう一度やるのかと些か暗然たるものがあったので、何とも嬉しくなるような魅力的なタイトルに惹かれ、早速読んでみた。

細かい点に関わっている暇はない、兎角全貌を摑みたいという願いは百パーセント満たされた。「あらすじ」が入り、それが終わる時点から本文原文（さわり）、その現代語訳、そしてまた「あらすじ」、原文、現代語訳、「あらすじ」…。全巻、この単純極まる繰り返しだが、いわゆる語釈だの解説だの一切ないところが、上のような目的の馬琴読みには、逆説的でも何でもなく実に有難い。昔、受験時代に徒然草だの枕草子だののこんな感じで読めたなあと妙に懐かしいが、最近のＩＴ家電から学参・一般書籍まで機能過多の時代に、このぎりぎりシンプルな「名場面集」の爽快なスピード感は心地よい。三弥井古典文庫の「名場面集」は今のところこの『南総里見八犬伝』だけらしいが、ぜひ点数増えると、よろしな。

早速巻之一第一回、つまり冒頭を見る。「時は戦乱の世である…」で切り出す「あらすじ」が巧い。そして続く本文。

見わたす方は目も迴《はる》に、入江に続く青海原、波しづかにして白鷗眠る。比《ころ》は卯月の夏霞、挽遺《のこ》したる鋸山、彼《あれ》かとばかり指《ゆびさ》せば、こゝにも鑿《のみ》もて穿《うがち》なし、刀して削るがごとき、青壁峙《はたち》て見るめ危き、長汀曲浦の旅の路、心を砕くならひなるに、雨を含《ふくめ》る漁村の柳、夕を送る遠寺の鐘、いとゞ哀れを催すものから、かくてあるべき身にしあらねば、頻に津《わたり》をいそげども、舩一艘もなかりけり。

本当に名文だ。しかも日本の伝統的風景観に関わる注一片ないから虚心に読むと、蛇状曲線（長汀曲浦の旅の路〉を核にした掛け値なしのピクチャレスク・ランドスケープなのだ。シンプルなるが故にこちらの持つ豊かさ(!?)が却っていくらでも引き出される。

まさしく名場面集。ここ抜けてどうすると思った個所皆無。場面選択にも、「あらすじ」と「本文」の接続にも、まったく文句なし。編者湯浅氏は大久保純一、スクリーチ両氏とほぼ同世代。松田修、高田衛以降パワーダウンしたと噂される江戸学、いやなかなかのものですよ。

64. *12/28*

ロラン・バルトもバフチンもいろいろ

『クロモフォビア—色彩をめぐる思索と冒険』デイヴィッド・バチェラー［著］田中裕介［訳］（青土社）

そうだなあ、詩人の平出隆さんとか写真家でキュレーターの港千尋さんあたり、色について書くとこうなるかな、というエッセー。お二人は偶然多摩美の同僚ということだが、「感性」ばかりか相当な「知識」もおありだ。この『クロモフォビア』はまさしくそういう本である。読み易いし、第一、小体《こてい》に見える本だから、肩に力を入れず気楽に読めばと勧めながら、「色彩が西洋文化の運命と一体」（二七ページ）とか、「色彩の物語には、たいてい何かしら黙示録的なものがひそむ」（七二ページ）といった基本的認識が決してぶれない壮大な文化論であることに、読後、改めて驚いている。

色を憎んだプラトニズムの長い伝統に、一六六〇年代、ニュートン他の虹とスペクトルの光学が時代の〈表象〉革命に大いなる力を与えながら、「和音」好きのニュートンが複雑多彩の色世界を結局七色に整理してしまうことで、勢いを得た「他者」抑圧の伝統（つまり近代）が加わったが、一九六〇年代、ウォーホルやイヴ・クライン、フランク・ステラらの全く別の色彩観によって完全に覆滅させられるのみか、あっさり二千色をうみだせる「色彩のデジタル化」によって、言語からの色彩の解放はなお進行中である、とする。

大枠から見れば、ワイリー・サイファーの『文学とテクノロジー』などに近く、ある意味「他者性の回復」をテーマにした予定調和本なのだが、考えてみると、色彩については従来、色〈対〉線ないし色彩〈対〉構図という二項対立の中でのみ思考され、色彩が「きわめて特異な他者」であったし今もあるという大きな枠組みでの議論は、この本が最初である。

日中の生活でも夜中の夢でも、私たちは色彩に刺し貫かれている。単に色彩に取り巻かれているのではない。私たちが色彩そのものなのだ。

（一〇〇ページ）

「色彩そのもの」であるはずの我々は、文字すなわち線と化して、色彩としての自らを落（堕）ちた部分、堕落した半分として切り捨て、その切り捨てられた部分は「他者」として「女性、東洋、化粧、幼児、野人、麻酔」といったものと重ねられてきた。というので、順次、女性として、東洋として、化粧として憧憬されつつ軽蔑されてきた色の世界が論じられていく。アンリ・ミショーのメスカリン、ハクスレーのペヨーテは猛烈に多色な幻視をもたらしたが、「麻酔」というのはそのことを指す。「色彩という麻薬」なのだし、エイズで死んだデレク・ジャーマンの見事な一文が引かれているが、「色彩はクイア」なのである。いま現在のポストモダンの批評風土に至る色彩の「黙示録」が、カラーが「隠す」を意味する「コロレム」という語に発し、ファルマコン（癒し）でもあったという古代から蜿蜒と語り起こされる。
小さい大著だが、兎角スタイルが良い。

芸術についての本を書くことになると私は思っていたが、それは単にこれまで私の書いたものの大半が芸術についてのものであり、色彩についての本では芸術について言うべきことがたくさんあろうと思われたということにすぎない。そうはならなかった。書き進めるにつれて、芸術はどんどん遠ざかった。芸術理論と少なくとも同程度には、文学、哲学、科学に言及し、また絵画や彫刻以上に映画、建築、広告について言葉を費やした。これは充分に正当なことである。色彩は学際的なのだ。他で何かを「学際的」という言葉であしらうのには私は違和感を覚える。私は色彩の異様さを守りたい。その他者性には重みがあり、他者性の商品化には結びつかない。学際的なものが毒抜きされた反学問的なものであることも多い。色彩は反学問そのものである。
（一四〇ページ）

結構だ。色彩論としても、（白というその名からしてぴったりな）シャルル・ブランという理論家の『デッサン技術の法則』（一八六七）を手掛かりにしただけでも貴重だし、ユイスマンスの退嬰《たいえい》小説『さかしま』にも、ル・コルビュジエの建築にも、「色」から見た全く意表つく別の文脈が与えられていく。ロラン・バルト、ミハイル・バフチンといった互いになかなかつながりそうにない現代批評の最重要人物たちの仕事が「色」をめぐって見事につながっていくのには目を瞠るばかりだ。バフチンの紹介者でもあったジュリア・クリスティヴァがキーになっているのは、彼女が「東洋」の「女性」であるからだ、とかとか、現代批評そのものが「色」というテーマで逆にぴたりと整理されていくのが絶妙。ヴィム・ヴェンダース『ベルリン・天使の詩』（一九八七）からなんと『オズの魔法使い』（一九三九）へ遡及する映像史中の色の議論もよくできている。

リチャード・クラインの『煙草は崇高である』以来の、成功した現代批評の実践本として珍重したい。前に取り上げたトム・ルッツの『働かない』にも通じる批評の達芸。

さらに「色」気が加わっているのは無論のこと。訳者は「高山宏」の仕事を「色」でまとめる面白い感覚の人らしく、訳文も洒脱。いかにもReaktion Booksの本らしい名作である。

9

2008 January

65. 視覚メディア論、どうして最後はいつもイエズス会?

1/8

『綺想の表象学―エンブレムへの招待』伊藤博明(ありな書房)

一時、エルメスのエンブレムなどといって、随分フツーに「エンブレム」という言葉が使われた。実は十六、十七世紀ヨーロッパ文化が一挙に視覚文化の色合いを強めていった時の尖兵となった画期的な画文融合メディア、伊藤博明氏の言う「イメージとテクストの両者に訴えかけた中世・ルネサンスのある文学ジャンル」(二五八ページ)であったものが、今日なんとまあ軽くエンブレムなんて呼ばれて、と嘆くこともない。たとえばEveryman's Libraryのワールド・クラシック叢書などによく付いている大きな船の錨にくねくねっとからみついた海豚《いるか》も実は立派にエンブレムだ。立派にエンブレム、とは?

本書によると「錨にからみつく海豚というヒエログリフ」を自社の社標として最初に選んだのは一五〇一年、ルネサンス・イタリアのアルドゥス・ピウス・マヌティヌスであるという。時代はダ・ヴィンチの死、そしてローマ劫掠《ごうりゃく》を間近に控えたマニエリスム前夜だ。この書肆と昵懇《じっこん》だった大エラスムスが、「錨は船を遅らせ、留め置くので〈遅さ〉を表す。海豚は、これよりも速く、敏捷に動く動物なので〈速さ〉を表す」と説明したそうだ。「もしこれらが巧みに結合されるならば、〈常にゆっくり急げ〉という格言が出来るだろう」。なるほど、なるほど。長年の謎、というか謎であることさえ知られなかった社標、商標のいわれが氷解。

「ヒエログリフ」はいまさら言うまでもないが古代エジプトの絵文字。ルネサンス期にホルス・アポッロ（ホラポッロ）の『ヒエログリフィカ』が「発見」されて（一四一九）一挙、ルネサンスに時ならぬエジプトマニアとヒエログリフィックス熱が生じたことは周知のところ。「普通の文字で記されたものはいつか忘却される」（L・アルベルティ）のに対し、「絵」はその曖昧／多義な性格のまま持続力ありというので、古来というのでもなく新時代の日常に根ざす意味や新解釈が加えられ、コロンナ『ヒュプネロトマキア・ポリフィリ』のような画文一体の幻夢建築奇譚（一四九九）などがうまれた。故澁澤龍彥が偏愛を隠さなかった『ポリフィルスの夢』のことである。こうして日常化されたヒエログリフに、さらにインプレーサが加わって、これがエンブレムの材料になっていくのだ、と『綺想の表象学』は言うが、類書ではもうひとつ歯切れの悪いこの三者の関係についての説明が非常に明快で良い。

「インプレーサ（impresa）」というのは飽くまで一人の個人の鴻業、野心、性格がそれを見るとわかる図柄で、説明の文句（「モットー」と言う）が付く（“motto”“legend”“device”など皆、この辺の面白い意味を持つことを、辞書で改めて確認した）。これがその個人を含む一族といった集団によって繰り返し使われエンブレムと化していくのだとか、個人的意味を卒業してもっと普遍的な意味、万人向けの道徳的教訓を持つとエンブレムなのだとか、いろいろ細かい例外はあるにしろ、副題に「エンブレムへの招待」を謳う入門書にはぜひ必要な枠組の、類書に見ぬこの明快さは非常に貴重だ。

著者自身、今まで日本人に馴染みのないこのテーマの「入門書」を心掛けたと言っている。ヒエログリフ復権、インプレーサ流行、そしてエンブレムの各方面での発展、宗教そして聖俗の「愛のエンブレム」といったサブジャンル化を経て、イエズス会の視覚的布教戦略に説き及び、すると当然、日本への到来（司馬江漢）という章立てはゆるやかに時系列にも沿い、ポイントになる話柄も過不足なく取り上げられていて、まさしく入門書としては文句なし。

インプレーサにしろエンブレムにしろ、絵を言葉が解き、言葉を絵が文字通り絵解きしている画文融合の面白いジャンルである。何かの具合で文字がなくなれば、絵はエニグマ（謎）と化すという関係。もっとも説明の文字があっても、然るべき古典や聖書の知識がないとやはりこじつけめき、謎めいたままで、そこの解釈の面白みがエンブレム研究の、ひいては本書の一番の面白さであろう。

自分の尾を咬む蛇はウロボロスといって、ゆっくり、しかし確実に進む故に時間を表す、くるっと円環する時間、つまり季節の巡りを表すといった単純なものから、そういう単純な要素の累重によってめちゃくちゃ複雑になったケースまで、学説の隘路に入らず、次々そういう読みの具体例でページが埋まるので、解き明かされる感覚を楽しめるゲーム感覚のある読者なら、浩瀚五〇〇ページ、さしたる苦ではない。というより想像通り、エンブレムを作るのはルネサンス宮廷内で奇想とこじつけの頭を競う、ダンスなどと同じ「一種の遊戯」であったかもという指摘で、読者は研究などと構える気負いから救われる。

変わった世界のように見えるが、たとえばぼくが大学・大学院でシェイクスピアなど勉強していた一九七〇年前後にはイコノロジーという大名目の下で文学、特に演劇をエンブレムの計算ずくの集合体と見る研究がむしろ主役じみて、岩崎宗治、藤井治彦といった秀才たちの研究が若者たちを驚かせたものだが、なんだかそれきり。エンブレム探しゲームに終わる本ばかりの中、ロイ・ストロングの『宮廷祝乱』のように、時代におけるエンブレムの装置を明快に書いた名著もあり（『ルネサンスの祝祭』として平凡社より邦訳）、そしてその一著で全てという例の「プラッツェスコ」（プラーツ的）な書、マリオ・プラーツの『綺想主義研究』も日本語で読めるのだから、昨今マンガやアニメをやればヴィジュアル・カルチャー研究と思い込んでいるそれはそれで少々情けない風潮に抗して、言葉と物（つまり絵）の関係――「ウット・ピクトゥーラ・ポエーシス（詩は絵のごとく）」ともエクプラーシス（ecphrasis）とも呼ばれる画文融通の異ジャンル――を、ここいらから一度本気で鍛え直した方が良いのではなかろうか。

それにつけても、もの凄いシニョール・イトウである。プラーツ『綺想主義研究』も伊藤氏に訳させてしまった書肆ありな書房である。ありな書房にプラーツとイタリア異美術史学の路線を始めさせたのは、かく申すぼくであるが、ここまで「暴走」してくれるとは想像だにつかず、いよいよこれからが大事という本邦の視覚文化論鍛え上げ、叩き直しのための重要拠点であるという自覚を、この名版元には固めて欲しいと願う。

本書に扱われる縁遠そうな文献、ホラポッロの『ヒエログリフィカ』、ジョーヴィオ『戦いと愛のインプレーサについての対話』、パラダン『英雄的インプレーサ集』から、ついには伝説のチェーザレ・

リーパ『イコノロジーア』まで、そのあらかたがありな書房から「邦訳が進行中」だそうで、プラーツ選書、ヴァールブルク著作集に次ぐ「英雄的」企画と讃えたい。記憶術テーマの鍵、G・カミッロの『劇場のイデア』も訳し、J・シアマンの（名作『マニエリスム』より実は凄い）『オンリー・コネクト…』まで訳そうというありな書房、そして伊藤博明の今年には、またまた目が離せないだろう。

66.「文明の衝突」の真の戦場が少女たちの体であること

『ウーマンウォッチング』デズモンド・モリス［著］常盤新平［訳］（小学館）

ただ楽しく読んでいれば良いというのなら、こんなに楽しい本はない。その昔、デズモンド・モリスに「人間の知性に対する侮蔑」と叱られたフィジオノミー（観相学）と十八世紀後半というかなり専門的な議論をやった時、周辺の一寸面白い関連書という感じで、大きく見開いた瞳の中にヒト一人立っているあまりにズバリな表紙のモリス『マンウォッチング』を見つけ、一読はまってしまった。逆に、彼の名を歴史的にした超ベストセラー“The Naked Ape”（一九六七年初版／邦訳『裸のサル』）によって動物行動学を知ったわけだが、成り行き上、セミオティックスとかプロクセミックス、キネティックスといった一種の「身振り」の記号論が流行している中、進化生物学の方からサポートしてくれるなかなか貴重な存在という印象を受けた。

ヒトやサルの外形・外観に表れたどんな要素をも「視覚メッセージ」「身体信号」と捉えるやり方は、

面白い実例やエピソードの紹介においてはナンバーワンたるモリスの語り口もあり、圧倒的な説得力を勝ち得ていた。外形・外観の極みというべき「ウーマン」に、『マンウォッチング』、『ボディウォッチング』と書き継いで来たモリスが一巻割かぬ方がおかしいと思っていたら、きた、きたーっ。何でも『ボディウォッチング』の新版を書こうとして、女性に特化しようと思い立って出来たのだそうだ。そのせいか、話は人類全体（雄も含む）についての大きな話から、では女性はどうかという入り方になっていて、単純な女性論ではない。

兎角面白い。頭髪、額、耳、目、鼻…と続いて、背中、恥毛、性器、尻、脚、足で終わる、上から下へという章立ては、当然「問題的な」部位は後半で徐々に盛り上がるようになっていて、妙な話、いきなり書のメタファーとしての女性身体などといういかにも男の書評者のはしたない読み方に微苦笑し、頭掻く他ない。

なぜヒトには額があるのか、なぜ鼻はあるのか、なぜ鼻の穴は下向きなのか、なぜ首に頸飾りをつけるのか、なぜドラキュラは犠牲者の首に咬みつくのか、結婚指輪はなぜ左手の薬指なのか、そもそもその指はなぜ「薬」指と呼ばれるのか。こんな問いが百以上あって、たぶんそのほとんどの答にびっくりさせられると同時に感心させられる。ぼくなど知っていたのは、トランプ他のあのハートの形は実は心臓ではなく尻の形だったのだとか、スカート丈の上下は時々の景気に比例しているといった、ごくごく僅かなことだ。これだって飲み屋で座をもたせる「話の面白いおじさん」役を二度や三度務めるには十分である。こういう体をめぐる豆知識や「トリヴィアの泉」本としては申し分ない。

人間の体というものが我々の精神活動や日常生活にいかに深く入り込んでいるかは驚くばかりで、

バーバラ・スタフォードの大冊『ボディ・クリティシズム』がでか過ぎる「近代」を「身体のメタフォリックス」の体系として読み解こうとしたのもその辺だ。目からウロコの本と言ってみて、これも身体のメタファーと知れる。抱腹絶倒の書。これだって、そう。

面白いエピソードや伝説は必ず解剖学や進化生物学に引き戻される。ヒトの女性とはまず「ほかの霊長類の多くの雌が持つ特性を失」った存在、そして赤ん坊の身体の特徴を維持することで男性を惹きつけるネオテニー（幼形成熟）の存在であるとし、同じ直立歩行を始めても男は狩人、女は男不在の部族をまとめる伝達者としての役割を担ったため、進化の過程で今見るような身体的差異が生じた、とこの基本的立場が揺るがないから、ただの面白話集として拡散せず、学術書としての「品格」も保っている。

このレベルでまず驚かされるのは、「強力な視覚信号」としての「泣く目」の分析。「人間は泣くが、他の霊長類は泣かない」ことくらいは知っていても、次など驚嘆。

…苦悩して流す涙と、目の表面が刺激されて出る涙を化学的に分析した結果、顔にこぼれ落ちるこのふたつの液体は、タンパク質の成分が異なることが明らかになったのだ。感情的に泣くのは、本来、ストレスによる余分な化学物質を体内から排出する手段であることを示唆するものであり、「思う存分泣けば気分がすっきりする」のも、これで説明がつく。気分の改善が生化学的な改善につながるのだ。

泣き濡れた頬という視覚信号は、相手に、苦悩する人を抱きしめて慰めてやりたいという気持ちを起こさせるので、それをこの老廃物除去メカニズムの二次的活用と見ることもできる。またしてもわかりにくいのは、この理論と、チンパンジーなどの動物が泣かない事実をどう結びつけたらよいのか、である。チンパンジーも、野生の社会的争いでは激しいストレスを感じるからだ。
（九四ページ）

「悲しいから涙が出るのか、涙が出るから悲しいのか」（ヘンリー・ジェイムズ）については考えたことがあるが、泣き濡れる目にこうまではっきりと二種類あるのを知って驚く。肝心なのは最後の部分で、どういう説であろうとずらり並べ、やはりおかしいものはおかしいとして、無理やり結論を出さないスタイルが貴重だ。超下世話な話ですまないが、たとえばぼくのように「女体の神秘」ということでは『男の遊艶地』だの『ビデオ・ボーイ』だので（ある時期）むちゃくちゃ鍛えられた（?）種族は、いわゆる「潮吹き」の成分が何か、ということをモリスがきちんと取り上げ、尿なのか愛液なのか、いくら研究してもなお断定できていない産婦人科の最先端（!?）の現状をそれとして記録してあるか、まず見たところ（笑）、ちゃんと書いてあり、正体良くわからぬ（三三三ページ）と記してあった！「最近、ある男性は妻に尿をかけられたと信じこみ、離婚訴訟を起こした。女性の性器機能に関する無知とはそんなものだ」とあって爆笑した。インテリ中のインテリ、ジョン・ラスキンが勝手に崇拝した妻に恥毛が生えているのに衝撃を受けて離縁したのをエヴァレット・ミレイが同情して妻にした、という有名な実話も出てくる。ヴィクトリア朝男子のミソジニー（女嫌い）を伝える有名な逸話である。

兎角面白い逸話はそれとして網羅し、真面目な対応はちゃんと真面目にし、良くわからない点は良くわからないとして開く。この大人のバランスが、同じ進化生物学を口実としながらも結局女性抑圧の猥書、却っていかがわしくなった擬似科学的医書——「アウラ・ヒステリカ」——のパラダイムと化した十九世紀末セクソロジーの類とデズモンド・モリスの爽やかさを決定的に分かつ。そういう世紀末セクソロジーの一種と見られぬこともないフロイトの有名な口唇性欲論に対するモリスの対応が象徴的だ。

フロイトは口蓋癌にかかり、三三回にわたる手術でその大部分を切除せねばならなかったので、彼と違って成人として口唇の喜びを享受できるというだけの理由で、そういう大人たちのことを、口唇に拘束され、乳房に固執し、幼児的であると考えた態度も許されるだろう。

ユーモアがあって（訳者はその点ばかり言う）、学問的にバランスがとれているというだけなら、この書評欄に取り上げはしない。各種エステ技術による女性の身体加工・変工にも、それらが最終的には女性個人の選択でなされる限りは、これも文化、これも長大な進化過程の一部と容認していて、それはそれでびっくりするが、回教圏の女児割礼に対しては「ぞっとする」と言って嫌悪をむき出しにし、その惨劇を知りながら手を打たぬ「国連など無能な組織の男性外交官や政治家たち」を激しく指弾し始める。モ、モリスさん、ど、ど、どうしたのっ？

氷解である！

毎年、二〇〇万人もの少女が泣き叫びながら押さえつけられ、麻酔もなしに、この残酷な手術に従わされている。切除する道具は、かみそりの刃、ナイフ、はさみといった粗雑なもので、非衛生的であり、たびたび死に至ることもあるが、その死はいつも揉み消される。割礼支持者は次の言葉で弁護する。「女性の割礼は神聖であり、それなしの人生は無意味である」。

「毎日三〇〇〇人の少女が陰核」を切り取られている国があるという現実は、その直前に女性性器がいかに繊細な仕組みをしているか読んで感心した直後、もはや許せまい。他文化の妙な習俗はすべてそれと容認する冷静な科学者のこの突発する告発の激語には、やはり胸打たれるべきである。コーランに何も書かれていない以上、その「本当の理由は女性の性的快楽を減少させて、専制的な男性のパートナーに従属させやすくするため」と考える他ないだろう。

最後も「足フェチ王子の花嫁」シンデレラ物語をインスパイアした中国の纏足《てんそく》の告発で終わるが、「進化による生得権からかけ離れた、低い社会的地位に沈んだ女性たちの犠牲」は許さぬという気合が、変な動物行動学書をセクシュアル・ポリティクスの強烈書に変えた。

67. 鼻で笑えない新歴史学の芥川論

『芥川龍之介と腸詰め《ソーセージ》──「鼻」をめぐる明治・大正期のモノと性の文化誌』荒木正純（悠書館）　1/15

副題を見ると「鼻」白むしかない（何をしようとしているか即わかってしまうからだ）が、メインタイトルを近刊案内で見た時には、あの怪物的大著『ホモ・テキステュアリス』の荒木氏がついに本気で「日本回帰」の企てに！とワクワクしたのである。荒木正純氏はぼくよりひとつ上。ぼくより少しだけ上の英文学者はどうもろくでもない者ばかりで意に介すこともほとんどないが、唯一の例外が荒木氏である。ポスト構造主義と一括りされる批評全体のトータルに見てそうたいしたこともできなかった動きを代表する論客でありながら、その幼稚な自己満足に陥ることのなかった珍しい才物である。

大変素直な人で、「あとがき」でも「わたしが文学理論に強い関心を抱き…テクスト論的読みの実践活動に従事し、地道な個別作家の研究をしてこなかった」とし、表象論および新歴史学によって芥川の『鼻』を切ってみる、とさらりと言ってのける。「著者が新しい欧米の理論を使い、従来とはことなる切り口を本書で呈示できているとご判断頂ければ、それは著者のねがってもない喜びである」、と。随分とお気楽だが、しかし狙いは十分果たされた。

「従来の」『鼻』研究は、主人公禅智内供の鼻が「腸詰」のようだとする比喩に、それが比喩というどうでもよさそうな文飾（「仕方がない」モノ）であるが故に全く注意を向けてこなかったが、本書では、他にもいろいろたとえようもあろうのに、何故わざわざ明治末から大正にまるで馴染み薄だった西洋渡来の「腸詰」の比喩なのか、新歴史学のテクスト処理、細かいデータの提示によって明らかにする。

しかも、細密データの中核は近代デジタルライブラリーと『読売新聞』明治・大正期データの徹底検索によって得たもので、「鼻」であたり、「腸詰」であたり、「肉食」であたってヒットした材料相互を徹底分析する、というやり方だ。批評にも来るべきものが来たと思わせる。

たとえばある日の新聞にあたると、高木敏雄の「世界童話」連載において鼻をめぐる童話が掲載された回の「同一紙面」に、「毎日の惣菜」というコラムがあり「トマトサラダ」のつくり方を教えているかと思えば、「淋病治療器」発明についての報道記事があるという具合で、旧来のアプローチでは絶対引っ掛からなかったような「仕方がない」材料が、完璧な同時代性の中で相互連関したものとして眼前に現れる。ウィキペディアなど含めネット検索による情報獲得については、学生たちのレポートの劣化・均質化といったネガティヴ面が危惧されているが、戦略的に使われると凄いもので、検索データがどんどん繋がり「批評」が構築されていく現場をかくまで魅力的に見せつけられると、確かに新しい局面を迎えているのだと痛感せざるを得ない。

どんどん繋がりがついていくところが荒木氏の新歴史派的修練の独自な所産でもあるし、「顋《えら》」という字には「思」が含まれ、「茹」は「茄」に似ているといった、たとえば名著『漱石論』の芳川泰久にも近い精密なエクスプリカシオンの勘の冴えでもあって、このレベルになると、ただもうふうんと感心してしまうよりない。あるいは芥川が依拠したかもしれないあるソースでは「禅珍」だった主人公の名が「禅智」に変わった理由。それはもう単なる言葉遊びでは終わらず、この作そのもののメッセージと重なっていく。

確かに「従来とはことなる」何かが始まって紙面に生動している。次に何がくるのだろうと息を詰めさせる批評なんて英文学界（いや今や国文学界か）では何年ぶりだろう。『鼻』の草稿原稿を検討する手堅い標準的な手続きから始まる。禅智内供の鼻は最初は「大柑子の皮」にたとえられていたのが「赤茄子」、「烏瓜」と変わり、そして「腸詰」にと「転換」されたらしい。ただたとえが変わったのでなく「鼻に付随した説明空間」が変化したのだ。つまり肉食という問題があぶりだされ、それが僧侶と結びつく。僧侶の妻帯という時代の大問題がそこには隠され、「廃仏毀釈」政策に則って僧たちを堕落させようと目論んでいた明治日本の国策があった。しかも僧たちのそうした「邪淫戒の破戒」を表象として芥川は自らの性の葛藤を描いている。

鼻が「陰茎」だ「性欲」だのの象徴である、という結論だけなら、別にである。明治末からの隆鼻整形手術言説、手淫言説、あるいは「花柳病」言説の中に置かれてみると、納得。「ハート美人」の名で国産コンドーム第一号誕生というコンテクストに芥川の初期作品群を置いて、荒木正純は旧套人文系各方面の鼻を明かしたと言える。

洋もの文献の徹底排除。それはそれですがすがしいが、P・バロルスキーの“Michelangelo's Nose”（邦訳『芸術神ミケランジェロ』）は一考に値しますよ、先生。

68. ルース・ベネディクトの『菊と刀』に心底恐怖した

『知の版図—知識の枠組みと英米文学』鷲津浩子、宮本陽一郎［編］（悠書館）

なにしろ凄いタイトル。魅惑そのもののタイトルの一冊。荒木正純氏経由、同じく悠書館ということで続けて読んでみた。編者の一人、鷲津浩子氏は、アメリカ文学をやる人たちに一番欠けている認識論的知——エピステモロジー——のアメリカ知性史というべきものを今のところちゃんとやれそうな稀有の才として、ぼくなどがその異風作『時の娘たち』を愛読している相手なので、これは見落とすわけにいかない。想像通り、筑波大学系の人脈が核なので、批評理論のメッカを自称する読み手集団の実力の現状を見、場合によってはぼく自身の長年の筑波嫌いを改める機縁にもなるかと期待して読み始める。

この種の論集・論叢が増えた。いわゆる大学改革の中で研究業績が評価基準としてますます重要になり始めたこと、暇なくなかなか煮詰まらなくても短めの分量で「進行中の大仕事」のワンステップでございますという形で免罪符をいただけそうなこと、みんなで渡ればこわくないという集団依存の心理、いろいろある。

もちろん、成功作も多い。高知尾仁編の『表象としての旅』のように、当該テーマの多面性を遺漏なく多面として捉え、編者差配の最強メンバーに寄稿依頼して、個人単著にはあり得ぬパースペクティヴを獲得したものもあるし、同じことをなお壮大なスケールで続ける慶應義塾大学出版局「身体医文化論」シリーズ〈1〉〈2〉〈3〉〈4〉などは驚異の充実ぶりだ。人文書院に編集者松井純氏がいた時の『文化解体の想像力』と『カラヴァッジョ鑑』二点は批評アンソロジーの極致を極め、執筆寄稿に加われなかったことが恨みとさえ思えた大傑作だ。

要するに編者のイニシアティヴの一点にかかる。テーマから大きく逸脱したものについてはいっそ落とすかという（難しい!?）決断まで含めて。あるいは原稿を依頼する時の編者もしくは編集者のパースペクティヴの強固、そして各メンバーに対するその説明。平凡社がかつて『ヴァールブルク学派』とか『エラノスへの招待』といった名論叢をうみだしたのは二宮隆洋氏のそうしたイニシアティヴによるものだった。読者まかせという遊びの部分が極力少ないのである。遊びそのものは悪いとも言い切れないが、論叢の場合、それはイニシアティヴを欠く拡散でしかない。逆に例えば特集雑誌をも歴たる論叢にしおおせる例としては、石原千秋・小森陽一郎両氏が動かした「漱石研究」（翰林書房）や、篠原進氏が見上げた覇気で身銭を切る「西鶴と浮世草子研究」（笠間書院）その他をあげる迄もない。

で、本書あとがきを見て、編集方針を知ろうとする。機器やネットといった道具、インフラが時代の知の内容そのものを変える、とある。かつて一人の著者単独の業績にエンゲルハルト・ヴァイグルの『近代の小道具たち』という超の付く名作があって、月刊『現代思想』連載中からめったにないはまり方をし、青土社から単行本化されたその日に即一冊購った記憶がある。避雷針といった「小道具」十ほどを通して、文化史の秀才、シヴェルブシュやロザリンド・ウィリアムズでも一冊費やしそうな内容を一章ずつに封じこめた偉大な作品だったが、それほどの評価は受けなかった。少し早過ぎた本である。

今ならばという期待を抱いて本書を頭から読み始めると、さすがに編者あとがきを記した鷲津氏の『白鯨』論は、十九世紀半ばの「船舶の位置確定」の水準と、エイハブ船長の船がその水準からどんどん遠ざかっていくように見えるところに秘められた作者の反時代的意図を追う中に、航海機器の精度に仮託された知と無（反）知の問題が浮かび上がる。

茫漠として人跡未踏の世界における知は地理から当然歴史の問題に移る、そこのところは山口善成「旅する歴史家」論文がアメリカ中を旅しながら「記憶」なき地にそれを創出していった歴史家フランシス・パークマンの鴻業を紹介して、注で明示されているようにサイモン・シャーマの名作『風景と記憶』が穴として残した部分を補って貴重。「旅する知識」による領略《りょうりゃく》といえば必ず想起される「オレゴン街道」。オレゴン街道といえば必ず出てくるパークマンのことを、シャーマは怪物的大著中、僅か三行しか書けていない。訳者としてこれって何だと思っていたところへの山口氏の善戦、サンキューである。

二作とも結論は今や何だか予定調和だが、〈知の版図〉に即した誠実な作として楽しめた。しかし、イーハブ・ハッサン氏の地図論は全然いただけない。講演されなかった講演原稿の訳という不利はあるにしろ、例えばヒリス・ミラーの“Topographies”（邦訳『批評の地勢図』）とか、地理や地勢をめぐる文化史のこのところの進歩ぶりを考えると、何とぼけた牧歌調かと思ったし、真打ち荒木正純氏の「ジョイス〈レースの後で〉の交通表象」は死にそうに細かいテクスト読みをじっと我慢してついていっても、それが〈知〉の大きな問題の何かに巧く接続していかず、“car”を馬車、自動車いずれととるかという翻訳者のつらい「知」の現場に同情するところで終わってしまう。これはきっとぼくの頭が少し悪いせいかもしれないが、章立ての順番を考えた方が良かった。

アメリカ通でもなくアメリカを越えた〈知〉の問題を考えるなら、第Ⅰ部「旅する知識」より断然、第Ⅱ部「制度としての枠組み」である。個人的には、アメリカ哲学協会と祖型たる英国ロイヤル・ソサエティの関係に見るパラドックス（「起源への過剰な配慮」）を論じる佐藤憲一「起源付きのアメリカ」は、御本家のことばかりやってその系について完全に無知だった自分自身の虚を突かれて有難かったが、白眉は編者、宮本陽一郎氏のタイトルからして嬉しい「大学と諜報」の全三五ページ。ひいっ、と息詰めて読んだ。

巽、越川、宮本という俗っぽい括り方の「アメ文三羽ガラス」のイメージ。父君陽吉氏にはアップダイクやセルビーの読み方を教わったが、軽妙な喋りに洒落たズボン吊り姿が印象的。というようなことがいろいろあり呑気な秀才一族と思っていた自分の軽率を、思いきり恥じた。「私の祖父である画家宮本三郎は戦時中に『山下・パーシヴァル両司令官会見図』を始めとするいわゆる戦争記録画を制作し、戦時中の名声と戦後から見た汚点を残している」という一文を初速の動因としている論文、一体どういう風に転んでいくのか、息を詰めてページを繰る他ない。この「従軍画家の遺族」の一人たる宮本陽一郎氏は「アメリカ軍による戦争記録画の接収が異様に早い段階で始まっていること」を訝しみ、調べ始める。そして現下のイラク戦争下、ブッシュ大統領がイラクの「民主化」がいかに可能かを説くのに太平洋戦争後の日本の民主化の成功を例に引いたという事件を糸口として、本論の実にスリリング、かつ今日本において「知」に関わる全ての人間が頭に入れておくべき秘められた学問史の一局面が、少しずつあぶりだされていく。第二次世界大戦中の二つの米国政府情報機関、ＯＳＳ(Office of Strategic Services、戦略情報局）とＯＷＩ(Office of War Information、戦時情報局）がアメリカの学問界の最優秀部分をいかに壮大な規模で糾合し、重要部門として利用し尽くしたかという報告。

山本五十六はじめ海軍を中心とするアメリカ留学組は米国の軍事力を知っていたがため開戦に反対し続けたものの陸軍に押し切られた、という話は有名だが、日本人の習慣からメンタリティまで学者集団が日本映画その他の材料を文字通り人文・社会諸学の学際的アプローチによって分析し、これを前線でフルに活用していく様子を、もし日本の学者たちが知っていたら、日本の学界また開戦に反対しただろうと想像させる。日本人のメンタリティ研究として誰もが知るルース・ベネディクトの『菊と刀』も、まさしくこうした動きの中でできた成果だった。グレゴリー・ベイトソン、エルヴィン・シュレーディンガー、ジークフリート・クラカウアー、フランツ・ノイマン…と錚々たる協力学者の名が出てくる毎に、エラノス会議やヴァールブルク研究所といった二十世紀の知的コロニー史がそっくり反転したネガと見えてくるように思うのは、ぼくだけだろうか。アインシュタインが原爆で日本をねじり伏せる結果になったように、「日独伊のみならず地球上のあらゆる地域に関して、情報をデータベース化して、必要があればいつでも軍事外交において利用可能な状態を作るというメガロマニア」もまた日本をねじり伏せた。それのみか天皇制存続をうち出し、「教育制度にまで遡って日本を逆洗脳し戦前を消去するという発想」までうんだ。いま現在の我々日本人の腑抜けぶりは、これら「ニューディーラー」であると同時に冷戦戦士」たちの引いた青写真なのだ、と宮本氏は言う。

およそ六十五年前にすでにアメリカ合衆国の学者たちによって織り紡がれていた。オイディプスのように、あるいはピンチョンのエディパのように、私たちは決して知ることのできない起源――私たちの知識の枠組みそのものの起源――を探究していくという宿命を免れない。

（二一二ページ）

これが編者あとがきであったら、どんなに怖い一冊であったかと思う。現下叫ばれている産学官協同路線にしろ、あるいは「学際」にしろ、出自がいかに生臭いものであるか、ほとんど初めて知らされて思いきり考え込んだ。人文学が役に立ったんだ！　そしてそれはとても剣呑なことだったんだ！「役に立たない」人文でいいんだ、とさえ思う。第Ⅲ部「エピステーメとしての〈アメリカ〉」のアメリカ音楽、女性差別告発、日系三世詩人の詩と知をめぐる三篇がいかにも平和な時代の人文学に見えてくる。一篇一篇は新発見あり、誠実な正義感ありの力作なのだが、今に関わる日米の「知の版図」として宮本論文が指し示したものの後では牧歌的。前に紹介した圓月勝博氏もいかにも秀才らしいキャラクター論を寄せているが、この本の中では浮いてしまう。「知」とは何か、きつく問う一冊とはなった。

69. ひと皮むけたら凄いことになるはずの蓄積

『時の娘たち』鷲津浩子（南雲堂）

いろいろなところで書いた通り、ぼくの出発点はメルヴィルの『白鯨』（一八五一）で、その書かれた時代をF・O・マシーセンが「アメリカン・ルネサンス」と呼んだことで田舎者だったアメリカ人たちが急に文化的に元気になったというが、ぼくは、このアメリカのルネサンスを真に「ルネサンス」として高く評価すべきだという確信に至った。簡単に言えば、人間が神よりも〈私〉へ関心を移さざるを得ない状況に後ろ暗さを引きずりながらも次々に知的な大発明をうんだ（御本家の）ルネサンスが「新世界」でそっくりリピートされる状況を、マシーセンは言祝いでいたと感じたし、もしそうであるなら、そういう栄光のルネサンスが後半に抱えることになった後ろ暗い自意識過剰の文化が、少なくとも二十世紀いっぱいかけてオルタナティブなルネサンスという意味でマニエリスムと呼び換えられ、独墺を中心にその問題が緻密に煮詰められている今、アメリカン・ルネサンスならぬアメリカン・マニエリスムと呼んでアメリカ文学史を書き換えればいいのに、と思い続けてきた。十六世紀マニエリスムを引き継いだのが十九世紀初めのロマン派、それらをまとめて引き継いだのが二十世紀初めのハイ・モダニズム、それらを継いだのが一九五〇〜六〇年代、という今では常識と化した線に、メルヴィルやポーのみか、ピンチョンやミルハウザーもぴたりとはまってしまうのではないか、と。

要するに今でいう領域横断の精神史（Geistesgeschicte）の話になる。やれそうなのは長上世代に八木敏雄氏一人、同年輩か下には巽孝之「青年」ただ一人。ぼくは「英」文学の人間、何も特にうるさそうな英と米の守備範囲を越えてまでちょっかい出すこともないと思い、『白鯨』エッセーを「卒論」に仕上げて以来ほぼ四十年間、わずかな例外を除いてアメリカ文学研究をテーマに文を綴ったことがない。例外は唯一「ペテン」の話題で、由良君美退官記念論文集にフィニアス・バーナムのことを、また『テクスト世紀末』にウィルソン・ピールのことを、そしてピールの騙し絵アートの延長線上のヘンリー・ジェイムズ論を『目の中の劇場』に書いたのみ。それ以外はアメリカ専門の知人たちに委ねた。朝日週刊百科「世界の文学」を編集した際、アメリカン・ルネサンスの一冊を八木氏に依頼したところ、巻頭エッセーに、ついに日本初のアメリカン・マニエリスム文学論が載った！　巽氏にはウィルソン・ピールを中心にぜひ、と言い続けてきているが、如何なりますか。

鷲津浩子氏は高山君の言っているようなことを大体やっている人、という噂を聞き、大変楽しみにしていたところ、どんと出てきたのが『時の娘たち』であった。科学史・技術史も含めた「知識史」という大構想をもってアメリカン・ルネサンスを捉え直そうという覇気をひたすら慶賀慶賀で爽快に読んだ。そこで前回に引き続き鷲津浩子著作だ。

ロマン派時代に歴史の長い「存在の大いなる連鎖」的有機体宇宙観に限界が来て、時計に喩されるような機械論的な発想が前に出てくるという問題を、「科学革命」やジョン・ロックの帰納法の発明にまで遡って論じる。たとえばメルヴィルの『ピエール』に出てくる神の時と人間の時間のずれを仮託されたクロノメータという計時機械について、本当はそれが神の時を表すような機械でなかった技術史の現実を知れとする目からウロコの議論も。

このような論理の背景を知るためには、もうすでに何度も言及している知識史の概観が有効だろう。すなわち、アリストテレス・スコラ学派の「旧学問」の質的演繹法が、知識革命を経てベーコンを旗手とする「新学問」の数量的帰納法へと移行したものの、「帰納法の問題」が起こった結果、何が典型で何が例外であるかを判断する暫定的法則に対する必要性が浮かび上がったということである。ここには、もはやベーコンが暗黙の了解とした宇宙の予定調和はない。あるのは、百科全書的な目録集大成、組織的体系を約束しているように見えたリンネ式植物分類法やキュビエの比較解剖学、失われてしまった予定調和を求めたドイツ自然哲学やアメリカ超絶主義である。

（一三二ページ）

いまさらとも思うが、とにかく不当に遅れているアメリカ精神史的文学論がやっと開くかという感慨がある。展望は大きいし完全に正しいのだが、兎角文体が硬い。同じ展望を開きながら中高生でも愉しめるマージョリー・ニコルソンの技を勉強すれば良い。というか、この本が出た時の鷲津氏に二番目に近いニコルソンの著書に一言も触れていないのは、やはりおかしい。一番近いはずのバーバラ・スタフォードへの言及もない。『時の娘たち』が刊行された二〇〇五年時点にはスタフォード主著は全部出ていたはずなのだから、これははっきり無知である。科学と「からくり」が交錯する現場をホーソンやポーに見るところに魅力ある『時の娘たち』がスタフォード“Artful Science”（邦訳『アートフル・サイエンス』）でかなり広大なパースペクティヴへと引き出されることは確かだし、"Voyage into Substance"を読めば『時の娘たち』のキーワードたる「ネイチャー」の意味づけが相当変わらざるを得ないと思う。気球の文化史がないから自分のポー気球幻想譚の分析はユニークと仰有っているが、そんなものはスタフォードがさんざんやっているし、民衆的想像力の中でのロマン派時代の気球ともなれば、リチャード・オールティック『ロンドンの見世物』で既に一定の結論が出ている。やはり「筑波系」は批評に強く、文化史にまだまだ弱い（あとがきの気取りもやめた方がよろしい。つまらんです）。

新知見を誇る参考文献は実際なかなかのもの。村上陽一郎と山本義隆以外はずらり最新鋭の洋書というリストは圧倒的。と言いたいが、ロレイン・ダストン他の"Wonders and the Order of Nature 1150-1750"（1998；Hardcover/2001；Paperback）を読むほどの人が、同主題をずっとアメリカ十九世紀に近いところで大展観したスタフォードを知らないのか。まさしく鷲津氏のような人のために翻訳紹介を続けてきたのに空しい（本をご存知であれば、当然、英語でお読みになったはずではあるが）。うーん、頑張ってよ。

70. 宇宙が巨大なマガザンであるかもしれない夢

1/25

『後ろから読むエドガー・アラン・ポー——反動とカラクリの文学』野口啓子（彩流社）

アメリカ文学をその狭い守備範囲でやり続けている人たちにとっては大きな衝撃であったかと思わ

れる鷲津浩子氏の『時の娘たち』は、女史自身言うように「『ユリイカ』を西洋知識史の流れのなかで読み直そうという試み」であった。ストレートにE・A・ポーの奇怪な宇宙論を論じたその「暗合／号する宇宙」は、このテーマで書くならジョン・アーウィン“American Hieroglyphics”（『アメリカ聖刻文字』）、ショーン・ローゼンハイム“The Cryptographic Imagination”（『暗号的想像力』）の二著をベースにせざるを得まいと岡目八目的に感じるところにズバッときて、なかなかの使い手と思わせる。こういう大型の仕事の後でポー論を綴るのはしんどいだろうなと、アメリカ文学で食っていくはずの人たちに少しく同情した。鷲津氏は新知見が兎角はちきれそうという感じで、批評文体としては生《き》というか、も少し洗練と重複の整理が必要かと思うが、その点では〈大〉巽孝之の『E・A・ポウを読む』が一九九五年時点で我が国のポー研究スタイルの頂点を見ている。

その後のポー研究はどうなっているのだろう。大きな呪縛を引き受けての仕事にならざるを得ないはずだ。なかなか突破作がないところで注目株に見えるのが野口啓子氏の『ポーと雑誌文学』（山口ヨシ子との共編著）である。『後ろから読むエドガー・アラン・ポー』はその野口氏がポーの文業全体に改めて触れた新刊というので読んでみた。タイトルの「後ろから読む」が良い（「反動とカラクリの文学」というサブタイトルは艶消し）。ポーのキャリアの最後（“Eureka”『ユリイカ』）から全文業を逆照射しようという主旨である。

最初に『ユリイカ』を論じる。一種ビッグ・バンに似たコズモロジーを繰り広げるポーの『ユリイカ』についてわりと一般的な読み方を、まず紹介する。次に楽園（庭園）ものにおける万物合一への憧憬、長篇“The Narrative of Arthur Gordon Pym of Nantucket and Related Tales”（邦訳『ゴードン・ピムの物語』）における反転のテーマ、美女蘇生物語における精神と肉体の確執、推理小説における都市と群集へのアンビヴァレンス、そして眼、見ることへのポーの反エマソン的な形での強烈な関心という順番で、ポーの文業がほぼ全体的に取り上げられていく。そして、それぞれ浮かび上がったサブテーマが「後ろ」に控える『ユリイカ』中に全てまとめて入っていることを最後に見る。

ほら「後ろから」見ると面白いという章立てなのだが、先行作を最後作が総合してみせたという構造でもあり、別に「前から読む」ポーでちっとも構わないのがおかしい。たとえば推理小説とは断片的な情報を基に「過去の始源」に遡及するジャンルであるというのは良いとしても、ポーについては、拡散した宇宙が始源の「単一状態」に戻る夢を描いた『ユリイカ』から即ち「後ろから読」んでわかってくるというものでもないだろう。むしろ推理小説をつくりだす拡散から糾合へという構造が最後作に「前から」入っていったと、ごく自然に読んで不都合があるのか。

個々の作品論は陳腐だ。著者が作品に対峙して考えたことを書くのは当然かつ少しもおかしいことではないが、少し程度の良いポー入門者が喜ぶだけのことで、二〇〇八年の今、改めてことごとしく読むほどの内容ではない。野口氏がどうこうというのでなく、いかにも知的好奇心をかき立てるポーという相手について書かれ得ることはほぼ書き尽くされている感があるということだ。ポー注釈産業は盛況だ。

にも関わらずこの本を取り上げたのは、マガジニスト・ポーという、野口氏の個性的かつ貴重な視点の故である。それは全巻棹尾の「アメリカの叙事詩」という文章まで読んで、ほとんど初めて強烈にわかる。そうか、この本自体が「後ろから」読むとわかる作品だったたか、と。

ポーの『ユリイカ』は、単純化を恐れずにいえば、十九世紀前半に形成されつつあったナショナリスティックなアメリカ像への激しい反発であり、北部中心の進歩主義的世界観に対抗するもう一つの世界観の提示だったといえよう。それでは、ポーは全米で盛りあがりつつあったナショナリズムとは無縁だったのだろうか。

ここで『ユリイカ』が彼の理想の雑誌の具現であるといえば、あまりにも唐突だろうか。（二四〇ページ）

唐突でないことを言うために、この本一冊書かれたのではないか。

彼にとって、雑誌は、アメリカの読者を啓蒙してアメリカ文学をイギリス文学なみに引きあげるためのメディアであると同時に、詩や小説やエッセイ、批評、書評、専門知識など、多様なジャンルを盛り込める文芸誌かつ情報誌であり、芸術性と娯楽性を兼ねそなえた文字媒体であった。そのような雑誌の多様性こそ、経済的にも領土的にも発展し、加速度的に多様化する十九世紀のアメリカ社会を映しだせる最良の媒体であった。科学や哲学、宗教、批評、文学の混合物である『ユリイカ』は、彼が理想とした雑誌のありようを、宇宙論という形で具現したものだったのではないだろうか。

これ、これですよ。この『ユリイカ』＝マガジン論に立って「後ろから読」むと、ポーの“The Purloined Letter”（Hardcover / Paperback / 邦訳『盗まれた手紙』）論として少し論じられていたのはこのことだとわかる。比較的関係薄な作品の概観の類を削ってでも、上に引用した設問と野口氏らしい一定の解答（らしいもの）をもっと縷説すべきだったと思う。

雑誌を意味するフランス語“magasin”が倉庫・店舗をも意味したことを野口氏はご存知ない。だからポー同時代あたりから発達する百貨店を“grand magasin”というのであるが。それがわかったら、以前取り上げたローレンス・ウェシュラーの『ウィルソン氏の驚異の陳列室』を熟読することだ。驚津氏もアレン・カーズワイルの“A Case of Curiosities”（邦訳『驚異の発明家《エンヂニア》の形見函』〈上〉〈下〉）を読まれているのに、何故ウェシュラーはお読みにならないのかと思ったが、雑誌というコラージュの編集工学がマニエリスム文学の混淆ジャンルの問題であることを、電脳時代のアメリカ文学者はウェシュラーを通してそろそろ考え始めなければならない。ないものねだりついでだが、『ユリイカ』を論じる若い世代が誰ひとりEveline Pinto,“Edgar Poe Et L'Art D'Inventer”を読んでいないのは怠慢の一語に尽き、さらに言うと、「引力」物理学の心理的側面を追求し切ったHélène Tuzet,“Le cosmos et l'imagination”を使えないのは「大」のつく失態である。ポーの母国と称しても良いフランスである。ポー読みがフランス語くらい読めて当たり前ではないか。

71. 珍しくヨーロッパ・ルネサンスに通じたアメリカ文学者の大なた

『ホーソーン・《緋文字》・タペストリー』入子文子（南雲堂）

英米文学研究の世界で驚倒させられることはそう滅多にないが、入子文子という名からして優雅で遊びめくこの研究者の覇気は、確かに驚倒すべきものである。御本人があとがきでお書きのように、企業にお勤めの時期に参加した勉強会で知的刺激を受けたのに発して、あれよあれよという間に、ヨーロッパ・ルネサンスのヘルメス学的部分、とりわけその視覚的な表現（エンブレム学・図像学）に親愛し、やがて「アメリカン・ルネサンス」に目を転じ、ナサニエル・ホーソーンにこのヨーロッパ十六、十七世紀の異伝統を確かに認めるという壮大な構想を獲得した。

本書は結果的には少々辟易させられそうなアカデミー的な配慮と細かいテクスト読みの大冊になったが、方法としては、ヨーロッパ研究者が根拠なきプライドからアメリカを軽んじる一方、アメリカ研究者が意地と無知ゆえヨーロッパ（ましてその異貌部分）を理解せず、ゆえに生じる中間地帯、はざまの沃野を大胆に埋めてみせた、という存外単純なものである。自らの感覚に確信を持ち、的確に「芸域」を広げていく様子を語るあとがきが、あとがきの類には珍しく展開に納得がいき、好感を持てる。

洒落たテクスト＝織布論が一時流行った。もともと「テクストゥス（textus）」というラテン語は異要素を経糸《たて》、緯糸《よこ》として織り合わせたものを指したが、結局は引用三昧な文学なる言語構成体に他ならない。テクスト、イコール織布という、考えるほどに面白そうなメタファーを、大方の評論はそういうメタファーとしてしか使わない。しかし、『緋文字』はじめ作中の至るところにタペストリーを作〈中〉作（mise en abîme）として取り込んでみせる、それというのも自身の根本的な方法がタペストリーそっくりなものだから、というホーソーンのような相手に、これはただのメタファーで済むわけがない、というのが骨子である。

ただのメタファーに落とさない。ヨーロッパ・ルネサンスの宮廷の壁上を風靡した「もの」としてのタペストリーの織り方の技法・意匠を徹底的に浮かび上がらせる。半可通にわかった気分でメタファーに落とすのでなく、本当にゼロからタペストリーを考え詰めていって、これが“ut pictura poesis”［詩は絵のように］を言い、ルネサンスの「諸神混淆」そのままに雑多の世界、多彩な趣向をどんどん織り込むことのできる工芸世界であるということを納得させ、かくて言ってみれば同じ営みである「ロマンス」文学とこのタペストリーが全く「通底」するものであることをごく自然に得心させる。文章も絢爛《けんらん》。

およそタペストリーの織り職人は、枠に張られた太い生成りの麻の縦糸（warp）に、ウールや絹の色糸や、金糸銀糸などの繊細な横糸（weft）を糸巻きで渡し、縦糸が表から見えなくなるまで櫛を用いて横糸をつめながら、横糸で美しく装飾的意匠を施して織り上げるという。細部にわたる絵画的技巧により、色糸のグラデーションが浅浮き彫り様の光と影の三次元的効果を生み出した点描の画法のごとき光をあらしめる壮麗な奢侈の品である。しかし織りが現出させるこれほど多量の光の存在にもかかわらず、タペストリーの各場面は黄昏の光に置かれ、血のたぎるような情熱を抑制した静謐の世界である。しかも織りの醸し出すどっしりとした触感が、単なる白い壁土の表面に描かれた平板なフレスコ壁画とは異なる落ち着きを伝えてくる。一つ一つのタブローと細部の図柄を追い、意味を考えながら歩を進め、一巡りして元の位置に戻り、全体を眺めては再び細部を確認する。ときには部屋の中央に立ち、終りを初めに、初めを終りに繋いで全体を見回す。過去・現在・未来にわたる異なる時間の出来事を一望のもとに収めたタペストリーの、物語の細部と全体の意味を巡って想像力が動き出す。外光を締め出し、抑えた人工照明で照らされた幽明の〈タペストリーの間〉は、訪れる人を瞑想に誘い込む囲われた小宇宙と化すのである。（四七ページ）

著者が現実に、過去のアメリカ史を回顧させるボストンのさる美術館で見た光景だそうで、これと同じものを『緋文字』中の悪役チリングワースの部屋に読み取らぬ方がおかしいというのが、そもそもの出発点となる。確かにおかしい、アメリカ文学界ってこれくらいのセンスもなかったの？　と驚き呆れてしまうほど説得力ある議論だ。

ただのテクストではなく、図像を織り込むテクストである。織り込まれるのはおなじみ『緋文字』の「罪と罰」をめぐる様々に伝統的な図像――デューラーの『メランコリアⅠ』他――だ。前に取り上げた伊藤博明氏やE・ヴィントの教示した図像学の世界が文学的に展開される現場を目の当たりにする。岩崎宗治、藤井治彦といった碩学がシェイクスピアに見、蒲池美鶴氏がウェブスターやフォードに認めた「リテラリー・イコノロジー」（シオダー・ジオルコウスキー）の驚くべき達成を、「無教養」

と思い込んできたアメリカ文学の人が成し遂げたことに、ぼくはショックと異様な感動を覚えた。許されぬ愛のうんだ子、パールの真珠という「真円」の図像分析がルドルフ二世らのハプスブルク帝国へと飛躍する、まるでF・イエイツの『シェイクスピア最後の夢』じみた壮大な話になると、流石に眉に唾つけたくなるが、面白い。

期待通りの次作『アメリカの理想都市』でもそうだが、誰しも考えてもみなかった驚異の着眼がほとんど覇気とまで化しているところに、マダム・イリコの魅力がある。織布論に没頭中の田中優子氏これを読むべしっ。

10

2008 February

72. いまさらながら巽孝之には「おぬし、できるな」である　2/1

『視覚のアメリカン・ルネサンス』武藤脩二、入子文子［編著］（世界思想社）

入子文子氏の「覇気」に触れた機会に、氏も共編者となった『視覚のアメリカン・ルネサンス』という論叢を紹介したい。「アメリカン・ルネサンス」とは十九世紀中葉の、やがてD・H・ロレンスがトルストイ、ドストエフスキー時代のロシア文学にも匹敵するとして、田舎ぶりと貶下《へんげ》されていたアメリカ文学に初めて高い評価を与えることになる、ホーソーンやメルヴィルの文学を、薄幸の巨人的批評家F・O・マシーセンが総称して用いた巧妙な呼び名である。そのマシーセンの巨著"American Renaissance"は、一九四一年という超のつく早い時期に、その十九世紀中葉期のアメリカ文学の特徴として、見ることと認識することの相同・乖離という非常に哲学的な問題をメインに抱え込んでいることを、冒頭に取り上げていて印象的であった。

時代の哲学的側面を一人で代表したネオプラトニスト、エマソンの一八三六年のエッセー"Nature"（各版あるが例えば"The Essential Writings of Ralph Waldo Emerson"に収録／邦訳『自然について』）など、ぼくはアメリカ文学研究を志していた初学生時分、ほとんど全文を暗誦できたほど、その一行一行を熟読したものである。余りにも有名な"Eye = I"という「語呂合わせ」を基に主体と世界の関わりを論じたこの一文が既に、ジョン・ダンのマニエリスム・イングランドと十九世紀アメリカ文学の深い共鳴関係を示しているもののように思われる。

であるにも拘らず、アメリカン・ルネサンスにおける「視覚的」文学の研究は遅れに遅れた。もっとも、例えば先行すべき英国の同種研究自体、デイヴィッド・ワトキンによる久々のピクチャレスク研究が一九八二年刊ということだから、アメリカ文学研究ばかり責めるいわれはない。英国ピクチャレスクについてはたまたまその役が回ってきたので、拙著『目の中の劇場』（一九八五）でその辺総覧すると同時に、E・A・ポーとヘンリー・ジェイムズに触れて、アメリカにおける視覚的な文学の研究が差し迫った課題であると提案した。顧みて信じられないが、当時、"Picturesque"を「画趣ある」「美しい」などと平気で訳す訳文が多くて呆れかえった（本当は「荒涼とした」という凄愴美のことである）。

それから約二十年、状況の一変は驚くばかり。エンブレム文学テーマで独走する入子氏は別格として、一九八〇年代からは本国アメリカでのまさしく汗牛充棟の研究書刊行を反映して、アメリカン・ルネサンスの視覚的文学の研究は伊藤詔子、野田研一両氏を中心にあれよあれよという急進展ぶり。却って御本家英国のそちら方面の脆弱が恥ずかしいほど勢いのある世界となっている。認識と視とは骨がらみであり、認識のフレームワークを一貫したテーマに挙げる鷲津浩子氏も、この動きを引っ張る一人だ。

この論叢にしても、第七〇回日本英文学会全国大会の「アメリカン・ルネッサンスと視覚芸術」部門（司会は入子女史。実はぼくもゲスト参加）の口頭発表、『英語青年』誌でのその活字化（一九九八年一〇月号）を基にしている。また、本書の執筆者は、さまざまな学会誌や『英語青年』などに各自発表したエッセーを基にしたり加筆したり、いろいろな学会での口頭発表の積み重ねであったりする旨、それぞれ記していて、英文学界一般の低調に比し、アメリカ文学界のこの方面における精彩はたいしたものだ。

収録一三篇のうち四篇がホーソーン論というのは、たぶん入子効果だろう。重いモラルを引きずる暗い文学というホーソーン文学のイメージが絵大好きな方法論の書き手というイメージにチェンジするのが、今どきの一般読者にとっては貴重だが、やはり入子氏の綿密な『痣』の紋章学・図像学的読みが圧巻。『ホーソーン・《緋文字》・タペストリー』を知らずにいきなり本書を読んでいたら、本当にびっくりしたはずである。

ポーが排されているのはマシーセンが「アメリカン・ルネサンス」概念からポーを締め出したからなのか。ピクチャレスク風景を巨大単眼と化したエマソンが見るという絵柄で"Nature"を論じた野田論文、このところのアメリカン・サブライム研究の隆昌をきちんと復習させてくれる伊藤論文など、バランス良い目次案だが、ポーにはもっと紙幅を割いて欲しいし、メルヴィル論はあまりにもおざなりであるまいか。概して、やはり世代が上になるほど方法意識がないということが判る。ヘンリー・ジェイムズ関係は二本。ジェイムズと写真の関係を追う中村善雄論文は手堅く、かつ必須のテーマだが、Adeline R. Tintner 女史のジェイムズ研究三部作（"The Museum World of Henry James" 等）こそアメリカ視覚文学研究の近来の粋なのに、肝心の絵画との関わりがズボ抜けなのはいかがなものだろう。

収穫は水野眞理氏の「挿絵は誰に何を見せるか」。読者が一緒に考えられ、入り易い素材を選んだのが良い（議論はハイレベルだ）。

やはり桁が一つ違ったのが、「超絶時代のフィルム・ノワール—エミリー・ディキンスンの形見函」の「大」巽孝之氏である。鷲津氏をインスパイアしたアレン・カーズワイルの“A Case of Curiosities”（邦訳『驚異の発明家《エンヂニア》の形見函』〈上〉〈下〉）を下敷きにして、その家屋敷に異様に執着したディキンスンのヴンダーカンマー詩学とでも呼べそうなものを論じるのかとドキドキしながら読み始めたら、想像通りキャビネ［抽出し］の中に「ポートフォリオ」状態で書き溜められていくディキンスンの詩のありようが、ジョゼフ・コーネルの有名な「箱アート」以下多くのアーティストを、ウィリアム・ギブスン、デニス・アッシュボウ共作の書物芸術『アグリッパ』（一九九二）までインスパイアした経緯を辿る。

文章にエレガンスが要求される展開だが、「まさしくポートフォリオ形式に関する理論こそが、書物以前の原書物が備えるジャンクアートの理論として、ディキンスン作品がいったいなぜ以後の作家はおろか、とうにモダニズムを超えたポストモダニズムの視覚芸術家たちにまで絶大な影響を与えていったかを、解き明かすよすがになる」とか、なんとまあ巧いものだし、材料にしても要するに持っているものが違うということなのだろう。文学とアートが本質的に通じざるを得ないことを「解き明か」し得たのは結局、巽論文のみ。今後あり得べき ekphrasis［画文融通］論のモデルとなるだろう。以前取り上げた『人造美女は可能か？』中の巽氏による一文とも併せ、一度ディキンスンを読み込んでみようかと思わせる。『人造美女は可能か？』同様、本書も巽氏が編集したら良かったのだろう。

総論が弱いと論叢は求心力を欠く。いろいろあって論叢ブームの世情ながら、全巻を巧くオーケストレートできている論叢があまりに少ない。改めてそう思ったのも、Takayuki Tatsumi が中心になって編んだ“Robot Ghosts and Wired Dreams : Japanese Science Fiction from Origins to Anime”を併せ読んでいるからだ。日本語での仕事の凄さがそっくり英語で世界発信の段階に入った巽、まさしくやりたい放題の自在無碍。あっぱれである。

入子氏には藤田實氏との共編の最新刊『図像のちからと言葉のちから――イギリス・ルネッサンスとアメリカ・ルネッサンス』もあり、副題に謳われるように「文学的図像学」（シオダー・ジオルコウスキー）の領域ではアメリカはイギリスと堂々と肩を並べるに至ったようで、見るところ入子文子ひとりの獅子奮迅によるものだから、これは驚く他ない。

73. 明治行く箱舟、平成の腐海にこそ浮けよかし

『ウェブスター辞書と明治の知識人』早川勇（春風社）　2/5

本書は、アメリカン・ルネサンスを代表する作家ハーマン・メルヴィルの『白鯨』冒頭を一種の引用辞典にして、それによって「クジラ」を定義するなど、辞書と辞書メタファーに敏感なところを示している。メルヴィルが日常使っていた字引の代表格がノア・ウェブスター編纂のウェブスター大辞典であることに間違いなく、まるで大きな箱のような形態と編集者当人の名に引っ掛けて、この大辞典を「ノアの箱舟」と譬え、それが捕鯨船ピークォド号と二重映しになってなかなか笑えるウィット

を思いついたりしている。

ノア・ウェブスター（一七五八―一八四三）は生没年を見るまでもなく、アメリカがイギリスから独立する長い戦争の顚末とそっくり重なる時代の国民的スターの一人である。印紙税、ボストン茶会事件から南北戦争前夜に向けての非常に政治的な季節に、イギリスとの訣別を英語ならぬ「米語」の確立を通して実現しようとした大変愛国主義的な仕事が彼のウェブスター「米語」辞典である。宗主国イギリス本家の英語の大権威たるジョンソン博士の有名な『英語辞典』（一七五五）への徹底批判から、この仕事は出発している。

移民に文盲が多いこともあり危難の国家を、ピューリタン道徳で求心力あるものとして維持発展させようとして、ウェブスターの綴り字教則本、文法書、そして読本の「英語文法教本」三点セットができ、その成果が一八二八年の『大辞典』に爆発したのだが、本書は一八〇六年にアメリカ初の国産英語辞典として出発したウェブスター辞典がさまざまな簡約版を錯綜させながら、一八九〇年には国際版に至る幾多の系列を持つ「ウェブスター」辞書群に発展するまでの離合と集散の歴史を、まず第一部として手際よく概観する。接触言語学の中心人物・早川氏の学殖は確固としてよどみない。

が、何と言っても興味深いのは、江戸末期から明治いっぱいかけて長年の蘭学研究が急速に「エゲレス」へと関心を転じていく日米交渉のレキシコグラフィー［辞書学］史である。日本における英語辞書編纂にのみか、日本語辞書（大槻文彦の『言海』）や『漢和大字典』にまでウェブスター辞書が大きな方向性を与えていったことを縷説する。それはそれとして専門家には面白いだろうし、素人にとっても、ペリー来航から生麦事件、大政奉還から北海道開拓使、日清日露戦争に日英同盟といった波瀾万丈の世相と数々の通詞通弁や産学官各界のアントルプルヌール〔起業家〕たちの着想・企画が絡み合いながら進行していく有りようは、実に息詰まるほど面白い。『経営者の精神史』の山口昌男とか『黄金伝説』の荒俣宏のような歴史人類学、産業考古学のセンスが著者にあれば、さらに一段とわくわくするような明治知性図になったはずの素材ながら、この淡々と記述されていくデータだけでも、なにしろ福沢諭吉、前島密、札幌農学校のクラーク博士、野心抑えがたくアメリカに密出国して帰国後に同志社大学の「学祖様」と化す新島襄など、主人公が主人公なだけに面白くないはずがない。

辞書史の中にしか出てこないはずの通弁の類にも結構破滅型や驚くべき奇才がいたらしく、区々が幕末や維新の奇人伝となる。破滅型は福地桜痴。岩倉遣欧使節団の通弁。『大英字典』を計画しながら、「芸名」の示すが如く桜なる芸妓と「痴」情交す間に見事に未完。いいねえ、いいねえ。奇才の方は『附音挿図　英和字彙』の子安峻《たかし》。語の定義を説明するのでなく、日本文にそのまま挿入すれば良い、カチッと対応する日本語を示す他、挿絵という画期的な方法も採ったすばらしい英和辞典の編集者は、和文モールス信号を案出し、『読売新聞』を創業し、かと思えば日銀の初代監事でもある。一体どういう頭をしているのと一番驚くのは前島密。郵便や鉄道関係その他八面六臂の活躍とはこの人のためにある言葉だが、福沢諭吉に始まる国語国字改革論（言文一致・漢字全廃）の急先鋒だったことは、ぼくなど不明にして全く知らなかった。石井研堂や大橋佐平といったメディア界の奇才の列伝を面白く試みた山口昌男・坪内祐三師弟のトンデモ明治は、英学・辞書学の世界でも面目躍如である。こうした明治的奇才の元祖たる福沢諭吉は中津藩の、また一番しんがりの田中不二麿は尾張藩の旧幕臣の子であるということで、明治英学史も山口氏言うところの「敗者の精神史」であったのかと至極納得がいった。そういう人々が当然のように交錯して相関図ができていくこの熱血の明治英学史の二百ページ弱（第二部「ウェブスター辞書と日本の夜明け」）は刀を英語に置き換えた草莽《そうもう》志士、奇才官僚の列伝としてむちゃくちゃ面白い。

その最後は『英和双解字典』他の棚橋一郎。政教社を組織してナショナリズムをことしたが、当然世界事情を知り抜いた上での国粋主義であった。それこそまさしく十九世紀初めにウェブスターが抱懐した烈情であった。それが教育勅語発令（一八九〇）され、「〈柔術〉や〈剣術〉は〈柔道〉や〈剣道〉と呼ばれるようになった、元々の中国語には〈～道〉という考えはなく、日本的概念である。洋学者を中心にすすめられた漢字廃止論は陰を潜め、漢字漢文が復活した。同時に〈国語〉〈国文〉の概念が確立」という時代になっていく。

もはやつまらぬ、本書に敢えて「明治の」と断りを入れたのはその辺のことである、と著者は言う。同じアマースト大学に留学しても、英学をやることが天恵のようだった新島襄の世界から、悉く幻滅を重ねる内村鑑三の環境への変化と言ってもよいが、そのアマースト大学こそノア・ウェブスター創始になるものであり、クラーク博士ゆかりの大学であることを知らされると、確かに明治はウェブスター辞書で語り得ると納得させられるしかない。

「大学」と「英語」が「行き詰まり教育界」の二大キーワードたる今、日本人必読の名著。こういう地に足のついたアメリカ研究もある、ということで今回とりあげた。最近訳されて話題のクリストファー・ベンフィーの名作の名を借りるなら、ここにも「グレイト・ウェイヴ」の小さな波ひとつ、という感じがした。

74. 学と遊びが共鳴するこういう本をエロティックスと呼ぶ

『画文共鳴――『みだれ髪』から『月に吠える』へ』木股知史（岩波書店）

ギリシア神話の記憶の女神ムネモシュネの九人の娘が芸術の九分野をそれぞれ一つずつ担当したことから、例えば詩と絵はシスターアーツ［姉妹芸術］と呼ばれ、もとをただせばムネモシュネなる「集合記憶」に発する同一の「表現衝動」（G・R・ホッケ）、同一の「芸術意思」（A・リーグル）が、たまたま違う表現形式をとったに過ぎない。こういう「精神史としての美術史」（M・ドボルシャック）と呼ばれるアート観の中心的主題がシスターアーツ論であり、ホラティウスが発祥とされる"ut pictura poesis"［詩ハ絵ノ如クニ］というアプローチである。こういう大掛かりな比較芸術論のバイブルとされるマリオ・プラーツの大著『ムネモシュネ』を拙訳した時、ぼくはさんざん頭をひねって"ut pictura poesis"に「画文一如」という訳語を充てたが、木股知史氏考案の「画文共鳴」の方がアイオロスの琴めいて断然良い。今後は皆、これで訳語統一するように！

ヨーロッパでもプラーツ書より十年以上も早く、Jean H. Hagstrum の"The Sister Arts"（初版一九五八年）という基本的名著がある。ジャンル区分や超ジャンル論争の主戦場だった十八世紀に紙数が費やされているせいもあり、その革命的意義がなかなか理解されない。シスターアーツ論など、たまたまこの詩とこの絵が似ている・似ていないという思いつきの集積で、とても文芸批評の名に値しないという、ルネ・ウェレックとオースティン・ウォーレンの共著『文学の理論』が、ウェレックのビッグネーム故に影響力を発揮して、いまだに詩や小説の「説明」に似たような絵を並べてみせるのは好事家的学者の「趣味」程度にしか見られない。英文学でいえば河村錠一郎、由良君美といった先人たちの敢為がそういう評価で今に至る。ぼく自身その一人と言われてもいて、つまりは文学研究の正統から見ると所詮、邪道外道なのである。そうでないはずということを示したいこともあって、当ブログで、荒木正純氏の芥川論を紹介したり、アメリカ文学に場を借りたマダム入子などの優れた画文共鳴論を続けて取り上げたりした。今後どうなるかというところに、実に見事なシスターアーツ論の大冊が出現。欣快事である。

「一九〇〇年代から一〇年代にかけて」の日本における「文学と美術をつなぐ表現史」を、自ら「開拓的」と号する三〇〇余ページの労作がやり抜いた。本当にシスターアーツ論の心得ある人間が日本を相手にするなら、問題になるべきは（1）宝暦・明和の江戸、そして（2）明治四十年前後すなわちこの『画文共鳴』が真芯に捉えた二〇年ほどのヤマである。画文共鳴の濃密なり切迫において、のんびり古臭い絵巻物など論じている場合ではない。このふたつの時期は、いうまでもなく出版メディアに「大」の付く変革が発生したタイミングである。（1）は錦絵をうみ、源内と応挙をうみ、（2）は木股氏言うところの「装幀や書物の形態、挿画などのイメージ的表現」の実験を許す出版メディアをうんだ。同じ紙葉上に文と絵とを併せ載せるメディアの仔細を巧みに論じさえすれば、ウェレック、ウォーレンのなんとも古臭い「絵と文学は別物」論などあっさり論駁できる。その辺の理論的せめぎ合いを一切知らない風情でいきなり核心をわしづかみする木股式は爽快だ。本書が示す通り、マスメディアの欲望と技術が、共鳴する画文にさらに共鳴した、まさしくそういう時代をバッチリ選び取った直観（プラス研鑽）の勝利だ。

第Ⅰ部は与謝野鉄幹・晶子夫妻をめぐる動き、第Ⅱ部は「象徴主義再考」を謳うなら避けられぬ蒲原有明周辺の動き、第Ⅲ部は「装幀や書物の形態」といった木股氏のいわゆる「画像世界」の創出と言えばこれに尽きる『月に吠える』を舞台にした朔太郎と版画家田中恭吉、恩地孝四郎の深々とした交渉を、それぞれ縷説する。日本近代におけるシスターアーツと言えばロセッティ狂いの蒲原有明ははずせないし、『月に吠える』の画文共鳴ぶりは神話的ですらある。『みだれ髪』については先達芳賀徹氏によるシスターアーツ論の傑作『みだれ髪の系譜─詩と絵の比較文学』があり、「詩は絵の刺戟から生まれたが、その詩は別の絵を生み、その絵はまた詩の別様の解釈をうながす、という詩画間の世紀末的近親相姦」なる、これ以上は無駄というシスターアーツの決定的「定義」さえあった。

目次としては革命的といえるほどのものはない。例えば漱石。木股氏には花のシンボリズムで息が詰まりそうな『それから』について『イメージの図像学─反転する視線』という見事な成果があるのだから、『草枕』ピクチャレスク論、『坑夫』サブライム論など、真にポップな画文共鳴論も、氏ほどの切れ者にはお願いしたい。それから、鏡花の『春昼』になぜ一行の言及もないのかなど、ぼく個人としては、これだけ一九〇〇～一九二〇年の画文共鳴をやるなら少しだけ紙葉メディア論から逸れたところも、と求めたくもあった。ま、いずれ。

メディアが繋ぐ詩と絵という視覚については完璧だ。『みだれ髪』が三六変形判だったことの意味とか、石版木版の「版の表現の展開」をめぐる濃密な議論とか、もう一度言うが、長い間シスターアーツ論者を苦しめてきたウェレック、ウォーレンの呪いなど、「詩画集」という絶妙の場で工夫される印刷・出版のメディアの実験をきちんと論じさえすれば、すらすらと解けてしまう。これがおそらく著者が知らぬ間にやりおおせた最大の功績だ。竹久夢二ひとりとっても、夢見の美女を描いた絵師としてでなく、「文字の代りに絵の形式で詩を画いてみたい」という絶妙の台詞を吐くメディア・マンとして登場する。

象徴主義文芸のイメージ分析の最高水準は種村季弘がホッケの『迷宮としての世界』の「姉妹」本と勝手に見立てて訳したハンス・H・ホーフシュテッターの『象徴主義と世紀末芸術』に尽きるが、これを実によく消化した木股氏の、驚くべき資料博捜とバランスする「筆者の推測」がどれも唸る他ないほど面白い。『みだれ髪』の判型が「お経のかたち」に似ていると仰有る。なんだあと思っていると、次のように木股節としか称しようのない見事な修辞の寝技に持ち込まれてしまうのだ。

ところで『みだれ髪』には、次のような歌が収められている。

笛の音に法華経うつす手をとどめひそめし眉よまだうらわかき
うら若き僧よびさます春の窓ふり袖ふれて経くづれきぬ

青年僧は、仏道に帰依し、道を志す修業者であるが、経をくずす「ふり袖」や、写経の手をとめる「笛の音」は、彼を誘惑する記号として表現されている。道成寺伝承に代表されるように、修行に励む青年僧と誘惑する女人という組合せは、物語の発想の基本形の一つだと言ってもよいだろう。青年僧は、誘惑を拒み、「ふり袖」や「笛の音」が暗示する女人の影は、その拒絶を突き崩そうとする。

なるほど。しかし素晴らしいのはここから。

女性の官能の勝利を肯定的に高らかにうたう『みだれ髪』が、お経と同じかたちをしているとすれば、それはとてもアイロニカルな発想だと思う。なぜなら、誘惑者（歌集『みだれ髪』）と、それを拒むもの（経典）が、同じかたちとして表現されているからである。

ううむ、ううむ。こういう批評的エロスいっぱいの一冊。大好きだ。

75. 速く、速く、速く、昼も夜も一刻も失うことなく　2/12

『ハプスブルク帝国の情報メディア革命―近代郵便制度の誕生』菊池良生（集英社新書）

慶應義塾大学でドイツ文化を研究する和泉雅人氏が「文化史興隆への期待」という一文を草して、ドイツでなら文化史（Kulturgeschichte）、文化学（Kulturwissenschaft）とでも呼ばれる領域横断的感覚の広義の人文学こそ高山宏の新境地なのだと書いてくれていて、そこまでは自画自賛し切れなかった（当時の）ぼくは快哉を叫んだものだった。ぼくの仕事を、ぼくがかつて熱愛したエンゲルハルト・ヴァイグルの『近代の小道具たち』や、ドイツ・ロマン派の文人たちの少女愛を「文学のみならず、教育学、自然科学、植物学、蝶学、神話学、図像学、病理学などの分野から」追跡した、Michael Wetzelの“Mignon. Die Kindsbraut als Phantasma der Goethezeit”（『ミニョン─ゲーテ時代のファンタスマとしての少女花嫁』）などと比べ、ついこの間まで冷遇ないし無視されてきたこういう新しい人文学感覚が、いよいよ表に姿を現し始めてきたようだと書いて、さらに和泉氏はこう結んでいた。

現代ドイツで先端的な研究のひとつは、コンピュータをはじめとするテクノロジー、映像、音声、活字、演劇、経済、政治、さらにはサブカルチャーをも含めたメディア全体を横断的・歴史的・考古学的に研究していこうとする、要するに何でもありのメディア美学研究かもしれない。現在、「メディア美学研究所」を設立したドイツ・ジーゲン大学の主導で、二〇〇六年に研究成果を発表する文化史ジャンルの巨大研究プロジェクト「メディア革命」が進行中である。「ドイツの高山宏」が出てくる日もそう遠くはない。

普通、いくらなんでも過褒《かほう》だとか言って頭掻くところだろうが、ぼくは「具眼の士よな、よし、よし」と至極悦に入ってしまった。
ミレニアムの変わり目をはさむ十年、丸善のカタログ誌「EYES」の選書・編集のため、世界中のメディア批評とヴィジュアル本のカタログを日々熟読しながら、ドイツ語文献の日増しに大きくなるウェイトに驚き、また、そういう動きを英語圏でパラレルに始めたバーバラ・スタフォードが、もともとウィーン人で、クラウスベルク、ブレーデカンプなど「メディア革命」を担うドイツの人脈と密接に連携して大活躍していることなど、よくわかってきた。周りが異端としか評し得ないぼくの仕事は、どうもホルスト・ブレーデカンプやザビーネ・ロスバッハの仕事の仕方と、どうしてと思うほど重なっているが、これは何かと考え始めていた時、上述の和泉氏評を得、大いに意を強くした。こういう大きなメディア論としての文学という議論について、いずれ何かの本で触れようと思う。

そう、そう、例えば紀伊國屋書店「洋書・基本図書リスト」二〇〇七年二月号「書き込みのシステム2000―デジタル的転回と人文知の行方」が、今のところ、そうした「転回」とその中でのドイツ新人文学の威勢をよく伝えていて、結構衝撃的だ。ぜひ！ フリードリヒ・キットラーはじめ、この動きは確かに凄い。

メディア論の下に新しい人文学を、なんて言っても日本じゃあね、と思いかけた矢先、ズバリのタイトル『ハプスブルク帝国の情報メディア革命』に出会った。新書の「軽み」と菊池良生氏の俗に通じ軽口も滑らかなテンポの良い口調に騙されてはいけない。

メディア中のメディア、メディアの祖ともいうべき郵便と手紙という、ついこの間の郵政民営化で世間が沸いたタイミングにでも出ていればかなりな話題になったテーマで、十五世紀末から十九世紀いっぱいにかけてのヨーロッパ史をそっくり辿る。メインは、今の日本ではおそらく菊池氏が研究の第一人者たるハプスブルク家と、その下で郵便制度を取り仕切ったタクシス一族（トマス・ピンチョンの

『競売ナンバー49の叫び』でお馴染み）との関係だ。三十年戦争はある、ネーデルランドを挟んでの二つのハプスブルク家の統一・分裂はある、ハプスブルク家を崩壊せしめたフランス革命はある。我々がフツーに知っている西洋近代史の一コマ一コマが郵便制度の改革や再編成と実に密な表裏一体の関係になっていたことが説かれる。

まるで郵便制度が世界史の動向を決めていったかのような気分にさせられるのは、菊池氏の目次案と語りの巧妙さによるものだ。特に蜿蜒十九世紀半ばまで割拠する領邦国家の四分五裂に苦しんだハプスブルクのドイツを語るに、情報の重要さそのものの郵便をどこがどう押さえるかというテーマが、一番手早く、かつ面白いということを、本書一読、しみじみと知った。こういう着眼のコロンブスの卵ぶりでは一寸、『鉄道旅行の歴史』のヴォルフガング・シヴェルブシュや『古代憧憬と機械信仰』のホルスト・ブレーデカンプの読後感に通じる。

旧知の菊池氏が少しハプスブルクに詳しいという歴史家に終わるはずなしと思っていたところ、案の定、「ドイツの菊池良生」出ると期待される第一級の「文化史」家に一挙大バケ中。次は「警察成立史」だそうで、さらなる大爆発が愉しみである。

76. ドイツ文学かて、やる人、ちゃんとおるやないの

2/15

『ドイツ文化史への招待—芸術と社会のあいだ』三谷研爾［編］（大阪大学出版会）

ドイツ起源の悠々たる文化史（Kulturgeschichte）を英米圏でマスターし、それをドイツ文化史の側へ恩返しし、カフカ研究を一新したマーク・アンダーソンの『カフカの衣装』（一九九二）は、例によって英米と独に相わたる上、完全に新しいタイプの「学際的」著作だから、邦訳が急がれるにしろ、一体誰がやるか興味津々だったところ、三谷研爾氏がおやりになり（共訳ではある）、鷲田清一リードによる大阪大学大学院文学研究科が新人文の台風の目になりつつある新しい地図の確かな拠点のひとつが、この人であるのかな、と思っていた。

「いまや若い人たちには縁遠い存在となってしまったドイツ」にもう一度関心を持ってもらおうというオーガナイザー三谷氏の言い分はわかる。ぼく自身関わっている幾つかの大学で、若い人たちの文学離れは目を覆うばかりのものがあるが、とりわけドイツ語がひどいのは何故だろう。思うに、研究者の独りよがりの怠慢と保守保身の感覚に一因があるのではないか。英語と違ってドイツ語は初学という学生がほとんどなのに、ドイツ語教師は、教師としての立場が保証されている（フランス語の世界でも、しばらく「知の最前線」をデリダやドゥルーズが「にぎやかし」ていたため、「頑張っている！」という幻想は確かにあった）ためか、全くサービス精神を欠いている。

部外者なりに見て、この十五年ほどドイツ人文学の動向のスピードと絢爛は一寸凄いものがある。先回、菊池良生氏の最新刊に触れてそのことを書いたが、そうした動向の適当な紹介者がなかなかいない現状はあまりと言えばあまり。唯一例外が田中純氏だが、彼だって表象論の人。ドイツ文学・文化史研究者はどうなっているんだ。と思う時、必ず脳裡に閃くのが、『カフカの衣装』に目をつけた三谷氏のことである。

それで今回作。三谷氏含む一二人が分担執筆して独墺を含む広大な中東欧世界の文化史を十七世紀から二十一世紀の今に至るまで概観し、「ドイツ文化史」に「招待」しようというフェストシュリフト（論叢）である。いろいろな事情から、論叢形式の本が大流行で、本欄でも既に何点か取り上げたが、結局はオーガナイザーの構想力と、分担決定のイニシアティヴが成否を分ける。それが弱いと、ひょっとしてかなりのレベルの寄稿エッセーが孤立して死んでしまう。この点から言えば、この『ドイツ文化史への招待』は実に見事な成功作と見た。

序では「中東欧」という地域を設定し、「文化」とは「芸術を軸として作り手と受け手、制度、意識がたがいに関連して織りなす活動のまとまりをいう」とし、「社会と文化、政治と芸術がときに相携えて、ときに鋭く対立しながらすすんでいった歴史を、あくまで文化や芸術の側から考えて」いきたいと述べる。一見、誰にでも言えそうなことだが、なかなか。この枠組みがないと各論文は四散してしまう。

第一部は「市民社会」がつくられていく時に印刷メディアや発掘された歌や口承文化が果した役割をテーマに五篇。四分五裂の「領邦」が雑誌文化や読書の普及を核に統一されていくプロセスを巧く描いた吉田耕太郎「啓蒙のメディア」は、菊池氏の郵便論と重ねて読んだせいもあって、実によくわかった。活字文化とくれば口承文化は?と思うとちゃんと「声の始源」(阪井葉子)が用意されており、民謡の発見が「イデオロギー装置」としての混声合唱協会をうむというところまでくると、音楽をめぐるビーダーマイヤー期の男女差別の印としての「ピアノのある部屋」(玉川裕子)が扱われ、一見関係薄に見えた昔の女流博物図絵師マリーア・シビラ・メーリアンを巡る赤木登代論文(「近代への飛翔」)が扱うロンダ・シービンガーのいわゆる「科学史から消された女性たち」のジェンダー問題につながっていたことがわかる。書き手が互いに何をどう書いているか知悉して、前の章で誰が言っているように、というスタイルで書いているので、コントロールの利いたバトンタッチが行き届いている。巽孝之編集の論叢について言ったのと同じことを、三谷人脈と三谷編集にも感じる。メディアの介在がナショナリズム勃興に決定的だったドイツと言えば、真打ちはやはりワーグナーだろう。藤野一夫「祝祭の共同体」がそれを引きうける。

第二部は「中東欧」の「文化」といえば避けて通れぬユダヤ人の存在を、樋上千寿氏の明快な概論(「聖書の民」)と、同化ユダヤ人といえばこの三人と言うべき作曲家メンデルスゾーン(小石かつら「対話から同化へ」)、詩人ハイネ(中川一成「境界の文学」)、そしてカフカの簡素な評伝(三谷研爾「存在と帰属」)で構成。これだけ限られた紙数で同化ユダヤ人問題のほぼ全貌を洗い出せていることに感心した。

第三部はモダニズムから現在まで。一一名の同志を打って一丸とする三谷という人の真の関心は、知性と知性の交流史——山口昌男氏流に言う歴史人類学的コロニー論——であるはずと思って読むと、三谷研爾「カウンターカルチャーの耀き」、それと雁行してフランクフルト社会研究所と亡命知識人について論じた原千史「越境する批判精神」がそれを担っている。「ドイツ文化史」と聞いて期待したドイツ文化圏に固有の華やかな知性交流史への期待が十分に満たされた。アドルノやホルクハイマーといったレベルでの交流のみか雑誌編集というメディア世界での「交流」がフォトモンタージュをうむ、とする小松原由里氏のハンナ・ヘーヒ論は『キッチンナイフ』一点に絞った細密な解析が楽しい。楽しいばかりでなく、フランクフルト社会研究所が味わった苦しみ(原千史「越境する批判精神」)や、統一後の旧東ドイツの人々が背負うことになった十字架(國重裕「オスタルジーの彼方へ」)についても、十分リアルに伝わってくる。

「招待」のレベルを遥かに超え、全体としてなぜ「公共圏」(ユルゲン・ハバーマス)というメディアの工夫を重ねての意見交換の空間が「中東欧」にとって死活問題だったかの歴史が、実によくわかった。滅多にお目にかかれぬこのレベルの概説書をドイツ語で「クルトゥーア・ライゼフューラー(文化旅行ガイド)」と呼ぶそうだが、その見本のような一冊。

77.「モダンクラシックス」の名に愧《は》じぬ呆然の一冊

2/19

『フロイトとユング—精神分析運動とヨーロッパ知識社会』上山安敏(岩波モダンクラシックス)

人文学がだめになったと人は言う。だが、そうでないどころか、上山安敏氏の『神話と科学—ヨーロッパ知識社会　世紀末〜20世紀』、そしてこの『フロイトとユング—精神分析運動とヨーロッパ知識社会』のような名著が現に書かれていたりして、イマイチ輪郭と中身が巧く定まらず厄介な文化史・文化学に、そうした名著群がかなりの実体を与えてくれ始めていることを考えると、人文学のある局面など未曾有に面白くなりそうな気がする。

その局面というのは、たとえば、フロイト・ユング往復書簡（邦訳：講談社学術文庫〈上〉〈下〉）の編集者ウィリアム・マガイアーの『ボーリンゲン――過去を蒐める冒険』（一九八二）が頂点を極めた優れた知性の交流史、スケールの大きい学界史・学問史、文化コロニー興亡の追跡の分野のことで、あるべきプロソポグラフィー（人物研究）としての個人の文化史研究も、こうした個人と個人のダイナミックな関係をちゃんと押さえる人と知の交流史を背景に置くと、一層面白くなるはずだ。誰と誰がどこでどう会ったが故にどうなっていき、その出会いの結果、別の誰がまた他の誰かと出会うことになる、という壮大な連続的・累積的記述。「出会いのアルケミア」！

別に難しいことを言っているわけではない。人文学の優れた本は何を論じていようと、そこに介在した人間関係について卓越した考古学を大なり小なり含んでいる。そのことをたとえばぼくは『ブック・カーニヴァル』でえらく大仰にやろうとしたし、モデルにした山口昌男『本の神話学』も、先達である林達夫氏に敬意を表しつつ戦間時代のワイマール文化やアビ・ヴァールブルク周辺をめぐって大きく切り開いた方法だ。一九七〇年代初めからこういう人的交流の追跡をテーマとし、方法として山口昌男氏はある時点からそれを歴史人類学と名付け、『敗者の精神史』〈上〉〈下〉、『挫折の昭和史』〈上〉〈下〉、そして極めつけの『内田魯庵山脈』を、力を失いつつある人文学全体へのカンフル剤とした。全ての出発点となった『本の神話学』、それが出発点としたスチュアート・ヒューズやピーター・

ゲイの人的交流史、山口氏と雁行するように人的交流そのものの発掘と関連付けで異彩を放った『ヴォルプスヴェーデふたたび』他の種村季弘、そういう知性交流史あまたの主人公の一人、芸術心理学のE・H・ゴンブリッチがヘーゲルやパノフスキー、ホイジンハやフランセス・イエイツといった面々をめぐって知的交流史を記述した"Tributes"(『貢物』)など、今やたちまち十指に余る仕事を思い出すことができる。

この欄でも、ぼくのそういう趣味が働いてその種の本を多く取り上げてきた。菊池氏のドイツ郵便制度論も、ウェブスター辞書を介する明治啓蒙人士たちの動きをめぐる早川勇氏の労作も、実は皆、ダイナミックな人的交流がうみだす知的ムーヴメントの記述である。岩佐壮四郎氏による島村抱月をめぐる日欧両舞台での華々しい人と人との交流を明るみに出した仕事(『抱月のベル・エポック』大修館)など、実はいろいろある。山口門下一の情報通である坪内祐三氏の新刊など、こういった人的交流史の名作・奇作揃いではあるまいか。

それ自体でこうしてひとつの(超)ジャンルになりそうな文化史記述の模範的な傑作が、一九八九年に岩波書店が出した上山安敏『フロイトとユング』である(現在は岩波モダンクラシックス)。精神分析の祖とその第一の高弟のあまりにも有名な訣別を、二人が属した文化の中の軋みという大きなスケールから捉え直す。いわゆる科学と、いわゆるオカルティズムとの間の線引きが、二人違った、とする。これがこの本の中心主題であるが、世紀末からハイ・モダニズムにかけての魔都ウィーンのみが可能にした異物混淆の環境に「モデルネ」とそれがうんだ神経科学、「神経小説」を置いてみる克明な作業を通して、上述の呆然とさせるようなスケールの知性交流史、そして当然、都市文化論の名作に仕上がった。

　世紀末〜一九三〇年代のウィーンが、西欧と中東欧（ユダヤ）ふたつの流れが混じり合う長い歴史（三谷研爾編著『ドイツ文化史への招待』でぼくらはその大体を摑めているはず）の頂点にあり、こういう文化史のこれ以上ない標的たり得ることは、ジャニク、トゥールミンの『ヴィトゲンシュタインのウィーン』を陽とし、ゲルハルト・ロート『ウィーンの内部への旅』を陰とする、ウィーンの Kultur-Reisefuhrer を通して見当はついていたが、それにしても異物同士のこの混じり合いのもの凄さは何だ、と上山書を見て改めて呆然とする。神経医学の誕生を都市論の中でやりおおせたデボラ・シルヴァーマンの大著 "Art Nouveau in Fin-De-Siècle France : Politics, Psychology, and Style"（邦訳『アール・ヌーヴォー』青土社、一九九九）と堂々肩を並べ、ひょっとして田中純の『アビ・ヴァールブルク　記憶の迷宮』を準備した一冊、という位置付けだ。

　これを法学部の有名教授がやりおおせたという事態が凄い（退官記念）。法学部の授業にユングやヴァールブルクが出てくる。うーん、脱帽です。

78. これでもう一度、一からのマクルーハン　2/22

『マクルーハンの光景　メディア論がみえる』宮澤淳一（みすず書房）

息せき切ったダミ声の大阪弁で、政財界への講演が一回で何百万という噂もあった時局コメンテーター竹村健一氏の名も姿も知らない学生たちの前で、マクルーハンのことを喋るのも妙なものだ。マクルーハンは、竹村氏のアンテナがピリピリ敏感だった絶頂期、その『マクルーハンの世界—現代文明の本質とその未来像』（講談社、一九六七）で一挙に有名になり、同じ年の「美術手帖」十二月号「マクルーハン理論と現代芸術」特集で、大学闘争がいよいよ爆発寸前という時代の、学とアートとがごっちゃになる創造的混沌の季節の代表的ヒーローとなった。一九六〇年代末にかけての世上あげての「クレイジー・ホット・サマー」の何でもミックス、何でもありの、日本と世界の知的状況の中で、マクルーハン・カルトとも「マクルーハン詣《もう》で」とも称されたメディア論の元祖を位置付けるチャートの巧さに、宮澤淳一『マクルーハンの光景 メディア論がみえる』の魅力はまずある。

一九八〇年代にはすっかり鎮静化していたマクルーハン・ブームの中、マクルーハン没の翌一九八一年、象徴的にも「たった一人の、マクルーハン追悼」（「早稲田文学」通巻六〇号）を書いた日向あき子の名など、懐かしいとしか言いようがない。ぼくにとって美術評論家 日向あき子といえば、美術誌「みづゑ」誌上で「ポップ・マニエリスム」論を展開した天才として記憶されているからだ。恥ずかしいことだが、日向女史が二〇〇三年には既に他界されていたことを、宮澤氏に教えられて初めて知った。

個人的には、ジョン・レノン、「サウンドスケープ」のマリー・シェーファー、ハプニングアートのジョン・ケージ、バックミンスター・フラー、そしてとりわけ一九六〇年代的な前衛集団「フルクサス」のアーティストたちとナム・ジュン・パイクといった芸術家集団へのマクルーハンの影響を次々概観する第三講が、発見といまさらながらの驚きに満ちた収穫である。『グレン・グールド論』で吉田秀和賞を受賞した著者のこと、当然グレン・グールドとマクルーハンの交流もきっちり描いてくれる。

妙な縁で、マクルーハンの死後出版、ご子息のエリックとの共著の形の『メディアの法則』の監訳・解説を引き受けた際、メディア論プロパーの世界がこの一種禅坊主じみた宗祖の扱いに手を焼いたまま忘れたがっている風情に、改めて時の流れを感じると同時に少しびっくりした。マクルーハン・メディア論にろくな展開がなく、マクルーハンが自身をポーやジョイスに入れ込む「英文学者」と見てもらいたがっていたことを考え直す余裕も見当たらない。

確かに、マクルーハンは難解だ。いわゆるアフォリズム（マクルーハン流に言う「プローブ（Probe）」）だから、前後の文章が、考えないと巧くつながらない。引用モザイクというスタイルも厄介だ。えらそうに論を展開する前に、まずこのスタイル、この英語が問題だ、と言いたげに宮澤氏が持ち出してくるのが、一九六四年、『メディア論』で世界的にブレークする直前、ある雑誌に載った「外心の呵責」というマクルーハンの記事である。これを英米の大学でやるパラグラフ・リーディングの方法で逐条的に解読してみせる。未来のマクルーハン理論の全体が早くもコアとして出揃っていることが次々わかっていくスリリングな第一講である。

有名な「理想の教室」シリーズ中の一冊。双書の約束事として、有名な一文を冒頭に訳載し、それへのコメントという形で本論が進むのだが、宮澤本はそのために精読するテクストの選択で既に意表を突き、成功した。難解なテクストがゆっくりと読みほどかれていくのに付き合う作業は、マクルーハン理論の何かを知るというよりはテクスト講読の手だれの講義を聴いている感じで、快感だ。

第二講「メッセージとメディア」は、マクルーハン・メディア論といえばこれという、たとえば

「ホットなメディア／クールなメディア」論や「メディアはメッセージである」という警句の正確な意味を考える、メディア論としては骨子の部分だ。「メディアはメッセージである」。英語の読めるマクルーハン読者ならたぶん意味を取り違えることはないだろうが、現実には中途半端な理解しかされていない。「マクルーハンを中心に扱った本邦初の博士論文」の公開審査の席で、審査官の一人、佐藤良明氏が発した「メディアこそがメッセージである」と訳すべきではないか、という質問をきっかけに、いかにもという「正解」に至る。“a”と“the”の違いだったのだ。〝「メディアはメッセージ」解決！〟とオビに謳うのもムベなるかな。この一点からマクルーハニズムという巨大なコリが一挙にほぐれていく。そう、「メディアはマッサージ」でもあった！

一番肝心なところが曖昧なまま、もごもごごそごそと積み重なってきた世界が、肝心なところがクリアーになって、あとは次々展開し、近時稀な爽快感を味わった。と同時に、“a”と“the”の違いなど屁とも思わぬ「紹介」や「翻訳」の怖さを改めて痛感させられた。佐藤良明はやっぱり凄いな。宮澤淳一も凄いな。巨大な世界を丸ごとひとつ救い出したのだから。

79. フーコーの「タブロー」が降霊会の「テーブル」に化けた　2/26

『フランス〈心霊科学〉考──宗教と科学のフロンティア』稲垣直樹（人文書院）

科学とは何か、その終わりない発展過程を見ていると、それが拠るとされる観察や客観性そのものが時代や文化に規定された「パラダイム」や「エピステーメー」の産物である以上、特殊歴史的なものと知れる。たとえばフェミニズム的関心が急に強大になった一八八〇年前後の性差別的科学が、実はいかに観察と客観性を口実に偏向イデオロギーによってつくりだされた「擬似科学」でしかなかったかを、理論的にはディディ＝ユベルマンの『アウラ・ヒステリカ』（『ヒステリーの発明』のこと）、素材的にはブラム・ダイクストラの『倒錯の偶像』を通して、驚愕とともに知った。典型はチェーザレ・ロンブローゾの犯罪人類学。名からして既に「学」と呼ぶのはどうかと思われる、〝こういう顔の造作の人間には窃盗犯が多い〟といった類の「科学」であるが、現にユダヤ人差別や女性蔑視の根拠としてフル活用されたのは、今や周知のところである。

問題の十九世紀末から二十世紀初頭にかけての時期に「心霊科学」、というか「科学」の名を帯びたスピリチュアリズムやオカルトが大流行を見たのも、科学をめぐる同じような議論のうねりの表現なのであろう。ぼく個人の英文学的関心から言えば、ルイス・キャロルがいる。大学の数学・論理学の教授が英国心霊現象研究協会のメンバーで、最晩年、理知の極みと言うべきテクスト『記号論理学』を書く傍ら、夢とうつつの「間」を人と妖精が往還する『シルヴィーとブルーノ』正続篇を書いた。理知といえば名探偵シャーロック・ホームズだが、キャロルの妖精たちと同時代人である。名探偵の作者コナン・ドイル卿が晩年にかけてスピリチュアリズムの使徒として振る舞い、奇術師ハリー・フーディーニ絡みで「あなたの知らない霊の世界」の存在を人々に教え歩いた経緯は、チャールズ・スターリッジ監督の知る人ぞ知る名作「フェアリーテイル」で実に面白く撮られている。また、神秘主義結社「黄金黎明団」に出自を持つウィリアム・バトラー・イエイツに至ってはノーベル文学賞を受賞している、などなど例に事欠かない。ドイツ語圏でもロマン派が発見した無意識界が百年尾を引いて、「科学」者フロイト、ユングの「心理学」に噴出した。そのことを先回『フロイトとユング』で徹底して復習することができた以上、いやでも十九世紀末フランスではどうだったのか、知りたくなる。そこに稲垣直樹氏の今次の力作新刊である。

エリファス・レヴィ他の薔薇十字思想については、澁澤龍彦氏紹介のおかげでよく知られている。ジャン・デルヴィルの高度に象徴的な絵など、そういう文脈抜きでは全く理解できない。哲学者アンリ・ベルクソン、ノーベル生理学・医学賞を受賞したシャルル・リシェが英国心霊現象研究協会の会長を務めたのはなぜか。そういえば、キュリー夫妻が降霊会に参加し霊世界のファンだったという噂もある。

こういう問題に一挙に答を出してくれるのが、本書である。稲垣氏の名を有名にした『ヴィクトル・ユゴーと降霊術』から十数年。そのユゴーを再びメインに据え、宗教家アラン・カルデック、天文学者カミーユ・フラマリオンと三本の柱を立てて、宗教（カトリック）が説明の力を失った霊界、超越界のことを科学が引き受けようとした「心霊科学」の十九世紀末的流行を縷説する。

やはりユゴー論が圧倒的に面白い。『レ・ミゼラブル』が妙に感傷化されたものをこの文豪のイメージとしている我々は驚くほかないほど、実はユゴーはグロテスクや「無意識」の昏《くら》い世界にどっぷりの「幻想」作家。空中に自分の名のイニシャルが怪物のように出現する絵をたくさん遺した異様な「幻想」画家でもあった。その辺までは知っていたが、これほどまで「テーブル・ターニング」、降霊の「こっくりさん」集会のマニアだったとは知らなかった。それが綿密なノート『降霊術の記録』を第一次資料として実に克明に分析されるのが、本書のハイライトだ。とにかく、稲垣氏が「創造的シンクレティズムの時空」と呼ぶユゴーと「霊たち」の交渉ぶりが凄い。シェイクスピア、バイロン、ウォルター・スコット、ルソー辺りは当たり前、プラトン、ソクラテス、マキアヴェッリから、モーセにキリスト、マホメット…出てくるわ、出てくるわ。彼らとのやりとりで作品推敲が進んでいくプロセスが、要するに強烈な間テクスト空間にも他ならないことを、ジュネット他「物語」論にも詳しい著者が見落としていないところが、一番説得力あり、面白い。

フーコーのエピステーメー論、トーマス・クーンのパラダイム論に十九世紀末「科学」を入れようとする構成は骨太かつ大胆で感心したが、やはりユゴー、フラマリオンという「超」のつく奇才の選択と、ユゴーの一次資料に現れる隠秘主義と間テクストの関係の読解に魅力がある。類書なし。

科学者が「非科学的」教義に埋没したオウム・サリン事件にヒントを得た、という事情を伝える「あとがき」で、一挙にアクチュアルになり得た本であろう。

80. 私たちは毎日パズルを解きながら暮らしているようなものだ

『巨匠の傑作パズルベスト100』伴田良輔（文春新書）　*2/29*

「心霊科学」の優れた研究書を取り上げた先回、シャーロック・ホームズの生みの親アーサー・コナン・ドイル卿が現実の世界の向こうに不可視の霊界があることを示そうとして、十九世紀末を代表するマジックの帝王フーディーニと組んだ話をした。世界が「マジカル」であることを、世紀末、倦怠を持て余した人々は強く望んでいた。とすると、少しだけズラして世界が「パズリング」であることを願うのも、驚異に飢えた世紀末倦怠人として当然であったはず。かくて本書は、「パズル」の黄金時代たる十九世紀末から一九三〇年代ハイ・モダニズムのにぎやかな世相と文化のことを語り得るのではなかろうか。

前座はもちろんルイス・キャロル（一八三二―一八九八）である。前座というにはあまりにもいろいろとパズル、ゲームをつくってくれたキャロルだから、専門の数学（ユークリッド幾何、数論）と論理学を少しズラしておびただしい数と図形と言葉のパズルを制作した。生前にコンピュータを知っていたらもの凄く創造的なことを成し得たであろう人物として、キャロルとデュシャンが考えられるが、キャロル最晩年の奇作『記号論理学』などは、問題の時期の論理学革命（アリストテレス論理学から記号論理学への転換・パラドックス趣味）の代表的な本格書でありながら、パズル仕立ての悪癖が高じて、専門書としての評価は低い。パラドックス論理学のアポリアに気鋭のコンピュータ工学者が挑み世界的ベストセラーとなったダグラス・ホフスタッター『ゲーデル、エッシャー、バッハ』（白揚社、一九八五）でも、こういうキャロルはストーリーの狂言回しの役どころで、翻訳至難なその部分は「語呂つき」を自称する言葉のトリックスター、柳瀬尚紀氏が訳していた。

キャロルこと数学教授チャールズ・L・ドジソンは、アリス他のリデル家姉妹に実にさまざまなパズルを出して楽しんだらしいことが、『不思議の国のアリス』の登場人物と女主人公のやりとりに反映されている。というようなことを、マーティン・ガードナーはその『詳注アリス』や『新注アリス』

の厖大な注に書いたし、パズル・メイカーとしてのキャロルを徹底してチェックしたジョン・フィッシャーの名作『キャロル大魔法館』は、考えてみればぼく自身が翻訳した（河出書房新社、一九七八）。「マジック」が十九世紀末、「呪術」なのか「奇術」なのか未分化な面白い状況があったように、「パズリング」とは人々を当惑させる新しい生の状況を指すのか、何かのパズルやゲームを指すのか、未分化な表現であるところが面白い。十九世紀末を幻想や「お耽美」のパラダイムから少しはずれたところで再考してみようと、百貨店だの、オリンピックだの、ロジェのシソーラスだのを取り上げた「異貌の世紀末」論者のぼく、キャロル研究家、パラドックス研究者のぼくにして、パズルという視点から見た十九世紀末論、モダニズム論はなおできていないのだ。

だから、伴田良輔氏のこの最新刊には「ヤラレタッ！」である。生前に世界中の誰もが知っている名作奇作を含め、万という数のパズルをつくったアメリカ人サム・ロイド（一八四一―一九一一）と、英国人ヘンリー・アーネスト・デュードニー（一八五七―一九三〇）、パズル史上の東西横綱の事跡を紹介する。サーカス王フィニアス・バーナムと結びついて巨富を得たサム・ロイドと、学究肌で表に出ることを嫌ったいかにもという英国紳士デュードニーの対照が面白いが、二人は手紙をやりとりする仲で、片方が懸賞パズルを出したものの答えが出せずに困っていると片方が助けるなど、協力し合って十九世紀末パズル王国を築き上げたらしい。二人の代表的名作パズルを解きながら、さりげなく間に差し挟まれる簡単な評伝部分が世紀末論に向けてのヒントに満ち満ちていて、さすがポイント押さえの名人伴田良輔の手だれぶりに改めて感心する。

これほど世相や人生そのものを「パズリング」と感じる人間なら、きっとシャーロック・ホームズ・シリーズ大ヒットの時代のこと、自分も推理小説のひとつも書こうと思うのでは、と想像していると、現にデュードニーはそんなことを考えていたらしいと教えられる。名探偵ホームズが一挙に大衆的人気を得た名雑誌『ストランド・マガジン』を有名にしたのが、実は同誌に連載されたデュードニーのパズルの方だったと教えられるに及んで、ヤッパそうだったのかと、改めて十九世紀末論を考える上で大きなヒントをもらえ、興奮した。伴田氏は「私たちは毎日パズルを解きながら暮らしているようなものだ」と言うが、十九世紀末の人々は特にそうだったのではないか。サム・ロイドの息子が父親の事跡をまとめた大作について、伴田氏はこう書く。

独特の落語口調で政治や経済に言及した小さなコラムも収録しており、まさにパズルを通してみたアメリカといった趣の本だ。いやアメリカのみならず、十九世紀末から二十世紀はじめの世界も見えてくる。新聞や雑誌といったメディアが大きく成長する中で、知的娯楽も大きく変化していた。パズルの時代の到来は、マス・メディアの時代のはじまりと無関係ではなかった。

パズル本として面白い（巻末に解答あり）のはむろんだが、長山靖生や伴田良輔の世紀末論の、とにかく意表突く視点の「奇」こそ珍重すべきである。

11

2008 March

81.「知」は何かを明らかにしつつ、他の何かを覆い隠してしまう

『パラドックスの扉』中岡成文（岩波書店／双書 哲学塾）

書評シリーズとして持つべき選択と論旨の連続性を少し破って伴田氏による十九世紀末の天才パズルメーカーの作品集を取り上げたのは、実はこの『パラドックスの扉』とペアにして考えてみたかったからである。ウィトゲンシュタインの「言語ゲーム」理論やマトゥラーナの「オートポイエーシス」理論を易しく解説しようというバリバリの哲学入門書が示す「主体」だの「認識」だのというものが、要するに「パズル」に見えてくるかどうかだ。ひょっとしてそれは人々の持つ「哲学」なるものの既成イメージを貶下することになり、逆にパズラーたちの娯楽を不当に高く評価する暴挙と思われるかもしれないが、伴田氏のどこまでも軽そうに見える傑作パズル・アンソロジー中のパズルたちの多くは人間の「思い込み」の隙間に乗じる奇想であるという点で、そのものずばり、時代の「哲学」と正確にパラレルであったはずのものだ。ラッセルの階型理論やカントールのパラドックス、リュパスコのメタ論理学、そしてウィトゲンシュタインの言語ゲーム理論といった、誰が見てもパラドックスの

歴史であるものを論じながら、伴田氏がパズルと呼ぶよりはるかに多く印象的に「パラドックス」と呼ばれた、十九世紀末から一九三〇年代にかけて大流行した知的パズルのことが念頭になさそうな哲学入門は、今時やはりそれだけのものかな。そういう感覚があって、まず伴田氏の一冊を取り上げた。「哲学をやるにも歴史は大切です」と中岡氏は言うが、その歴史がいわゆる歴史年表上の辻褄合わせ――ヒトラー政権とハイデガー哲学、etc.――では、しょせん旧套哲学史の枠から出ることはできまい。今や、パズル、ゲームと交錯する文化史レベルでの哲学史なり哲学入門が考えられてよい。ホフスタッターの『ゲーデル、エッシャー、バッハ』は難解は難解だが、その辺の感覚がとてもポップだった。そこで狂言回しを務めたキャロルが言った「人生そのものがパラドックス」という言葉をキーワードにして進む伴田本には途方もない広がりがある。

実はデュードニーたちが練り上げたパズルは「数学的レクリエーション」と呼ばれ、ルネサンス以来、広く「パラドックス(アンド)・プロブレム」なる一大知的ジャンルに属していたものだが、その辺を一挙に明るみに出したロザリー・コリーやバルトルシャイティスの研究にちゃんと触れながら、「知」全体の中にいわゆる「哲学」を位置づけようとする哲学の人間がなかなか出てこない。ミッシェル・セールの『ライプニッツと数学的モデル』は、バルトルシャイティスの『アナモルフォーズ』をモデルにデカルト時代の哲学史を書き直したものだが、セールその人が旧套哲学においてはみ出し者扱いの現状では、致し方ないわけか。

そういう途方もない開け方からすると、『パラドックスの扉』は、プラトンのイデア哲学から「生の哲学」、オートポイエーシス、環境生命科学、知識社会学へと、まるで月毎に慌しい月刊誌『現代思想』の特集号を十号分、二十号分読んだように「現代思想」と哲学が接する部分についての展開が速く、びっくりさせる割には、あまり開けていない印象だ。しかし、パスカルの「繊細の精神」がデカルトに対峙したあたりから始まる近代哲学史の概要については、出るべき名はきちんと出てくるし、頭でっかちな欧系哲学史にどかんと風穴を開けるプラグマティズムへの共感など、個人的にも著者の頭と感性の爽快味は大いに気に入った。なかなか柔軟なヘーゲリアンである。ロマン派哲学の百科全書趣味も、威圧的なヘーゲルの「多感な二十代の…テクスト」をこそ好きで、「三十歳のハイデガー」をこそ好む「知と愛」の熱き哲学者というところも、一般啓蒙の「塾」の語り部としては大きな魅力だ。

哲学史を「境界設定」のパラドックス、「知的操作の不可視化」のパラドックス…と、次々に「知のパラドックス」の「自己増殖」の歴史として書き直す口語体、フォーラム［広場］の対話体のテクスト。ぼくなども面白くてだいぶ開発した授業語り起こしの形式。読む分には肩こらず幾らでも読める。易しく語っている途中に意地悪な質問がぽんぽん出てくる呼吸が面白く、そして突然難解な専門家口調になって、「この辺で今日は切り上げます、あとは自分でじっくり考えてみてください」で終わるパターン。このいい加減さが、ソクラテス以来、「対話」というこれ以上ないほどパラドキシカルな——絶対を嗤う相対主義的な——議論進行のやり方であることを、知り抜いている著者ならでは、とわかると、全巻一挙納得である。天才的塾生の「ねじくれたプラスティックのハンガーが怖い／正せば壊れる気がして」という秀句ひとつ前にして「知についておしゃべりすればするほど〈真理〉は遠くなる」と呟く著者の、十分に風の通る頭脳に乾杯。「などといいつつ、このような本を執筆し、公刊することのパラドックスについては今は問うまい」、と。好ましい精神の健全さである。

ちなみに初版一九九八年。「9・11」前だ。「文明の衝突」の大パラドックス抜きに哲学はもはや語れない。

82.「疾風怒濤」を思いきって「ゴス」と呼んでみよう

『シラーの「非」劇──アナロギアのアポリアと認識論的切断』青木敦子（哲学書房）

ゲーテは尊敬するが、愛するのは誰かと言われればシラーである、というのがドイツ人の口癖だとはよく聞く話だが、一体、いま現在の日本にとって古くて遠いドイツ・ロマン派の劇作家・詩人・歴史家ヨハン・クリストフ・フリードリッヒ・フォン・シラー（一七五九―一八〇五）が大文豪だったという「噂」を聞かされても、どんだけっ、である。硬直した社会への抵抗を熱く説く革命文学者と聞くだに、ださっ、である。「疾風怒濤」運動随一の担い手だそうだが、もう疾風怒濤なんて字も響きもなんだかキモッ、である。ケータイ小説こそ新時代文学の息吹などと、かの「ニューヨーク・タイムズ」までが珍妙に褒め讃える我々のブンガク状況の中で、浪漫派、浪漫主義は、完全に死語である。

ひとつには、いわゆる独文学の世界にレベルを保ちつつ啓蒙の気概をも持ち合わせた人物がいないこともある。この二月に川村二郎氏が亡くなって、いよいよその感が強い。そうでもないかも、という動きを当書評の何回か前に少し拾って希望をつないでみせたが、大勢として独文低調の動きははっきりしている。種村季弘の五分の一のスケールの人物でもよい、一人くらい出てこい、というのが本音だが、こんなことを繰り言のように言うのも、ドイツ本国とドイツ語圏における人文学、精神史、文化学が、メディアやコンピュータの浸透を逆に追い風にして、質量ともに未曾有の発展を遂げているからである。この彼我のギャップが何ともいらだたしい。

表には出にくいが、博士論文にはなかなか優れたものがある。博論と聞いて即つまらないと感じるのは、まあ当たっていなくもないが、本欄でも実は既に一般読者にとっても面白い博士論文を二、三、取り上げている。

青木敦子『シラーの「非」劇』も、二〇〇五年に名古屋大学大学院に提出された博論「時計仕掛けの世界とマリオネット」に加筆して出版に至った大著である。博論タイトルからして此方の種村好みをチリチリ刺激する内容が想像されるが、単行本化された副題「アナロギアのアポリアと認識論的切断」が窺知《きち》させるように、博士論文かくあるべしの実に堂々たる学問的体裁も具えている。就職の便益のためと称し、文系博論も理系のそれに負けじと大量生産の悪弊生じ、あきれるようなものが書かれる傾向がある中で、久方ぶりに学問の誇りを感じさせてくれる労作だ。商業ベースに乗るわけないこの大作を、著者を励ましながら出版させた哲学書房社主、中野幹隆氏も流石のものだ。かつて時代の風とさえなった雑誌「パイデイア」や「エピステーメー」の名編集者だった中野氏の名に「故」を付けなければならないのは呆然たる事態だ。中野氏に差し迫った死を知る由もなく氏への謝辞を書き募る「あとがき」に感慨胸に迫るものあり。団塊と少し下の年老いた知的少年に熱くも爽やかな夢の「哲学誌」を次々送ってくれた天才編集者追悼のためにも、青木氏のシラー論を本欄で取り上げる価値がある。

　オランダ黄金時代に大流行しただまし絵的静物画の巨匠ヘイスブレヒツの「だまし絵のだまし絵」を表紙にあしらっていることで既に明快なように、フーコーが近代エピステーメー論の主舞台とした十七世紀、「表象」に生じた大変動が一五〇年後のロマン派といかに深く共鳴したかを論じる。フーコーの『言葉と物』のシンボル的存在、ベラスケスの『侍女たち』をめぐるあまりにも有名な解釈合戦がシラー作『ドン・カルロス』の分析にフル活用されるが、そういったいま現在の人文学にとってとてもアクチュアルなシラー像、「われらの同時代人」としてのシラー像を青木書は存分に提示してくれる。

　表紙と帯の関係も一寸だまし絵になっているあたり、中野氏のウィットを懐かしめるが、その帯に「本書はシラーのテクストを触媒に激発する21世紀思想の化学反応の場である。神の模写から、崇高な主体への構造変動を、解析しつくした力業。」とあって、内容これに尽きる。という以上に、「親和力」など「化学」に思想最大のメタファーを見たドイツ・ロマン派の核心を知る中野大人《うし》のウィットの鮮烈を感じた。

　カントを読み「崇高な主体」にめざめることでシラーの劇作に生じた、前期と後期との「認識論的切断」を言う。「前期」を後期成立に至る過程という扱いから独立させ、新興市民階級が否応なく孕む両義性に見合ったものとしての悲喜劇ごっちゃ（もはや「悲」劇でなく「非」劇だとは、そういう意味）の「ゴシック的混合（die gotische Vermischung）」の徹底した分析が、シラーを現代演劇に一挙に近づけてくれる。「眼差し」のありようでいかようにも見える世界の混沌に悩み、「視」そのものを具体化させた演劇というもののさまざまな仕掛けを通して、まるで十七世紀バロック劇場の人間のようにあたふたと振舞った「前期」のシラーの方が、カント体験以降の「主体」を云々する近代的シラーよりはるかに豊かに思えるという結論また、シラー好みの「どんでん返し」と言って言えなくもない。

「眼差し」をキーワードに、「ピクチャレスク」や「イリュージョニズム」への深い理解を武器にした新しい視覚文化論的な演劇論ということでは、フランス古典主義演劇をめぐる秀才、矢橋透の『仮想現実メディアとしての演劇』と双璧であろう。副題にある「アポリア」をパラドックスと言い換えてもよい内容で、貴族と市民、善と悪といった対極が間断なく逆転する。パラドックスの演劇が問題なのであり、パラドックス関係を何冊か取り上げて調子が上がってきたその大喜利に、ドンとこの大冊で仕上げをしよう。演劇と「視」という問題に引っ掛けて、いよいよ本欄の本命たる視覚文化論の面白い本、大切な仕事の方に、以下徐々に日を向けてみる。

83.『アムバルワリア』を読んだら次にすること

3/11

『アルス・コンビナトリア―象徴主義と記号論理学』ジョン・ノイバウアー［著］原研二［訳］（ありな書房）

チェスで人がコンピュータに勝てないと判ってからどれくらい経つか。感情や情念といった言葉を持ち出して、人にしか書けない詩があるという人々はなお多く、現に「詩」は相変わらずいっぱい書かれている。しかし、チェスの棋譜を構成していくのと同じ原理が詩をつくるとすれば、人は詩作でもコンピュータに勝てないことが早晩判るはずだ。そう考える詩学がある。チェスと詩学が全く違わないことを、作家ボルヘスは『伝奇集』中の有名な「『ドン・キホーテ』の作者、ピエール・メナール」に宣言した。

ニーチェが「感情の冗舌に抗して」成り立つとした文学観が存在するが、この言い分をキャッチフレーズに掲げたロマニスト、グスタフ・ルネ・ホッケの我らがバイブルたるべき『文学におけるマニエリスム』によれば、「マニエリスム」という文学観がそれで、読むほどに、ヨーロッパで成立した詩学が日本人の考えるような「詩」とは全く違うマニエリスム文学観の所産だと知れて、ほとんど愕然とする。西欧の詩を律する詩脚の数合わせ、押韻の組み合わせ、それはほとんど数学的と言ってもよいし、出来上がった作品は建築物に酷似している。一時ヤワな日本現代詩壇で「定型」をどう考えるかという議論が盛んだったことがあるが、数学に似た詩の形式美をポエティークとして捉えるという本格詩学の立論など出てくる気配はなかった。間違いなく「感情の冗舌に抗し」た西脇順三郎作『Ambarvalia──旅人かへらず』が、講談社文芸文庫創刊二〇周年を祝う「アンコール復刊」の先陣を切って読める。この機会に西脇の中に脈流《みゃくりゅう》した異様な（本当はこちらが正格正調の）詩学をちゃんと受け止めるべきである。

ホッケの『文学におけるマニエリスム』がドイツで出たのが一九五九年。来年はちょうど五〇周年。「言語錬金術ならびに秘教的組み合わせ術」という副題からしていかにも邦訳が聖典化された一九七〇年代トーキョーの熱気が偲ばれるが、世情人心すべてが「統合」を渇望する「分断」の水瓶座相にある肝心の今、書店に並んでいない。一九五七年、先行して出たホッケの『迷宮としての世界』にしても同じ状況で、昨二〇〇七年がその五〇周年だったのに、そのことに触れたドイツ語圏文化・文学関係者の一文も見ない。総じて我々日本人は危機に鈍感、ないし無関心なのである。

もう一度言うが、本国ドイツでは文学と数学の相同を探るタイプの文化史が今まさに旬なのだ。先回来のパラドックス研究絡みで言えば、Paul Geyer & Roland Hagenbüchle, "Das Paradox" (1992) から、Andreas B. Kilcher, "Mathesis und Poiesis : Die Enzyklopädik der Literatur 1600-2000" (2003) まで、本当にいっぱいある。今までの人文学がいかに偏狭なものであり、そしてこれからが本当の人文学なのだと宣言する茫然自失の作品が目白押し。またお得意の新仕込み知識のひけらかし、と言う声の聞こえてこぬでなし、この辺でよすが、かつて大なり小なりホッケ教徒を号したはずの団塊の世代の「定年後」惚けの忘恩ぶりには些か失望している。

しかし、〈間〉をつなぐ素晴らしいセットアッパーが存在する。それがジョン・ノイバウアーの本書だ。原題は"Symbolismus und symbolische Logik : Die Idee der 'Ars Combinatoria' in der Entwicklung der modernen Dichtung" (1978)。これを直訳して「象徴主義と記号論理学」とするのは実は違う（もとは同じ「シンボル」を「記号」「象徴」に分け、別物と理解し始める日本語、日本人の西欧理解の浅さに起因)。そこで邦訳ではこれを副題にまわし、原書の副題「アルス・コンビナトリア」をメインタイトルにしている。

マラルメやヴァレリーの詩的「象徴」主義と、ラッセルやカントールの名で思いだす「記号」論理学を通時・共時の両相で同列に論じた。詩と数学が十九世紀末からモダニズムにかけて重合し、この重合の源泉がノヴァーリスのロマン派にあり、さらにその源流がマニエリスム数学者ライプニッツの「組合せ術（ars combinatoria）」にあり、さらにその源流は…と遡及して、結局ホッケのマニエリスム文学史の主知的な半分（残り半分は汎性愛主義）をそっくりカバーしつつ、これまた今はもう入手できないパオロ・ロッシ『普遍の鍵』に始まる「記憶術（ars memorativa）」研究の肝心なところを伝える途方もないチャートを、鳥肌ものの目次案によって示してくれる。

またきな臭くなり出した「分断」のセルビア。そこにポストモダンをつくりだした『ハザール事典』のミロラド・パヴィチは、コンピュータが自分の小説の読み方を広げると言って逝った。小説にもチェスやコンピュータと区別つかぬ「詩学」があり得るのか。あり得ると言ったのがあの『青い花』のノヴァーリスだとノイバウアーに説かれて、昔ながらの「感情」べったりのロマン派観をなお抱き続けられるものだろうか。訳者原研二氏が次の標的にしているのはブレーデカンプのライプニッツ論の由。なんとも嬉しい流れである。

84. ブレーデカンプに新しい人文学への勇気をもらう

3/14

『古代憧憬と機械信仰―コレクションの宇宙』ホルスト・ブレーデカンプ［著］藤代幸一、津山拓也［訳］（法政大学出版局）

ホルスト・ブレーデカンプ（Horst Bredekamp, 1947-）ほどその全貌を知りたいと思わせる書き手も少ない。マニエリスム奇園（ボマルツォその他）を調べても、ライプニッツの「組合せ術」を調べても、文学と図像の関係を追ってみても、ガリレオ・ガリレイの奇想科学を追ってみても、新しい人文学かくあるべしと考えてカリキュラムをどう立てても、どこかで必ずブレーデカンプの名に出くわす。日本ではさらによく知られたメディア文化学のフリードリヒ・キットラー星雲圏の輝かしい星のひとつであるらしく、そうした新しいドイツ人文学の核たるベルリン・フンボルト大学ヘルマン・フォン・ヘルムホルツセンターの最重要メンバーの一人だ。オーガナイザーとしてもこの頃実によくその名を聞くし、ブレーデカンプのキーワード「文化技術（Kulturtechnik）」は、新千年紀に改まって以降、急に活性を帯び始めた人文学全体のキーワードになった感がある。

とにかく、今後、人文学の人間の持つべきヴィジュアル感覚の模範といえる仕事をする。ライプニッツ・モナド論を記憶劇場、世界劇場という「演劇的」モデルで捉える。かと思えば、マニエリスム期の奇怪な彫版師ジャック・カロの何気ない図版に「サッカー」の起源を看取し、もともと厖大な図像の記憶庫でもあるらしい彼の「ヴィジュアル・アナロジー」を介して、いきなり奇態な図像学の本一冊ができあがる（ブレーデカンプのゲリラ的奇書『フィレンツェのサッカー』。訳者原研二氏が、好きで好きでたまりませんという面白い解題を書いている）。エルネスト・グラッシが開いたマニエリスム的映像文化論に応答する問題のライプニッツ論“Die Fenster der Monade”も原氏の訳で年内には日本語で読めるようだ（産業図書）。

実に目の離せぬブレーデカンプは、ぼくと同い年。感覚的に近い『想像力博物館』の荒俣宏氏とも同い年、ということになる。原研二氏はふたつ下。要するにドイツ団塊世代人文学の典型。

マニエリスム論の洗礼を浴び、ヴィジュアル蔑視の時代的抑圧を免れた最初の世代が「驚異博物館（Wunderkammmer）」「芸術博物館（Kunstkammmer）」にまず共通の関心を持つのは、当然だったのだ、と今にして思う。そのことが、ブレーデカンプの『古代憧憬と機械信仰―コレクションの宇宙』で、実によくわかった。マニエリスムの諸物収集空間がベーコン流教育哲学と共存しながら、ピラネージの時代に、いわば非合理が合理と分離される場に変えられていく経過を追う。訳者解説を見ると、この作品によりブレーデカンプは、一九八二年にハンブルク主催のアビ・ヴァールブルク賞を受賞したことになっているが、ドイツではホッケがやり、ノイバウアーがやり、グラッシがやり『マニエリスムとロマン派』他のマリアンネ・タールマンがやったことのスマートな整理以上のものには見えない。ほぼ同じ頃、同じことをスタフォードが『ボディ・クリティシズム』でやったアメリカでは、みんな驚愕してブッ飛んだ。さすがにイタリアはエウジェニオ・バッティスティやマウリツィオ・カルヴェージやアダルジーザ・ルーリがいて、断然先進のレベルを行っていた。グラッシにしても元々ミラーノ生れのイタリア人。

いまや凡百の、という形容詞も必要かとさえ思える驚異博物館研究ブームだが、その中に改めて置き直してみても、やはりブレーデカンプによる本書は一段出来が違う。四六版一六二ページといえば小著の部類だが、エッセンシャルだ。集められる珍品にアレがある、コレがあるというカタログ部分に興のあるジャンルではあるが、十七〜十八世紀の（フーコーのいわゆる）「エピステーメー」発現としての収集・分類空間としてのヴンダーカンマーのありようを示すという骨格に収斂させようとして、どうでも良い瑣末なデータはぎりぎりカット。古代憧憬と機械信仰という組み合わせでマニエリスムを論じたイタリア人、マンリオ・ブルーサティン『メラビリアの技』の絢爛冗舌と比べて、なんとありがたいドイツ的簡潔。本格の論なのに、要するに新書クラスの紙幅。キットラーにしろブレーデカンプにしろ、そんじょそこらの人間とは次元が違う。

ブレーデカンプ的な部分は最後の一〇ページ足らずに集約される。「フーコーの砂像」「チューリングの『テープ』」なる短い文章は、新人文学を志す人は全部暗誦して然るべき名文である。マニエリスム論を今に生かそうとすると折り合い不可避なフーコーの「人文科学の考古学」への〈否〉が「いいの?」と言いたくなるほどバッサリで爽快だ。そして最後の数行。

デジタル化されたイメージの世界は、芸術史の知識なくしては評価できない。芸術史としても四〇〇〇年にのぼる歴史の中で、恐らくはもっとも重要な挑戦を受けている。芸術史はかつてクンストカンマーありきと確信しつつ、この未来の課題に出会うことになろう。

ちゃらちゃらとアニメ学科やマンガ学部を即成すれば事足れりというのでは、きっと長続きはしない。あるべき「芸術史」への明快な指標。ちなみに原書原題は「クンストカンマーと芸術史の未来」である。絶大なる勇気をもらった。

85. **美術館が攻撃的で暴力的だなんて感じたこと、ある?** *3/18*

『ミュージアムの思想』松宮秀治(白水社)

現在、大新聞の文化欄の過半がミュージアム(美術館/博物館)の催事案内で埋まっている。落ち目と言われる人文方面でも、いわゆるミュゼオロジー、展示の方法論・社会学だけは、美術史を巻き込む形で、ひとり元気に見える。我々の文化がほとんど無自覚・無批判に「美術館」と「博物館」に分けて対峙させてしまった西欧的「ミュージアム」とは何か、コンパクトに通観した傑作を、日本人が書いた。ミュージアムの歴史の中では典型的な非西欧後進国である日本だからこそ、「コレクションの制度化」をうむ「西欧イデオロギー」をきちんと相対化できた、画期的な一冊である。

そういう本である以上、キーワードが「帝国」であることはすぐ想像できるが、何となくというのではなく、「ミュージアムの思想」そのものがいわば「文化帝国主義」と同義であるという指摘と、我々がイメージする十九世紀列強の帝国主義をはるか遡るハプスブルクの神聖ローマ帝国という包括的長射程の「帝国」とその文化戦略を相手にする腰の据り方で、類書を抜く。

類書は実は多い。本欄お馴染みのヴンダーカンマー、クンストカンマーが「視覚政治学」の一部に取り込まれていく話がメインだから、一九〇八年刊のフォン・シュロッサーの最初の驚異博物館論から、エリーザベト・シャイヒャー『驚異の部屋』、クシシトフ・ポミアン『コレクション』、フランセス・イエイツ『十六世紀フランスのアカデミー』、ロイ・ストロング『ルネサンスの祝祭』〈上〉〈下〉、R・J・W・エヴァンズ（本欄第2回目に新刊紹介）『魔術の帝国──ルドルフ二世とその世界』（現在、ちくま学芸文庫〈上〉〈下〉）およびトマス・D・カウフマン『綺想の帝国』と、本邦の欧風文化史書の黄金時代を築いた（二宮隆洋氏のいた）平凡社、工作舎による精神史・文化史路線の名著好著が片端から出てくるパノラミックな疾走感は、流石のぼくにして完全に脱帽だ。凄い。すぎょい！

こういう西欧でのミュゼオロジー史の急激な隆盛がほとんどまともに紹介されていないことを怒り、一定の状況紹介と資料紹介をしたのはぼくだ、という自負と確信はある。「政治の視覚化」についてもぼくは『目の中の劇場』収中の「星のない劇場」他の文章で、ルネサンス宮廷文化の「劇場政治学」「視覚政治学」の華やかな現状（フランセス・イエイツ、ロイ・ストロング、スティーヴン・オーゲル）を紹介した。一九八〇年代半ばのことである。しかし別に威張るほどのことでなく、ぼく自身ポンポン出すだけで、もうひとつ大きな視野でまとめ損なっていたものが、この松宮書一冊に全てまとめ上げられていることに、心底感動した。ぼくなりの戦略があって訳したリチャード・オールティックの『ロンドンの見世物』〈〈1〉〈2〉〈3〉〉もリン・バーバーの『博物学の黄金時代』も、片端から引用され、批評されている。たいしたもんだ。

「邦訳のあるもののみ」と粋な素振りの「参考文献」リストを見て唸った。たった四ページのリストだが、活字組みからも山口昌男『本の神話学』巻末の文献リストを想起させ、著者の抜群の着眼を改めて思い知らされる。おぬしできるな、と。素晴らしい資料をただアハアハと楽しむのが限界というぼくなどと決定的に違って、ポミアンやブレーデカンプらの新しく見えるミュゼオロジー研究にさえ、

「自分たちが新しい「文化帝国主義」のイデオローグ」と化していることに気付かないのが浅はかにもおそろしいと、透徹した目を向けていて、これで松宮〈対〉タカヤマの勝負は決まった。メタヒストリーの視野と次元が違う!

エヴァンズの名著中の名著『魔術の帝国―ルドルフ二世とその世界』(〈上〉〈下〉)の次くらいに、エルスナー、カーディナル共編『蒐集』(高山宏監訳)をたくさん引用してくれていて、ここでも報われたと嬉しい反面、あらかたの論文が「ミュージアムとコレクションの制度化という思想のなかに深く内在した文化的帝国主義」に自らも染まっていることに気付いていない、その「独善性にあきれるというより、驚きさえおぼえてしまう」と指摘されて、紹介者自身が今頃なるほどと深く感心し、着眼の次元の彼我の差に戦慄を覚えたほどである。

もうひとつの大きな特徴は、あくまで王権論に徹した点で、「神聖ローマ帝国の皇帝権と領邦君主の地域支配権」のせめぎ合い、王権と教権の確執のあわいに、「戦う王」ならぬ「考える王」の「新しい威信装置」としての宮廷コレクションが圧倒的に充実していった、とする。自らの弱体を補償しようとした「ハープスブルク家」諸皇帝の「レノウァティオ(帝国革新)」理念が独墺から英仏各宮廷に広がり、現在のユネスコのミュージアム法にまで伝わった、とする。何という射程の長大! 先般紹介した菊池良生本と併せ、メディア史におけるハプスブルク家の位置に豊かな再考を促す精神史の名作である。

ごく最近落掌した山路勝彦『近代日本の植民地博覧会』は、ヨーロッパの「ミュージアムの思想」を日本がいかに朝鮮や台湾、関東州に向けたかを鮮烈に追うもので、今回、改めてこの『ミュージアムの思想』を併せ読み直すこととなった次第である。吉見俊哉『博覧会の政治学』もだが、こういう「エクスポジション」をめぐる政治学ということで、次回、もう一冊、名作を取り上げよう。

86.「オー・セゾン!」。改めて「熱いブクロ」を思いだした

『美術館の政治学』暮沢剛巳（青弓社） 3/21

この本は二〇〇七年四月初版。同じ月に横須賀美術館ができ、その直前に国立新美術館が開館していた。六本木ヒルズや東京ミッドタウンといった新しい文化の中心が出発する時、美術館とそこで開催される展覧会のクオリティがＰＲ効果を発揮し、誰もこういうあり方を不思議とさえ思わなくなっている。一体、今や都市文化の代名詞と化したこの「ミュージアム」とは何なのか、広い意味での人文学さえはるかに越える超の付く「横断的」アプローチが必要な相手なのに、全体を見渡す手掛かり、概説書がない。前回読んだ松宮秀治『ミュージアムの思想』は「ミュージアム」を西欧中心の「思想」、イデオロギーそのものとして捉え、西欧におけるその発生と意味を説く点ではほぼ完璧だったが、後発の日本のミュージアムについては、そういう西欧流を模倣する歴史が批判されるべきだと言うばかりで、実態や処方箋は守備範囲ではなかった。いわばそこを補う書き手として、こういうニューミュゼオロジーという新動向に通じ、かつ経営的側面からミュージアムを考えていく感覚にも優れ、「第一人者」（ご本人は「人一倍自覚的」という言い方をされている）を任じる暮沢剛己氏の『美術館は

どこへ?』と今回の『美術館の政治学』は貴重だ。

　ぼく個人もこの数年、石原都知事が個人的にもリキを入れた美術行政と関わらざるを得ない立場で、東京都歴史文化財団と接触し、都立の大学と都立の各ミュージアム施設との制度的・教育的連繫の可能性を探らされてきたが、導入予定の指定管理者制度なるものにピリピリし出したミュージアム側の「守り」の態勢を前に、結局たいして積極的な提案もなし得ぬまま、それ以上の勉強を諦めた。「採算」や「収益率」が先行して、それ以上、話が進まなくなるのだ。大学でもそういう情けない状況の進行に日々さらされているものだから、同じことが美術館でも起こっていることを知って妙に共感し、それ以上「ご迷惑」をお掛けできないと考えたのだ。『美術館の政治学』は、雑誌「美術手帖」に二〇〇四年から一年一寸連載された記事をまとめたもの。まさしくその頃、大学改革の騒ぎの中で、ミュージアムの教育能力をどう取り込むべきか考えろという課題を負わされたぼくは、この暮沢連載を、ほとんどすがるように貪り読んだ。切迫感をもって読まれる本がいつもそうなるように、今回単行本化された本書も掛け値なしの名著だ。

　ミュージアムと「政治学」となれば当然出てくる万国博覧会と遊就館に、それぞれ一章が割かれる。「戦前から地続き」の皇紀二千六百年博覧会実現をという悲願がいかに大阪万博を支えたパワーになったか、という分析には改めて驚いたし、坪内祐三『靖国』で既に充分びっくりさせられた戦争博物館(遊就館)が高橋由一絡みで本当は美術館としても素晴らしいはず、という指摘にも驚かされた。柳宗悦の日本民藝館の平和主義と、裏腹のオリエンタリズムの「偽善」という指摘はひりひり痛い。歴史に関わる章では、ミュージアム蝟集の神話的トポスとしての上野公園、その彰義隊怨念の地の一三〇年に亘る「敗者」のトポス論が、典型的敗者として東京国立博物館創建に文字通り一命を賭した町田久成の事績を含め、実に面白い。山口昌男や坪内祐三の筆かと思う展開である。

しかし、政治史におけるミュージアムを論じた先の四つの章以上に面白いのが、第五章、第六章で、それぞれ、「セゾングループの文化戦略」中に占めた西武（セゾン）美術館の位置、またNTTインターコミュニケーションセンター（ICC）の栄光と閉館の危機を扱っている。美術館とアートブック専門の大書店が合体した池袋西武アール・ヴィヴァンやリブロの世界は、西武（セゾン）美術館開館から閉館の一九七五年～一九九九年に「知的」人生のほとんど全部が重なるぼくなどにとって興奮して死にそうな神話空間だった。「私事で恐縮だが、私が一九八〇年代後半の東京で過ごした学生生活は西武セゾン文化との蜜月時代だったといって過言ではない」と始まる暮沢氏の熱い文章は、冷静な研究書を一挙にどきどきする「読み物」に変える。「セゾングループの文化戦略」（一二八―一三四ページ）は、都市文化の可能性に賭けようとする人間にとっては長く忘れ難い文章になるだろう。周知のように西武系文化事業の「黄昏」はショッキングな出来事だったが、流れは森美術館の「アーテリジェント・シティ」構想に引き継がれると暮沢氏は見ているし、メディア・アートを核にした同様にハイブリッドな新時代文化の熱狂状態をつくり出したICCの先見性を讃えた文章も熱っぽい。

構想力かジリ貧か。地方のミュージアムの苦闘と成功の報告と、独立行政法人化他の採算優先、愚かなハコモノ行政への苦言。こちらの冷徹な分析もよくできている。ちゃらちゃら「視覚文化論」などやる前に、あるいはやる一方で、必ず一読すべき最強にリアルなガイドブックである。椹木野衣や北澤憲昭、吉見俊哉や北田暁大、そして浅田彰の偉さが改めてよくわかる。

87. 書評がなにやら企画趣意書になってしまう相手

『博物学のロマンス』リン・L・メリル［著］大橋洋一、照屋由佳、原田祐貨［訳］（国文社）

マニエリスム・アートがヴンダーカンマーを諸物糾合という自らの表現意思の最もわかりやすい象徴として展開してきたことは、既に何点かの本に触れて述べてきたが、一九九〇年前後まで主たるマニエリスム研究書は大体ドイツ語圏で出され、英語圏ではマニエリスムが些かなりとも肯定的な意味で普通に使われるということがなかったため、ヴンダーカンマーの歴史が英米にはなかったかのような印象があった。これはとんでもない誤解なので、その辺を一番包括的にしっかりやってくれているリチャード・オールティックの大著『ロンドンの見世物』（〈1〉〈2〉〈3〉）を、仲間うちを語らって寄ってたかって完訳した（小池滋監訳、井出弘之・高山宏・浜名恵美・村田靖子・森利夫訳、国書刊行会、一九八九―九〇）。

既に周知のところとなったかと思うが、“Wunderkammmer”という語は、英語では“cabinet”という（丁寧に言うと、“cabinet of curiosities”あるいは“cabinet of wonder”）。早くも十七世紀初めにトラデスキャント父子が「ノアの箱舟」と綽名された大型キャビネットをロンドン近郊に設立・運営していたことを、このオールティックの大冊は面白く縷説している。他の様々な見世物と絶妙に絡み合いながら、このキャビネットが十九世紀に入って、かの有名な第一回万国博覧会の会場設計や陳列の理念に壮大に活かされた、というところでオールティックのポピュラーカルチャー論は終わる。万博に限らず博覧会一般を指す"exposition"（大阪万博がエキスポ70と呼ばれたのもそのためだ）が辞書的意味の本当に広い定義域全体に亘って十九世紀全体のキーワードと化した、と一段と大きい議論にレベルアップしてくれるフィリップ・アモンの"Expositions"を、ついに意を決して、ぼくは訳し始めた。十九世紀のさまざまな展示空間と文学言語の関係を語らせれば比類のないこの名作完訳をもって、オールティック以来の「キャビネット」文化史邦訳プランを一段落させるつもりだ。

万博が博物学趣味の文化的結晶であることは、既に松宮秀治『ミュージアムの思想』を知るみなさんに説くまでもない。十九世紀が「博物学の黄金時代」であり、特に英国でそうであった事情は、一九八〇年代までほとんどまともに喧伝されておらず、ぼくとしてはリン・バーバー著『博物学の黄金時代』を邦訳紹介して、ぼくなりのキャビネット文化史邦訳シリーズの決定打とした。歴史書翻訳にあるまじき（?）文章の凝りようで、当時売り出し中の作家、村山由佳氏に訳文を褒めたてられたのに驚き、かつ嬉しかった。『不思議の国のアリス』でも、冒頭いきなり、退屈だからヒナゲシで花輪をつくろうとするアリスの身振りについて、中上流の倦怠婦女子に唯一公認されていた消暇法が博物学であったことを知るか知らないかで、対応は一変。章ごとに珍妙なモンスターどもに遭遇する少女主人公の物語自体が童話化されたキャビネット・オヴ・ワンダーズでなくて何だ、という視点で、ただいま『アリスに驚け』という本を書いているが、主たるアイディア源がリン・バーバー。

ところが、『博物学の黄金時代』（一九九五）は現在入手不可で、みなさんに読んでいただけない。ハテ困ったと思っていたところ、もう一人のリン、リン・L・メリルの『博物学のロマンス』（原書"The Romance of Victorian Natural History"）はなお読めることがわかった。ヴィクトリア朝に信じ難いほどの博物学狂いがあった面白い現象を、ほとんどリン・バーバーと同じ材料でカバーしてみせる。フィリップ・ヘンリー・ゴス、チャールズ・キングズリー、ヒュー・ミラー、そして大喜利は当然ラスキン。

エピソード豊かなくだけた語り口では断然リン・バーバーに軍配が上がるが、リン・メリルの場合、訳者大橋洋一の名で見当がつくように、「現代思想」寄りの読者をも満足させるカルチュラル・スタディーズのアプローチが次々と繰り広げられる。「文化帝国主義」としての博物学という松宮流の着眼は言わずもがな。特徴的なのは、細密・細部への一文化規模でのこだわり（detailism）という衝迫の下に、細密と言えばこれしかないラファエル前派の絵とテニスンその他の精密詩学、そして博物学を同一線上に並べた展開で、ポストモダン文化論の隠れたバイブルと囁かれた才媛スーザン・スチュワートの“On Longing : Narratives of the Miniature, the Gigantic, the Souvenir, the Collection”のエッセンスをいいところ取り的に持ってきて、たとえばキャビネットがコレクションする対象の配列こそ「遊戯の形式、注視と文脈操作からなる世界内部に対象を新たに枠付ける形式」、即ち「憧憬」の産物、欲望の産物と言い切る。こうした記号論的分析は悠々たる語り部リン・バーバーには完全に欠けているところで、現代批評の切れ味を堪能しながらミュージアムやキャビネットの歴史の整理もしたい、という贅沢な読者には、もうこれしかないという一冊。国文社がハリエット・リトヴォ『階級としての動物』他、批評の名著邦訳に異様にテンション高かった頃の一冊だ。この際、“On Longing”訳も（一度流したが）改めて仕切り直してやるべきかな、と強く思わされた次第だ。慚愧叢書とかいって（笑）。

88. いろいろあるけど、全部許せる表紙にヤラレタッ　3/28

『GOTH』横浜美術館［監修］（三元社）

旧臘二二日よりまる三ヵ月間開催されてきた横浜美術館の「GOTH―ゴス―」展が終わった。記念のトークを頼まれて出かけた日、真冬の荒涼とした風景の只中、美術館前で撮った写真が、当ブログのプロフィール欄に載せた筆者近影である。Dr.ラクラ（Dr.Lakra）が女優クリスティアーヌ・マルテルの美脚をフィーチャーした派手めな作品ポスターの前で、小生、黒ずくめで「ゴス」を気取ってみた。クリスティアーヌ・マルテルの半裸の美肌にブルーで刺青が彫り刻まれていて、故松田修の名著ではないが、「刺青・性・死」を扱うに相違なさそうな不思議な展覧会のストーリー、コンセプトがほぼどういうものか、入口で迎えるこの一作に如実に表れている感じがした。

表面に憑かれていく文化は、そこに生じる表沙汰にならないものをどんどん内側に隠蔽していくしかない。この外なるものを「精神化」される身体と呼び、内に澱のようにたまっていくものを取り残されて悶え呻く昏《くら》い身体とでも名付ければ、往生要集や九相図絵巻さながらな中世ヨーロッパのメメント・モリ［死ヲ忘ル勿レ］のアートに始まり、吉永マサユキがアキバ・ストリートで撮りまくった「ゴス・ロリ」少年・少女の写真まで、一見それらがここに併存するのは何故と思われる展示物にもそれなりに納得がいく。肉塊となって転がり、それこそT・S・エリオットが「生まれ、性交し、死ぬ、生まれ、性交し、死ぬ」と簡単に要約したストーリーに執拗に苦しむ昏い身体が一方で企画の半分を占めるが、ゴス・ロリのコスプレで来館したら割引とかベスト・ドレッサー賞とか、いかにもという誘いにのってやって来たゴス・ロリたちが、それらに直面してどう思ったのか、関心がある。

身体がキーワードであることに間違いないらしいが、兎角ひとつにまとまりにくいこれだけの材料を、ひとつの〈物語〉にまとめるのにはどうするか、というのが見所の展覧会。というより、展覧会一般が展示物に内在しない物語を〈物語〉に仕組んでいく政治的な「思想」であることを、我々は知っている。〈物語〉は何かを生かす代わりに何かを殺す。この生と死のコントラストがメタファーでなく現実に一番はっきりするのが身体であるわけだから、生きる身体、死んだ肉体を材料にする展示は原理的に〈物語〉をつくり、夥しい生と夥しい死をそこにつくりだす展示（exposition）という営み自体に自己言及せざるを得ない。

一九九四年夏、町田市立国際版画美術館（企画：佐川美智子）、ついで栃木県立美術館（企画：小勝禮子）で、生と死のコントラストを壮大なテーマにした「死にいたる美術――メメント・モリ Memento Mori：Visions of Death c.1500-1994」展があり、名企画の誉れ高く、大型カタログも傑作と評された。当時、中世の死生観を書かせればこの人と定番だった小池寿子氏が中世のトランジ彫刻について書いた文章を載せ、「死の舞踏」「死と乙女」といったメメント・モリの典型的なテーマがこれでもかと続いて、現代アートにまで流れ込む。中途に「和洋解剖図」のコレクションが挿まれるあたりも抜かりない。柄澤齊、北川健次といったぼくよりひとつ下の世代に至るまで実に周到に並べられた大企画だった。少し縁のあった名キュレーター（のちにフェミニズム・アートの仕事で有名になった）小勝禮子さんからこの企画のことで相談され、相手がまさしく死にゆく身体をテーマにした企画ゆえ、ぼくはぼくなりに、生をどこかで殺さなければ〈物語〉を捻出し得ない「ミュージアムの思想」というものに逢着して、ぜひそのことを書いた拙文をカタログ冒頭に載せてくれと頼み、実現した。ちょうどぼくが夢中だったF1レーサー、アイルトン・セナが謎めいた衝突死を遂げた直後で、セナに献げられたぼくの文章「〈エクスポーズ〉するいやはて」は、後にぼくの『綺想の饗宴』に中心的エッセーとして採録された。懐かしい。

今回展もまさしくリッキー・スワローのトランジ彫刻に始まり、それをモダニズムの絵葉書や雑誌に移し替えたDr.ラクラの仕事に続く。そして束芋（Tabaimo）、イングリッド・ムワンギ・ロバート・ヒュッター（出産と死の直截なパフォーマンス）、性同一性障害のピューぴる（真の自分を求めての外観の千変万化）が間に入り、吉永マサユキのコスプレ少年少女の写真が入る。自ずから時系列に沿った「死生観」変換史‐物語ができる。間に入った部分は一九七〇年代ならグロテスクないし「グロテスク・リアリズム」と呼ばれた世界で、この大きな物語の一部としてちゃんと貢献している。

もう一人、こういうスケールの大きい企画ができる名キュレーターに笠原美智子さんがいて、かつて「ラブズ・ボディー——ヌード写真の近現代」展（東京都写真美術館、一九九八年）を成功させた時のことを、今回改めて思い出した。ピーター・フジャーとデヴィッド・ヴォイナロヴィッチのコンビがエイズで衰弱していく自分たちの身体を撮った写真を中世の教会のカタコンベに積み上げられた人骨と並べることで生じる安寧と慰撫の物語力（？）に抵抗ありと、当時ぼくは、身体と生死をめぐるいくつかの展覧会について同じような印象を記したサンダー・L・ギルマンに力を借りて述べた記憶がある。

『夜想』の今野裕一氏あたり大いに食いつきそうな展覧会であるが（参考：ART iT「劣化コピーの時代」）、ぼくとしては身体と死生観をめぐるこうした一連の優れた企画として大いに楽しんだ。内に抑えられたものが外に出てくることを“expose”と言う。展覧（exposition）、とりわけ内に秘め隠された身体性とそれを外に昇華した「精神性」の弁証法を問題にする展覧とは何、とこれを機にキュレーター木村絵理子氏のミュージアム観のさらなる深まりを期待して館を去った。

それにしても、小谷真理氏の『テクノゴシック』が銀色、この「GOTH」展カタログがピカピカの金色。金色の表紙に自分の顔が映り、しかもそこに頭蓋骨が透けて映る心憎いリフレクション［鏡］の仕掛けに気付き、いやいや敵もさるものと大いに愉快な一冊ではある。

⓬

2008 April

89.

結局「内」なんて「外」の外なんだなあ、ということ

『アウトサイダー・アート の世界—東と西のアール・ブリュット』はたよしこ［編著］（紀伊國屋書店）4/1

ジャンルも定まり評価さえ決まった作品を「確認」に行くタイプの展覧会にも良いものはあるが、「こりゃ何だ」と認識や常識の転覆を迫ってくるような企画展は貴重で、「GOTH—ゴス—」展などもそういうものとして記憶に残った。しかし何といっても、世田谷美術館の名を一躍有名にした「パラレル・ヴィジョン」展だ。図録『パラレル・ヴィジョン—20世紀美術とアウトサイダー・アート』は、同展覧会開催の一九九三年頃から少しずつ人々の口の端にのぼり始めていた「アウトサイダー・アート」を知ろうとする者にとってのバイブルであり続けている。

この展覧会のハイライトのひとつが、「戦闘美少女」（斎藤環）の典型ヴィヴィアン・ガールズが子どもの奴隷たちを解放しようとする凄惨な戦争絵巻『非現実の王国で』のヘンリー・ダーガーだった（参考：『HENRY DARGER'S ROOM 851 WEBSTER』）。同展を見て受けた衝撃を作品社編集部の加藤郁美さんが『非現実の王国で』邦訳版に結実してくれ、訳者小出由紀子さんはアール・ブリュット作品のキュレー

ションにますます力を入れることになり、ダーガー・アートを世に出した研究者ジョン・M・マグレガーのさらなる研究書の邦訳紹介を、といった一連の仕事にぼくも些か関与することになって、すっかりアウトサーダー・アート／アール・ブリュットにはまった時期がある。その後、ユートピックな幻想建築図ばかり描き遺したA. G. Rizzoliのことを教えてくれた加藤さんのアウトサーダー・アートへの入れ込みようには驚いた。何かやって欲しいな。折りしも、渋谷シネマライズにて「非現実の王国でヘンリー・ダーガーの謎」が始まったこともあり、加藤さんの先進的なカンの良さを改めて確認。

今年、スイスのアール・ブリュット・コレクションと日本のボーダレス・アートミュージアムNO-MAとの連携による企画展「アール・ブリュット／交差する魂」が開催されることになった。北海道立旭川美術館を皮切りに、今は滋賀県のNO-MAで、そして五月二四日からは東京で開催される（～七月二〇日・松下電工汐留ミュージアム）。美術展ブームというが、数ばかり多く、そもそもアートとは何か、ヒトが何かを「描く」とはどういうことか、というところまで考えさせられる攪乱力に満ちた展覧会でないと不満、という諸姉諸兄、ぜひ行ってみるべし。

この『アウトサイダー・アートの世界』は、同展の図録を兼ねた研究書。ジャン・デュビュッフェが一九四五年のスイス旅行で発見した知的障害者たちの表現力に衝撃を受け、これを「生の芸術」と名づけ、シュルレアリストたち（たとえば以前とりあげたアンリ・ミショー）の絶大な霊感源となっていったという状況を、ぼくなど団塊の世代が小学校高学年の頃、学校ぐるみで観に行った映画『裸の大将』の山下清「画伯」の発見から一九九五年のエイブル・アート・ジャパン出発に至る日本の状況を、キュレーターはたよしこ氏がまとめてくれる文章は、明快かつ「「障害者の作るものは純粋だからすべてよい」というような間違った差別的偏見」をいきなり正してくれる。

はた氏によると、アウトサイダー・アートと呼ばれ始めたものとは、アーティストが「芸術教育を受けていないということ、制作活動や表象の行程に新たな意味付けをすること、独創的かつ一貫性のある表現体系の適用、特定の文化に列しないこと…制作活動の自給自足的な発展、受け手の不在、作者がいかなる文化的社会的認知や賛辞にも無関心であること」などが条件だという。こういう基準でスイスのアール・ブリュット・コレクションが日本でアーティストたちを探した結果、知的障害者の福祉作業所やグループホームで「発見」された多岐多様にわたる二一人の表現活動が紹介される。

自分で表現しているのでなく、何かに表現させられているらしい彼らのパワーは底知れず、集中力もフツーの人間との比較を絶し、同じことをずっと、いくらでもやり続ける。逸早くこういう世界に目をつけ、レオ・ナフラティルやモルゲンターラーやプリンツホルンの先駆的研究書を消化して、たとえば『ナンセンス詩人の肖像』や『迷宮の魔術師たち』を書いた種村季弘は流石だと、改めて思う。その種村が愛した「聖者」アドルフ・ヴェルフリの真偽ごっちゃの「自叙伝」の厖大からはじめ、交霊会狂いの女霊媒（ジャンヌ・トリピエ、マッジ・ギル）、コラージュ都市風景のヴィレム・ファン・ヘンクなど良く知られたものもチェックされているが、日本中の電車の正面「顔」ばかり稠密細密に描きこむ本岡秀則、平家納経じみて一枚の紙に字と絵がぎっしり交錯する富塚純光、同様に漢字で世界を埋め尽くす喜舎場盛也など、緻密を予想してかかるこちらのはるか上を行く細部と反復がとにかく凄い。一人のアーティストの紹介作品が少なすぎる、もっと見たいと思わせる図録なんて久しぶり。必携。展覧会も必見だ。

「障害者を見てやっと、健常児は画一的なんだと実感できるように」なったという比較行動学者正高信男氏の言葉がすべてであろう。

今回改めて、「日本で唯一の入門書！」を謳った『アウトサイダー・アート―現代美術が忘れた「芸術」』の早々の目配りの良さにも感心した。著者、服部正氏は、長年の友人で元「月刊イメージフォーラム」を編集していた服部滋氏の甥御さんで、兵庫県立美術館学芸員。

90. コンピュータにも「神代の歴史」があった

4/4

『CORE MEMORY―ヴィンテージコンピュータの美』マーク・リチャーズ〔写真〕ジョン・アルダーマン〔文〕鴨澤眞夫〔訳〕（オライリー・ジャパン／オーム社）

その由来からして、年代もののワイン、せいぜいでジーンズ、あるいは二十世紀初めのクラシック・カーくらいが使用範囲かと思っていた「ヴィンテージ」という言葉が、コンピュータについても使われるのかと一瞬とまどったが、考えてみれば、一九三〇年代、四〇年代の車をそう呼んでよいなら、同じ頃つくられた計算マシンをヴィンテージと称すのに何の無理もないわけだ。

というので、今のところ類書のないこの一冊。一九四一年製のドイツZ3カルキュレーターから始まって一九九九年のGoogle最初の運用サーバまで、全三二機種のコンピュータと、集積回路に取って代わられるまでの磁気コアメモリを、実にアングルの良い、痒いところに手の届くような細密かつ妙に生物写真のようにぴかぴか、ぬるぬるした「生気論的」フルカラー写真で、飽かず眺めさせてくれる。コンピュータ史概説書はいくらもあるが、わかり方、「愛着」の湧き方が全然違う。

半世紀経た代物ばかりだから、さすがに塗装があちこち剝落していたり、中には暇つぶしの銃弾による弾痕なんていうものがついていたりして、まるでコンピュータの歴史博物館のようだが、その通り、これはカリフォルニア州マウンテンヴューにあるずばりコンピュータ・ヒストリー・ミュージアムの収蔵品を戦争報道や都市ギャングの写真で有名な写真家マーク・リチャーズが撮った写真に、ハイテク関係といえばこの人と言われるライター、ジョン・アルダーマンが余計な修飾一切抜きに、まるでミュージアムの壁上の解説文のような簡にして明快な文章を添えた、一種の紙上ミュージアムである。変わった、しかし重要な展覧会の図録を取り上げてきた締めに本書を取り上げるのも自然な流れと思う。

コンピュータ史といえば最初のフォン・ノイマン・アーキテクチャーを内蔵したENIAC（一九四六）から始まり、ソ連機による空襲を警戒するための巨大システムSAGE（一九五四—六三）、地上での戦争に止まらずスペースレースにコンピュータが関わる契機となったApollo Guidance Computer（一九六五）、ユーザによる自分ひとりの改造が許された「パソコン」のはしりであるDEC PDP-3（一九六五）、ペイントプログラムの革命とされるSuperPaint（一九七三）など、噂の重要マシン（やソフト）がほぼ全部取り上げられている。もちろんApple I、Apple II、Macintoshも出てこないはずがない。

主眼はデザイニングの変遷史にある。「何フロアも占有した数トンの巨大マシンから消費者が引きずり回せる何かへ」の歴史が、ページを追うごとにはっきりと理解できる。最初に製品となった機械はどれか（UNIVAC I 1951）、集積回路はいつからか、互換性という概念はいつどの機械からか、パケット交換方式はどこからかなど、コンピュータリズムの基本概念が次々とデザインに生じた変化と併せて説かれていく。

APPLE I のようにいわゆるホビーストたちが木の板を基盤にそれぞれ好みの仕様で組み立てていたところから「見栄えのする箱」のデザインが生まれ、「ケースのカラー戦争」が勃発していったという事情が、見事な写真でよく理解できる。一時なぜベージュ色が流行したのかなど、デザインという点からほとんど考えられたことがないコンピュータを、Minitel（一九八一）を「触ってうれしいデザイン」と言い切り、DDP-116（一九六五）の「クリーンなラインと空白部の多様」はそのまま「カリフォルニアの風景」だなどと言ってのけるアルダーマンの時に洒落たコメントに従って眺め直してみることができる。地下二〇〇メートルにあって日常生活に不便だったSAGEにはライターと灰皿が組み込んであったなど、イノベーションの連続とも言えるコンピュータ・デザイニング史のちょっとしたエピソードも楽しい。

また、「際立つ才能を最高速マシンを作ることに注ぎ込んだことで知られる」シーモア・クレイ設計のCDC6600はコンピュータ・デザイン史の革命とよく言われるが、「そのスピードをもたらしたのは、特別なハードウェアではなく」コンピュータを「全体論的にデザインする」クレイの才能だと言われて、納得がいった（「単純に超高速のプロセッサに頼るのではなく、全体が効率的であるようにする」）。

一番最初のZ3の写真は、実は再現した機械の写真。一九四四年のベルリン空襲で原機は灰に帰してしまったからだ。ENIACにしても軌道軌跡計算のために開発されたし、ライター・灰皿装備の

SAGEだってソ連相手の冷戦の落とし子である。戦争がデザインを発展させた代表的な分野がコンピュータであることがよくわかってくるにつれ、これがビジネスの具と化し、APPLE IIのように「楽しさやゲーム」の具と変わる平和な時代をしみじみとありがたいと思う。

翻訳の鴨澤眞夫氏は、ぼくの知り合いの画家鴨澤めぐ子さんの実の弟さん。その御縁でいただいた本。翻訳書がこんなに面白くなったのも、原書の写真のミスを原著者に質《ただ》して直させるほどの訳者の入れ込みの賜物。「日本野人の会」名誉CEOという。どういう会なんだ！

91. 炭鉱、写真、絵葉書の「普通考えつかないような結合」 4/8

『イギリス炭鉱写真絵はがき』乾由紀子（京都大学学術出版会）

港千尋さんなど写真を撮る人の文章は巧いものが多いが、今どきの写真論となるとどうもパターンに入っていて、最後は必ずベンヤミン、バルト、ソンタグの三題噺に結び付けられてチョ〜ン。しばらく写真誌や写真論の類から遠ざかっていた。唯一の例外が、二〇〇五年秋にメトロポリタン美術館で催された「完全なメディア、写真とオカルト」展の大カタログ"The Perfect Medium"くらいだが、やはり心霊だのオドだのエクトプラズムだのの写真は、写真論の「王道」に成り上がってはいけないところがある。やっぱ怪しすぎぎっ！

人物を撮り風景を写したれっきとした写真を、その置かれたイデオロギー的状況から克明に論じ尽くす堂々の写真論で面白いものがないとまずいのだが、ここに数年来の傑作が登場した。それが乾由紀子『イギリス炭鉱写真絵はがき』だ。筑豊の元炭鉱夫・写真家、本田辰己氏とのコラボレーションで名を上げた著者が、その目を二十世紀初頭の英国に転じ、絵葉書の黄金時代（一九〇〇〜一九一八）が英国石炭産業の全盛期と重なることの意味を問い、その結びつきがつくり出した様々なメディア的事象を追う。英国へ行って炭鉱関係者たちと親しく交わり、厖大な量の炭鉱絵葉書を収集した地に足の着いたフィールドワーカーの筆は、飽くまで事実やモノに即《つ》いて生き生きと具体的で、今までに何点か取り上げた博士論文と同じ正格の学問的手続きを踏む堂々の論の運びながら、息もつがせず一挙に読ませる。バルトの「プンクトゥム」論あり、ブルデューの「階級的ハビタス」論あり、多木浩二あり、柏木博あり、とにかく読んで面白いのだ。

まず、豊富に掲載される鉱夫や炭鉱事故の写真、絵葉書を飾る男女の労働者の姿そのものが面白い。と感じる時、きみ、ぼくはまさしく当時、中産や上流の人間が炭鉱写真を集め愉しんだ視線をそっくり追復していることになるだろう。写真の抱える階級性と権力構造への目線が一度もブレない、しっかりした写真論である。たとえば、こうある。

　イギリスの初期写真史を包括するヴィクトリア朝の拡大する視覚が、「科学性」や「客観性」という信仰のもとに、戦場や植民地のほか世界各地の観察、研究、国内の社会調査、ドキュメンタリー、慈善などを目的としていたことはよく知られている。ジョン・タッグは、写真と歴史の章でロラン・バルトが指摘した、写真の「かつてそこにあったもの」を「証言する力」を取り上げ、それは「複雑な歴史的産物」であり、「ある特定の制度的実践」と「歴史的諸関係」のなかでのみ行使される、それゆえに、写真を囲む歴史、社会制度、権力関係に注目することが重要であると述べた。このことを念頭に置けば、十九世紀後半のイギリスほど直接的に写真のあり方が社会のそれを体現した例も少ないだろう。
（三二六ページ）

こうして英国中産階級が社会的弱者、犯罪者、植民地の原住民、病人、狂者、そして労働者階級をひたすら好奇の目で対象化したスペクタクル志向の視覚文化が深く浸透した。「写真は、社会のヒエラルキーが大勢の上昇志向によって震撼した時代における、中産階級が〈他者〉を再認識することによってみずからの存立基盤を確認するための道具」となる他ない。今あるべき写真表象論としては当たり前の言い分のように思われもするが、これが実にしっかりしていればこそ、たとえばジョナサン・クレーリーの言う「観察」は「さまざまな約束事や価値に対し、自分の視界を一致させる行為」のことだとか、同様に絢爛と拡散するスーザン・スチュワート『憧憬論』（"On Longing : Narratives of the Miniature, the Gigantic, the Souvenir, the Collection"）のキーワード「スーヴェニア」について「ある場所にちなむ品ではあるが、その起源的な場所にあっては余り価値なく、ある場所への、そしてある場所からの移動によってはじめてその意味が保証される」品目だと言い切って、どんどん自分の論に取り込む異様な頭の切れを示す。炭鉱労働者の移動がこうしてスーヴェニアをただの思い出の品、お土産以上の何かに活性化し得る、それこそが炭鉱労働者自らが、もはや単なる対象ではなく収集・消費する側に「参入」し始めた新しい段階としての炭鉱写真の意味なのだ、という議論につながる。

バルトやベンヤミンのレベルの写真論の使い方が巧いのは今や当たり前かもしれないが、「会社の巧妙な細工」としてうまれた労働者の「類型」化の議論にメアリ・カウリングの究極書『人類学者としての芸術家』("The Artist as Anthropologist")を、またノスタルジーの議論にスチュワートの『憧憬論』ただ一点を持ってくるカンのよさは並みのセンスでないとみた。しかも、炭鉱労働者たちが命を与え直したスーヴェニア絵葉書によってスチュワートのスーヴェニア観が越えられていくという展開の仕方で、ポストモダン批評のバイブルとさえ言われる『憧憬論』をさえ、きちんと組み立てられた自らの論に拠ってバッサリ、という膂力《りょりょく》に感心する。

「クレイ・クロス社の広告絵葉書シリーズ」「ウィガンの女性炭鉱労働者の絵葉書」「ハムステッド炭鉱事故の絵葉書」等々、ローカルな一次資料の駆使はひたすら読んで面白いが、「他者」を「類型」化することで安全なものに変えてしまう構造に対するカルチュラル・スタディーズの切れ味、同じように風景を無害な書割に変えてしまうピクチャレスク美学と、それを切り裂く「プンクトゥム(傷)」としての「山」の分析の切れ味。現在、文化史記述として望み得る批評の最高の快楽を惜しみなく与えてくれる傑作だが、手間暇かけて集めに集めた、煤煙で汚れた無数の絵葉書たちの精彩が、傑作をもはや古典に変えたと断言する。

92. **新美術史への素晴らしい導入。本当は何もかもこれから、らしい**

『フランス近代美術史の現在─ニュー・アート・ヒストリー以後の視座から』永井隆則（三元社）　*4/11*

「ニュー・アート・ヒストリー」という呼び名を初めて耳にしたのは、ノーマン・ブライソン（Norman Bryson）が編んだ『カリグラム』（"Calligram : Essays in New Art History from France"）で、このアンソロジーを入れたシリーズの名も'Cambridge New Art History and Criticism'と言った。当時ケント大学にいて、やがてぼくなどを一時虜にした凄い企画力を持つReaktion Booksの名顧問役となるスティーヴン・バン（Stephen Bann）と、建築史そのものを次々大著で書き換えるケンブリッジ大学のジョセフ・リクワート（Joseph Rykwert）の編集になるこのシリーズを、中心になって推進していったのが、ノーマン・ブライソンである。親日家で、森村泰昌のアートを国際的に有名にしたこの人は、たとえば江戸アート研究をかなり前に進めることになるタイモン・スクリーチ氏の直接の師でもある。スクリーチを介して、ぼくもブライソン教授と昵懇《じっこん》になった。

『カリグラム』は、いま見ても凄い。アメリカで『オクトーバー』、『リプリゼンテーションズ』、英国で『アート・ヒストリー』、『ワールド・アンド・イメージ』といった、画期的に新しい美学・美術史の専門誌が出てきた時代の動向を、ニュー・アート・ヒストリーと名付け、T・J・クラーク、ジョン・バレル、トマス・クロウ、ロナルド・ポールソン、マイケル・フリード、そしてもちろんスヴェトラーナ・アルパースの名を掲げ、芸術の自律性・普遍性ばかり主張する一世代前のフォルマリズム批評の自閉を突破すべき新しい芸術社会学の時代の到来を言った。そして、そういう動きの源泉となったものとして挙げるのは、主に一九六〇年代フランスの当然旧套美術史学の埒外にあった人々の文章群――ムラコフスキー「記号論的事実としての美術」、ボンヌフォア「十五世紀絵画の時間と無時間」、クリステヴァ「ジョットの喜悦」、ボードリヤール「だまし絵」、ルイ・マランのプーサン論、フーコーの「ラス・メニーナス」論、バルトから二篇、ミッシェル・セールから二篇――で、どちらかといえば記号論や表象論からというエッセーが多い。

ぼく自身、たとえばこの『カリグラム』の目次と素晴らしい序文に感銘を受け、一九六〇年代末から七〇年代半ばまで、人文学全体をあれほどリードし得た美術史学が完全に力を失ったのを訝《いぶか》しむばかりではダメで、その間、海彼の美術史学はちゃんと動いているのだという証を得て、軽率を覚悟で「ニュー・アート・ヒストリー」の呼称を「僭称」して丸善の美術関連洋書カタログ『EYES』創刊の「マニフェスト」とした。フランスでは、あちこちで生じていた旧套美学批判をひとつの動きとして総括する動きがなく、ジャン・クレイの歴史的名作『ロマン派』と『印象派』の如きテクスチュア分析と芸術社会学が見事にマッチした批評の土壌が醸成される気配もなかったが、英訳アンソロジー『カリグラム』で初めて実現した。新美術史の動向をサーベイするには、第一級の序文も含め、ぜひ日本語にしなければならないが、フランス語の英訳をさらに日本語にという重訳は厄介だ。とかく言葉が壁。

「主体」なるものを少しも疑うことのない美術史が、構造主義のインパクト下、「主体」は世界との相互作用の中でしか生まれないという立場をとると絵がどう見えてくるか、という哲学的実験が綴られるようになり（バルト、フーコー）、それが今、飽くまで社会の諸関係の中でしか絵の意味は捉えられないという厳密な意味でのニュー・アート・ヒストリーの段階に入りつつある。しかし、二元論的モデル（男対女、先進国対開発途上国、人間対自然）を手放さないため、十年一日の差別批判の紋切りに落ち着きそうになっていて、それはそれで頭の痛い状況だ。

こうした知の一般的な流れを、かつてはリーダーだった美術史が遅ればせながら今また捉えた、という確証を持てるのが、「ニュー・アート・ヒストリー以後の視座から」という衝撃的副題を持つ本書である。それも、日本人好みのフランス印象派に限定しての論集であるところが巧い。ここをやらせれば永井隆則氏と、ぼくなどでも存じ上げる稲賀繁美、三浦篤、天野知香お三人を中心に、まさしく最前線の八人が、クールベ、マネ、ドガ、セザンヌ、モネ、ロダン、ゴーギャン、そしてマティスを厖大な文献資料を基に、いかにも学界人という手堅さで、しかも一般啓蒙を共通の気合いとして、これ以上ない懇切な語り口で説く。素晴らしい永井序文の「あらかじめそのような枠組みを設定して企画された物ではない」と言う説明が本当だとしたら、まことに素晴らしいメンバーだ。フランス専門の人たちの英語音痴が、このメンバーにおいては当然のように解消されているのが非常に嬉しい。

それにしても、ブライソンの名著一点、邦訳なく、稲賀氏の指摘でびっくりしたが、印象派を社会学の対象とした初めての仕事、T. J. Clark の "The Absolute Bourgeois" の邦訳すらないとは！　このタイムラグ、この語学音痴に、改めて驚きを感じる。何も起きていないことに！

93. 中央公論新社にあの二宮隆洋が移ったことの意味

『ニーチェ―ツァラトゥストラの謎』村井則夫（中公新書）

ツァラトゥストラは齢《よわい》三十にして、故郷と故郷の湖をあとにして山に入った。ここで彼は、彼の精神と彼の孤独を楽しみ、一〇年間飽きることがなかった。

ニーチェの“Also sprach Zarathustra”（『ツァラトゥストラはこう語った』〈上〉〈下〉）の出だしである。これが「哲学書」、それも哲学史上に燦然と輝く第一級の哲学書と言われている作と知らねば、この出だしは何かの物語、あるいは小説の冒頭かと思われるかもしれない。作り手のある精神的な状態が形になる時、ある場合には小説と呼ばれ、別のケースでは「哲学」と言われる、その境目はいったい何なのか、と考える。ジャンルが違うと言うが、ではそのジャンルとは何か、そもそもいつどのようにしてジャンル分けなるものが生まれたのか、“genre”の語源である“genus”の演じる何かを“generate”する作用とは何か、といった結構哲学的でいて現行の哲学ではなかなか扱わない大、大、大問題に話題が広がっていくだろう。ニーチェ極めつけの問題的著書『ツァラトゥストラはこう語った』を相手に、最大級のスケールの（反）ジャンル論に挑んだ大作が出たことを喜びたい。

前に取り上げた中央公論新社の「哲学の歴史」シリーズは（不徹底とはいえ）時代のヴィジュアルを

掲げて哲学理解の一助とするという方針でお目見えして面白かったが、同じ版元の同じ編集感覚が生きている（あの神がかりの編集者、二宮隆洋氏が介在している）とおぼしい村井則夫『ニーチェ—ツァラトゥストラの謎』は、まず冒頭のアート紙口絵のデザインが、哲学史祖述にも新時代、新感覚が到来したことを言祝いでいるように感じる。マニエリスム研究者誰しもに馴染みのパルミジャニーノの『凸面鏡の自画像』と、バルトルシャイティス『アナモルフォーズ』で一挙に有名になったグレゴワール・ユレのアナモルフォーシス画が掲げられて出発するニーチェ論。画期書か、それともこけおどしの外《け》連《れん》か。旧套哲学史を旧套とも思わぬ人にとっては、おそらく物知りポストモダン哲学者のよた話が始まるという感じなのだろうが、ぼくは来るものが来たという喜びと爽快感を味わった。

何年か前、文学の視覚作用に熱中していたぼくは、そういう観点で世界文学史記述を再編成してみようと、「文学を見よ」をキャッチに週刊朝日百科「世界の文学」を毎週、三年にわたって構成し続けた。「エクプラーシス（exphrasis）」という観念もあり、文学と美術をごっちゃに提示する方式は、それなりに受けた。さて、哲学と美術の境界線突破、ジャンル越えは？という興味がふつふつと湧く。かつてヴィジュアルを結集・編集してあらゆる知を視覚化する企てが松岡正剛氏のところで進みかけた折り、カント哲学の黒崎政男氏が「みんなはいいな、哲学じゃそんなことありえないもの」とぼやいた話が、ぼくの『ブック・カーニヴァル』への氏の寄稿文中にあって、おかしい。たしかに、たしかに。しかし、ブレーデカンプのライプニッツ論（『モナドの窓』現在、原研二氏が邦訳中）をモデルに、根本的にヴィジュアルなある種の哲学をヴィジュアルな文章と編集で見せる「哲学を見よ」という新しい時代が、村井則夫ニーチェによってたしかに幕を開けた、と言いたい。

そう思ってぱらりとめくると、想像通りロレンス・スターンの奇作『トリストラム・シャンディ』〈上〉〈中〉〈下〉中の、脱線に次ぐ脱線で混乱を極める筋を一応明快化するという有名な作中解説図が引かれているのが目に入る。

なるほど、そうだよね。言語に対するイメージの優位が爆発的に言われ出した十九世紀末、モダニズム前夜に、ニーチェは生き、死んだ。イメージ優位とは、当然、言語への一点集中と相容れぬものへの評価を意味するが、言語の中でそれが起こるとすれば、即ちそれがパラドックスであり、その系としての曖昧、アイロニー、パロディといった表現形式であるからだ（そこまでわかるなら、なぜドイツ・ロマン派の「アラベスク」修辞学にまで触れないのか、ということはあるが）。そこまでわかると、ぱらぱらめくるだけで相当なヴィジュアル・センスの持ち主とわかる村井ニーチェが、ついに日本人によって著わされた「パラドクシア・エピデミカ」であることが想像でき、そして一読、まさしく日本語で書かれた未曾有のパラドックス文学論であることがわかった。パラドックス文学の肉感的側面たる「メニッペア」をもって、村井氏はニーチェに「哲学」と「小説」のジャンル分けを楽々と越えさせている。

パラドクシア・エピデミカ。言語や人格が同一化し、単一なものへと収縮していくのを、違うだろうと感じて、意図的に曖昧さをつくりだす逆説家たちの猖獗《しょうけつ》がエピデミックス（流行病）のように時代を狂わせる、そういう十六世紀マニエリスム精神をロザリー・L・コリーが命名した呼称である。ワイルドやチェスタトン、カントールやラッセルのいた時代がもうひとめぐりしてきたパラドクシア・エピデミカでないわけがない。ということを、この『ニーチェ』はあまりにも雄弁に、学問的手続きにも手抜かりなく明らかにした。ぼくの友人、秀才の神崎繁氏の『ニーチェ―どうして同情してはいけないか』にも目からウロコだったが、バフチン的に「笑うニーチェ」(T・クンナス)の魅力的主題は、村井ニーチェで一挙にはじけた。新書の概念と相容れぬ大著というのもパラドクシカルで、びっくりさせる。新しい人文学の台風の目になりそうな書き手という予感。

94. 難しそうだが読むととても面白い博士論文、続々　*4/18*

『流行と虚栄の生成―消費文化を映す日本近代文学』瀬崎圭二(世界思想社)

ほぼ一年続けてきたこの書評シリーズでは、極力、評者自身の個人的な経験と近づけたところで議論することを心掛けた点に功も罪もあるはずだが、新刊、瀬崎圭二『流行と虚栄の生成』など、ひとしお個人的感懐なくしては読めない本である。著者より恵送いただき、ハテと思って読み出してナルホドとすぐ得心がいった。

日露戦争直後から第一次大戦期への、ほぼ大正時代と言ってよい期間を舞台にする百貨店(特に三越)の商戦略と、それに大いに助長された「虚栄の女」という表象とを、大所小所からあぶりだす好著である。三越や白木屋が発行していた宣伝誌を克明に点検しているという意味で資料的価値があるし、陳列商品やショーウィンドウの前で人々(特に女性)が示し始めた新しい身振りを興味津々で点綴する文学作品群のしっかりした分析を伴ったアンソロジーとしても、今後の研究の基礎となるべき遺漏なき充実ぶり。漱石の『虞美人草』の藤尾は誰しも思いつくだろうが、『三四郎』の美禰子も「虚栄の女」タイプだったのか、そして問題の時期、問題のタイプは大谷崎、当然『痴人の愛』のナオミに行き着くのだが、『改造』一九二三年（大正一二年）三月号発表の「青い花」など、なかなか渋めの同類作など、百貨店文学といったものを再考する時、落とせないと思われる作品群のあぶり出しが丁寧で、貴重。また、付録に一覧表まで付く三越の『花ごろも』『時好』『三越』、白木屋の『家庭のしるべ』といったPR誌に載った「文芸関連記事」への着目が素晴らしい。

大所小所と言ったが、小所というのがこういう大正期の埋もれた面白そうな一次資料だとすれば、大所はルーマンの『社会システム理論』〈上〉〈下〉だったり、もちろんフーコーだのボードリヤールだのの大きな理論だったりする。世間的にはなんぼのもんじゃいと小バカにされても仕方のない、課程博士などといって基準のバーが低くなったシステムのせいでますます増えそうな類の博士論文も多いが、そういうものばかりでないよと言いたくて、既にこの書評欄でもいくつか取り上げてきたが、本書も東大提出の課程博士論文。主査小森陽一、副査にぼくの友人、ロバート・キャンベル氏などを含む審査を通って、山本武利・西沢保共編の名作『百貨店の文化史』を出している世界思想社から加筆単行本化された。

明治三〇年代から刊行され始めた呉服店／百貨店の機関雑誌は、望ましい外見のあり様を流行として紹介するための媒体であったというよりも、ここに語られ、表象されるものこそが流行に他ならないという流行と媒体との緊密な関係を構造化しつつ、月刊という一定の速度のもとに、流行を目に見えるものとして国民国家という共同体の内部に共有させていくような媒体であった。全巻のキーワードたる「流行」というもののでき方、あり様を見事に突いた結論で、本書前半は、このことの立証に充てられている。この引用文の直後は、こうだ。

言い換えれば、流行なる現象は所与のものとしてあるのではなく、こうした雑誌メディアこそが流行を目に見えるものとし、それを実体化していくことになると言えよう。しかし、こうした流行の可視化と存在の認知は、それを語る媒体にのみよっているわけではない。例えば、流行とは何かと問いかけ、それを分析の対象としていくような知の力学は、それが知の言説としての保証を伴って互いにその差異を訴えつつ増殖していく内に、現象としての流行の実体を担保することになるのである。そこに、流行は流行として認知され、その認知に基づいた自律的な言説の運動の維持が生じていることになる。その言説の運動の中で、常に確保され続けているのが、零度としての流行という現象であることになるだろう。（一二五ページ）

ン？　である。三越が森鴎外はじめ時代の〈知〉を取り込んで「学俗協同」路線で成功した面白い商戦略を言おうとしているのだが、それにしてもこれはずいぶん厄介な日本語だ。博論の約束事でもあるのか。同じことを初田亨氏の屈指の名作『百貨店の誕生』は実に単純な言葉で、倍の説得力を持ってやっている。

しかし、百貨店をめぐる商略とメディアの問題がここまで発展的な研究段階に入ったのを見るのは、個人的にも驚きであり、嬉しくもある。西武系列の流通産業研究所に言われてぼくが百貨店を「文化的」現象として分析し始めた一八八五年頃は「研究」と呼べるようなものは絶無で、あきれ返った。ぼくの『パラダイム・ヒストリー』（一九八七）、『世紀末異貌』（一九九〇）が火をつけ、山口昌男『「敗者」の精神史』〈上〉〈下〉（一九九〇）や鹿島茂氏のデパート王ブーシコーの研究につながっていった。はじめに個人的な感懐と言ったのはそのこと。ぼくの仕事はいつもながらに鼻であしらわれたが、ぼくの訳したレイチェル・ボウルビー『ちょっと見るだけ』は威力のある本だった。さすがに二十年の経過、学の成熟かくあらんか、と嬉しく読んだ。『ちょっと見るだけ』も存分に使ってくれていて、ありがとう。

95. したたかな引き裂かれ？　それってマニエリスムじゃん

4/22

『萩原朔太郎というメディア――ひき裂かれる近代／詩人』安智史（森話社）

漱石を取り巻いていたメディア的環境に関する優れた博士論文を読んだ後では、その直後の時代、大正から大東亜戦争くらいの時代にメディアの世界はどうなっていたのか、という関心が湧く。そこに安智史氏の萩原朔太郎論が出た。これも博論である。立教大学に提出。

母語たる日本語にリズムがないという欠陥を、『新古今』他の古典的和歌の「調べ」に回帰しながら克服しようとした朔太郎の「日本への回帰」という、「隠れた」論争で小林秀雄に叩かれた詩論が、前半（第一部「詩語としての日本語と朔太郎」、第二部「声のメディアと朔太郎」）を占める。「声のメディア」とは「ソング」（佐藤惣之助や西条八十などの流行歌の歌詞）と、それを大衆化していくラジオというメディアのことだが、日本には珍しい理論派・高踏派詩人のイメージが強い朔太郎がここまで流行歌に対抗意識を持っていたということに、まずびっくりした。朔太郎はエッセー「流行歌曲について」で「僕は珈琲店の椅子で酒を飲み、大衆と共に〈あなたと呼べば〉を唄った後で、自ら自分の髪の毛をむしりながら、自分に向って〈この大馬鹿野郎奴〉と叫ぶのである」と書いたが、いろいろなレベルで「引き裂かれ」を分析される詩人の、これ以上に強烈で愉快なイメージはなかろう。「あなたと呼べば」は古賀政男作曲「二人は若い」の有名な文句。作詞はサトウ・ハチロー。

後半部は、レコードやラジオの歌謡を支えた大衆を「都市化」を動かした「群集」と捉え直し、有名なル・ボンの群集心理学研究の日本紹介などを援用した第三部「大衆社会状況のなかの朔太郎」と、同時代最大の大衆的メディアたる映画への朔太郎の伝説的な入れ込みを論じる第四部「視覚の近代と朔太郎」という構成である。第三部の群集論の間奏曲という感じで入る「猫町温泉——近代（裏）リゾート小説としての『猫町』」の章が非常に面白い。日本に入ってきたばかりの西洋温泉療法を担う「浴医局長」の一人が朔太郎の父・密蔵であったということを出発点として繰り広げられる「Kという温泉」周辺の「U町」のモデル探索が実に面白い。下北沢や代田まで関係あるらしく、近所に住むぼくなど、急に朔太郎を身近に感じた。

群集論はぼくなど（ポーの「群集の人」の大ファンを任ずる者として）迂闊にも知らなかった朔太郎の詩

「群集の中を求めて歩く」が二〇年にわたって改訂改稿されていくプロセスを克明に追跡するというやり方を通して、群集として現れた都市大衆に向かう詩人の好悪の感情の揺れ動きを読み取る。抽象的な都市論でないところが説得力あって良い。

同じことが映画論についても言え、朔太郎と言えばあれと言われる詩「殺人事件」（一九一四）の高名な犯人イコール探偵説の可か否かをめぐる議論が一本芯にあるから、議論が危うげに拡散することもなく、朔太郎のチャップリン狂いを丁寧に分析した後、彼のベルクソン耽溺、ベルクソン『創造的進化』に言う存在の持続に話が及び、「幽霊」でもありながら長く生命を保つメディアでもある映画同様、詩人自らの詩作品も永く「持続」してあれという詩人の祈念に全巻を落着させる。

読みものとしてもよくできた構成、流れになっているせいか、テクスト改稿を追い続けたり諸家の諸説を比較吟味するといった博士論文の技術的手続きの煩わしさも読後きれいに「止揚」され、あざやかである。朔太郎視覚文化論としては、伝説的な種村季弘「覗く人」（『壺中天奇聞』）以来の刺激的なエッセーだ。イエスと言っていたかと思うとやがてノーに化し、いやなのかと思えばやはり執着しているという「二律背反」を生きた相手についていこうと言うのだから、論も当然うねうねと蛇状曲線を描き、そう思えばむしろ論の紆余曲折はそうあって然るべきものと大いに得心がいく。しかし、「一般」読者にはどんどん入れる後半部から読むことを、老婆心ながらお勧めする。

前半は、「たんなる行別けされた散文から区別し、ジャンルの独立性を保証する基準となるものは存在するのか」という、日本現代詩における宿命的な問いを扱う。いわゆる「定型詩」論争の不毛をよく知り、まがりなりにもヨーロッパのアルス・ポエティカを少しは知っている人間として、この辺の論の不毛はうんざりしているので、蜿蜒続くリズムの「調べ」論に付き合うのは少々しんどい。安氏の本の救いは、朔太郎の詩論のねじれが、徳川末期学者たちの「音義説」に直結する「第二次クラチュロス主義」的発想に起因するという実に面白い見方で、ぼくなどが久しく朔太郎をその系譜に入れようと腐心してきた普遍言語・純粋詩路線に朔太郎を取り込もうとしていて、大層有望である。安氏はジュネットの『ミモロジック』に拠っているようだが、ぜひノイバウアーの『アルス・コンビナトリア』に言及すべきである。要するに朔太郎はしたたかなマニエリストなのだから。映画を「幽霊」と見ようというのに、テリー・キャッスルの「ファンタスマゴリア」論（『女体温計―18世紀文化と〈不気味なもの〉の発明』に収録）を知らないという以上のもったいなさを、ぼくは感じた。それによってこの論文は衝撃書にもなり得たとひそかに思うからである。

96. アンドレのいる多摩美の芸術人類学研究所、凄くなりそうね　4/25

『近代論―危機の時代のアルシーヴ』安藤礼二（NTT出版）

夏目漱石の一九〇〇年代、また萩原朔太郎の一九三〇年代を対象として、未曾有の強度で体感された「近代」をそれぞれあぶりだそうとした博論力作二篇を読んだ後だ。山口昌男流「歴史考古学」の連繋センスと、時にとても中沢新一的な連想誘発型の文体で早くも独自の境地に達した安藤礼二が、「近代」の問題をいかにもというのでない材料で論じた『近代論』を取り上げて、〝近代論〟書評シリーズの締めとしたい。

日露戦争から戦間時代にかけてといった漠たる表現ではなく、「明治四三年（一九一〇）から明治四四年（一九一一）にかけてという、この列島の近代に穿たれた、わずか二年という特異な時空の歪み」のことと断じられては、何ごと、と思わず手に取るしかない。自信ありそう、明快そう。その通り、実に明快だ。意表つく材料の組み合わせながら、読後、「近代」を論じるにこれ以上のものはないと納得させられる目次だ。負けましたっ。とんでもない書き手になっていきそうだなあ。

問題の二年間に、博物学者・生物学者の南方熊楠『南方二書』、民俗学者の柳田國男『遠野物語』、哲学者の西田幾多郎『善の研究』が書かれたとすれば、たしかに大変なタイミングである。宗教学者の鈴木大拙は今ではあまり馴染みがないかもしれない。英語で禅を啓蒙し、ジョン・ケージやビート詩人たちの霊感源となった巨人だが、鈴木がスウェーデン最大の偉人、神秘主義思想家エマヌエル・スウェーデンボリのほぼ全仕事を翻訳する過程で、「西洋の禅」を勉強したことを、ぼくは今頃知ってびっくりし、いろいろ改めて腑に落ちた。そのスウェーデンボリ最大の傑作『天界と地獄』の鈴木大拙訳も同じタイミングで出たというし、安藤氏に第五六回芸術選奨文科大臣新人賞（「評論等」部門）をもたらした驚愕の書『神々の闘争』の主人公である折口信夫は同じ時、卒論『言語情調論』を出しているようだが、安藤氏の紹介から推して、（スウェーデンボリとの類比で言うなら）ヴィーコの神話論・言語論を思わせる作であるらしい。ともかく大変な二年間だというのは確か。目のつけようが素晴らしい。

こうして各分野から五人の巨人がそれぞれのキーワードを付して、「生命―南方熊楠論」「労働―柳田國男論」「無限─鈴木大拙論」「場所─西田幾多郎論」「戦争─井筒俊彦論」という順に並ぶ。たとえば鈴木大拙と西田幾多郎は高等中学の同級生同士で生涯交友があったというし、鈴木と南方は当時としては珍しく長期にわたって欧米滞留の経験を共有したが、具体的には土宜法龍という学僧を介して交流を持つというふうに、さまざまなレベルで人と人とのつながりが尋常でなく、スリリングにも密である。山口昌男『「敗者」の精神史』〈上〉〈下〉や岩佐壮四郎『抱月のベル・エポック』にも匹敵する、この意外な人間関係の広がりが、まず本書の魅力と言える。

　とにかくアッという「発見」に満ちた組み合わせ、と言ってよいかもしれない。一番驚いたのが、柳田がパレスチナをめぐる国際連盟委任統治委員会の委員を務めたことが、その「常民」観念を深める上で決定的であったという事実。彼が一寸見識ある農林官僚であったことくらいは知っていたが、「アフリカから地中海沿岸にかけて、一神教の故郷を訪ね」歩く見果てぬ夢を抱えていたなんて全く知らなかった。その点にこそ力点を置く著者なればこそ、パレスチナに降り立って砂漠のゲリラたちに共感するジャン・ジュネを柳田と比べる芸当もできるし、イランに赴いたフーコーを井筒俊彦と比較できたりもする。柳田が田山花袋など自然主義作家たちと近いところにあったことくらいは知っていても、おおもとのゾラにまで本職並みに打ち込んだとは普通知るまい。そこにきちんと着目した著者はゾラの『獣人』に対するジル・ドゥルーズの分析へと論を進め、そうした部分がそれぞれフーコー論、ドゥルーズ論としても短篇ながら卓抜という生憎いばかりの贅沢な近代論に仕上がった。

　こうして、明治最晩年にできた「危機の時代のアルシーヴ」と呼ぶべき政治と知の一元化への否《ノン》の動きが、当時の「資本主義グローバリズム」への初めての否であり、同様に狂ったグローバリズムの現代への「予言」となって当然なのだから、明治四〇年代を論じるに、フーコーが論じられドゥルーズが論じられて、何の違和感もないわけだ。

彼らの営為は「富の分析‐博物学、一般文法」が内在的な「労働、生命、言語」の探究へと転換したという西欧十九世紀に起った人文諸科学の決定的な再編成（ミシェル・フーコー『言葉と物』）を、近代化においては致命的な遅れをもつがゆえに、逆に「近代」そのものの矛盾がより凝縮したかたちであらわにされたこの列島において、集約的に表現したものとなったのである。（八ページ）

尖鋭なアクチュアリティが（本当は凄そうな）学殖を隠しているような感じで、ニクい。井筒俊彦、鈴木大拙が登場する人的交流の精神史となれば、二人を召喚したエラノス会議のことに一言なりと触れるべきだったか。うむ、これはどうしても近々、William McGuire, "Bollingen : An Adventure in Collecting the Past" を訳さずには済まないかも。是非にもアンドレ君に読ませよう。友人知巳の間で安藤礼二氏はアンドレと呼ばれているそうだ。池田理代子『ベルサイユのばら』のアンドレとオスカルの、あのアンドレに由来するあだ名なんだそうである。

⓭

2008 May

97. **こんな領域横断もありか、という驚き** 517

『富豪の時代──実業エリートと近代日本』永谷健（新曜社）

明治後半から昭和初年にかけての、現在の日本の基盤を築いた半世紀という、いま日本で学者をやっていて一番面白がるべき問題を（「文学」を入口として）探ることができる本を、ここ数回、続けて取り上げてきた。蓋を開けてみると皆、いわゆる博士論文が世間に向けて出版された大著ばかりというのも、長い間「学者」をやってきてしまったぼく自身の限界を示すのかもしれないし、逆に、誰も見向きもしない、つまらないものの代名詞のように言われてきた博士論文にも時代の流れで面白いものが出始めた、喜ばしい兆候なのかもしれない。

大喜利《おおぎり》とでも言える一冊を見つけたので、それを推輓して博論傑作選に一応のキリをつけたいと思う。それが、京都大学大学院に提出されたこの論文。「ただし、研究者だけではなく、近代日本の富裕層や金銭的な成功者に関心をもつ方々にも読んで」欲しいということで、大幅加筆を経ての『富豪の時代』である。

東大のシンボルといえば安田講堂だ。ちょうどぼくなど大学生であった頃、学生闘争で占拠され機動隊突入、一度だけ入学式で見た美しい内装が大破し水浸しになっているのに直面して、一時代の終わりを感じたが、それというのも名の通り、これが「富豪の時代」の風雲児の一人、安田商店安田善次郎の夢、というかメセナ感覚の所産たる寄付の講堂だったと聞かされていたからだ。改装されて機能的にも象徴的にも全然別ものになったわけだが、今の東大生にとって、この講堂はなお、自分がなるべき存在への夢の「表象」たり得ているのだろうか。それにしても、赤門という江戸時代の大金持ち、加賀百万石の所有物だったものをくぐって、明治・大正の「富豪の時代」を象徴する安田講堂に対い合う東大（という場所）とはいったい何だろう、とこの本を読みながら、「学」と「富」の関係ということまで含めて、いろいろ考えてしまった。

三井・三菱について何がしか知らぬ人はいまい。それに安田善次郎、大倉喜八郎、森村市左衛門といった実業界の超エリートを加え、彼らがビジネス・エリートになっていった過程、そして「紳士」と呼ばれ、まだよくは見えなかった「新時代」のシンボル（文字通りの“representative men”）として「表象」されていった経緯を、やはりそこは博論、ハウトゥー実業書の軽薄とはかけ離れたところで緻密な統計処理と一次資料の累積で丁寧に追う。少し前なら経営学・経営史分野の仕事だったものであろうが、著者もはっきり意識しているように、やられているべきなのに実はまるでやられていないスーパーリッチたちの研究をしようとすれば、経営学だけではとても足りない旧套諸学の混淆と再編成が必要なので、いわばこの本は、本人たちが時代突破の意力のためマージナル・マンであるしかなかった異能群像を相手に学のマージナルを行く方法的な試みの現場という（実はもっともっと過激に主張して欲しい）二重の側面を持っていて、それが魅力だ。

強みは金持ちの表象論に徹している点で、よくある（当然自己美化のウソだらけな）富致立志伝の累積のようなアプローチとは無縁。たとえば江戸後期に初めて金持ちをそうでない人種と分けた「長者番付」なるジャンルの延長線上に、交詢社の名が象徴する明治二〇年代、三〇年代のいわゆる紳士名鑑の類を置く。この交詢社自体、あの福沢諭吉が維新の無の中から今後の社会ヴィジョンを託すためにひねり出したリーダー養成の社交機関であったことを、この本で初めて教えられた。「学問ノススメ」の人物の社会的「発明」の強力なトンデモ発想には改めて驚かされる。

「明治二〇年代から三〇年代初頭にかけては、『日本紳士録』など、多種多様な人名録が刊行された時期である。人名録ブームとでもいえるほどの刊行ラッシュが生じ、人名録は同時代における刊行物の一ジャンルを形成したのである」という着眼が良い。誰を富豪、「紳士紳商」とするかという基準が面白いし、難しいが、時々の納税法の変化との関係の分析など、富豪の社会史が着実に記述されていく。メディアが金持ちイメージをつくり、金持ちと言われた本人がメディアとの関係の中で金持ちに「なっていく」ダイナミズムが経済ジャーナリズムの成立、「姻戚関係のパターン」「天覧芸への便乗」「茶会サークルの成熟」など興味津々たる目次で次々展開していく。博論が傑作へ飛躍したと言っておく。

一時の荒俣宏の産業考古学（『黄金伝説』他）にも、『経営者の精神史』に行き着いた山口昌男の歴史人類学にも系譜しそうな、人文学と社会学の〈はざま〉を行く画期書。時代の趨勢か、「明治」大学国際日本学部という〈はざま〉をウリにしようという世界に属すことになり、経営学の人々を同僚にハテこれからどうするか思案ナゲクビのぼくに、まさに旱天慈雨の如きインスピレーションを与えてくれた。

因みに、新同僚となった（元）仏文学者鹿島茂氏が新学部開設記念講演会で渋沢栄一の事跡について喋る。交詢社人名録にぼくも鹿島センセーも載っている。たしかこの紳士名鑑も今年で終わる。いろいろ時代であるなあ、と感慨深い。意表つかれるとは快いものだと久しぶりにせいせいした。リニューアル前の電通『アドバタイジング』誌で「デパートの解剖学」や「メセナの時代」を編集したぼくの感覚、「経営史学」的に見ても間違いではなかった。

98. 金余りのロシア団塊がやりだしたら、ホント凄そうだ

5/9

『デーモンと迷宮―ダイアグラム・デフォルメ・ミメーシス』ミハイル・ヤンポリスキー［著］乗松亨平、平松潤奈［訳］（水声社）

いよいよ残り三回ということになったから、また一段と個人的な思い入れ、偏愛を恣《ほしいまま》にさせていただこう。となると第一弾はミハイル・ヤンポリスキーの最初の邦訳本たる『デーモンと迷宮』（原書：一九九六年）を措いてない。

ヤンポリスキー氏については、表象文化論学会が立ち上がり二〇〇六年に東大駒場キャンパスで第一回大会が開催された時、基調講演（“Metaphor, Myth and Facticity”）をした人と言えば思い当たる方も

いるのではないだろうか。『佐藤君と柴田君』のスター教授佐藤良明氏に呼ばれ、ぼくもパネルディスカッションのコメンテーターという役を振られて出向いた。久しぶりに小林康夫大先生の御尊顔を拝し、新鋭田中純氏の御姿を拝見でき、いろいろ得るものがあった中でも最大の収穫が、ヤンポリスキー氏の講演とその時初めて手にした大冊『デーモンと迷宮』だった。なんだかいろいろやる人物らしいと佐藤氏に言われて読み始めるや否や、あまりに自分の仕事と近いのに驚き、ページを繰る毎に苦笑、やがて阿々大笑してしまった。快著。愉快。特に、トゥイニャーノフとバロックを論じた第六章「仮面、アナモルフォーズ、怪物」。「父なるシレノスの像」という文章で始まって、アナモルフォーズ論に展開する。

二八八ページに二六枚の図版をあしらったヴィジュアルがあって、畸型、歪曲遠近法、ダ・ヴィンチ作のカリカチュア、怪物、フィジオノミーと並ぶ図版は、もうそれだけでこの大冊があるはっきりした文化圏に系譜するものであることを示す。もちろん、まずは『幻想の中世』と『アナモルフォーズ』のユルギス・バルトルシャイティスであり、スラヴ語文化圏ということで、フランスで活躍することになるリトアニア人バルトルシャイティスとロシア団塊世代のヤンポリスキーをつなぐものに関心が向く。あるいは、この図版セレクションは、ロジェ・カイヨワが「澁澤」した名作『幻想のさなかに』を思い出させ、歪曲遠近法とバロック身体論ということでは、『見ることの狂気』のビュシ＝グリュックスマンを思い出させる。

そのデモーニッシュな図版集の劈頭《へきとう》を飾るのが、超肥満の醜老シレノスも描かれたポンペイ「秘儀荘の壁画」である。これがユーリイ・トゥイニャーノフのバロック極まる小説『蠟人形』の背景にあるというので、ヤンポリスキーお得意の自我の分身たる醜の主題にと話はぐんぐん広がる。

シレノスはソクラテスのせいでパラドックス的思考の祖型となった。ルネサンスとバロックのパラドックス研究、とりわけR・L・コリーの『パラドクシア・エピデミカ』（一九六六）において、シレノスの筥《はこ》のメタファーは中核的イメージとなっている。外形の醜悪が内なる善美と表裏である――佐藤氏お得意の表現を拝借すると、フリップフラップする――パラドックスなるものの構造を、ソクラテスが自身の似姿ともした伝説的醜男シレノスが絶妙に象徴した。実に変幻自在に、パラドクソロジーに夢中な二十世紀カウンターカルチャーの中に出没するメタボ男の神話であり（どうしてサンダー・ギルマンの“Fat Boys”が邦訳されないのだろう）、たとえば名からしてこれもスラヴ系のポール・バロルスキーの『とめどなく笑う』がルネサンス絵画をまさしくヤンポリスキーばりに反転させた時、やはりシレノス図像を核にしていたことなどただちに思い出される。R・L・コリーに発しバロルスキーにまで辿り着いたぼくは、偶然『デーモンと迷宮』に遭遇したのではなく、早晩出会うべき運命にあったのだと思う。

簡単に言えば、シレノスの内と外の不可分（二分法の拒否）にそっくり精神と身体を代入して展開する（もはやお馴染みと言えばお馴染みの）身体論である。まずは当然バフチンがあり、人の身振りが妙に機械やマリオネットじみる理由をロシア・フォルマリズムの分析を使って論じるゴーゴリ、リルケ（それにしてもリルケとは）論の山口昌男ばりの骨太の着想から入って、ラカン、メラニー・クライン、ドゥルーズ＝ガタリのポストモダン身体論の繊細微妙まで、身体論の現在を一大展観してみせる。

「デーモン」とはフロイト風に言えば「不気味なもの」、「迷宮」とはハイデガーの言う『世界内存在』

としてのヒトが経験するであろう世界の比喩である。『迷宮としての世界』再見！
畏友沼野充義（ヌマノヴィッチ・ミツヨスキー）はかつて、ぼくをスラヴ圏バロック研究の泰斗チジェフスキーに譬えたことがあり、冷汗をかいたが、ロシアにもぼくの「分身」がいたという嬉し過ぎる驚愕を、ぼくは『デーモンと迷宮』に感じて、ふるえる。同じ団塊でも、ドイツのミヒャエル・ヴェッツツェルやホルスト・ブレーデカンプに感じる熱烈共感よりもはるかに強い共感を、この稀にみる博読奇想のロシア団塊人に感じた。ダブつきマネーが文化の方にも少しはまわり出すはずのロシア、面白そう。

問題の東大での基調講演を含む講演三件にインタヴューを足した『隠喩・神話・事実性―ミハイル・ヤンポリスキー日本講演集』が同じ水声社から出ている。新刊書ということではこちらを取り上げるべきだったかもしれないが、やはり本格書を。

視覚文化論を身体論へと開く名手、ビシュ゠グリュックスマンの次々出る名著大作ともども、あと七、八冊はあるというヤンポリスキーの魅惑的な著書も邦訳されますよう！　本書の邦訳、実に読みやすい。文献一覧も一寸した見ものである。

99. 彼女に目をつけるなんて流石《さすが》だね、と種村季弘さんに言われた

5/13

『実体への旅―1760年-1840年における美術、科学、自然と絵入り実録旅行記』バーバラ・M・スタフォード［著］高山宏［訳］（産業図書）

この百回書評もあと一回を残すところとなった。取り上げたい本は今年刊のものだけで一〇冊も積み残しているし、「仲間褒め」を頼んでくる友人一統もいて、あの「千夜千冊」最終段階の松岡正剛さんの苦労が、文字通り十分の一くらいはわかった。が、この七月に最終巻『ハリー・ポッターと死の秘宝』の邦訳が出てまたひとしきり大騒ぎになるであろうハリポタの最後のあらすじ同様、この書評シリーズも最後の一冊は前から決まっている。

最終回の前に今回、大著の多いバーバラ・M・スタフォードの著書の中でもとびきりの大冊『実体への旅』を紹介したい。これを書き始める五分だか一〇分だか前に、ちょうど訳者あとがきを校了したところだ。本年七月末〜八月初めに書店に並ぶはずだ。ぼくが見て最高の本だと思うし、相手を一番わかるのはこの自分だと思えばこその千両「訳」者であるはず（たぶんそうでないケースが多すぎるから上手くいかないのだろうね）。訳文を批評の対象にしたければ、こういう書評もあり得るだろう。

スタフォードについては、展覧会のカタログということで厖大な図版いちいちにクレジット交渉が義務付けられるのに嫌気がさした“Devices of Wonder”一点を除いて、規模の大小にかかわらず、そのすべてを自分の手で訳そうと決心した。こんな相手は長の翻訳家人生でも初めて。愛すべきタイモン・スクリーチの著書ですら、あるタイミングから翻訳者は自分で他に見つけてという話にした。

それほどの相手なのだ。ぼくと周辺のわずかな人間のみ知って夢中になっていた「アルス・コンビナトリア」だのマニエリスムだのが、十八世紀身体論と結び付けられ、やっと一九八〇年代に流行を見始めたカルチュラル・スタディーズ系身体論の汗牛充棟の世界から一点図抜けた怪物となった

“Body Criticism”（邦訳『ボディ・クリティシズム』）をもって、初めてある程度のスタフォード・マニアがうまれたというのが実情だ。見たこともない図版が二〇〇だ、三〇〇だと詰まった造本に魅了されてのことだが、読み出すとそれをそっくり文字化したようなハイブリッドな「とんでる」内容なので、ドツボにはまるか、ゲロ吐いて横向くかだ。

この書き手、何者?と思い、慌てて前著“Voyage into Substance”（『実体への旅』）、処女作“Symbol and Myth”（『象徴と神話』）を買い求めたマニアは、きっとぼく一人ではあるまい。

いわゆる景観工学・景観史の人々が一介の「英文学者」高山宏の名にたえず触れざるを得ないのは、一九八〇年代にひょんなことでぼくが始め、徹底してやったピクチャレスク論のせいだが、やってみて驚いたのは、万事に遅い日本洋学界のみか、本場英仏でのピクチャレスク研究の遅滞ぶりだった。火付け役とされるDavid Watkinの“The English Vision”でも一九八二年。結果的にワトキン本に依拠することになったぼくの『目の中の劇場』が一九八五年。その只中に問題の“Voyage into Substance”。大、大、大ショックの一冊だった。

ピクチャレスク美学を、ヒトの側のサイコロジーを自然に押しつけて捏造したニセの「自然」と括り、それを突破するものとして、王立協会はじめ西欧諸科学アカデミーに宰領された（キャプテン・クック、ヴァンクーヴァー、ラペルーズ等の）「探検家」たちの「現場で」「直に《じか》」現象と対峙する「事実の文芸」と称すべき単純直截の目と言葉がうまれてきた、とする。聞いたこともない探険家たちの紀行報告の文章、見たこともない現地風景のスケッチといったディテールの面白さが、あっという間にハバーマスやブルーメンベルクの百年単位の壮大な近代史ビッグ・セオリーに絶妙にマッチさせられていく。

これだけ自在な超学者は、これから先も二十年、三十年、出てこまい。種村季弘氏を連想させるが、「さすがフェリックス・クルルをうんだ独墺圏の出身者。詐欺ではかなわないね」という見事なスタフォード評は、故種村氏の口から。流石だ。ウィーン出身の超の付くアートフルな書き手。「詐欺」とも訳せる「アートフル」がスタフォード鍾愛のキーワードであることなど、スタフォード・マニアにいまさら断るまでもあるまい。

100.

Y氏の終わりでT氏の終わり

5/16

『Y氏の終わり』スカーレット・トマス［著］田中一江［訳］（早川書房）

「終わり」は珍しく小説で。

女主人公アリエル・マントは雑誌に科学哲学のコラムを書いているが、ソール・バーレム教授（小説『Y氏の終わり』の作者）のトマス・E・ルーマスに関する講演を聴きに行って、バーレムと話すうち、教授を指導教官として大学院で博士論文を書いてみることになる。ところが教授が失踪してしまうので、今や空っぽになった教授の部屋をアリエルが使っている。その部屋があるニュートン館なる研究棟がある日、崩壊する。というより、地下にあった鉄道トンネル跡の大穴に向かって落ち込んでいくというところから話は始まる。

ニュートン館だ、ラッセル館だという名からして、一個の宇宙（universe）を一個の大学（university）に擬した、たとえば『やぎ少年ジャイルズ』〈1〉〈2〉のような作かと思う。「大学が建てられたのは一九六〇年代」。いわゆる大学紛争・学生闘争が世界的な騒ぎになる一方で、過去の旧套な学問世界が崩壊していく隙間を縫ってデリダやボードリヤールがえらい勢いで読まれ始めていたタイミングである。まるで「ハリー・ポッター」のハーマイオニー・グレンジャー嬢のように図書館と本の好きな理系才媛たるアリエルの飽くなき思考を通して、デリダの差延論やボードリヤールのシミュラークル論をそっくり復習できる。一寸『文学部唯野教授』や『ミスター・ミー』じみた肌理だ。

…どのみち、自分がなにか独創的なことを考えついたという自信もないので、気にしない。それがなんであれ、ふつうはすでにデリダが考えているとわかる。そういうと大げさなように思えるけれど、じつはデリダはそう難しい人ではなく、ただ晦渋なのは彼の著作だというだけだ。そして、いまやデリダも幽霊になってしまった。それとも、ひょっとしたら彼は最初からそうだったのか――デリダに会ったことはないのだから、彼が実在の人物かどうか、どうして確信がもてるだろう。

（四八ページ）

世界は我々があると思うからあるというだけのファンタズムか、という十八世紀バークレー哲学で極点を迎える実在と幻想、現実と思考をめぐる認識論的パラドックスが、十九世紀末から一九三〇年代にかけて量子物理学やメタ数学・メタ論理学といった「理系」の言葉を得て、「不確定」と「不完全」、「言葉と物」の堂々めぐりになったことを、今日知らぬ人はいないだろうが、おそらくなお日本ではあまり知られぬ十九世紀末ヴィクトリア朝英国作家で諷刺的ユートピア作品『エレホン』の作者、ルイス・キャロルを思わせぬでもないサミュエル・バトラーを掘り起こし、精神や意識をキーワードに神や世界を論理的に突き詰めていった時代の知的雰囲気を大変巧妙に掘り起こす。

地下トンネルの放浪旅は明らかに『不思議の国のアリス』を意識しているし、そこをタイムスリップの汽車が爆走するのはやはりキャロルの『シルヴィとブルーノ』のアイディア。トンネルや汽車の中での時間や運動のパラドックスに夢中なキャロルについて、アインシュタインの「思考実験」の先取りと言ったのは、数学好きの科学啓蒙者マーティン・ガードナーだったか。

…物理学者のヴォルフガング・パウリのことばを言い換えるなら、母はまちがってさえいなかったのだ。ひょっとすると、それこそいま人類社会がある、二十一世紀のとばくちなのかもしれない。まちがってさえいないというところが。十九世紀の人びとは全体としてまちがっていたものの、なぜか現代の人間よりもうまくやっていた。わたしたちはいま、不確定性原理と不完全理論、そして人生はシミュラークル――すなわち原典のないコピーになり果てたという哲学者たちとともに生きている。わたしたちは、本物はひとつもないかもしれない世界に生きているのだ。無限の閉鎖世界と、なんでもあなた好みのことをしている（けれど、おそらくはしていない）粒子の世界。

アリエルは、自／他を分ける境界が消失した「トロポスフィア」と現実世界とを行き来するが、トロポスフィアではどんどん他者の脳に侵入していく「ペデシス」という概念があり、それは怖ろしいマインド・コントロール兵器になるし、そうしようとする陰謀組織もあるらしい。一寸『競売ナンバー49の叫び』に近く、プロット的にはポピュラーなところで『ダ・ヴィンチ・コード』〈上〉〈下〉を思わせる。

歴史を歪めたものを出発点で無かったことにさせようとするタイムワープの物語。タイムパラドックス・ファンにはお馴染みだし、アダムとアリエルが苦しい逆説世界でエデンの愛の園にまで遡行して愛を全うする「エピローグ」なんていささか鼻白む（本気?）が、「二十一世紀のとばくち」にあって、この百年ヨーロッパ知性がやってきたことのエッセンスを「大学小説」に仮託して、こうまで巧妙に整理してみせてくれるものかと、つくづく感心した。何ジャンルと言えばいい?

単に科学哲学がぎっしり詰め込まれているだけというのでなく、量子物理学が盛行した「十九世紀」末、「意識の流れ」という途方もない小説技法をうみだした構造をも想起させる、メタ極まる「小説」としても異常によく考え抜かれた作だ。三人称など存在し得ず、「私」／彼（女）／我々（ネズミ!）の別のない視点、フォークナーやヴァージニア・ウルフがうんうん言いながら工夫したところを、ホメオパシーなどという、いかにも「十九世紀」の最後のとてもオカルトな二〇年が思いつきそうなガジェット、ギミックでやる「ペデシス」の軽さが〈今〉だ。「二十一世紀のとばくち」、文学また面白い。パラドックス好き、カオス好みなT氏書評の終わりにふさわしい『Y氏の終わり』ではありました。

では皆さん、ご機嫌よう

第2部　見る

その名はマシロ――少女たちが映しだした日本百年

アリスの国へ

岩井俊二監督の新作「リップヴァンウィンクルの花嫁」は、監督が日本で撮った実写長篇としては名作「花とアリス」（二〇〇四）から十二年を置いての作、という。「アリス」と聞いてルイス・キャロルが少女を主人公にして書いた作品を思いだしつつ見るしかないように、「リップヴァンウィンクル」の名でワシントン・アーヴィングがロマン派時代のメルヒェン・ブームにのっけて綴った短篇集『スケッチ・ブック』（一八一九）中の西洋版浦島物語に引っ掛からないでは、やはりすまない。「尻敷かれリップ」こと恐妻家のリップ・ヴァン・ウィンクルが二十年間爆睡し、めざめたら老人になっていて、ガミガミ女房ももう死んでいたという話。

二十年にも及ぶ記憶喪失の話ということもできるわけで、前作「花とアリス」の中心テーマが記憶喪失少年・宮本雅志であったこととつなげずに、今回作、特にそのタイトルの意味を理解することはできなさそうだ。二人の女と一人の男が「記憶喪失」のテーマをめぐる変奏劇を演じているのであって、不動のテーマをウィッティきわまる作家・監督がどういくらも展開し得るものか。ヴァリエーション（変奏）というのはなんて変幻自在で楽しいものかを素直に楽しめばよい。少女の悩みと結果としての成長といった映画がコンテンツ然と指し示すものにはまっていくのは、まずはちがう。つまらない。それは二の次。

女王人公・皆川七海。川と海が重なる。水でイメージされる捉えどころのない存在が主人公なんだな。お相手になるらしい男が「鉄」也。動きのとれなさそうな名前だ。これが全くその通りの度し難いマザコン男。ネットで知りあいアッという間の結納、そして結婚。が、破綻は既に名前の中に用意されていた。名前にこだわるよう誘われる。「花とアリス」のヒロインは有栖川徹子。作家・有栖川有栖つながりかなと思えば、作家をしている母親が黒柳という男とのあいたに作ったのがこの女主人公なので、少女は本来なら黒柳徹子という名のはずで、ナニコレとか思っていると本当に徹子の部屋のあのおばさまの人形がチラッと出てきて笑ってしまう。この徹子の「徹」と今回作の「鉄」男にはでは何かつながりが……とかとか、いつもの何倍も人物たちの名というか、名という表象に、名が体《たい》を表わす（べき）かという問題に引っ掛かる。こういうことを言い続ける一番有名なキャラはいうまでもなく『鏡の国のアリス』の卵人間ハンプティ・ダンプティだろうが、現にハンプティ・ダンプティ人形がチラリと出てきて、岩井俊二氏のウィット満点の映画表象論趣味はもはや動かぬものと知れるのである。記号で遊び抜けるマニエリスト映像作家にまたしても一人会ったという印象。そして「花」は、水の記号を身にまとう（美）少女ほど記号操作のマニエリスムがおいしいと思う相手は他にそうそうはないことを証すもうひとつのンンボル。「花」とアリスから今回の黒木「華」まで！　ううむ、華がある！

記号としての名前

ネットの中では名は本当にただの記号だ。七海のハンドルネームは「カンパネルラ」。宮沢賢治『銀河鉄道の夜』に登場する友人だ。見合いサイトを通してした結婚はマザコン男とその女親の狂言（らしいもの）が原因で破綻。そこに相談役として登場するのが何でも屋の「安室」。以後ことある毎に登場して七海を助ける（ふりして、どんどん追いつめていく様子な）のだが、綾野剛が実に巧い。ネット時代の悪魔である。これも助けに来るとき「アムロ行きまーす」なんて、とても本当の名であるわけなく、役者もやっていてそちらの名は市川ＲＡＩＺＯ、そして何でも屋としてネットに出没する時のハンドルネームはランバラル。ぼくらのネット漬けの日々で、名前なんて一体、実体と何ほどの対応関係があるのか。いやなくてもやれる、ない方が気楽という感覚がいかに当たり前のものになっているか、その一点をこの映画は前作からずっと引きずっている。

最近の夫婦別姓問題がそうだが、名前の問題は自動的に結婚という制度と習俗にかかわるから、この映画も結婚と葬式という冠婚葬祭に連続的にかかわり、それを支える家族縁者という近代日本百年の社会構造を当然のように徹底的にあざわらう。アルバイトとして集められたレンタル家族で執り行われていくセレモニー。ぼくなど結婚・離婚で失敗し続けの人間はついつい泣き笑いしてしまう画面だが、遊びとはいえ時俗諷刺としてこの作家はその辺ブレない安定した目と主張を持っている。

今や人と物の名前に代表されるさまざまな約束事。その集約体がつまりは時代のつくりあげる少女のイメージである。見かけはどんどん変っても核の所ではうつろなまま頑として古い社会的約束ごとの中で七海は、あらゆる内《う》／家《ち》から追いだされ、大きなトランクを引きずりながら人気《ひとけ》ない風景の中をさまよう。彼女の困惑を映しだす画面が斜角度に歪み、ゆれる。現代版『女の一生』を、表象文明批判というかたちで完結させるには、ここのところで「完」にして、後は観客の頭にまかせればそれですみ。あと続くの、それ長過ぎ！

と思ったが、もう一人のヒロイン、真白《ましろ》の登場する後半は実はさらに、さらに深い。レンタル家族役として出会ったナナミとマシロにミニマムに新しい「家族」像が投影されていく。行き場をなくした七海にまた悪魔の何でも屋が、大豪邸のメイドをすれば月給百万とかいう超絶甘い仕事をもちかけてくる。今までの全ての場景を因襲だらけの伝統的日本と直感させずにおかない超豪華な欧風インテリアの中で、七海はヴィクトリアン・メイドそのままのいでたちで、楽な仕事をこなしていく。靡爛《びらん》した欧が問題。

解釈の迷宮

この豪邸の借り手が誰かというのが、この映画の重要な謎のひとつとなっている。七海がメイドとして雇われた当初、豪邸は豪華パーティーの末路というか一種高度消費社会の残滓《ざんし》然としている。特に欧米イメージを、ナナミの日本少女美との強い対照で盛りあげられているマシロはなぜか日々衰弱の徴候が激しい。

心が通い合ったナナミとマシロ。「一緒に死んでくれる？」。マシロの言葉に「うん」と応じるナナミ……というところでは「ロマン派的苦悩」（マリオ・プラーツ）、真実の愛としての情死という一大テーマで、映画は、もう一度いうが、またしてもここで終ってもよかったのだ。

よかったのだが、続く。この映画の短いラストの場面はあまりに衝撃的だ。悪魔の何でも屋がみつけ家具まで用意してくれたこじゃれたアパルトマン、晴れた空の下でヒロインの再起。いろんな要素がこの数十秒に累重《るいちょう》し相関し合って、映像の中のシンボリズム、その終りない「解釈」の迷宮に我々を誘う。これから住む家と相似的な恰好をした白紙の帽子、というか被り物を、文字通りまぶかに被った七海。彼女をうち（家／内）がここまで捉えたのかという衝撃。これはもちろん、七海が自身のブログのアイコンにしていたカンパネルラ（鐘楼）を象《かたど》っていると同時に、日本伝統の花嫁のツノカクシでもある。しかし家の形に似せてあるので、本来かくされるはずのツノが突き出ている。猫の頭の形もしているし、ネコ（ツ）カブリの意味も！

まさしくカーサ・ビアンカ（白い家）、目を射るような家の白さ。これがこの映画の究極のテーマだ。相手の色にどうなと染まるという含意のこもった日本の花嫁衣裳の白でもある。マシロがどういう日本の伝統文化から出てきたかを見せる彼女の母親の登場（日本の古典的な情感家族を体現）は説得力がある。その表層を日本も、そして欧米もがかすめていっただけ。そういう強靭な変らなさを最後の七海はこの白さで体現した。純日本美の少女と、まるで欧米顔の相手の周到な組合せで、楽しい時俗流行の時代をそっくり喪失された記憶の時間とした点では、「花とアリス」の見事な続篇。

「リレート」する映画　「GONINサーガ」

縁起、因果

「GONINサーガ」というタイトルからして、前あるいは後に何らかの関連物語があるらしいことは、「スター・ウォーズ」の勝手気ままな物語の増殖を指す「エピソード」に通じる「サーガ」というくくり方からも明瞭だ。アレクセイ・ゲルマンの遺作「神々のたそがれ」（二〇一三）にいたる北欧神話の巨大体系もサーガなら、J・R・R・トールキンの『指輪物語』やJ・K・ローリング『ハリー・ポッター』の物語も普通にサーガと呼ばれる。日本の物語成立論でいえば縁起というか、縁起譚とでも呼べそうなもので、要するに何かが起きることについてそれがなぜ起きたのかを説明しようとする。因果、因果ものとかという呼び名だって、あり得る。物語の人物が中心的な一人という場合でも話は相当複雑にふくらんでいくわけだが、中心人物が複数だと、やはりサーガとでも呼ぶ他ない大型の物語にならざるをえない。

縁起とか因果とか仏教語ふうの古めかしい言葉を引っぱってきてしまったが、右のようなことを考えていて思い出したのが誰しもの知る文化文政の江戸文化の文化頽廃期の生世話《きぜわ》狂言、鶴屋南北『東海道四谷怪談』であったりするからだ。悲劇の女主人公お岩を最低の色悪、俗に狂った浪人が斬殺するというよく知られた話は実は赤穂浪士の蜿々《えんえん》たる主君復仇《ふっきゅう》の物語とペアの通し狂言になっていて、なぜお岩か、なぜ民谷伊右衛門かがずっと大きな因果の文脈の中で説明される。丸二日がかりでこの忠臣蔵サーガを見る中で、主人公たちが偶然、無意味に出合ったわけでないことが重く理解される。「エピソード」が分化増殖し、「サーガ」が無辺際に大きくなっていくのは、大きな世界が小さな運命の果てないかかわり合いからできていることを言おうとすれば当然、避けられない事態なのだ。「シリーズ」という構成法は最初からそれを言うわけだし、パート1、パート2とかシーズン1、2……といったふくらませ方は、加えて作品に対する世間の評価を見ながらのつくり方ということになる。

「GONIN」(一九九五)ですくい切れなかったところを因果の物語ということですくいとったというのが、だから石井隆監督のヴァイオレンス・アクションの新作「GONIN サーガ」である。二〇一五年封切りの新作をなぜそういう作品になるか説明するのが十九年前に話題になった「GONIN」という でき方をしている。描かれている世界の中でも「それから十九年……」という時間の経過が主題化されているが、この前篇後篇の制作自体が間に十九年という時間を置いているあたり、結果として余りに絶妙なメタ感覚を孕《はら》んでいて、それだけでただのやくざ出入り映画と見ていると何か大きな発見を見逃してしまうよというサインになっている。メタって不思議。

関係の物語

十九年前といえば一九九五年。日本戦後文化が一変したということで永遠に記憶される年だ。阪神淡路大震災があり、オウム真理教サリン事件があった年。テレビが実況中継するその時間に現に多数の死傷者が出た。どこまでが天災、どこからか人災かも分からぬ切迫状況の中で、死ぬことの意味《サンス》がよく分からないとしか言いようのない死の突然の顕現に日本中のお茶の間が凍りついた。仙台を故郷とする石井監督の東日本大震災に対する当惑と怒りとさまざまな疑問が重なるのも当然であろう、と察するのだが、どうなのか。

突然ふりかかる偶然のような死、通り魔そのものの死から、我々のささやかな人生観、社会観を守るためにやくざ映画が不思議な機能を発揮し始めることになる。仁侠映画が元々持つ機能だったところ、この十九年でそれがはっきり表沙汰になったというわけだ。

死に意味が与えられる今では珍しい世界ではあるまいか。意地にしろ復讐にしろ、結局登場人物全ての皆殺しに終る「GONIN サーガ」中、無意味に死んでいく中心人物は一人もいない。この大量殺戮の幕切れが一種供犠《くぎ》の儀礼というべきすっきりした後味を残すのも、意味を与えて構造化する古来由緒正しいこういう儀礼性を感じさせられるからである。

先に縁起とか因果とかいう物語の内容や形式を話題にしたが、「GONIN サーガ」についてひょっとしてこのことを英語で論じようとするなら、それは間違いなく「リレーション」、あるいは「リレート」という言葉で語られる。というか、それで語られるしかあるまい。「関係付ける」という意味が、「語る」「物語る」というもうひとつの大きな意味と無碍《むげ》に重なり、融通する。「GONIN サーガ」は「関係」を「物語る」、というか、関係に関心を集中してはじめて出発するのがそもそも物語だという、やくざ映画を見る時、我々が忘れている（というか、そもそも考えたこともない）大事なことを痛切に教えてくれる。救いのない映画だと感じるあなたは、もう少し芸術の形式がもたらしてくれる救いについて、この際考えてみる方が良い。まさしくそこを何のムダもなく真芯に突いたとても思慮深い《スペキュラティヴな》——先ほどはメタな、と言っておいた——映画である。

「五」の数秘術

五誠会という大きな指定暴力団組織に男三人、女一人がそれぞれ家族の復仇を誓って、無謀な反抗を試みる。やくざの道から足を洗おうと努めている男、潰れたやくざの一家を再興しようとしている男、五誠会の二代目（現在は三代目）の愛人にさせられている女に、実は本物の警官の男。どうやら、「五」の数秘術映画らしいと感じ始めている観客は、「五人」のもう一人は誰なのかという興味を必ず途中から持つ。十九年前の出入りの唯一の生き残りながら植物人間化していた氷頭《ひず》に突然記憶が蘇る瞬間、この氷頭を演じる根津甚八の一瞬の表情は一寸こわいけど、全篇のエッセンス。全映画史上に残る。最後の最後にこの氷頭も撃ち合いに加わる。これで五人。こうして「GONIN」というタイトルに面目が立った。前篇、後篇が魔術数五のシンメトリーとなった、と言えるかどうか。今回はなぜか四、それはどうして、とかとか、この暴力映画の「知」的興味は五の数秘術だ。石井隆監督の数へのこだわりは有名だから、十分考えてみるに値するだろう。

第一、そもそもなぜ「GONIN」であって、たとえば「五人」ではないのか。監督の卓抜なノンセンス趣味なのか。前作タイトルが大金強奪の五人組とかかわるものだったということを知らなければ、今回作に限ってはいろいろ面白いカンちがいもできた。たとえば「誤認」説。物語の途中から、土屋アンナ好演の女が奪われるスマホの小さなモニター画面に現れては消える単純な文章がどう解釈され、敵方ヒットマンの迅速な行動を決めていくかという、いかにも二千年紀越えの暴力映画に固有の工夫が面白いが、女の打ちこんだ「GO」という文字をめぐる「誤認」が主人公たちを窮地に陥《おちい》らせるあたり、新世代やくざとニューメディアの結びつきとか、いわゆる「経済やくざ」がひとしきり話題のいま頃映画なのね、と実に面白く、「誤」認って「GO」認なのか、と、ぼくのようなノンセンス好きはとめどもなく、このすごく頭のいいらしい監督の術中にはまり続けていったことを報告しておく。

皆殺しのテーマ

文字通り皆殺しで終る。どう考えてもハッピーエンドに終るはずはない設定だから別にネタばらしにもなるまいが、徹底的にというまでの皆殺し。しかもそれが凄惨の感を与えず儀礼がひとつ見事に終ったという感じを受けるのは、たとえばぼくが十七世紀初め英国のジャコビアン・ドラマ（ジェイムズ朝演劇）に、それからまた十九世紀初頭のゴシック演劇、いわゆるメロドラマ演劇に親しんできたせいかもしれない。主人公・久松勇人がハムレットに、勇人を助ける大越大輔がホレーショに、ということはこの映画を『ハムレット』の変奏としてみた、ということ。あからさまに挑発するような台

石井隆監督「GONIN　サーガ」

詞に腹を立てて、ひょっとして死なずにすんだかもしれない勇人がバカやくざと一対一、超至近距離で命のやりとりをやってしまうあたり、ハムレットの最期をリピートしたものでなくて何か。

別に王子ハムレットの引用ということにこだわるわけではない。ジャコビアン・ドラマそのものが三十年間ほど、復讐の連鎖と幕切れの皆殺し、鮮血りんりの残酷趣味に塗りつぶされた。ニコラ・キアロモンテの有名な評言を借りるなら、一文化全体が文化繁栄の裏で「グノーシス演劇」に狂奔したのである。その後のさまざまな「残酷演劇」の原型となった動向だが、是非『ハムレット』のシェイクスピアに限らず、ジョン・ウェブスターとかジョン・フォードといった暗黒劇作家たちの台本に今日、映画関係者が深くなじむと良いと思う。

ジャコビアン・ドラマを皆殺しテーマ以外で有名たらしめているのがそのメタ・シアター性である。「GONIN」自体が、はからずも父と母の惨死への報復という役どころを次第に引きうけていくにいたる若者たちのクールな距離感に魅力ある作だが、世界は様式化された演劇というこの感じを、天才石井隆監督は最後の花道を「ダンパ」会場に設定することで動かぬものにした。「ダンパ」という語もスマホ上の危うい暗号として機能しているのだが、敵役の五誠会三代目の偽りに満ちた結婚披露宴を兼ねたダンス・パーティーの席が皆殺しの舞台となる。ソシアル・ダンスだから男女の動きやステップのリズムなど全て人工的に儀礼化されている。流行歌引用の名手・石井監督が今回作に森田童子の〈ラストワルツ〉を選んだのも、すばらしいとしか言いようのない選択だ。「せめて最後にラスト・ワルツ、アン・ドウ・トロワ……」。

近代都市文化の裏面を「リレーション」即ち「絆」でもって徹底して様式化してみせたのが各国各

文明の仁侠ややくざのエンタメ表現であった。そういう儀礼文化の今日的末裔としてのやくざ映画の大きな文脈を「GONIN サーガ」は浮上させたのだと思う。死に儀礼的な意味が与えられて死にゆく者たちの騒然たる静謐《せいひつ》を羨ましくさえ感じた。やくざ映画に今、世界的意義っ！

カタストロフィー映画が触手を伸ばした伝承　「NOAH」

不安を感じるにしろ安心感にすがりつくにしろ、その時我々は世界を必ず外と内とに分けていて、安心のよりどころである筈の「内」に「外」を感じた時の恐怖というか居心地の悪さを、「不気味なもの《エイリアネーション》」と称してきた。まさしく「エイリアン」の宇宙船のコックピットはじめ、映画そのものが人々を戦慄させながら深く魅了する構造の秘密が、それが人々につきつける内なる世界と外なる世界の関係にこそあるのだと言っても良い。「近代」なる「時間の塊がひたすら世界の内部化・内面化の操作の連続だったとすれば、その最高の表現が実は映画、とりわけパニッキーでカタストロフィックな、この「ノアの方舟《はこぶね》」映画のような崇高 - 映像ではないかと思うゆえんである。

危険なもの一切を外在化し、その分、捏造される「内」は整頓された居心地の良い世界になる。ここまで書けば古代創世神話最大のテーマたる宇宙大、地球規模の洪水のレジェンド、わけても旧約聖書冒頭に忘れ難いノアの洪水にいずれ巨大カタストロフィー好みの現代映画が手を出さぬわけがないだろう。「パニック・ルーム」のエッセンスが宇宙大に拡大されるだけの話だからである。

主に男女性愛の乱脈に発すると想像される邪悪の原初人類社会を創ってしまったことを悔いた神が、

選びとった義人ノアとその眷属のみ箱船に隔離して、世界壊滅の大洪水から救う。意味深いのは全世界の動物を各ひとつがいずつ箱船に収容し、これが来るべき浄化世界を再出発させる点で、これがカタストロフィー映画に思わぬ博物学映画的興趣を与える。いってみれば人間が完璧にコントロールできる収集と分類の世界が実にストレートに蜿々と映像化できるのだ。

オタク的コレクションに行きつく、これこそが「近代」の分かり易く映像化された一面である。文字通り、板子一枚隔てて「水、また水」の地獄。完成されたものは死を夢見る他ないというフロイトの有名な近代人の深層心理を、収集と災害の表裏の関係を突くノアの箱船映画は映像にして見せる他ない。

ユダヤ人の大規模差別を近代初頭に追う名著『千年王国の追求』の著者、ノーマン・コーンが、ノアの箱船図像をめいっぱい集めた美麗書、『ノアの大洪水』を出版した時（邦訳：大月書店）、何故この人がと少し首をかしげたものだが、ここへ来ての幾重にも内／外の乖離《かいり》を考えさせようとする映像を見て、徹底して外を欠き、外は内からする想像界でしかない「近代」こそ、ノアの洪水伝説を通してこそ一番ストレートに映像化しうるテーマなのだということを改めて論理的に理解できるだろう。

ノーマン・コーンはキュヴイエその他によるいわゆるカタストロフィー地質学の観念史を展開する中にノアの箱船伝承を位置付けるので、当然十八世紀末、ロマン派の半世紀が眼目であるけれども、その気になって見てみると実は十七世紀半ば、いわゆるマニエリスムの最終段階、「驚異」趣味一本槍だった醇乎たるマニエリスムが、過激な超主知主義に反転するあたりにノアの箱船図像が圧倒的に集中している。多分偶然ではない。三十年戦争と清教徒革命という半世紀にわたる世界戦乱を傍らに置

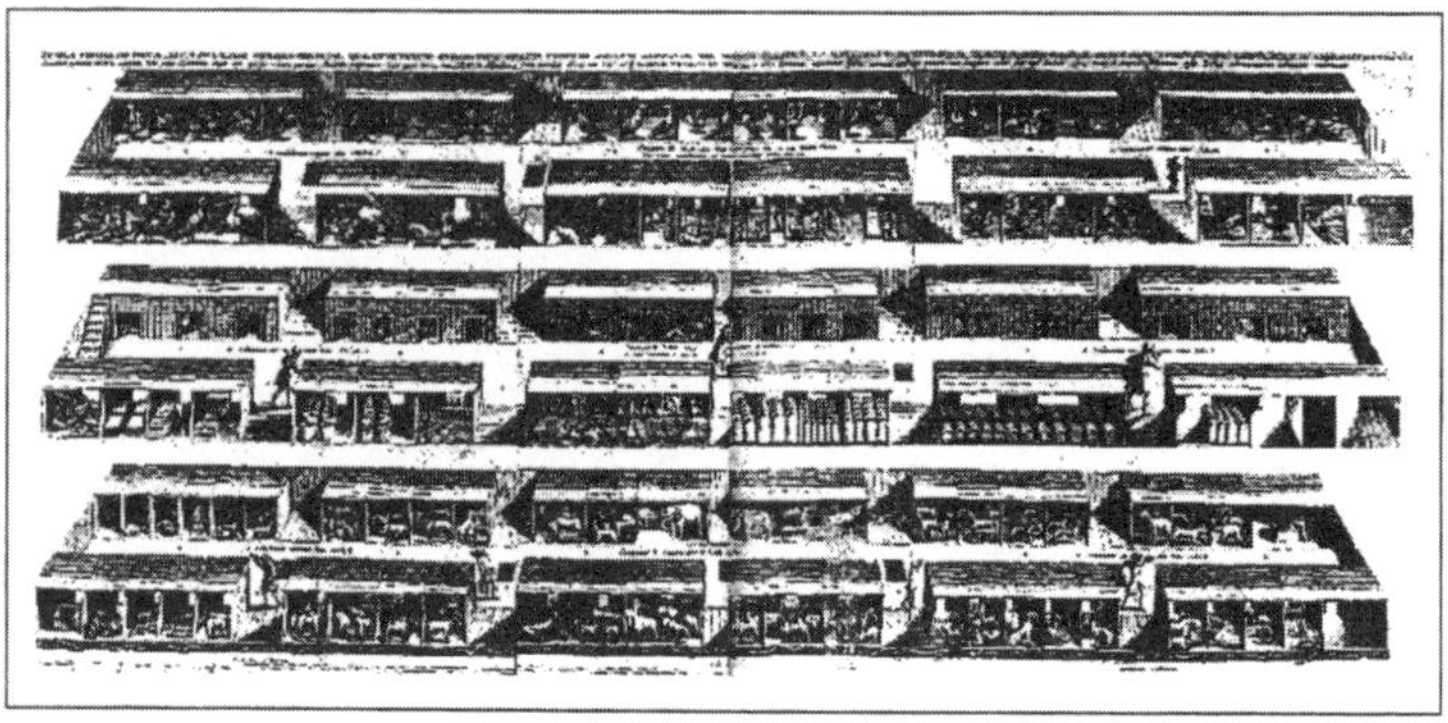

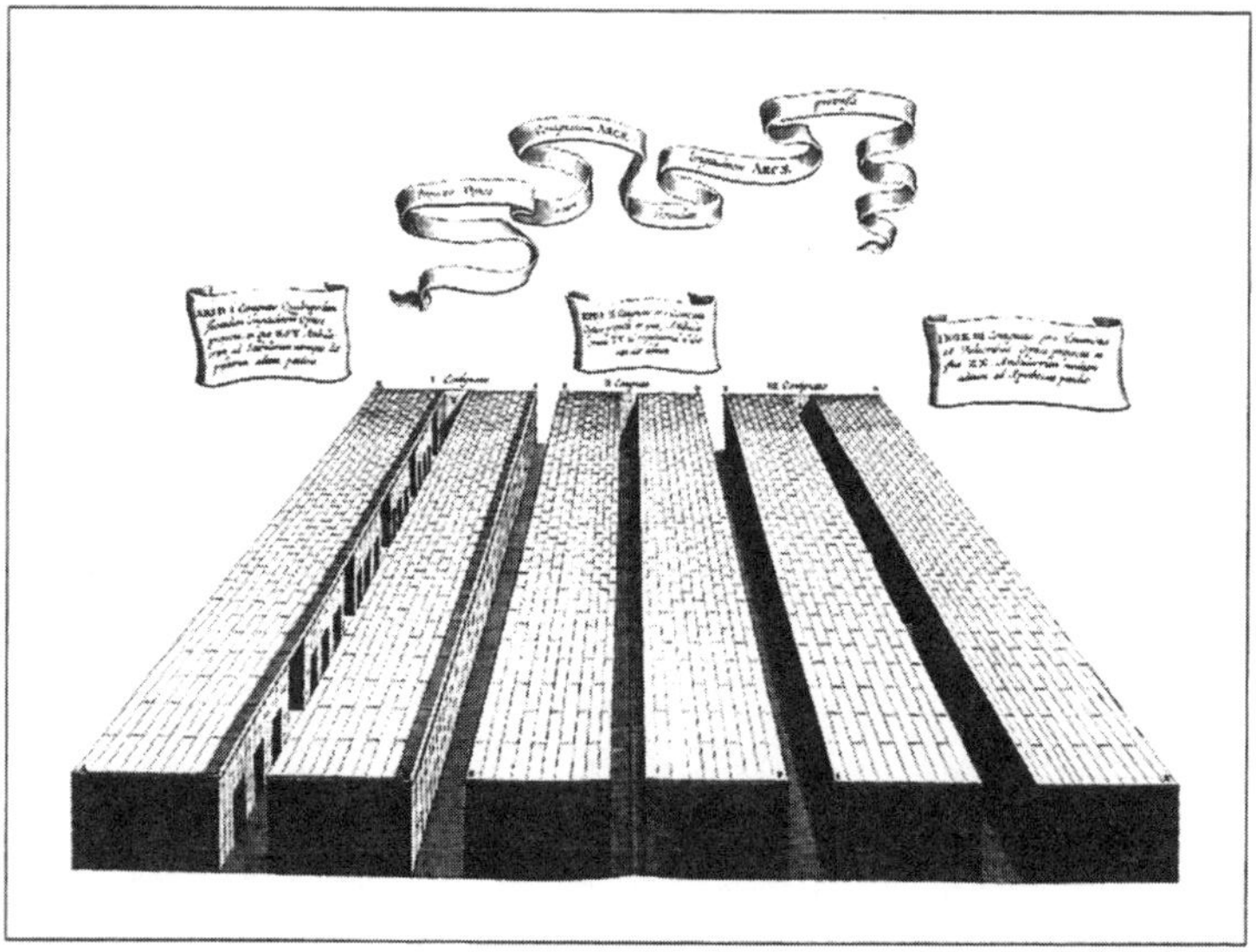

整理されるカオスというテーマにノアの箱船の映像以上のものがあろうか。
上下ともA・キルヒャー『ノアの箱船』(1675) から

いたコンピュータ言語の原初形の誕生を知っている我々は、まさしく同じタイミングに、珍獣怪鳥の一大コレクションたる「驚異博物館《ヴンダーカンマー》」の只中から、次の世紀にリンネを準備するタクシノミア（分類感覚M・フーコー）が発生してくることをも忘れてはならない。この映画を見る一般の観衆はおそらくはマニエリスム十七世紀に人々が世界の植民地化進展でもたらされた動植鉱のカオスに息を呑んだ体験を四半世紀を隔て追体験することになる。この映画によって、感覚を通して「近代」の誕生に出会えるとまで言って少しも奇矯でない。ノアの箱船図像最大の創出者にしてコレクターの名を忘れないように。そう、怪物的博学のイエズス会学僧、アタナシウス・キルヒャーだ。十七世紀マニエリスム最大の傑物にして、実は映画前史の「光と影の大芸術」の創始者である人物。たとえばカメラ・オブスクーラの発明はキルヒャーに帰されている。ノアの箱船の徹底して「内」に自閉した空間を、今あなたがこの映画を眺めつつある映画館という箱《カメラ》、文字通りのブラックボックスだと感じられた刹那、映画アートそのもののメタファーとしての「ノアの方舟」という、この映画があなたにぎりぎり理解してもらいたがっているメッセージを、あなたはちゃんと受けとったことにもなるのである。

＊　ジョスリン・コドウィン『アタナシウス・キルヒャーの世界劇場』近々邦訳の由。マンリオ・ブルーサティン『驚異の術　マニエリスム芸術』、翻訳権をとって十五年、一向に邦訳進捗せぬ某氏を改めて叱りたい。

我は傷にしてナイフ　近代三百年の男女関係史

もう一人いた

数年前、新潟で十年も近所の女の子を監禁した男が逮捕された時には、男が両親の家に一緒に住んでいたというので本当に、現代いよいよ家族も共同体も行く所へ行き始めたかなあとびっくりしたものだ。この原稿を書いている二日前には、こちらはアメリカで十年もの間三人の女子を監禁し、強姦し続けていたとして逮捕された男が司法取引の挙句懲役百年を苦にしたか自殺をしたばかりだ。実はそれほど珍しいタイプの事件ではないのかもしれない。

昔「コレクター」というそのものずばりのこわい映画もあった。監禁と言えば室内が問題であり、するとそれは世界そのものを一個の室内《インテリア》／内部として映す／写す／移す映画キャメラないし映画メカニズム自体のメタファーにならざるを得ないし、一方で拘束エロティシズムを堪能させながら、映画とは何か、映画の窃視病的病患とは何、その歴史的起源とは何かと、螺旋状に頭を使うメタ映画にならざるを得ない。石井隆監督、壇蜜主演「甘い鞭」はその傑作だ。

十七歳の奈緒子は雨宿りしたガレージで近所の医学部入試浪人の鬱屈男にそのまま地下に連れ込ま

れ、一ヵ月も監禁され凌辱される。男を殺して逃げ帰った家で、迎えた母親は何故か奈緒子に冷たい。妊娠していた彼女を励まし堕胎処置をしてくれた女医に憧れて奈緒子は十五年後の今、産婦人科の医師になっている。しかし夜はＳＭクラブで男たちのおもちゃにされる暮し。何が彼女をそうさせたか、昔そんな題名の有名な戯曲／映画があったが、まさしくこの映画でもそこの解釈がポイントであるのは間違いない。十五年を隔てた一人の女性のいわば二つの体験の間に対応関係を見つけると「解

「甘い鞭」

けた」と言ってしまえるのが、たとえばフロイト的な解釈と言われるものだ。

真性サディストを名乗る仲々手強い男に昔の凌辱犯を重ねて一挙に高速化する最後の十分ほどで、奈緒子は自分を冷遇した実父母のイメージをＳＭ館の男女と重ねてこれを刺した挙句、「もう一人いた」と言って何と十七歳当時の凌辱された自分の姿に対峙する。これを刺そうとした彼女の手を何者とも知れぬ手がむんずと摑む。振り返る奈緒子＝壇蜜の顔は簡単に忘れられるものではない。

彼女は誰を、何ものの顔をそこに見たのか。単にＳＭ館の従業員の誰かかも知れないし、既に妄想界裡の彼女、何かとんでもないものを見たのかも知れない。この問いは楽しそうだ。

痛苦淫楽症

幕切れも味わい深いが幕開けも良い。監禁犯の綺麗な地下室の壁に斜めに刻まれた大きな傷、というか割れ目。そもそもタイトルクレジットにこの斜行する傷は現われ、配役・スタッフの名がこの傷の中に刻まれるという凝り方だから、この傷にこだわらぬわけにはいくまい、十七歳少女の処女膜に発して、ＳＭという傷つけ行為――自然を憎んだ聖侯爵サドは自然が用意した「穴」から入るのを否として新しい人工の膣口としての傷を相手につけたいと願った――に至る傷のテーマが否応なく一方で聖供犠の聖痕《スティグマ》との繫がりをさがさせ、そしてもう一方で必須の道具としてのナイフを画面のポイント全てに呼びよせ、ボードレールが自分のモットーとした「我れは傷にしてナイフ」というマニエリスム心理そのものの複雑な性格を奈緒子に呼びよせる。そう、女子監禁を可能にした個人の密室に端を発し、それを商業化した膨大な数のＳＭ館をうみ、自らを精神的ＳＭ人間と認識するデカダンス派に至る、俗に近代と呼ばれる三百年の人間関係史、とりわけ男女関係史を背景に置くことで改めて戦慄すべき「甘い鞭」なのだ。

アメとムチの洒落なのかと思った。痛い鞭、辛い鞭とあるべきところ矛盾する甘い鞭とは！　凌辱されながら別種の快感にめざめた挙句の奈緒子の他者刺殺、とかいう解釈を誘発するんだろうなあ。甘い鞭とは何とも巧い題名だ。ラテン語だったら間違いなく「アルゴラグニア（algolagnia）」と言うはずだ。ＳＭ文化史のパイオニア、故澁澤龍彥は「痛苦淫楽症」と訳した。傷を快楽と感じ始める立派な倒錯。でも、ならば自傷に逃げる女子を大量生産する現代そのものが倒錯の塊だ。小生ごときがそう言っているのではない。現代にサドを復権せしめ、現代人の心理的倒錯の出発点を、サミュエル・リチャードソンの大人気小説『パミラ』（一七四二）の、金持ち馬鹿息子の女中監禁事件に求めたかのマリオ・プラーツの歴史を一変させた名著『肉体と死と悪魔』に、八十年後のこのすばらしい映画は全て予め台本化されていた。

絵に詳しい石井隆監督がどこに何の絵を引用しているか書けという御注文ながら、世界を（多分男性優位イデオロギーに基づいて）閉じた滑らかな構造体（室内、そして絵画他）に仕上げたものに傷を入れる、割く、割れ目を入れる女性という（余りと言えばあまりな）シナリオそのものの中に〈絵〉が問題にされていると言うべきで、美術館映画制作者ピーター・グリーナウェイなどより全然凄い。割かれるのは「ピクチャー」のピクチャレスクネスなのだから。

悪の観相学　北野武の「アウトレイジ ビヨンド」

何を怒り、何を超えるか

映画に対して監督・俳優北野武の果たしたあるいは果たしつつある役割はアートに運慶の果たした役割に等しい。ホトケ様の顔やお姿は慈悲のものでなければならぬというので、まるでモナ・リザの微笑さながら曖昧なニュアンスこそ至上というものさしで表現され、鑑賞されてきた。アルカイック・スマイルという奴だ。そのせいでもあるまいが、グローバルに日本人の顔を思い浮かべると悲喜哀歓が良く分からぬ。「曖昧さ」そのものである。英語流にエクスプレッションと呼べる激しく強い何かを目鼻立ち、眉目に表わす――文字通り「エキス・プレス（外に押し出す）」する――のは若者文化と呼ばれている今の今も余り得意ではないように思われる。元々ないのか、どこかで喪ったのか、我々は激情を、アウトレイジを持たない。持たなくなった。良いことか悪いことか、その状態を「成熟社会」とか称して、やたらわめき、むちゃ乱暴な中国人暴徒を未熟な社会の象徴扱いしている。

一体これは文化の何なのか。「アウトレイジ ビヨンド」はいきなりそこを、タイトルからして突く。レイジ（rage）が「怒り」だからアウトレイジは激情、あるいは忿怒《ふんぬ》である。ビヨンドだからさらなる激情か、もしくはむしろ激情の彼方へ、かだ。北野武の頭から出てきたのか、多分外国人スタッフのアイディアなのだろうが、絶妙のタイトルである。英語語源としてはこのアウトは「ウルトラ（超）」というラテン語が祖先なので、「超忿怒・超え」という何とも冗長した、しつこい欝陶しいタイトルなのだが、「忿怒」をめぐって二転三転する北野ヤクザ映画コンセプトそのものの肉厚さ、欝陶しさを一語で表した絶妙のタイトルなのだ。何を怒り、何を超えるか、タイトルは問う。

鎌倉前期の伝説的仏師運慶の革命的仕事とは何かと言えば、あくまで優しく曖昧たるべきホトケの顔に仏教図像学でいう「忿怒相」をもちこんだという一点に尽きる。東大寺南大門の金剛力士の阿吽《あうん》二形像など、小中高の教科書に出ないことがないが、とにかく何か知らんが怒っている、めちゃくちゃ怒っている。仏《ぶつ》の教えが激情と関係あることを鎌倉庶民は初めて知った。仏像マニアのみうらじゅん氏は幼くしてゴジラやウルトラマンの延長線上で仏像に魅了されたらしいが、そういうことだ。実は怪物《モンスター》なのだ。

顔の映画

「アウトレイジ　ビヨンド」はタイトルにもしびれたが、公開直前にずっと流れたコマーシャル映像にも脱帽した。大河ドラマの激情場面でその忿怒相はおなじみの西田敏行から、良い日本家庭の良いお父さん究極のイメージたる三浦友和まで、登場人物たちの一番怒り狂って罵倒と脅迫のセリフをどなりちらす一瞬、一アングルを五つ六つ繋ぎ合わせて「全員悪人」のキャッチと混ぜたのである。どうあがいてもヤクザ映画はヤクザ映画で、ストーリーの継起に一旦はまればお定りの裏切り、報復の流れにのせられていくばかりで、実はこれが「顔」の映画、エキスプレッション（ズ）をエキスプレッシブに問題化する映画だということに大方のシネファンは気付かずに終る。何となく感じていても、意識化しにくいのは、映画と顔、映画史と観相学の歴史という徹底してやられて当然のテーマが実は全然やられていないからだ。某年某月某日某早朝のスクーター事故で顔を潰した刹那から顔に、顔の美醜の基準に、そして顔表現術の歴史の一極点たるシネマトグラフィーに関心を集中していったとおぼしいたけし君が忿怒しつつ気付いたのはそのことなのだ。既に、世界中にファンを持つ北野ヤクザ映画は暴力行為そのものから暴力的顔、顔にひそむ暴力、顔に加えられる暴力へと「ビヨンド」した。なにげのＣＦの三十秒は映画一本に匹敵した。当然その三十秒も北野武のコンセプトであろうが（違ったらもっと面白い。一体誰が）。

ついでにＣＦのキャッチ、「全員悪人」についても、とくにこの映画ではよく考えてみる必要がある。およそ価値判断の基本は否応なく二元論だから全員が悪人だと、善人はいないわけで、善が存在しないと悪も存在しないというパラドックス。さらに大袈裟にいえば、善悪についての思弁が発達し、かつ世相の複雑化が原因で、善人のはずの自分も、誰かに対しては、何かの意味では悪人なのだという多少の強迫観念を近代人だれしもが抱えこんでいる。ヤクザの極悪はだから近現代社会全体の縮図とか仰有るアホの社会学者がいくらも北野映画を、そうコメントするだろう。

静かなヤクザ映画

曖昧でとり付く島もない社会への手掛かりとして善悪二元論はうまれてきたと思う。こういうのを

北野武監督「アウトレイジ ビヨンド」より

悪といいますというイメージの固定である。映画人は直観勝負で良いが、映画批評をやる人種がフィジオノミー、観相学・観想術の文化史的教養をほとんど持たぬまま、だれそれのあの表情はこういう性格を巧く表現し得ているのいないのと簡単に仰有るのを聞いていて、ぼくはしのび笑いをもらす。表情も性格もすべて観相学の基本概念にすぎない。漫画論で「キャラクター」がキーワードになりながら、そんな巨大な記号《カラクテーリス》／性格文化が深くひそんでいて、いわゆる「マンガ」などいかにそこに浮かぶ一抹のうたかたに過ぎないか、少しも弁えができていない。今までシネファン御一統に気兼ねしてフィジオノミーとシネマトグラフィーの関係など議論しようと思わなかったが、この「アウトレイジ ビヨンド」が悪の観相学を表沙汰にしてしまった以上、もはや映画の顔について下手糞な記号論とやらだけでは対処不能なのである。

折角世界のキタノになったんだから、むりやり運慶なんか引き合いに出すこともない。しかも今や西洋美術の本場でいくらも個展を開く絵描きでも美術史家でもある北野画伯のことであるし、風俗画家ジャン＝バティスト・グルーズ（一七二五―一八〇五）の、一枚の大作が、含まれた個々の人間の相貌に激しく固定化されたそれぞれの方に圧倒されていく集合肖像画を、「アウトレイジ ビヨンド」を見ると思い出す。その前には「トローニー」の名で知られた、レンブラント以下十七世紀風俗画の顔狂いアートがあるが、悪の観相学となれば、時局世相の悪化もあってゴシックロマン全盛時代の舞台に溢れたメロドラマ演劇、グランギニョルの悪人たちの、おどろしくも執拗な顔の所作術がある。十八世紀の終り、なぜか江戸歌舞伎でも「大首絵」と称して役者絵、芝居絵に「色悪」「悪婆」のまがまがしい悪の形相が溢れた。人間の数そのものの増加、職能分化分類への類型学的関心、内面の表現としての外面への興味……ヒトの顔への関心が絶頂に達するフランス革命前夜に映画メディアが出発したのが偶然のはずがないことを、大昔ぼくは『目の中の劇場』（一九八五）に記し、四方田犬彦氏の名著『映像の招喚』（一九八三）が映画史の側からそれを確認した。この線のアプローチがその後途絶えたために、多分今も「アウトレイジ ビヨンド」をヤクザ映画の彼方《ビヨンド》に仲々捉えきれないことだろう。

人間心理は曖昧なのだから映画の中の顔もいわゆるニュアンスというものをにじませる方が高級、というバカな思いこみに、はっきりした善悪二元論を逆手に百パー悪に固定されたオペラ・ブッファ、コンメーディア・デラルテ、生世話歌舞伎、多分ゴヤの「全員悪人」がまったをかけたのが、「アウトレイジ ビヨンド」なんだろう。ヤクザ映画という動とみえて救いのない静の世界に北野武は今「彼方」を見る。

＊ この稿を単行本に入れるその初校ゲラ検分中に世界のキタノにフランス政府からレジョン・ドヌール賞が授与された。この稿に述べた位のレベルで見なさい、という流れ……なのだ、といいのだけどね。

複数の看守／囚人　「プリズナーズ」

映画のタイトルにこだわる読み方をしていると、この「プリズナーズ」にはまた途方もなく足をすくわれることになる。監獄の中の受刑者のことだから、二人の少女誘拐の犯罪事件の犯人追跡という映画のタイトルとして十分理解可能の映画。二時間半の長尺だから、単純な犯人逮捕、拘束の話のはずはないが、それでも誰が犯人で、誰が誰を拘束するかという基本構造は変わらない。プリズナーズと無冠詞複数形が仲々思わせぶりだが、少女誘拐が現に犯罪として成立していて、犯人を追うロキという刑事を視点として語られていく堅固な犯罪映画の体裁はとっている。

正確にはロキ登場前にケラー・ドーヴァーという自動車修理業者を視点人物としている。感謝祭を祝うパーティーのさなか、彼の娘アナと隣家の娘ジョイが突然行方不明となり、近くに停車中のRV車の運転席にいたアレックス・ジョーンズが「逃げようとした」というので拘束される。物的証拠ゼロ、それ以上は拘束できないところ、被害者の父親ケラー・ドーヴァーは、「知能指数十歳」とされながらRV車を運転できている、なにしろ「逃げようとした」だろうというので、娘失踪で狂気的にスイッチが入ってしまったらしく、その思い込みが、ケラーによるアレックス誘拐、そして凄惨の歯止めきかぬ私刑の拷問に発展していく。ここではプリズナーはアレックスである。当然ジェイラー（看守）はケラー。ケラーの自殺した父親が看守であったことを言う映画は監視する側・される側という構造は社会の中で反復・強化されていく遺産なのだと言う。ドイツ系のケラーは名からして部屋という名。ワイン「セラー」のあれ。英語で言う「セル」。細胞という意味の「セル」がただちに監獄の独房という意味になったのは御存知の通り。次々に出てくる平凡な外見故に妙に気味悪い家屋が皆、孤立しているところ、車がないとやっていけないいかにもアメリカン・ライフという以上に、一軒一軒の家が一個ずつの独房《セル》、一人一人の個人の思い込みに塗り込められた脳《セル》のメタファーに見えてきて、怖い。

いきなり「天にめします父よ、我等の罪を許させたまえ……」というキリスト教の主《しゅ》の祈りで始まり、森の鹿を撃ち殺した息子が一人前の男になりつつあることを褒めるケラー父子のやりとりで始まる。家長の誇りに全てを賭けるケラーの一途《いちず》さ、というか思い込みがいつ埒《らち》を越えるか。既にケラーに狂信者を感じている我々は、怖れているまさにその通りの事態の展開を見させられることになる。が、アメリカの地のプロテスタンティズムは狂信が更に二重底になっていて、一大どんでん返しの果てに現われてくる真犯人《ほんぼし》もまたファンダメンタリズムの狂信者であった。一応探偵小説映画でもあり、ネタばらしは控えておくが、こうやってこの傑作は（時に狂信に行きつくはずの）人各自の思い込みが「解釈」をうみ、かくて我々一人一人、実は自からの解釈につながれたプリズナー（ズ）なのだという映画タイトルの究極的な意味にいやでも気付かされる。人物たちが次々と役割交換していく拘束の刑事映画は、答えの開かれた骨冷えするような哲学的映画として終る。

マカロニ・ウェスタンとゾンビを縫い合わせる

「ギャロウ・ウォーカー　煉獄の処刑人」

アルス・コンビナトリア、結合術とでも言うか、様々な手法の組み合わせアートの極致と化した映画だが、マカロニ・ウェスタンとゾンビ物語の組み合わせとはまた面妖なという作。アルス・コンビナトリアはミックスで有名なパスタ料理の類推でアルス・マカロニカとも呼ばれるが、それぴったりのマカロニ・ウェスタンの奇作！。結合術をたとえば縫合術と言い換えると、ゾンビどもがまるでフランケンシュタインの怪物さながら刑死者の死体部位から縫合されてできていくというこの映画の珍妙なアイディアも、映画をつくるっていろいろと縫い合わせてつくる作業なんだねというメタ映画的構造を、笑うべく思い切り表沙汰にした奇想と知れる。「モンスター」のアンドリュー・ゴス監督がまたぞろ思い切り頭を使わせる娯楽作を撮った。

愛する妻をならず者カンサとその一味に強姦された主人公アマンがこの五人の悪党を射ち殺す復讐劇なのだが、仲々なパラドックスがひとつかまされて、途轍もなく深い迷宮的映画となるので、面白い。孤児たるアマンの母代りになってくれた修道女が、いっぺん死んだアマンを復活させてくれと自からの命を捧げてした祈りを神が聞き届け、アマンは生き返るが、ひとつ条件がある。それはアマンの復活と同時に彼に殺された者たちも蘇生して彼に復讐しようとし始めるようになる、というものであった。このスーパーガンマンは五人殺すだけでなく、「しょうがなかった」状況でとにかくバンバン派手に殺すものだから、こいつらが片はしから生き返ってくるので、結果彼の旅には殺しの終りというものがない。バンバン殺すところで成り立っているマカロニ・ウェスタン・ジャンルにこれでひとつひねり、というか絶妙のブレーキがかかる。

もうひとつ頭を使わされる引っ掛りがある。美女の皮を剥いで美しい復讐鬼と化した（元）カンサの悩み、というか嘆きである。宿敵アマンに殺された仲間は皆復活できたのにどうして我が息子ひとり蘇りそこない、いつまでも包帯だらけの木偶《でく》でしかないのか。彼にはその理由が分からない。教えろと言って間をとっているうちにアマンに額を射ち抜かれてしまう。この映画は何故そうなのか、我々が知りたい大中小の謎を、人生は不条理、人生は成りゆきと主人公にうそぶかせて放りだし続けるが、何故息子ひとりがという悪党ゾンビの疑問にはやはり観客一人一人答える必要がある。映画は答えようとはしない。映画の与える論理からすれば、アマンに殺された者は蘇るのだから、この悪党の息子はアマンに殺されていなかったのだろうか（しかし留置場に侵入してきたアマンに皆殺しされたうちの一人が問題の息子だったことを、映画はたしかに見せつけていた。では何故？）。

最後の決闘場の名はスカルマウンテン。つまりはゴルゴタの丘（頭蓋骨《しゃれこうべ》の山）なので、そう思って考えてみると、刑場でも牧師の偽善的な説教から、悪党の息子をはりつけにしたゴルゴタもどきまで、実はえらく「抹香臭い」映画と判る。ウェスタンに砂漠が似合うのも、供儀と復仇に血塗られた「異教の神とキリストの出会う昔」のよすがだからなのだ。

恐怖映画の原点回帰？

「ダリオ・アルジェントのドラキュラ」

「サイコ」上映にリアルタイムで出会い損ねた団塊世代のホラー映画体験といえば必ずダリオ・アルジェントの「サスペリア」（一九七七）がベストスリーに入る。映画プロパーもそうだが、サントラが恐怖映画音楽史上不朽の名作となった。恐怖映画の中でも猟奇残酷趣味の勝ったジャンルをイタリア語で「ジャーロ（Giallo）『黄もの』」というが、そのものズバリの「ジャーロ」（二〇〇九）でこのジャンル自体のメタフィクション化を果たしていよいよ集大成期に入るのだと思っていたら、「ドラキュラ」を撮った。恐怖映画の文字通り原点に戻ってみたわけだ。一九四〇年生まれということはもう古稀を過ぎた。七〇を過ぎた目で見るエロスと暴力の世界とはいかなるものか、まずそこが興味津々である。

従って確たる原作がある。いうまでもなくアイルランド人作家・演劇プロデューサー、ブラム・ストーカーの『ドラキュラ』（一八九七）である。「原作に忠実」が今回作の売りらしいから、良くない趣味だが敢えて原作との対比を、原作とのズレをさがすことになる。どうやら主人公、というか物語を語る視点人物は英国から、どこか東欧の田舎町に司書のアルバイトにやって来たジョナサン・ハーカー、その妻のミナは数日遅れでこのパスブルクという町にやって来るはず、ジョナサンの雇い主はドラキュラ。というのでどうやら本気で「原作に忠実」路線らしいのである。

原作はブラム・ストーカーの反イングランド感情を主題化するのにロンドンを中心とし、東欧トランシルヴァニアを周縁として、典型的な中心＝周縁の文化記号論を作品化した。この映画はいきなりそういう「面倒」を省略して、一切をパスブルクという小さな空間での短い時間の暴力事件に凝集する。だから原作に忠実はウソで、それは簡単な理由で次々に殺される人間たちの一人として、視点人物たるはずのジョナサンその人も、噛まれて吸血鬼と化した挙句、吸血鬼狩りのヴァン・ヘルシングの十字架剣であっさりと殺されてしまう。我々はこのことに驚くべきなのだが、何となく受けいれて、先へ進む。「原作」の持つ、どこから世界を見るかという語りの重層性をどうアクションの中に改変し、あわよくば解消してしまうかという「映画化」作業というものの宿命を考えさせられてしまう。

二つ目の衝撃はミナをさらいにドラキュラが巨大カマキリに化けて狭い部屋に闖入してくるシーン。アルジェント監督は、笑ってくれればいいといっているらしい。カマキリは手の恰好がお祈りのそれに似ていることから英語では「マンティス」、祈る僧という意。カトリックの堕落僧や司教が司教帽を被ったカマキリに寓意画化される俗耳に入り易い図像学を知る者には、映画中のエクソシストたるべき僧の無力（アッという間に殺される）とも併せ、アハハと笑ってすますわけにもいくまい。

城下の一般社会に組織を持ち、その「近代化」にも貢献というドラキュラの設定にアルジェントの腐敗体制批判の意図がある（ナチス高級将校然たるトマス・クレッチマン起用も成功）。クラウディオ・シモネッティの音楽良いし、ミリアム・ジョヴァネッリの裸もきれい。

血の気なきピュリタニズム

「オンリー・ラヴァーズ・レフト・アライヴ」

ジム・ジャームッシュ監督が撮った吸血鬼映画。大分頭を使わせられそうだが、やっぱりである。エリザベス朝に深い起源を持ち、吸血鬼テーマの許す時空の自在な超越をやり放題と言えば、一時まるで女ピーター・グリーナウェイかという歴史観と映像的才覚を誇ったサリー・ポッターの名作「オルランド」（一九九二）を思い出す。女吸血鬼イヴの目くぼみ皮肉痩せ衰えた風貌を眺めるうち、これ間違いなくヴァージニア・ウルフ原作の『オーランド』時空ワープが霊感源だよなと思えてきた。ひとつにはサリー・ポッターの「オルランド」でエリザベス朝と、ウルフ存命の一九二〇年代を性転換を繰り返しながら往還する主人公を演じたティルダ・スウィントンが今回作でも女吸血鬼をやっているからだから当然の連想だったのだ。故デレク・ジャーマンのミューズとして知られていた名女優だから、起用に何の不思議もないが、これでティルダ・スウィントンの女吸血鬼イメージは不動！

要するに物知りピーター・グリーナウェイやサリー・ポッターと繋がるジャームッシュの側面が全開の作品だから、クリストファー・マーロウって誰から、「エディソンに負けた男」ニコラ・テスラって誰、フィボナッチ数列って何、量子力学って、白色矮星って何……と厖大な「言及」が炸裂する。

一々の言及が意味ありげというところがジャームッシュ映画だからねという思い込みのせいであるところが憎いが、翻弄されても楽しい一方、要するに不死の時空放浪者が主人公の映画では一定の長い時間相手の文明観・歴史観が実の主人公なのだから厖大な知識のひけらかしも当然の結果さ、当然の手法なのさと心得て腰を据えるのが賢明と感じるのも、最近はやりのダン・ブラウンやJ・K・ローリングの歴史幻想小説の読後感のせいかもしれない。映画見るに、映画外の知識がどれほど機能するのかを、笑いながら問う映画と言ってもよい。

なぜか突然惨殺された、シェイクスピア同時代の悲劇作家クリストファー・マーロウが実は吸血鬼になって今も生きているという奇想が認められるかどうかに掛っている。その昔マーロウと恋愛関係にあったイヴが二十一世紀の今、このマーロウが現代血液医療の現場で入手した「上物《じょうもの》」の血のお裾分けに与ることで生きているらしいからである。今現在このイヴと恋愛関係にある男吸血鬼の名がアダムというのだから、マーロウといい、オーランドといい、どうやら大ミルトンの『失楽園』を隠れた基点とするジャームッシュの歴史観自体が問題なのに違いないのだ。

純良な血が不足して、ゾンビと同類の人類の「汚れた血」に頼らざるを得なくなった二十一世紀の吸血鬼たちの悲喜劇を描く。ピュリタニズムの近現代史を支配者の「血」統の正邪で問う吸血鬼映画は「血」の多義性で遊ぶとてもウィッティな一本にならざるを得ない。「汚れた血」を否とし、「上物」だけを飲み始める吸血鬼たちは『失楽園』と同時に出発したピュリタン、文字通り「純良《ピュア》」狂いの新人類の意。人づき合い大嫌いなロック・ミュージシャン、アダムの綺麗すぎるインテリアこそは血のない、気なき純良近代の寓意なのだ。

涙の奇跡　「ブランカニエベス」

スペイン一九二〇年代だかに出現した伝説の美貌女闘牛士の活躍と死、スペクタクルとミラクルを描く物語。いまどきモノクロ、サイレントというのも、まさしく一九二〇年頃ということを、映画そのものも身振りしたがっているのである。スペクタクルも、そしてミラクルも（鏡を「ミラー」と呼ぶのも実はここから）「見る」ことと深く関係しているが、見る営みが一挙拡大・深化し、商業化していく一九二〇年代、即ち「映画の十年」の問題が最終的に浮き上がってこなければ、ただの思いつきの安っぽい奇想映画のたぐいだろう。

全員が要するにチンチクリン短躯の「こびと闘牛士」の七人が記憶喪失の美少女を水死から救った。七人の「こびと」と美少女というので記憶喪失の彼女は自動的に「白雪姫」（スペイン語で「ブランカ・ニエベス」）と呼ばれる。その時点で初めて、娘のそれまでの短い人生がもう一人の白雪姫、もうひとつの白雪姫物語として整理されるという段取りだ。

それがスペインだから、何故か超大物闘牛士の娘というから面白過ぎるというか、無茶な話なのだ。大闘牛士が牛に突かれて動けぬ怪我人になる。フラメンコの名ダンサーだった妻は衝撃で産気づくが、娘を出産したものの他界。とんでもない強欲の女エンカルナが後妻となり、『白雪姫』そのものの継子いじめが始まる。命をとられそうになったところで、こびと闘牛士たちに助けられる。

要するにグリム童話とスペイン闘牛の結びつきを奇想すれすれの映画的マニエリスムと見て笑うか、それともまたしても、一九二〇年代と百年前のロマン派アートの関係の追求を見て、監督・脚本のパブロ・ベルヘルがそこにどれだけ彼なりの趣向を加えているものか見て感心するかだが、ぼくは無論後者である。

勝利の絶頂でエンカルナが差しだした毒リンゴを食べて主人公は死ぬ。いくらなんでも凱旋闘牛士が闘牛場でリンゴをかじるか、と、この辺で流石に馬鹿馬鹿しくなるが、この映画の謎ないし真骨頂はその先だ。

彼女カルメンシータの屍体が見世物小屋で、キスされて蘇えるかもしれない眠り姫、イバラ姫の役どころとして、ちゃっかりと再利用されているのだ。彼女の生前、興行の契約をとりに怪人物が現れた時のその契約書が問題だ。お前を「独占的に」「永遠に」使うと書いてあるのに、カルメンシータは「字が読めない」悲しさで契約してしまったが、その結果の見世物小屋「出演」とはなったのだ。白雪姫というよりは悲しい女ファウストである。

十セントで次々キスする見物客たち。一人の男がキスすると、想像通り屍体が蘇生のふりをする。パニック。興行大成功。彼女を愛していた／愛している男のキス。夜中に二人（?）きり。つうっと屍体の右の目から一粒の涙が。スペイン人得意のラクリマ・クリスティ（「キリストの涙」）の奇跡譚ここにまただ。最早想像通りの幕切れだが、やっぱり驚くし、やっぱり猛烈に悲しい。奇跡映画で思わず落涙したのは「汚れなき悪戯《いたずら》」以来のことである。

メリエスの綽名が「マジシャン」だったのを思い出す。今や「奇跡」たる映画自体、一九二〇年代にはなお見世物だった。「奇跡か、呪いか?」の。

映画のパラドックス　「マッキー」

貧乏な一青年と恋仲の街の美女。となれば金にもの言わせる権力者の横恋慕ないし横槍というのが全世界普遍の物語中の物語である。シェイクスピアから町場のテレビ・ドラマまで、これが物語の王道だということを否定する人はいまい。いわば歌舞伎の「世界」と言われているドラマのコア部分。バカバカしいほどにこれがブレないのが「マッキー」最大の武器である。右に記したたった二行ほどのまとめが頭に入った途端、愛憎とか嫉妬とかの奥深い人間心理の複雑で厄介な絡まり具合とか、一片も顧慮するに及ばない。物語の王道を行くべき、そうだなあ、京都湯煙殺人事件みたいな（!?）ジャンルまでが妙に関係者の何層にもわたる関係の迷宮に心理学者みたいに入り込んでゆくこの頃のテレビ・ドラマに食傷していると、インドのいわゆるボリウッド映画がみたくなる。煮詰まりかかると急に全員で歌い踊って次へ、という、このぼくの担当コーナーで言えば実写版「愛と誠」などもそうであるわけだが、世紀の超俳優ラジニカーントのマサラ映画が無性にみたくなる、そういう話だ。

あとは歌舞伎で言う「趣向」が問題だが、金持の横槍野郎に殺された貧乏青年が突然一匹のハエに変身して、彼の目を通して現代世界をみるとこんなふうだという映画になる。趣向と言うほどびっくりさせる奇想でもないのだが、インドの今やITエンタテインメントの代名詞になっているCG、VFX技術を駆使しての「ハエ目線」が興味津々で、シャンカール監督の「ロボット」と並ぶインド映画の国際的成功作。ハエが見えない分、人間の表情、身振りで見せる観想術的処理は天才的。「マッキー」というのはヒンディー語で「ハエ」。映画原題の「エエガ」というのはインドのある州の公用語たるテルグ語で「ハエ」のことなのだそうだ。そういう公用語がインドには二十以上あるとかで、それらがそれぞれの映画文化を競い合い始めるとか聞くと、実際ワクワクする。

文学で言えば、一番小さくて弱いハエかブヨにこと寄せて、最弱が実は最強というメッセージを伝える「パラドックスの文学」（R・L・コリー）があるが、いろいろややこしい批評的理解力が必要。カフカの『変身』とか、漱石の『猫』とかね。そこを映像は一瞬にして突破というところが凄い。映像のパラドキシカリティを、単なるメタフィクション性以上の広い文脈で考えてみたくなった、と言えば、苦笑されるがオチの過褒だろうか。

インドだから許されるのかも。なにしろ輪廻転生思想の世界的本場だ。トランスマイグレーション。自からを虎に食わせて虎になって生きていくということを仏僧が説く。ヒトがハエになるのなど、朝メシ前だろう。よその国の映画ならやっぱり、ここに理屈が必要となる。

ハエと化した主人公のこれでもかという復讐はまるで『トムとジェリー』。次々と復讐技が連続するテンポはループ・ゴールドバーグの『オートメ生活』シリーズそっくり。でも考えるのはやはりインドのこと。昔「貧困」と言えばヒンズーの人々の高い鼻にたかるハエのイメージがあった。ただひとこと、隔世の感だ。インド映画に栄《は》えあれ！

何重もの「境」の上で　「ビザンチウム」

それこそ永遠不死の生命を誇るヴァンパイアものの異色作。主人公たる吸血鬼二人がともに女性、しかも実の母娘であるところが異色。ロマン派以来、吸血鬼文芸の主人公は男の独占物であったから、この映画でも男の吸血鬼たちの文字通り「血」盟団が蜿々と二百年にわたって二人の女吸血鬼を抹殺すべく追尾しているというのが、いろいろ盛り沢山なこの作品の骨格となっている。吸血鬼映画をフェミニズム的に見られ、しかも素直に彼女らに心理的に同化でき、男どもの身勝手さに腹を立てられる珍しい体験をした。

舞台劇『ア・ヴァンパイア・ストーリー』（二〇〇八）で当てた原作者モイラ・バフィーニ自らが脚本にしたこの作品。「ビザンチウム」と題替えしたのは大成功と思う。女吸血鬼、母クララ、娘エレノアの二人が逗留するホテル、というか元ホテル今は老朽化のひどい下宿屋の名が「ビザンチウム」というのである。四世紀から約十世紀間、十字軍遠征の大混乱を抱えたビザンティン帝国の帝都。コンスタンティノープルと呼ばれたこともある。なにしろトルコ語名イスタンブール。オリンピック招致のライヴァルとして近時久し振りに耳なじみな都市である。そして東と西、オリエントとヨーロッパを繋ぐ国、その都ということで招致運動を推進した。

吸血鬼文学の原点、ブラム・ストーカーの『吸血鬼ドラキュラ』（一八九七）の舞台が東西の境界域ということでルーマニアが選ばれていたこと、吸血鬼文学がイデオロギーとジャンルの何重もの「境」の上でひたすら混淆と、それがもたらす不安を糧にするものであることを、この一軒の時代もののホテルを「ビザンチウム」と名付けることだけでこの映画は示そうとする。

ブラム・ストーカーも今回監督のニール・ジョーダンもアイリッシュ。因みに主演の一人（娘役）もアイリッシュ。人を密儀で吸血鬼の同盟に参入させる秘密の孤島は、そのピクチャレスクの極とも言うべき突兀《とっこつ》峨々たる荒涼奇観からして、アイルランドという記号として読める。

娘吸血鬼が純愛の相手に自分たち二人の秘密を「物語」に綴って渡す。血盟団の掟を破った娘を殺すはずの母吸血鬼が命を張って（？）娘を守り、最後は二人の紐帯からも娘を「解放」する。言ってみれば単純な筋だが、娘が一八〇四年生まれの二百六歳という仕掛けで「ポーやメアリー・シェリー」のロマン派時代に吸血鬼文学が生まれた歴史をごっそり回顧させる。母吸血鬼クララは本名をカミーラというのだが、シェリダン・レ・ファニュの名作吸血鬼小説『カミーラ』が即思いだされる。

のっけから字を綴った紙片を高層階から飛ばす娘吸血鬼のショットから始まる。この内気で思索家の少女はひたすらに紙の上に字を書く「物語作者」である。孤児院が孤児達にひたすら過去のことを「物語」として話させる施設として撮られる辺り、巧い扱いである。ゴシック小説が影響関係、引用、物語中物語といった「作家」性に満ちた世界であったことも思い出させる少女吸血鬼の原‐身振りは即、萩尾望都の『ポーの一族』のお仲間だ。

「箱」「暗室」「歴史」　「メキシカン・スーツケース（ロバート・キャパ）とスペイン内戦の真実」

映像をめぐる今年二〇一三年最大の衝撃は「戦争写真家」ロバート・キャパ（一九一三―五四）が一九三六年九月、コルドバ戦線で撮った、今しも銃弾を受けてあお向けに倒れていく人民戦線兵士の実態、というか真相が暴かれたことではなかったか。キャパの有名な自伝『ちょっとピンボケ』の出た一九四七年に生を享《う》けた「ニュー・ジャーナリズム」旗手の沢木耕太郎が年来のテーマであるキャパについてかなり決定的なキャパ観をまとめ上げたが、その中で問題の兵士が実は射たれたのでなく、急に立ち上ろうとして自分で転んだそこを偶然撮られたのだということを、沢山の証言と戦場の空間の緻密な再現と分析によって明らかにした。この一枚の写真がその後百年のヨーロッパ、いな世界中の人間の「歴史認識」のかなりの部分を形づくったことの大きな意味は変わることがないだろうが、「歴史」とか「真実」ということをめぐっては右沢木ドキュメンタリー・ルポは一種「ネッシー」写真は実は詐欺と判明した事件の衝撃に似たものがあった。実はキャパの秀れた写真のかなりなものがこれも戦争写真家で、キャパの恋人でもあったゲルダ・タローの命を張った作品がキャパの作として流布し、後のその「良心の呵責」がキャパを激戦地へ激戦地へと駆り立てたのだという捉え方もここへ来て定説となった。生誕百年のキャパを問うことは「歴史」とは何、「真実」とは何と問う途徹もなく大きく、かつ我々の昨日今日をいきなり巻き込む自照的《リフレクシヴ》な大問題なのだ。

その一本としての「メキシカン・スーツケース」。自由、反ナショナリズム、反ファシズム、とはつまり我々が微温湯にどっぷりの日常の中でぼんやり「正義」とか言っているイデオロギーの側に若いキャパも身を投じた。一九三六年から三年続くいわゆるスペイン内戦、敗れた国際旅団の側の大量のメキシコ亡命を膨大な数の関係縁者の証言と有識者のコメントで再構成してみせようとするのがこの作品。行方不明だったキャパの未公開ネガを収めたスーツケースが表向きの主人公である。そこに詰まった厖大な「断片」をどう再構成して歴史《イストワール》／物語を編集していくかを問うのが狙いらしく、スペイン内戦そのものについて根本的に認識を改めてくれるという作品ではない（自由の国フランスがスペインから逃げてきた人々を非情に扱った点には驚いたが）。

何人かの証言者が繰り返し口にする「メタファー」という言葉が耳から離れない。「箱」や「暗室」がいかなる点で歴史というメカニズムの暗喩たり得るか考えさせる点では刺激的で、キャパとスペイン現代史を口実にした「メタ・ヒストリー」（ヘイデン・ホワイト）。それが後半やたらと画面を切断する「用意、スタート！」合図のカチンコ棒《クラッパー》であると見た。

非業の死を遂げて埋められた筈の祖先の遺骨を墓地で掘り出そうとする遺族の姿で始まる映画が、その空しい結果を嘆く同じ遺族の同じ姿で終わって、この物語的円環の閉じ方にやっぱりがっかりする。ベンヤミンの遺稿を満載したスーツケース同様、閉じ／開けの永劫の弁証法こそが「歴史」なのだと思い知れ。

映画とロマン派の密な関係

「ロスト・メモリー」

昔二人で森の中で遊んだ幼なじみが今は母親になる年齢に達したところで再会、息抜きのバカンスに行った孤島で凄惨な殺人事件に巻き込まれていく。実に執念深い、息の長い復讐劇と知れるドンデン返しが表向きの売りだが、孤立環境の島と家、そして森の廃墟にあいた穴、家の中の地下室という余りにもロマン派と言う他ないテーマの累積を見ていると、映画とロマン派の密な関係、それとひょっとしてフロイト他の所謂心理学、精神分析との関係という大きな脈絡に思いをいたさざるを得ない一本。それら全てドイツ語で繋がれる世界だから、これがドイツ語映画であることは随分ストレートな読みの手掛かりともなる。「ロスト・メモリー」も筋を簡単に教えてくれて悪い題ではないが、ドイツ語原題”Du hast es versprochen”（お前はそれを約束した）はやはり強烈。「約束」を復讐にまで煮詰めた悪意ある人間と、それを忘れてしまって「ロスト・メモリー」な主人公が対決。この映画内部では復讐者の方が勝つが、幕切れは復讐の連鎖の次のサイクルを予告するにくい幕切れである。

女主人公ハンナには愛娘レアがいるが、亭主のヨハネスとはどうもかったるい倦怠期である。そこに昔なじみということで登場するクラリッサ。レアと三人で行ったバカンスの先で懐しの写真アルバムを見るうちに「マリア」という名の少女が記憶の中で空白になっていることに気付き、マリアとは何者、という探索と、知りながら一切を明かしてくれない島の人間たちの不穏な行動がからんでストーリーは進んでいく（話はうすうす見えるのだが）。

穴に閉じ込められた少女は次の犠牲者が現れて自分が呪いから解かれるのを待っているというロマン派好みの「民話」から映画は始まるが、映画結末はそっくりこの身代り物語が主人公たちのリアルな身の上に再現される。実は右「民話」には実際に二人の少女がマリアという少女を廃墟の穴の中におろし、十数えたら必ず引き上げるという「約束」をしたのに結果的に遺棄《いき》した事件が重なって、映画を一段重層化しているのだが、こうして偶然発見されたが精神に異常をきたしてしまった少女「マリア」こそ、幼なじみを名乗って今主人公の前に親切めかして現れているクラリッサその人なのである。アア、こわっ〜〜。あとは名作「危険な情事」にも匹敵する逃げ道を与えぬ冷酷周到の復讐（「約束」）の実現あるのみ。

聖書や古典神話の連想持つ人物達のからみ合いの中で一段と印象深いのが復讐鬼クラリッサ。英語の「クリアー」に通じ、啓蒙時代、啓蒙精神の代名詞ともとれる名（サミュエル・リチャードソンの『クラリッサ』を思うべし）。グリム兄弟的世界＝ロマン派を担うハンナと、名に「正気」を担うクラリッサの何れが正気で、何れが狂気か。最後の場面が、主人公に拘束衣を着せる精神病院であるところにこの一作最大のメッセージがあり、狂気でありながら、それを見抜く力のない近代的家族の中へ妻として堂々と入り込んでいく家庭団欒《だんらん》図の中にも、劣らぬ苦いメッセージがある。今度は愛娘レアが復讐者だ。それがお「約束」。

「超白人」になる　「クソすばらしいこの世界」

チャラ男チャラ子が集まる閉空間が途方もない殺人鬼に襲われ、一人また一人と血祭りにあげられていくホラー映画の典型的ジャンル。アメリカの片田舎のキャンプ地で次々に手足を切り落とされていく犠牲者が日本人留学生たちというところに時局的面白味があると言えばある。親が金持で大学に多額の寄付をしているから帰国して「留学」の一語を履歴書に書き加えるだけが目的で、英語などまるきり喋れないまま、マリファナやセックスだけは一丁前に謳歌している。一人エリカだけ英語を喋る。キャンプ行きの金づるに誘いこまれた韓国人留学生アジュンは日本語が全くだめだから頼りはエリカだけ。苦労して仕送りしてくれる本国の母親への恩返しを口にし、努力努力で成績トップクラスのアジュンが唯一生き残る人間として選ばれるなら救いがあるし、物語論の逆説からしても（一番の弱者が生き残る）そうなるしかないが、と思っていると果たしてその通り。地獄巡りの果てに何かを得る。これをしも一人の人間の成長物語、認識獲得の物語と呼べるとしても、荒涼たる風景の中をふらふら遠ざかっていくアジュンという幕切れは「救いなし」とも読めるし、そこが分かれ目か。

一連の残虐殺人は金銭目当てのホワイト・トラッシュ（クズ白人）の兄弟の仕業である。父親不在の世界で、死んだ「ママ」の思い出への執着が兄のヘンリーにあるらしいところがかの「サイコ」直系。殺人者がシャワーで血を洗うと排水口に鮮血が渦巻いて流れ込むシーンで「サイコ」のパロディであることは決定的となる。流れる水の色の変化に注目。

殺人鬼兄弟の弟ヴィクターが、殺人の後始末を「イエローの女」に目撃されたというところから、六人の東アジア系留学生に危険が迫るわけだが、どうやらこのヴィクターと入れ替わって自から新たな殺人者と化すエリカの方に「サイコ」じみた、文字通りサイキックな秘密ないし謎がある。映画終幕、辛うじて興味を繋ぎ止めてくれるのが、このヴィクター／エリカの、激しくアンドロジーナスな入れ替りがもたらす早い展開だが、結局一番深められそうなこの謎は血なまぐさい活劇の中でウヤムヤだ。惜しいとも言えるし、スラッシャーはスラッシャーのままでいる方が良いとも思える。「スラッシュ」とは切り落とすという意味。スラッシャー映画としては上々の出来である（とはつまり怖くない！）。

題名と、出だし／終りの風景美に朝倉加菜子の勉強ぶりを感じる。出だしの雄大な地平線のアメリカ風景は〈イッツァ・ビューティフル・ワールド〉と呼ぶ他ない（これがズバリ英語タイトル。殺人鬼愛唱の歌の題でもある）。それが幕切れのグレーの荒涼風景で閉じられると、ぼくとしては「ビューティフル」に飽き飽きして「ピクチャレスク」に転換した近代美意識史と、その中での映画《ピクチャー》の歴史、その中での荒涼と残酷への、「ゴス」への傾斜の歴史と言うものを改めて考えてしまう。

日韓の留学生、アメリカ人の殺人鬼。生き残る真面目な韓国人。文化盛衰の寓意は明白。自分が「超白人」になり、殺人鬼と化した日本人エリカの秋葉原メイド衣裳が笑えた。

中心を周縁に媒介する「橋」　「ラストスタンド」

メキシコのカルデロン前大統領が一個の巨大軍隊とも言われる麻薬組織との闘いを宣言して、いきなりの惨死を遂げた時には本当にびっくりしたが、中南米では麻薬撲滅運動は国家と麻薬組織の戦争を意味する。「ラストスタンド」はまさにその麻薬戦争の最北端部、アリゾナ州の米墨国境で、国境越えを強行する麻薬王を一本の橋の上で阻止する老白人保安官の勝ち目なさそうな闘争の話だ。小さな田舎町の人間たちの助力が思うように期待できそうにないところを保安官一人、単身戦おうとする「真昼の決闘」（一九五二）以来の西部劇パターン。厳密には単身でなく、いろいろいわれがあって協力する男女四人を加えて五人組でアリゾナ州ソマートンを舞台に重武装の密輸軍団に挑み、死傷者を出しながら勝つ辺り、「七人の侍」（一九五四）のなじみの西部劇パターン。というふうに途中で大体のシナリオがほぼ見えてしまうし、喧伝された自らも老いたシュワルツェネッガーの皺《しわ》がもの言う老熟の表情とかじっくり見るには展開がいささか早過ぎる。

ソマートンの老保安官レイ・オーウェンズは元ロサンジェルス市警の敏腕麻薬捜査官だった。仲間が一杯惨死するのを見て田舎に引っ込んだのらしい。こうして都市の中の都市から国境の田舎町へという彼のキャリアを映画そのものがなぞる。都会の中の都会として選ばれたのはラスヴェガス。深更そこから護送される麻薬王が途中組織に奪回される。田舎町の保安官の周辺とこの緊迫の銃撃戦とチェイスが何の脈絡もなく併行していくが、田舎町の老牛乳配達人の惨殺が、牛乳を飲みたくて侵入した逃亡犯の仕業と判ったところで老保安官の「全て、つながっている」という仲々意味深長な一言が入る。バラバラなものを「つなぐ」ところにパロディ芸術の妙味があることのメタ論評になっているからだ。「つなぐ」力の象徴としての橋の意味が予め示されている面白い台詞である。

大都会という中心から逃亡犯は時速四百キロのバケモノ盗難車コルベットZR1で国境目掛けて疾走する。障害突破とチェイスは仲々のものだが、要するに舞台が都市から「道」へ移ったということの確認が要点。論理の必然でやがて「橋」が最後の舞台になるはず、と。そして余りに見事にその通りになる。

映画冒頭の田舎町ソマートは「退屈すぎるんだ」という印象的な台詞を耳朶に、おそらくこの暴走麻薬王こそ（先般物故の山口昌男のいわゆる）中心と周縁（メキシコ）を自在に媒介する道化なのである。中心を周縁に媒介するものこそ「橋」なのだ。麻薬軍団が親分逃亡のためアッという間に架橋したこの橋こそが、でなければ相当つまらなかったはずのこの映画の真の主人公。途中BGMがエンリオ・モリコーネ風になって笑えたが、橋のシンボリズムあればこそ、ただのマカロニ・ウェスタンでなく済んだ。最初と最後の穀物の印象的シーンなど見ていると、農耕儀礼を下敷にした映画なのか。身の周りの義理張りで、二つの異文化の（しばしばなまぐさいはずの）「道化的」交流の回路を「最後の砦《ラスト・スタンド》」とか言って断ってしまった古い文化感覚の、戯画と読めた。

驚異と占有　「ライジングドラゴン」

老いていくジャッキー・チェン最後のアクション大作という惹句に惹かれて見る。東西男女区別なしのカンフー・アクションあり、陸海空すべて網羅のチェイス満載だし、最後には悪の改心、小市民的な家庭的幸福がお約束されてもいて、アハアハとただ笑って眺めていればいい展開なのだが、今まさにフクシマをそうしろとチャラけた現代批評家が言ってのけるにいたった「観光」の問題、美術館巡りが大流行のアート・ビジネスの問題、ひいてはそれらをうむ文化のピクチャレスクな構造の問題が徹底したテーマになっており、ここまでやるとそもそも「映画」という表現形式ないし視覚文化的ジャンルが、そうか、十八世紀ピクチャレスク美学の最先端なのね、ということの理解にまで広がる。だって話は清朝の誇る最大の文化遺産、かの円明園の、欧米列強による略奪と破壊の十九世紀末から始まる。舞台として、略奪された清朝の離宮の廃墟とはっきり対照的に人工の配慮が徹底して入りこんだフランス式整形庭園が選ばれる。他文化が貧しくなるほどに自ずからは豊かになる「驚異と占有」（S・グリーンブラット）の弁証法をこそ、この映画は問う。そしてこの整い過ぎた文化の対象物として、野生の、というか絶海域の密林が扱われるはずと、ピクチャレスクの論理に思いをいたすと果たして、ポップな倭寇《わこう》という体《てい》で日本語をわめきちらす海賊の隠れる島のジャングルの大活劇となる。要するに文化と野生が収奪関係を結ぶ十八世紀以来の、目で快楽をむさぼる文化、ピクチャレスク文化の諸相を次から次へと繰りだすことにあっけらかんたる「ピクチャレスク映画」として面白く読めてくる。

世界を「絵」に化すこの文化の一番際どい装置がコレクションであり、ミュージアムであり、多分それを繋ぐオークションである。サザビーズやクリスティーズといった美術品売買商社は当然、ピクチャレスク文化の所産である。他文化の文化遺産を略取したり不当に買ったりした「略奪美術館」(佐藤亜紀)としてのミュージアムの歴史、オークションの歴史を先ずはしっかり頭に刻むことがこの映画を読むポイントその一、ということは間違いない。近代の「絵になる」様相は裏に必ず不法な略奪の泥棒生活を隠している。大きな西欧式の美邸豪邸の、本棚の裏その他の隠し部屋はそういう文化推進のための隠蔽部分としての意味あり、と読めたが、どうか。

映画、即ちキ(シ)ネマとは即、「動」の意味だ。文字通り「活動(写真)」たることに全ての意味があるこの表現形式が、めんと向かって「アクション」を前に出す場合の、いわば自己言及的な感覚に触れること、それが読みのポイントその二のはず。金のためにトレジャー・ハンターをやる主人公のJCの強烈なアクションは金、金、金の極と、宝を本来の所有国へ戻すべしという随分倫理的な極の間を揺れ動く。勧善懲悪カンフー映画の必然として最後はすべて善導されて終るが、歴史に即して言えば、この無道徳な暴発力が善悪いずれに染まるかで歴史が変ったのだ。映画は当然、真作か贋作か、真贋の主題も問う。

「六九」のマニエリスム　「ベルトリッチの分身」

ベルトルッチの初期傑作、待望の劇場正式公開、四十年を経て遂に実現という。そして駅の地下化で大騒ぎの渋谷、イメージフォーラムで二〇一三年三月九日公開。何重もの意味で忘れられない公開のタイミングだ。

作中、自身の分身化を悩んだり楽しんだりする、余りに「らしい」美青年ジャコブが「六九年に何かが起る」と、洗剤の訪問販売女に言ってしまうので、思わず笑ってしまった。そこまで自分を種明しするのか、と。カルチェ・ラタンで学生や若い労働者が機動隊と衝突したいわゆるパリ五月革命を思いださせる仕掛けだからだ。要するに「道化としての芸術家」テーマに尽きる作品なのだが、すると映画を観ながら、一九六九年、ある雑誌に今をときめくジャン・スタロバンスキーが発表して話題沸騰の『道化のような芸術家の肖像』をベルトルッチが熟読して構想の細部を詰めていった状況が想像できる。この映画の重要な鍵のひとつはユング派セラピストのウィリアム・ウィルフォードの大著『道化と笏杖』だろうが、人が意識の人格と無意識の人格に二分する分身テーマと「道化」テーマの必然的な重なりを未曾有の規模と緻密な論でさばいたこの歴史的名著また、何故か一九六九年。そして六〇年代右肩上りで盛り上っていったそうした道化文化論を逸早くまとめ、チャート化していったのが我が山口昌男の『文学』連載の『道化の民俗学』だった。「分身」が日本で公開された日の翌日、その山口氏逝去。忘れられない公開のタイミングと言ったのは、そういう経緯《ゆくたて》からである。

ジャコブ青年は大学で演劇を教えている。だから彼の反社会的な台詞は一九二〇年代から二十年くらい大流行したパリは勿論、ローマからロシアを覆った前衛的な演劇や映画の歴史を、まるで演劇クラスの白熱授業風に復習させてくれる。切れ切れのストーリーも、オデッサの階段（エイゼンシュテイン）から「気狂いピエロ」（ゴダール）まで、そういう六〇年代の爆発につながる流れの名作からの引用のオンパレードで、一種高級なクイズとして楽しめる。

ドストエフスキーが原作というが、映画を見る限り、暗鬱なセントペテルブルクの実存的苦悩とは縁もゆかりもない。パリの前衛文化が二〇年代を六〇年代に喚起する呼吸を、もっと地中海に近いイタリア都市で再演してみせた。近代都市のど真中にこれだけの古代劇場遺跡が、という対照は舞台がイタリアなればこそ。そういうイタリアの演劇青年であればこそ、テアトルム・ムンディ（世界自体がひとつの芝居だという古い最強の演劇観）から二十世紀残酷演劇論まで一身に体現できた。ドストエフスキーじゃなくて、これはルイージ・ピランデルロの世界だ。

作品テーマを主人公が合せ鏡の谺《こだま》のようにリフレーンする。中でも耳から離れないのが「テアトロ、テアトロ……」だ。その最後に一回だけ「チネマ」。「見る場所《テアトロン》」としての「映画」に前衛的道化映画で自己言及した手の込んだマニエリスム。鏡、窓、戸口、そして壁に貼られる絵、そういう夥しい開口部、フレーミングがそのピクチャレスクな証しとなる。

人間普遍のコンメーディア

「ダークホース〜リア獣エイブの恋〜」

デブ、ハゲ、ノロマ、マザコンのフィギュア・オタクの主人公の、当然巧くいかない恋と、何とも唐突な死の物語。なのにエイブ君、今日はダメでも明日こそ自分はブレークできると、過保護な両親から思いこまされ、自らもこの故ない自負心から現実認識を完全に欠いている。邦題に「リア獣」とあるが、まさしく。現代ニート社会を地で行く、というか絵に描いたようなリア充青年の悲劇である。余りにもバカげたダメ男の恋と日常に一時間半つき合って、そこに喜劇をみてアハアハ、いるいる、あるよねえ〜とかいって映画館を出るか、大なり小なり誰も逃れられない現代という袋小路の状況に、どこかで必ず君、あなたの一部と重なるように造形されたエイブ君のキャラクターと自らを重ねることで、ぐっと共感することになるのか。結構重く痛い一時間半ではあるまいか。笑え笑えと徹底してたたみこまれながら、ここまで高度消費文明への強烈な諷刺となり、挙句、中世的とまで言えそうな人間普遍のコンメーディアになりおおせた一本も珍しい。コミック、コミックと我々はつい軽々しく使いなれてしまったが、ダンテのディヴィーナ・コンメーディア（神曲）が象徴する重く痛い、人間の運命を神の前に普遍的に描きだす強烈な表現ジャンルを元々はコンメーディア、コメディと言ったのだが、そのことを思い出させる一時間半、とぼくはそう読んだ。ディヴィーナ・フマーナ、即ち人間喜劇である。バルザックはかつてそれを小説にし、現在ではトッド・ソロンズが映画にしてみせたということ。

失恋して薬とリストカットに依存するミランダという女に、ダメ男《お》ダメ子の出会いでエイブは恋をする。ダメ男の定義を全部抱えた男とダメ子そのものの女。人間ここまで典型的な存在にはなれないはずだが、人間をダメそのものに典型化して表現する文芸ジャンルをこそ中世以来、ヨーロッパではキャラクターものと称し、日本でも江戸時代には気質《かたぎ》ものと称したことは御存知だろう。そういうキャラ（クター）だとこうなってしまうのだから止めなさいと観客や読者が主人公に対する優位の立場から言ってやりたくなるのだが、そこは持って生まれた「性格」のこと、どうにもならず主人公は自らの性格のまま破滅していく。ダメ男を笑える優位の立場から「笑い」が生まれると言ったのはベルグソンの余りにも有名な笑い論だが、そうだとすれば君、あなたがエイブを笑えるか、結局笑えないのかは、たとえば君、あなたの運命観をまで問うのである。数字とか日付けとかに大きな意味があるというエイブの言葉を一笑に付すか、彼の墓の数字が間違っているというオチをそれとどうつなげて、笑うのか、笑わないのか。「コメディ」が問われているのだ。

ダメ男エイブはアブラハムの愛称。ダメ女ミランダは当然、シェイクスピアの『テンペスト』中の、美少女の名。エイブが深刻めいて人生と世界を語る場面ははっきりハムレットの独白がパロディされているし、兄弟に対する父親の愛憎の偏りは明らかに『エデンの東』が下敷にある。昨日今日のチャラい状況を浅く笑いのめしたというだけではすむまいね。

歴史と芸術、史実と虚構

「もうひとりのシェイクスピア」

エリザベスものと言っていいくらい絶えず伝記映画、物語映画の主人公になるエリザベス一世治下のロンドンにはエリザベサン、エリザベス朝文芸と呼ばれる文学の一大黄金時代が現出した。筆頭格がウィリアム・シェイクスピア。「僅かなラテン語にもっと僅かなギリシア語」というから、昔風に言えば田舎の尋常小学校を出ただけのぽっと出、お上りさんのシェイクスピアなる人物に、法律の専門用語や細かい各国史知識を駆使した三十何篇もの芝居、性的な語呂合せの複雑で悪名高い性愛詩など書けるとも思えぬ、というので、古来シェイクスピア別人説がにぎにぎしい。一番それらしいのは当代随一の知識人で世故にも長け、大法官にまで昇りつめたフランシス・ベーコン卿の手遊《すさ》びという説。

第十七代オックスフォード伯エドワード・ド・ヴィア説というのもあるにはあるが、英文科に在籍してエリザベサンをやり、実証派研究の第一人者小津次郎教授の下で四年、シェイクスピアを研究した時の経験からしても、時間をかけてみる相手という扱いではないが、この男が主人公。

エリザベス一世晩年の最大の問題が「処女」女王に世嗣ぎがないことのトラブルであったことはよく知られている。それから女王とびきりの寵臣、エセックス伯爵が大逆謀反の廉《かど》で刑死した悲劇もよく知られている。宮廷最大の実力者、ウィリアムとロバートのセシル父子も実在の人物で、この父子との権力抗争でエセックス伯も反乱の挙に出ざるをえなかったことも、まず間違いない。芝居の方で言えば、シェイクスピアの好敵手を任じたベン・ジョンソンも実在だし、映画中なにげに密告者らしい惨死を遂げたことになっているマーロウはクリストファー・マーロウという実在の戯曲家だが、実際にスパイ活動をやっていたらしく、飲み屋の喧嘩中に惨殺されている。

英文学史にある程度通じていると、だから歴史実録として面白いのだが、これに問題のオックスフォード伯が若気のいたりで娘時代の女王と交渉を持っていて、その許されざる恋の結果生まれたのが問題のエセックス伯という大胆不敵なフィクションがどんどん枝葉をひろげるあちこちに史実がからまりながら顔を出す。いわゆる歴史改変ものの虚実のないまぜが監督ローランド・エメリッヒ、脚本ジョン・オーロフにいかに快楽に満ちた辻褄合せゲームであったか。この辻褄合せに無理があると感じない程度の無知がこの映画満喫のためには是非必要だろう。実に面白い。

しかしこの一本の究極の楽しみは、シェイクスピア自身も有力株主だったいわゆるグローブ座の映像的再現と、そこでの芝居上演のシーンに尽きる。実はオックスフォード伯が書いたシェイクスピア稿をセシルの手から守る役を頼まれたベン・ジョンソンが、火を放たれた劇場の残骸の中から問題の手稿を掘りだすシーンは多分、「薔薇の名前」（一九八六）の図書館炎上シーンと表裏になっている。歴史と芸術、史実と虚構の関係を「表象」の問題、メタフィクション（「世界は劇場」）の問題として体感し、惑乱を楽しむのにエリザベサンの劇場、シェイクスピアという作者自身の真偽虚実以上のものはない。

不動産屋と精神分析医の間　「ドリームハウス」

家が舞台であり、事実上の主役ともなるホラー映画はゴシック文学・文化の本道だが、またひとつその名作がうまれた。家という観念が生まれると同時に、それがやはり生まれたばかりの人間の自意識のメタファーとなり、夢、そして物語の喩と化した事情は十八世紀末の『オトラント城綺譚』を思い起せば、そうか、いきなりかである。

夢、物語、そして映画のメタファーとしての家という構造はポーの『アッシャー家の崩壊』とその度重なる映像化を見れば一目瞭然で、この一連のテーマの塊を最近出た研究書は「アッシャー・フォーミュラ」、アッシャー型定式と名付けてみせたが、巧い。魔邸の住人ロデリック・アッシャーのアッシャーは同時に家の門番、案内役の意味にもなり、実はこの「ドリームハウス」の主人公ピーター・ウォードもまたその線の名だからである。ウォードは家や部屋を指し、ピーターはありふれた名とはいえ、こうなると元々の「石《ペテロ》」の意味が生きてくる。名からしてこの映画の体《たい》を表わすのだ。面白がって字引を引くと「ウォード」、病棟、病室、監房とか保護、警戒、そして監禁とあって、この映画の世界そのもの。相当ウィッティ、というか遊びのある映画のようなのだ。

しかし、映画そのものはひたすらに恐怖映画なのだし、主人公はウィル・エイテンテンという妙な名を持つ小説家として登場する。大都会のビル街を駆け回る編集者暮しをやめ田舎に引っこんで小説を書こうとする。そうやって手に入れた郊外のこじゃれた家が問題の家である。理想の家、理想の家族は文字通りのドリームハウス、「夢のお家」として描かれる。不動産屋のキャッチフレーズ。

これにたちまち怪異の小道具がたたみかけられる。窓に映る人影、襲い来る生物じみた自動車。ここいら、かつての恐怖映画のパロディ集の観あり。秘密の部屋に見知らぬ悪童たちが集まって浄化の儀式をやっている所へ主人公が怒って顔を出すと、少年たちが「奴が戻った」と叫びながら逃げていくが、スティーヴン・キングの『ＩＴ』とか思いださないわけにはいくまい。余りに小道具、小芝居がたたみかけられるので、ここいら辺までは笑えるわけだが、そこから先がやっぱりジム・シェリダンである。メタフィクション開始。

五年前に起きた母娘三人殺しの呪われた家だったのだ。母娘殺害の下手人はその一家の主で、現在は更生施設に収監中、それがどうやら主人公その人であるらしい。映像中映像が使われ、犯人を映した映像を見たエイテンテンが「これは僕だ」という瞬間から、現在と過去、現実と空想が激しく交錯する、ひょっとして恐怖映画史に残る惑乱が始まる。

かつてはそれも「夢のお家」でありながら、抑圧と暴発という「ドリーム」のフロイト的なもう一面を抱えこんでしまったという点でも主人公の家と相似形の隣家の夫婦との関係で、物語は一挙、合せ鏡の錯綜に化していく。「夢」も「家」も不動産屋と精神分析医の間を行ったり来たりだ。物語は大きく円環して元の大都会の雑踏に戻る。主人公の書いた小説『ドリームハウス』がベストセラーである。その中味を我々は既に知っている。なぜか？

東と西の循環　「トールマン」

廃鉱になって六年、さびれるままのコールド・ロックという鉱山町に発生した連続神隠し事件の謎解明というふれこみである。子供をさらっていく怪人を目撃した言語障害の少女ジョニー・ウィーヴァーが筆談用ノートにその背の高い人物の姿を描き、これがトールマンという怪物で、自分はこの目で見たと記す。こうして映画は都市伝説ホラー映画としてゆっくり始まっていく。孤立した家、深い森、そして夜と霧。ホラー映画の装置は完璧に近いし、子供を間に置く家庭内暴力はあり、田舎町のパブらしい内輪で何かコソコソやっているふうの剣呑な感じもあって、怪物は実は田舎の因襲的社会に根を持つ何かなのかと思わせる「社会派」ホラーへの入口も一杯あけてある。型通りすぎるほどの恐怖映画。

問題の廃鉱がワシントン州ピッツヴィル郡にあるというので、まず笑う。シアトルから応援の警察を呼ぶという話があるが、ワシントン州といえばアメリカ合衆国最西端の州。となれば逆に最東端のメイン州で定期的に生じる子供の失踪事件を扱ったスティーヴン・キングの『ＩＴ』を思いださないわけにはいかない。子供を拉致殺害する怪物ＩＴの出没する町デリーは「循環」を意味する語だとキングが記した印象的な言葉が頭の片すみに残っていれば、「トールマン」で最も問題になるキーワードが「サイクル（循環）」であることに深く思いを致さぬわけに参らない。子供は一杯可能性を秘めているのに大人たちの旧弊が悪循環をつくって子供たちを閉じ込める。それから子供たちを救い出す――と犯人は言う。おっと、つい犯人などと言ってしまった。実は怪物トールマン（かかし）などはおらず、子供に恵まれぬ町の看護婦ジュリア・デニングの犯罪だったことが判る。

『IT』を思いだせるほどの人なら、ドイツ・ロマン派きっての恐怖小説『砂男』を思いだすのも難しくない。英語でも「サンドマン」と言う。仲々寝ない子にサンドマンが来るというと、目に砂を入れられる恐怖から嬰児はしっかり目を閉じるんだとか。「トールマン」の向うには『本当は怖いグリム童話』のメールヒェンの世界がある。森と鉱山を集合的無意識がうごめく場にしたのはひとえにドイツ・ロマン派の功績だった。「家の下に立て坑」がある廃鉱町の構造はロマン派の只中から無意識心理学のフロイトやユングがとび出てきた「トンネルの迷路」の因縁を改めて考えさせずにはおくまい。

問題の犯人、看護婦ジュリアはさらった子供たちを殺害したのか、そもそも彼女を真犯人と言ってよいのかを、しかし映画はさらにもう一段問う。怪奇民話の恐怖譚を、悪循環と化した「循環」否定の個人的な社会正義の可否の物語（ジュリアの自白）に展開した映画はもう一段のどんでん返しを用意している（が、ネタばらしはよしておこう）。

この廃鉱町が合衆国最西端という象徴的意味に固執しよう。周縁から子供たちを根こそぎ拉致することで賦活《ふかつ》される中心という図式を見透かさねばならない。ジュリアが逆子を無事出産させる場面で始まる映画が、彼女を単なる児童誘拐者で終わらせる筈がない。いろいろ計算ずくだ。

迷宮としての世界テーマ　「闇を生きる男」

原題はフラマン語で「雄牛の頭」、英語題名もズバリ「ブルヘッド」。ベルギーで牛を飼う畜産業者のジャッキーが、ホルモン剤投与で肉を増量させた牛を流通させてもうけるギャングたちの犯した捜査警官殺し事件に巻き込まれていくその時間経過の中で、二十年前の「事故」に発する一連の展開と人間関係が彼の頭の中でなぞられていくというつくり方はまさしく「雄牛の頭」というタイトルで完璧。英語でなら「ブル」と呼ぶか「オックス」と呼ぶか、「雄牛」にはその、去勢されているかいないかが関わるのだが、映画は全ての発端となる二十年前の「事故」が実は村の精神障害の悪童が少年ジャッキーの股間に石で加えた残酷な悪戯として描き出し、つまりは去勢された雄牛の復讐譚ということにもなる。一九九五年にベルギーで起きた実際の事件ということだが、身に覚えのない罪を負って破滅する主人公のはっきり示す供犠性からして、映画は果然一本のよくできた神話映画になっていくのであり、モデルが牛の畜産をやっていることがかけがえのない意味を持つ。二本の角も立派な牛の頭蓋骨が西欧古典建築のフリーズ装飾に定型化されるが、起源は祭壇に捧げられた犠牲の牛なのだ。罰ないし生贄として石で打ち殺すことを英語で「ストーン（する）」というわけだが、ここではストーンされるのがジャッキー少年の睾丸、というのは不躾だが笑えた。英語では睾丸もストーンというからだ。「ジャッキー」が男名前でも女名前でもあるのも、今や男でも女でもない主人公の名としては笑える。

「冷血」事件に取材したセミドキュメンタリーかと思えば、結構野太く神話的なつくり方で、「牛の頭」で、牛頭人身の悲劇的存在たるミノタウロスを思いだせば、どんどん工業化し都市化していく今日の原発大国ベルギーの状況がそっくり現代の巨大迷宮《ラビリントス》とも見えてくる。映画終りに強烈な印象を残すめくらむ螺旋階段の昇降シーンが迷宮としての世界テーマを思い出させる点も見逃せない。

かつてブリューゲル父子の絵が象徴する農業国家だったベルギー（フランドル）は、狭い立地に西欧屈指の工業国家を実現した。牛への肉増量ホルモンの投与はその皮肉な結果である。二十年前から主人公がずっと愛してきた幼ななじみのルシアが今は香水店で働いていて、動物の異臭の中で暮すジャッキーとの、臭いの文化をめぐる懸隔も見落とせまい。かつてそれこそ牛が歩いた道を今は「BMW5シリーズ」が走り、特攻警察SWATの車が爆走する。農から工へ、村から都会へ、そして動物からヒトへ、いろいろなレヴェルでの近代化を映画は重層してみせる。射精不能ということで思春期からホルモン剤を飲み注射し続けてきた主人公は、ホルモン牛とどこも変らない。皮肉にも「光」という意味の名を持つルシアにあなたは動物と言われてしまうジャッキー。ヒトに劣る「動物」というメタファーについて深く考えさせる。

映画中、フラマン語が分かるか、フランス語が分かるかという問いが多い。二重言語で悩むベルギーの国情が、牛からヒトへという「進歩」神話と重なる呼吸がミソである。

身体性の復讐

「遊星からの物体X　ファーストコンタクト」

吹雪の南極基地を襲うインベーダーもの恐怖ＳＦと言えば、それに尽きており、言うまでもないがこのジャンルに一時代を画したとされるジョン・カーペンター監督「遊星からの物体Ｘ」（一九八二）のリメイク。カーペンター作品がハワード・ホークス製作作品「遊星よりの物体Ｘ」（一九五一）のリメイクであったことを考えると、余程このジャンルと相性の良い作品なのだ。さらに原作もある。アシモフやハインラインを育てた『アスタウンディング・ストーリーズ』誌の伝説的編集者ジョン・ウッド・キャンベル・ジュニアの『影が行く』（一九三八）。これら各ポイントの年代が面白い。三十年毎に蘇ってくるなんて、スティーヴン・キングの『ＩＴ』のインベーダーそっくりだ。究極、そこに注目することで、どう見てもＺトラッシュ（Ｚ級愚作）でしかないこの映画が結構面白く「読め」てくる。実に面白いのだ。

テューレという名のノルウェーの南極基地が舞台。ウルティマ・テューレという言葉を思い出して笑う。果て、極限、特に北の極限という意味で、ノルウェーの異称ともなる。探検家アムンゼンを考えると分かるが、初めて南極点を走破したのはこの北限の国である。赤道より北を中心に展開してきた「近代」が南の果てで、抑圧され忘却されてきた己れに「異物」として遭遇する話なのである。北に対して南はボトム、というか（地球儀上）下にあることをさらに駄目押しするかのように、怪物は「南」の海の「下」に埋められている。地球そのものを一個の身体のトポグラフィーとみればそういうことだ。北のさいはての国の南極基地というパラドックスは、精神に対する身体性の復讐という劇に実に好個の舞台を提供する。「アメリカ」基地と「ロシア」基地が話題に出てくるが、いわゆる冷戦時代に両者に挟まれていた国という以上の豊かな意味を「ノルウェー」という記号は孕まされている。「南」も「下」も、全て記号だ。

　舞台としての南極の氷原は十八世紀末、ロマン派が「崇高美」として発見したことは『フランケンシュタイン』（一八一八）の極洋テーマを思いだせば分かる。潜水艦映画みたいに徹底する閉じた基地の室内映像は、探検による世界拡大と表裏になったロマン派のインテリア崇拝を想起させる。怪物に啖《くら》われる人肉の凄惨図は明らかにL・M・カルダーニやF・G・フォンターナの解剖蠟人形の凄味をヒントにしている。全てを人間の価値観に切りとり爾余の身体性を抑圧する人々が「物自体《ザ・シング》」（これが原題）を忘れたと断じたカントもまたロマン派の哲学者だった。百年の後、遅れてきたロマン派たるフロイトはこれを「不気味なもの」と称し、インベーダー恐怖映画全盛期の一九五〇年代、ヴォルフガング・カイザーはそれを「グロテスクなもの」と名付けた。結局、人間の中から出現するインベーダーは人間の隠されてきた半分だったわけだ。名画「禁断の惑星」（一九五六）で一挙有名になった言い方でなら、ここでも「それ《ザ・シング》（Es）」は「イドの怪物」だ。実は自分である「異物」をリドリー・スコットが「エイリアン」と呼ぶにそう暇《いとま》はいらない。

愛と誠
「スティグマのエニグマ」

原作がある。一世を風靡した名作マンガが原作だから、原作なんかないという見方、原作を知らない振りは正直空しいが、極力その振りして見る。というか、虚心坦懐に見るとは、いや、そもそも映画を見ることから、見ること自体を問う映画でさえある。観客動員数からいえば今やハリウッドをあっさり上回るインドのラジニカーント主役映画、いわゆるマサラ・ムーヴィそっくりの賑やかし娯楽映画かと疑われるが、映画そのものの出生を（主人公の片割れ、誠の出生と重ね併せて）問う非常に面白い「知的」レヴェルを感じる。

坦懐に（坦懐を心掛けて）見る。まず「愛は平和ではない」「愛は戦いである」……というメッセージが文字で出る。メッセージ映画なのか。と、いきなりアニメ。少女がスキーをしていて何やら事故るのらしい。ゆするとお前が金持ちの娘だから助けたんじゃないという少年の音声のみがかぶる。と、いきなり実写。荒れたというのを絵にかいたような世界で大人数相手に大乱闘を繰りひろげる一匹狼のむちゃ苦茶強い不良少年。なにしろ西条秀樹の大ヒット曲〈激しい恋〉の絶唱とともに大立ち回りをする。喧嘩は完全に「ウエスト・サイド物語」（一九六一）をパロディし、マイケル・ジャクソンの永遠の名作『スリラー』をパロディしている。これは何なんだ、日本版マサラ映画をつくろうという気なのか。一方的に勝っている喧嘩に一人の少女が闖入して、誠に穏やかな生き方を願う。バカバカしいまでの少女の純粋、何故にこれまでに激しい喧嘩、そしてどうやら喧嘩の因でもあるらしい少年の額の深く酷い傷、一切が謎である謎をエニグマといい、聖痕（聖なる者の印たる傷）をスティグマという。スティグマのエニグマ、か。成程、三池崇史ならこれぐらいのウィット、とかいうか奇想はありかも。

少女は早乙女愛。金持ち子女の通う学校のスポーツも万能の才女で、これに学年一の秀才「メガネ」君が結構本気に命がけの恋をしている。ここに早乙女財閥の力で転校してきた誠。教師は殴るは町場で乱闘するはで、究極不良男女のたまる花園実業という高校に転出。愛の父を市村正親が歌いながら熱演するので、もはやミュージカル映画である。実写映画で恥ずかしくて言えないような台詞がいくらでも言えるオペラその他の楽劇とは何、それを取り込めてしまう映画とは何なのかが問題だ。「善い学校」対「悪い学校」の構図は学園荒廃問題とも見えるが、映画が生まれ一般化した素因というか原構造と言うべきメロドラマ（実は勧善懲悪劇が原義）、更に遡って中世モラリティーズ（道徳劇）の骨格を学園ものに翻訳しただけ。登場人物は役割を名として名乗った。グッドマンはずっと「善」を一途に演じるのみ。犠牲の役を引き受けるのが「誠」であり、愛はラヴ、ずばり「愛」を演じ切る他はない。愛と誠。簡明というかダサいというか、しかし人名なのか観念なのか、両方か、それを問う究極のウィットなのだ。

梶原一騎原作との比較など天才三池崇史の術中にはまるだけ。歌謡曲マンガと言うならむしろ林静一の名作『まっかっかロック』。いっそ浪曲歌謡〈瞼の母〉も入れば良かった！

マニエラとピクチャー　「ファウスト」

十六世紀初めにファウストという魔術師とも錬金術師とも呼ばれる人物が実在した。この男だが、悪魔メフィストテレスに魂と引き換えに世界についての根源的で全体的な知識をもらうという契約をした。いよいよその契約の時が来て、無残に滅ぶか（クリストファー・マーロウの劇）、一人の女の誠の愛による救済か（ゲーテ作品）に大きく分かれていく。

というようなことを知っていることがこの映画を観るにどれだけ必要か、ぼくにはわからない。視線の移動ということで一貫して映画というもののルールそのものを楽しめたからだ。まず冒頭の大鳥瞰図。映画「ロード・オブ・ザ・リング」（二〇〇一、〇二、〇三）をも「魔女の宅急便」（一九八九）をも思わせる壮烈な遠近法的大鳥瞰図は、十六世紀初めということでソクーロフは間違いなくマニエリスム画家アルトドルファーの、どれほどの高度から一体何万人の軍勢を描き込んだか見当もつかない大作風景画に材を借りている。そしてこの剣呑な山岳の荒涼風景はまた、ソクーロフが「セカンド・サークル」（一九九四）以来慎重にその中に自分を系譜化しようとしてきた「ピクチャレスク」の感覚そのものでもあるだろう。マニエリスムとピクチャレスクと、マニエラ（手法）とピクチャー（絵／映画）の関係がここでも問題なのだ。

宇宙から飛翔体が地上に墜ちてくるところを、大鳥瞰図で徐々に地上が近付いてくる冒頭部分は示す。そしてあるローカルな地域の一人の学者医師が扱おうとしている患者の、或は牛馬の肉に、臓物中にこの宇宙からの視線はボッチャンという音とともに入り込む。そこから映画はキーワードとしての「肉」、そして肉の要求する「臭い」と幾重かの意味の「飢え」の物語にゆっくりと展開していく。あとは頭でっかちのファウストが肉の誘惑にもろいことを言う、たとえばバフチンのカーニヴァレスク論にのっけた議論がいくらも可能になる。それはそれでおそらくはソクーロフの意図でもあろうし、面白いが、少々陳腐かもしれない。

ぼくは宇宙からやってきた霊体のインカルナティオ（受「肉」）の物語として観た。飛んできたのが悪魔であるのか、それとも昔から地上の悪魔の試練に苦しめちれてきたピュアでニュートラルな（人の）霊魂なのか。どうやら人の霊魂が肉と遭遇して発生する千古不易の物語である。霊は人間ファウストに受肉される。

宇宙から（とは外から）やってきたピクチャレスクな俯瞰の視線が地上の肉体に受肉されて以後の、計算ずくで二次元的、迷路的な室内や共同体の空間の中を這い回る内の視線へと吸収される。十六世紀宗教改革を背景にしたマニエリスム世界のうむ『迷宮としての世界』（G・R・ホッケ）の表現として、巧い。

ピクチャレスクに即して言えば、距離を置いて大自然を鳥瞰した方法だったものが、近代都市の人間関係に「受肉」されて「アーバン・ピクチャレスク」（P・コンラッド）に展開した。互いの距離に苦しむ人々が愛か「契約」で他者とつながる。いや、愛さえ契約だと教えるためにファウスト伝説《サーガ》はあった。最後にまたピクチャレスクな廃墟に映画は戻るが、さて、あなたはどう読みますかね。

フォルスタッフみたいなオーソン・ウェルズ

オーソン・ウェルズ監督、脚色そして主演という興味津々《しんしん》たる映画『オーソン・ウェルズのフォルスタッフ』が撮影されたのが一九六五年、と聞くだけで余りにも色々なことが脳裏をかけめぐる。オーソン・ウェルズ生誕百年の今年二〇一五年にこのシェイクスピア史劇映画の名作のリマスター版が見られ、製作五十周年の記念にもなっているというから何ともめでたい話なのである。この百年、この五十年に何が世界に、文化に、演劇や映画に起ったかを考えずに、愛すべき一ほら吹き老人の吐く次々と飛び出してくる傑作な台詞にニヤニヤしてそれで終り、というわけにはいかない作品なのだ。

英仏百年戦争とか、バラ戦争とかいう名は、世界史に弱いと嘆く人まで、知らぬ人はいまい。ともかく二百年近い戦乱が続く中でチューダー朝といううまともと言える王朝がやっと成立したが、そこに至る過程で後にヘンリー四世となる人物による王位簒奪事件が生じる。この映画は一四〇〇年から八年間というところに焦点をあてているが、まさしくこの王位を横取りした王と、その息子ハル王子への王位継承の事情を主筋に、王子の取り巻きの悪童どもの女と酒の明け暮れを脇筋に話は進む。映画を見ると分るが、この脇筋が本筋を食ってしまう。

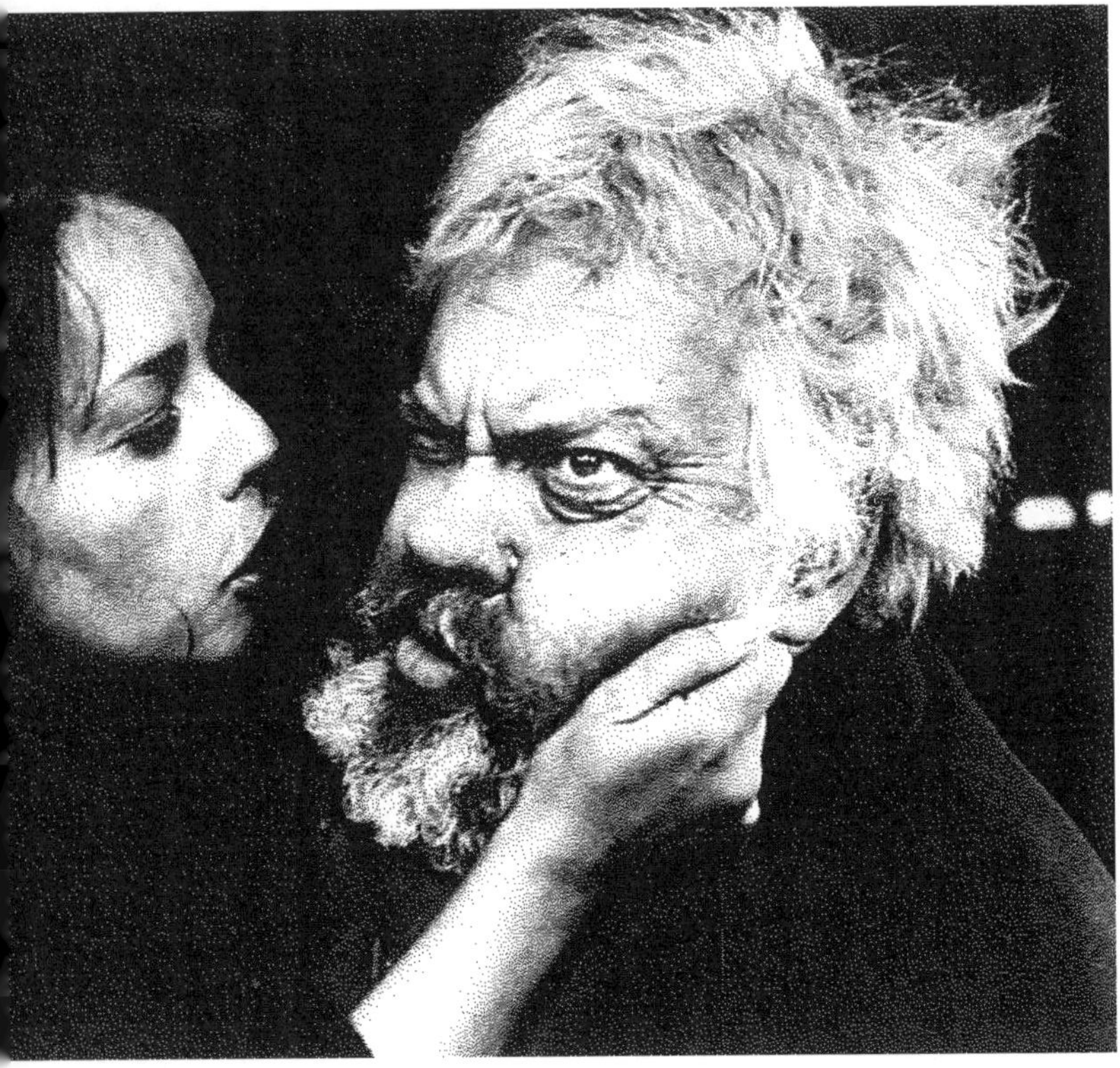

『オーソン・ウェルズのフォルスタッフ』
女優はジャンヌ・モロー

脇筋の中心にいるほら吹きで女好き、酒好きの大肥満漢フォルスタッフのあまりの魅力に主筋がかすんでしまうのだ。そういう仕立てに仕組んだのは史劇『ヘンリー四世』第一部・第二部をこしらえたシェイクスピアである。

シェイクスピア劇の超名優ジョン・ギールグッドが王位簒奪者ヘンリー四世の台詞を吐く内容と、その英語の高潔さというか尊厳にしびれる。王位は神から与えられたものという、いわゆる王権神授説の立場が良くわかる。神、そして名誉という言葉がこの簒奪王の口癖である。必要なら他人の権利を横取りするのも平気なくせに何が神だ、何が名誉だという醒めた目がシェイクスピアの歴史観、王権観であり、そういう感覚を「名誉なんてただの風だ」とうそぶく道化役のフォルスタッフの行動や言い分にシェイクスピアは託した。

王家の自己礼讃に舞台から力を貸したのがシェイクスピア同時代のいわば御用作家たちだったのだが、歴史を単純かつ激烈な権力の機械的な交代劇というふうにクールに見ていたシェイクスピアを独自な、そしてとても今日的な演劇人として捉えた最初の批評がポーランド人ヤン・コットの『シェイクスピアはわれらの同時代人』で、これが一九六四年の刊行。史劇理解の目に限らず、ヤン・コットと、シェイクスピア大好きのオーソン・ウェルズほどよく似た者同士の、それこそ「同時代人」も珍しいのではあるまいか。ヤン・コットのこの歴史的名著をのぞいて改めて『オーソン・ウェルズのフォルスタッフ』を見ると、時代を先駆けるオーソン・ウェルズの目というものにつくづくと感心する。今回のリマスター版はそうやってシェイクスピア史劇と、一九六〇年代文化とを改めて考え直すのに絶好の機会を与えてくれているように思うのである。

神や名誉をキーワードにいわばどんどん精神化し始めていく時代（「近代」）に、これは未来永劫まったく変わることない人間の自然である「肉体」をまともにぶつけるとそれがそのまま、近代批判になるのだと言いだしたのも一九六〇年代の有力批評だった。ヤン・コットもその一人だったが、なにしろロシア人批評家ミハイル・バフチンによるラブレー研究や『ドストエフスキーの詩学』だった。バフチンが英訳されたのは『オーソン・ウェルズのフォルスタッフ』完成の後にはなるが、ヤン・コットやバフチンによる、近代文明が人間の肉体的部分をいかに「追放」してきたか論じる仕事は時代全体の大きな潮流となっていた。肉体を通じての近代批判を実行したとされた道化たちへの研究が一九六〇年代に爆発的に流行した事情は、今なお世界に誇ってよい人類学者、山口昌男の道化研究がまさしく一九六〇年代に突発したこと一点を思いだせば明らかだろう。ヤン・コットの盟友であり、バフチンの最強力推せん者だった故・山口氏にこそ見せたかった今回のリマスター版である。一九六五年完成版の方について氏がきっと何か面白いことを書いているはずだ。著作量が多すぎて、今は確認できていないが、多分。

精神〈対〉肉体という二項のコントラストが、屹立する城の石造り建築と、地下的な雰囲気いっぱいの木造の酒場の見落としようのない対比にあらわれているし、父王ヘンリー四世が一貫して流麗に発音する王権神授の英語と、同じ英語とは信じ難い下品なしゃれ三昧の酒場の英語のコントラストも、見せ場というか、この映画の聴かせどころという気がする。アメリカ生れのシェイクスピア名優という監督オーソン・ウェルズの特異な立場がそれを可能にした。

合戦場面のリアルなことも画期的。白兵戦の凄まじさにも、ヴェトナム戦争（一九五四—七三）最泥沼時代が否応なく要求した映像のリアリズムがたしかにある。この名作をうんだのは時代なのだ。

これ一体どう書評？
――あとがきに代えて

高山　宏

本と活字とをめぐってこの四十年ほど、実にくさぐさの実験を重ねてきたが、面白いことに書評集というカテゴリー、というかジャンルの企画が一度として念頭にあったことがない。対談集というのもそうだった。対談というのも、気心の知れた相手と自由奔放に喋り合ってじゃまたねという挨拶で一切終り、あとでちゃんと活字にという発想がない。「雑な」ジャンルのコンピレーション本というので論文やら交友録やらを糾合する時、面白い対談がなにげな顔してスッと入ることは珍しくないが、一巻丸々対談というのは中沢新一氏との対談を五つほどまとめた『インヴェンション』までひとつもないし、流石に中沢氏が相手だから一種メタ対談集というところにまでいっぺんに行けたという実感があって、また話題もこれほど自由無碍という相手ももう見つかるまいし、以後対談集という体《てい》のものを出す気はない。

そんな対談集というカテゴリーがちらりとでも念頭をかすめるようになったのは、書評集をいかがですかというお話が舞いこむ毎に、先生の御対談も面白いのですが今回は、とか先《ま》ずは一冊の書評集をという、いつもお定りの企画相談、企画会議のせいである。そうか、一発勝負とそのつど頑張って工夫してきてただけの書評にもそういう使い方、まとめ方があったわけか、と。一粒で二度甘いといった俗物根性とは残念、生来無縁な人間なのだ。ふうん、ヒロシ君、きみ仲々生《き》一本なんだね。そうだよ、ぼくは、そうだよ。

書評そのもの、一本一々の書評には絶大の自信と自負はある。吐き気を催す愚劣下劣の本とみたものは即、書評をお断りしてきた（たまにそれでも書いたケースは余程腹を立てて、その立腹の理由そのものをテーマにしてみたかった場合だ）。我れこそは一級の書評者と名乗る方々からはだから、高山は褒めるばかりで批評眼がないのかという評をよくいただくのだが、褒めようと思った本だから褒めるだけのことで、卑しい本を卑しいと言う趣味も暇も、忙しいぼくには残念ながら、ない。

自分の本の一部にとり入れてもおかしくないと感じた書評だけが、少しでも長く人目にさらされる位で、ぼくのいわゆる書評記事は何百、いや千何百という数、皆さんの、そしてぼく自身の忘却の彼方である。引き受ける以上は矢張り、つど小さく命賭けなので、次の「本格的な」書き物や企画のための（目に見えぬ）たしかな芸のこやしになっている。そういう確信があるから、忘却が勿体ないなどという乞食根性とは、キッパリ無縁できた。

だから今次のこの青土社企画は盲点狙いのスマッシュ・ヒットである。いや、結果的には、打たれたぼく自身が呆然とフェンス直撃の球の行方を眺めているばかりのランニング・ホームランという感じ。怠け者のぼくが一番苦手にしているのが連載といったたぐいの継続仕事で、週に二冊の書評を丸々一年、丁度百冊を目途にという仕事が、今きたら、絶対断るだろう。それが、ある一年、実現してしまった。紀伊國屋のイベント担当の荒井智佳さんがどういう口説き文句を吐いたか是非思いだしてみたいのだが、全然記憶していない。只今豊洲市場への移転をめぐって問題再燃のいい加減な事態と寸分ちがわぬ経緯で東京都立大学が石原裕二郎の兄とかいう人物と、その子分・お仲間にぶっつぶされていったそのタイミングに、お申し出了解のお返事を紀伊國屋あてに差し上げたことになっているのだが、どういうメンタリティでそうなったのか、今ではもうよく分からない。

とにかく「読んで生き、書いて死ぬ」という何とも大仰な、芸のないタイトルでネットに一年、百冊の本の書評が一回の遅滞や休止もなく続いた。ある一年という明快な切り口があるから、差し当り他の理屈はいらない。今次企画は真っ芯にそこを突いてきた。厖大な書評量を前に何の企画化も考えてこなかったぼくは白分の商売気のなさに、改めて呆れた。

ぼくの本の読者はぼくのどの文章もが実は何らかの秀れた本への書評にもなっていることを感じておられるものと信じる。それはその通りなので、逆に長短を問わず、ぼくの書評と銘打つ文章が実は余人ならそれで一冊、あるいは長目の一章を書き上げるだろう内容と修辞を誇っている。責任と矜持を以てする論評なのだ。少くとも、そうあらねばならないと、腰をすえてする仕事なのだ。解説や書評なんかになんでそんな力《りき》入れて……と仰る向きは次の一文を読んでみていただきたい。ぼくがいつも心の奥にたたんでいる文章だ。

今日「ネオ・ラビリントス」の第一巻「怪物の世界」の見本が届き、貴兄の解説を一読したところです。行き届いた解説、視野の取り方の広さ、六〇年代からこちらの正確な見取り図、まことに恐れ入る次第です。貴兄の文章はいつもそうですが、目下の素材となっている対象を論じつつも、同時にそこから高度に独立した世界を現出させる手際において、おそらくサイバー少年たちはむろんのこと、同世代の物書きの群を抜いていています。結局、小生が言いたいのもそういうことで、秀才たちが仏作ったはいいものの魂入れずでは困る、ということなのでした。

……（中略）……

貴兄の解説を一読してまた、自分では気がつかなかった問題点を多々拾うことができました。いましばらくアマチュアリズムの怖いもの知らずで二、三残ったテーマに余生を費やそうかと、思いを新たにすることができました。第一巻御開帳の前口上が利いて、続巻も好調に進むでしょう。今度は貴兄の番ですね。ときには小休止して来し方をながめてみるのも（とても恥ずかしいけれども）味なものです。

末筆ながら、梅雨の時候、くれぐれも健康に御留意下さい。とりあえず御礼申し上げます。

種村季弘

高山　宏様

その御方自身、ぼくがあり得べき理想の書評家と仰ぎみていた人たちの一人、というか代表格であるその御方から何度か頂戴した御礼もしくは此方への励ましの御手紙の一通。額に入れるようなことはしないが、毎日めくることになる日記もどきの間に挿み、現に毎日それを目にしながら、ぼくの解説・解題書き、そして書評書きの作業は続いてきたと言っても良い。

関係者が「気がつかなかった問題点を多々」盛りこもうとして書く書評は、もはや性格上一編一編が、批評であるしかない。しかも四百字原稿用紙で三枚だの五枚だのといった極小スペースでそれをやりとげる高度な「藝」の世界。種村さんの上手なお世辞をわざと真《ま》に受けて、ぼくの書評は孜々《しし》として小休《おやみ》みなく続いた。

その最高作と言って良いものが、二〇〇七年五月から丁度一年続いた連続書評、「高山宏の〈読んで生き、書いて死ぬ〉」という企画だった。紀伊國屋ブックログ「書評空間」の一部を構成。週二回（火・金）、一回に一冊を取り上げる。取り上げるのは古典でも何でも良いが、できるなら最近のもの、この二、三年に出たというのをひとつのリミットに……という申し出であった。別に気取るわけじゃないけど本当に感心したり、思わず鳥肌立っちゃうのって洋書が多いもんで、洋書も対象にしていいの、と尋ねると、別に構わないということで、早速取り上げた最初の二冊はいきなり当時のお気に入りだった洋書二点である。百人中九十人が知らない、おそらく大枚はたいてまで手にすることがない本を、要するにただ紹介するということに終る洋書書評のつまらなさにたちまちにして自からしらけたぼくは、徐々に自分の知らない著者の、自分の知らない領域の本を選んで、自分も勉強させてもらいますというやり方を自から課し、未知の相手に近づこうとして却って自分が今まで知り得ているところのあれこれが巧く整理されて、そうかあれ、そうだったのかと自己理解に至るという書き方をさぐっていくことになった。自分の知の大輪郭が得られていったという点では、この企画から最も多くのものを得られたのは多分ぼく自身なのではなかろうか。考えてみるほどに面白い「知の技法」の、一年を掛けてのマイ・ブームではあった。

全文、今なおブログ記事として御覧になることもできるので敢えて紙媒体に移すこともないと思ってきたが、紙媒体にして高山コレクションの重要かつ、表現ジャンルの際立った実験の一作にしましょうという青土社のお申し出に心動いた。連続書評の折り返し点に紀伊國屋ホール満杯の客相手にした紀伊國屋創業八十年記念講演「学魔・高山宏、知の系譜と人文科学の未来を語る」も、これだけの書評の背後にこれだけの知識と情報の網の目が張りめぐらされているということの表現として是非必要でしょうという編集人、西館一郎氏の意向もあって、紀伊國屋の企画担当者、荒井智佳さんによる実に見事な講演記録として併録した。百冊書評の口ぶりにライヴ感がもたらされる意想外な効果を、勝手に期待しているが、いかがなものであろう。

意想外な効果と言うならば、一寸風《ふう》の変った大型書評集というつもりで読み始めてみたら、読後、あるいは途中のどこかから、いつもながらの「高山学」の一冊がたまたま書評の集塊の形をとって著わされているのだという感じになっていただけるようなら、そして、ひょっとしてこれは一種、メタ書評と言うべき仕事ではないかという読書感想を抱いていただけるようなら、それこそ本書の最大の効果、というか効用なのである。その効果は実は意想外のものでも何でもない。

二〇〇七年の一年というのはたまたまの巡りあわせである。もっと他のどの一年を選んでも同じクォリティを持ち、同じ感想を皆さんに持っていただける一著になっていたはずと思う。

解釈という営みの変幻自在ぶりを読者に楽しんでもらいたくて、と編集者は言う。であるなら、高山さんには映画評も結構あるではないですか、とこの人物が言い出すまでにそれほどの時間はかからない。

で、その通りになった。最近、『キネマ旬報』編集者、平嶋洋一氏に、目が悪いから映画は見ないというウソを見破られて、高山流の文字読み感覚で映像読みをやってみないかと誘われ、基本的に『キネ旬』側の注文に応じて書いた映画評を、こうして併載してみた。シネフィルの方々は仲々の強者《もさ》が多いから平生は映画評は遠慮してきたが、こうしてまとめて眺めてみると、仲々に独自の観法に達している。論じた映画は極力B級、いやC級の映画を回してくれという此方の注文に『キネ旬』が月次《つきなみ》に、また時には突発的に回してくれた映画が多いから、読者はそれらのほとんどを目にしておられないにちがいないが、要するにいつもにも増して、高山宏という書き手の着想そのものを、論法とレトリックそのものを楽しんでいただけそうで、それで良いのである。

二〇〇七年五月から二〇〇八年五月まで。改組改革の名の下に強行された一大学の破壊行為に抗うにも最早刀折れ矢も尽き、なじみの職場、なじみの生活を捨てた年である。一生涯忘れぬ屈辱と困憊の苦汁がしみこんでいるはずの文章が、こうしていかにもハツラツと眈奇と解釈の喜びに満ちている大逆説が、ハハハ、いかにも自分だなあ、と本人はそんなことに感心したり、しなかったり。

こんな性悪《しょうあく》にメタな、メタメタな書評集を何の因果か「書評」せねばならぬ気の毒な御仁《おひと》がきみでないことを祈りつつ。

末尾となったが、前著『アレハンドリア』に引き続き装幀を手掛けて頂いた高麗隆彦氏は勿論、本書に関わって下さった皆様にも感謝したい。

二〇一六年十月二十一日

生等《せいら》固《もと》より生還を期せず
と、神宮より学徒出陣せし日の
帝大二年、江原慎四郎氏の相貌を想う

今日は微酔
明日は特攻

初出一覧

第1部
紀伊國屋書店ブックログ（読んで生き、書いて死ぬ）
二〇〇七年五月〜〇八年四月

第2部
その名はマシロ　「キネマ旬報」二〇一六年四月上旬号
「リレート」する映画　「同」二〇一五年一〇月上旬号
カタストロフィー映画が触手を伸ばした伝承　「同」二〇一四年六月下旬号
我は傷にしてナイフ　「同」二〇一三年一〇月上旬号
悪の観相学　「同」二〇一二年一〇月下旬号
複数の看守／囚人　「同」二〇一四年五月下旬号
マカロニ・ウエスタンとゾンビを縫い合わせる　「同」二〇一四年四月下旬号
恐怖映画の原点回帰？　「同」二〇一四年五月下旬号
血の気なきピュリタニズム　「同」二〇一四年一月下旬号
涙の奇跡　「同」二〇一三年一二月下旬号
映画のパラドックス　「同」二〇一三年一一月下旬号
何重もの「堺」の上で　「同」二〇一三年一〇月下旬号
「箱」「暗室」「歴史」　「同」二〇一三年九月下旬号
映画とロマン派の密な関係　「同」二〇一三年八月下旬号
「超白人」になる　「同」二〇一三年七月下旬号
中心を周縁に媒介する「橋」　「同」二〇一三年六月下旬号
驚異と占有　「同」二〇一三年五月下旬号

「六九」のマニエリスム　「同」二〇一三年四月下旬号
人間普遍のコンメーディア　「同」二〇一三年三月下旬号
歴史と芸術、忠実と虚構　「同」二〇一三年一月下旬号
不動産屋と精神分析医の間　「同」二〇一二年一二月下旬号
東と西の循環　「同」二〇一二年一一月下旬号
迷宮としての世界テーマ　「同」二〇一二年九月下旬号
身体性の復讐　「同」二〇一二年八月下旬号
スティグマのエニグマ　「同」二〇一二年七月下旬号
マニエラとピクチャー　「同」二〇一二年六月下旬号
フォルスタッフみたいなオーソン・ウェルズ　「ＩＶＣ」ＤＶＤブックレット　二〇一五年

見て読んで書いて、死ぬ

2016 年 12 月 20 日　第 1 刷印刷
2016 年 12 月 30 日　第 1 刷発行

著者——高山 宏

発行人——清水一人
発行所——青土社
東京都千代田区神田神保町 1 - 29　市瀬ビル　〒 101-0051
電話　03-3291-9831（編集）、03-3294-7829（営業）
振替　00190-7-192955

組版——Flexart
印刷・製本——シナノ

装幀——高麗隆彦

ISBN978-4-7917-6963-6　　Printed in Japan

高山宏の本

アレハンドリア

アリス狩りV

不思議の国のアリスの最新考察はもとより、ボルヘスなど20世紀世界文学から、漱石・川端・乱歩・澁澤やマニエリスム美学、加えて赤塚不二夫ギャグの破壊力まで――。われらの時代の無限で豊かな〈知〉の饗宴を、熱く濃く展開する。

青土社